MEN INTE OM DET GÄLLER DIN DOTTER

JAN GUILLOU:
Om kriget kommer 1971
Det stora avslöjandet 1974
Journalistik 1976
Irak – det nya Arabien (med Marina Stagh) 1977
Artister (med Jan Håkan Dahlström) 1979
Reporter 1979
Ondskan 1981
Berättelser från det Nya Riket (med Göran Skytte) 1982
Justitiemord 1983
Nya berättelser (med Göran Skytte) 1984
Coq Rouge 1986
Den demokratiske terroristen 1987
I nationens intresse 1988
Fiendens fiende 1989
Reporter (reviderad utgåva) 1989
Åsikter 1990
Den hedervärde mördaren 1990
Stora machoboken (med Leif GW Persson och Pär Lorentzon) 1990
Gudarnas berg 1990
Vendetta 1991
Berättelser 1991
Grabbarnas stora presentbok (med Leif GW Persson) 1991
Ingen mans land 1992
Grabbarnas kokbok (med Leif GW Persson) 1992
Den enda segern 1993
I Hennes Majestäts tjänst 1994
En medborgare höjd över varje misstanke 1995
Hamlon 1995
Om jakt och jägare (med Leif GW Persson) 1996
Svenskarna, invandrarna och svartskallarna 1996
Vägen till Jerusalem 1998
Tempelriddaren 1999
Riket vid vägens slut 2000
Arvet efter Arn 2001
Häxornas försvarare. Ett historiskt reportage 2002
Tjuvarnas marknad 2004
Kolumnisten 2005
Madame Terror 2006
Fienden inom oss 2007

JAN GUILLOU

Men inte om det gäller din dotter

Läs mer om Piratförlagets böcker och författare på
www.piratforlaget.se

ISBN 978-91-642-0265-9

© Jan Guillou 2008
Utgiven av Piratförlaget
Omslag: Kaj Wistbacka, illustration, Arne Öström Ateljén, form
Tryckt hos ScandBook AB, Smedjebacken 2008

Prolog

HAN ÄLSKADE HÄSTAR men det var inte det som blev hans död. Alla i hans släkt älskade hästar, de flesta mer eller mindre uppriktigt och några bara för att det var en social nödvändighet. Att dyrka den vindsnabba ritten genom öknen var närmast en nationell skyldighet där hemma. Ungefär som, fast på ett lägre och barnsligare plan, den obligatoriska hyllningen till mammas äppelpaj var det i hans andra hemland.

Hade han varit mer uppmärksam på vad som hände i världen en månad tidigare hade han mycket väl kunnat överleva, han saknade ju inte resurser. Som saudiarabisk prins hade han ett arbetsfritt apanage på 100 miljoner dollar om året och enbart hans inköp av tävlingshästar de senaste åren – alltid galoppörer, trav var en västerländsk perversitet – hade betingat 127 miljoner.

Men då, en månad tidigare i april 2002, hade han varit besatt av tanken på att trots alla tidigare motgångar kunna vinna The Kentucky Derby, den galopptävling han själv och många andra rankade högst i världen. Han hade haft stora förhoppningar att vinna redan året innan med sin treåring Point Given, hästen hade vunnit praktiskt taget allt fram till det stora avgörandet. Han blev fullständigt förkrossad när Point Given bara kom femma och det krävdes månader att ta sig ur den följande depressionen.

Men knappt ett år senare tändes hans hopp på nytt. Han satt hemma i Riyadh och slötittade på en inspelning från dagen innan av The Illinois Derby och såg en okänd häst som hette War Emblem vinna med sex längder. Derbyt i Illinois var jämförelsevis en strunttävling men vem som helst kunde se att War Emblem hade kapacitet att vinna till och med i Kentucky. Så då var det bara att slå till.

I normala fall skulle inte en ägare som fått fram en sådan häst vilja sälja den för aldrig så mycket pengar, också han drömde om att vinna The Kentucky Derby, var sannerligen mer än tillräckligt förmögen och hade därför gott om dra åt helvete-pengar. Vem som helst som ringde för att försöka köpa War Emblem skulle ha blivit hjärtligt utskrattad. Men Hans Kunglig Höghet Prins Ahmed bin Salman bin Abdul Aziz var inte vem som helst. Affären tog fem minuter att göra upp per telefon och när den överrumplade och chockade säljaren lade på luren ångrade han genast att han inte hade dragit till med ett dubbelt så skrattretande pris.

Den 7 maj 2002 bjöd på ett strålande försommarväder över Churchill Downs hippodrom i Louisville, Kentucky. Det skulle som vanligt ha varit en strålande fest för den stora finklädda publiken på 145 000 människor från när och fjärran. Men i maj 2002 var fortfarande ingenting som vanligt i USA. 9/11 låg bara åtta månader bakåt i tiden. En knapp timme före tävlingsstart inleddes de vid den här tiden obligatoriska ceremonierna.

Marinsoldater blåste tapto. Brandsoldater från Ladder Company 3 på East Twentyninth Street marscherade extra långsamt i vinnarcirkeln iklädda paraduniformer och medaljer. Tolv av deras kamrater hade dött i kampen för att rädda amerikanska liv efter terroristattacken på World Trade Center. Brandsoldaterna hyllades. Tysta minuter genomfördes, publiken blev mer dämpad och stillsam. För prins Ahmed sniglade sig tiden.

Starten gick 18:04. War Emblem hade oddset 20–1 och prins Ahmed hade av princip inte satsat mer än en miljon dollar på sin egen häst.

Jockeyn Victor Espinoza hade aldrig sett sin häst War Emblem förut och dessutom fått överraskande instruktioner från tränaren, att i stort sett inte göra någonting alls utom att bara åka med fram till den sista minuten:

"Han sa det till mej åtminstone hundra gånger och till slut sa jag okej."

War Emblem ledde loppet från start till mål och vann med hela fyra längder.

Det fanns en del som fnös när prins Ahmed banade sig väg in i vinnarcirkeln, men det tycktes inte bekomma honom det minsta eftersom det här var en av hans livs lyckligaste dagar.

"Här är jag respekterad av alla", sade han. "Alla här får mej faktiskt att bli på bästa humör, så att jag ibland blir nästan generad. Den amerikanska publiken behandlar mej bättre än publiken hemma i Saudiarabien."

"Det här är livsavgörande för mej och det är en stor ära att bli den förste arab som vinner The Kentucky Derby", tillade han.

Han var knappast en populär vinnare, även om han mitt i sin eufori undgick att göra den enkla observationen. Den kände kolumnisten Jimmy Breslin missade inte att plocka de självklara poängerna när han skrev i Newsday:

"Prins Ahmed bin Salman av Saudiarabien viftade med segerbucklan och gottade sig åt de miljoner eller mer som han vunnit. Och detta i närvaro av brandsoldaterna från Tredje stegkompaniet ... och jag kom genast att undra om prins Ahmed hade något att säga, ifall han kände sorg eller om det var någonting han kunde göra med tanke på vad Usama bin Ladin och andra av hans degenererade landsmän gjort mot New York. Men killen gjorde ingenting, sa ingenting."

Två veckor senare vann War Emblem USA:s näst finaste galopptävling, The Preakness Stakes i Baltimore. Då uppstod en fantastisk möjlighet. Inte sedan 1977, när Seattle Slew gjorde det, hade någon häst tagit hem Trippeln, att under ett och samma år vinna de tre största, Kentucky Derby, Preakness Stakes och Belmont Stakes.

Prins Ahmed fick självklart mängder med frågor från journalisterna om den unika möjlighet som nu hade öppnat sig och han förklarade att om han vann Trippeln så skulle det betyda lika mycket för

7

honom som lyckliga giftermål för både hans son och hans dotter. Det skulle vara en nästan omöjlig dröm att uppfylla.

Men när det avgörande loppet gick den 8 juni fanns inte prins Ahmed på Belmont Stakes. Hans tränare Bob Baffert förklarade att "viktiga familjeangelägenheter" hade hindrat Hans Kunglig Höghet från att komma. War Emblem snubblade i språnget ut från startboxen och slutade inte bättre än åtta.

Därefter hördes ingenting av från prins Ahmed. Efter sex veckor, den 22 juli, meddelades det att han var död. Enligt uppgifter från Saudiarabien hade den 43-årige brorsonen till kung Fahd dött i sömnen till följd av en hjärtattack. Något senare ändrades förklaringen till att dödsorsaken var en blodpropp.

* * *

Det var en underligt hoprafsad insatsstyrka. Så mycket var klart från början men egentligen var det bara det som var klart. En pluton från de pakistanska säkerhetsstyrkorna i sina röda baskrar, fyra man från US Special Forces i anonyma pakistanska uniformer och lika många från ett av FBI:s SWAT teams uppe från Peshawar, också de underligt anonymiserade bortsett från att bokstäverna FBI lyste vitt och indiskret på deras skyddsvästar. Det kunde bara gälla en enda typ av uppdrag. Man skulle hämta in en av de elaka killarna och när det var klart skulle fångsten hamna i amerikanska och inte pakistanska händer. Men det hade inte sagts ett knyst om var och när tillslaget skulle ske. Vilket inte var så konstigt eftersom de pakistanska "säkerhetsstyrkorna" var så osäkra att de inte gick att skilja från fi. Erfarenheterna i det avseendet var lika entydiga som dystra. Amerikanska enheter fick av outgrundliga byråkratiska eller politiska skäl inte operera utan hemmasoldater som förkläden på pakistanskt territorium. Men om de kära allierade kollegerna fick veta i alltför god tid var och mot vem man skulle slå till så var fågeln garanterat utflugen när man kom fram.

8

Al Mansur, kapten i US Special Forces, bekymrade sig inte över att han inte hade en aning om vad operationen gällde. Antingen var killen på plats när man kom fram och då tog man honom levande eller skadskjuten såvida han inte hann spränga sig själv i luften. Eller också var det falskt alarm eller en redan utflugen fågel. Det skulle ändå ge sig.

De klev ombord på fyra helikoptrar på en bas utanför Rawalpindi och piloterna meddelade att man skulle ner till Sargodha i Punjabprovinsen och att det var frågan om ungefär en och en halv timmes flygning. Det var tills vidare allt, piloterna visste ingenting om fortsättningen.

Al Mansur trängde sig fram till en fönsterplats, han gillade att flyga lågt över ett vackert vårlandskap, fantisera och tänka på annat än jobbet. Det var den 28 mars 2002 och Al hade verkligen en del att tänka på, eller snarare grubbla över.

En amerikan som hörde namnet Al Mansur skulle inte få några särskilda associationer, men uttalade man det på arabiska så möttes man i regel av glada flin eller skämt. *Al Mansour* var den legendariske kalifen i Tusen och en natts och de andra sagornas Bagdad under den arabiska kulturens första stora blomstringsperiod.

Tidigare i sitt liv hade Al aldrig funderat så mycket på sin eventuellt dubbla identitet utan mest sett sig som en amerikan som råkade tala arabiska. Det hade varit mer som en kul grej, snarast en social fördel på både high school och college och till och med när han, möjligen i ett anfall av barnsligt hävdelsebehov, sökte sig till Special Forces, "de gröna baskrarna". Där hade man definitivt sett hans ovanliga språkkunskap som en extra merit.

Ärligt talat hade man snarare sett hans arabiska utseende som en fördel.

Als farfar lämnade Saudiarabien 1932 just när det blev Saudiarabien och just därför. Familjen var shiamuslimsk och från landet Najd, som det hette då, söder om Irak och Kuwait vid Persiska viken. Men när den wahabitiska beduinklanen Saud mördat och plundrat sig fram

9

till Mecka och Medina, som de också plundrade, och slagit ihjäl, halshuggit, stympat eller fördrivit alla andra muslimer och utropat sig själva som "kungarike" förvandlades alla andra invånare i Arabien till omänniskor. Och det var varje rättrogen wahabits skyldighet inför Gud att mörda sådana omänniskor, särskilt om de var judar, kristna eller shiamuslimer. Als farfar Abdullah ibn Anaza ibn Mansur tillhörde det fåtal invånare i Najd som haft både förstånd och ekonomiska resurser att bli politisk flykting innan det begreppet blivit en del av det politiska vardagsspråket.

Det var hursomhelst inga problem med den saken på 30-talet när det var fint och romantiskt att vara arab, den ädle vilden från öknen som Rudolph Valentino förvandlat till en starkt erotiskt laddad biodröm. Visserligen avskydde farfar Abdullah alla beduiner som han betraktade som blodtörstiga parasiter som aldrig arbetade. Såvida inte deras enda egentliga syssla, att plundra och mörda grannarna, skulle kunna betraktas som arbete. Men farfar fann sig saktmodigt i att bli vördnadsfullt behandlad som "shejk" eller "beduin" av sina nya grannar i, av alla ställen, Portland, Maine. Han hade nämligen ägt en av de största fiskerianläggningarna för languster och räkor vid Persiska viken och förvånansvärt snabbt och enkelt ställt om till hummerfiske i Nordatlantens kalla vatten. Hans sex barn fick en god amerikansk uppfostran, de tre pojkarna universitetsutbildning, de tre döttrarna gifte sig gott. All heder åt farfar Ab, som han kom att kallas.

I farfar Abs stora och bullriga familj var man självklart tvåspråkig eftersom farmor Taifa aldrig riktigt lärde sig engelska. I nästa generation blev det lite si och så med den saken, men Als far Hamid hade till skillnad från sina bröder gift sig med en arabisk kvinna, en palestinska som hade sitt ursprung i Al Khalil på den ockuperade västra Jordanstranden. Al och hans fem syskon blev därför den sista grenen av familjen Mansur som växte upp tvåspråkigt.

Allt detta hade varit oproblematiskt, närmast idylliskt. Familjen Mansur var i tredje generationen lika amerikansk som alla andra amerikaner och att man fortfarande behärskade sitt gamla lands språk var närmast avundsvärt i en nation där praktiskt taget alla var immigranter i en eller annan mening. Vem skulle inte ha velat behärska sina rötters språk, om det så vore ryska, polska, tyska, italienska, svenska eller spanska? Efter 9/11 ändrades allt. Till skillnad från alla de andra immigranternas ursprungsspråk blev arabiska ett stigma, närmast ett underförstått bevis för oamerikanskhet eller ännu värre, fiendskap.

Hade han sökt till Special Forces då, hade han inte blivit antagen utan diskret bortsorterad på medicinsk grund. Det var en bitter slutsats och möjligen orättvis. Men det var så det kändes och det han nu börjat fråga sig, om han var en arab som talade perfekt engelska eller en amerikan som talade perfekt arabiska, hade varit en lika meningslös som idiotisk problemställning före 9/11. Nu var det något som åt sig in i honom bit för bit och dag för dag.

Sist familjen träffats, på mamma Leylas 60-årsdag, hade alla syskonen visat sig ha samma gnagande funderingar. Omars advokatfirma började tappa kunder, Wal som var huvudägare till hummerfiskefirman hade råkat ut för strejker och underliga brevkampanjer som riktade sig mot hans kunder. Susana som var tandläkare bombarderades med rasistiskt klotter och skadegörelse. Abraham kände sig pressad att sälja sin andel i byggnadsfirman "eftersom det i nuläget var bäst för företaget" och Nadias man mumlade om skilsmässa. Fast det kunde förstås ha helt triviala orsaker.

Det hade inte varit den vanliga muntra vilt pratande familjesammankomsten och det enda man kunnat skämta om var att lillebror Al från och med nu måste komma på besök oftare – fast inte som civil utan i sin uniform och sin gröna basker.

Där nere virvlade det oföränderligt gröna pakistanska vårlandskapet förbi. Plötsligt en flodkrök där kvinnor i färgstarka kläder stod och tvättade, en flock kor omgivna av barn med långa träkäppar i händerna, en by med sammangyttrade hus med platta soltorkade lertak, en skola, ja det måste ha varit en skola eftersom han hann uppfatta långa rader av vitklädda pojkar som satt på huk. Inte för att han kunde se att det var pojkar i den här farten utan för att han visste det och avskydde vad han såg. Barnens kroppsställning hade blixtsnabbt förklarat allt, det var en *madrasa* där vitklädda gossar satt på led och gungande fram och åter i några år, rabblade Koranen som dårar tills de kunde den utantill och därmed var färdiga med den rent intellektuella delen av sin utbildning, dock utan att kunna räkna. Därefter följde den mer praktiska, militära utbildningen som skulle leda dem alla till Paradiset.

Siffrorna var lätta att komma ihåg. 1950 hade det funnits 200 sådana skolor för träning i religiös extremism i hela Pakistan. Idag, efter några decenniers investeringar från Saudiarabien, var antalet 20 000. Det normala skolsystemet i Pakistan höll på att bryta samman i brist på manliga elever. Och förstås av den växande föreställningen att flickor inte behövde gå i skola.

Och allt detta finansierades av den regim som farfar Ab hatade till den grad att han flytt till andra sidan jorden, den regim som också Al hatade nästan som om det gått i arv. Fast inte för att det saknades både färska och rationella skäl.

Bara för två veckor sedan hade det utbrutit en häftig brand i en saudisk internatskola för flickor. När brandmännen kom till platsen, de flesta pakistanska gästarbetare, var den religiösa polisen redan där med sina piskor och påkar och jagade alla felaktigt klädda flickor tillbaks in i lågorna. Skulle en ung kvinna rädda livet ur en brand så måste hon alltså i första hand tänka på att täcka sitt ansikte och sin kropp i svart tyg. Slagsmål utbröt mellan brandmännen och den religiösa polisen, vilket ledde till att åtskilliga flickor med felaktig klädsel men med svåra brännskador kunde räddas till livet. Men hur många som brann inne på grund av de nitiska moralpolisernas piskor och käppar offentliggjordes naturligtvis aldrig. Däremot att ett tiotal brandmän dömts för omoraliskt beteende till hundra rapps offentlig piskning och därefter utvisning med indragen lön.

Al Mansur, kapten i US Special Forces på väg söderut från Rawalpindi på låg höjd, 350 km/tim, mål tills vidare okänt. Så långt ingenting nytt utan närmast rutin och förmodligen det hundrade jobbet av samma slag. Det hade lika gärna kunnat vara Irak eller Afghanistan om det inte varit för det vårgröna lätt kuperade landskapet som susade förbi där nere. Det som var nytt var den malande frågan som bet sig fast som en sorts tvångstanke. Var han en amerikan som talade perfekt arabiska eller en arab som talade perfekt engelska?

* * *

Själva tillslaget föreföll att bli en ren standardoperation. När helikoptrarna landat utanför Sargodha väntade en fyrmannagrupp från Special Forces under befäl av den operative chefen för området, överste Triantafellu, fast givetvis i sällskap med två pakistanska överstar som förkläden och det var rent obegripligt hur Triantafellu så enkelt och oemotsagd kunde lägga upp hela operationen.

Objektet fanns på andra våningen i ett tvåvåningshus i en förstad utanför Faisalabad och var högt uppsatt i al-Qaidas hierarki. Han ansågs stå Usama bin Ladin mycket nära och fungerade närmast som en sorts militär, operativ chef. Enligt den bakgrundsinformation man hade tillgång till hade han i den egenskapen organiserat terroristattacken mot USS Cole den 12 oktober 2000. När jagaren gått in för att bunkra i den jemenitiska hamnen Aden hade den anfallits av en mindre båt med utombordsmotorer. Självmordsattacken resulterade i sjutton förlorade amerikanska liv. Så just med den här mannen hade USA en särskild gås att plocka, bortsett från att han mycket väl kunde känna till var man skulle få tag på Usama bin Ladin. Det var ju för att fånga herr Usama som USA gått i krig i Afghanistan. Det var alltså av vitalt intresse att ta den jäveln levande.

Inbrytningen skulle genomföras av de åtta männen från Special Forces, under befäl av kapten Al Mansur. De pakistanska säkerhetsstyrkorna var enbart backup och skulle gå i ställning minst två kvarter bort. Några civilister fick inte delta i själva inbrytningen. Det var bara en säkerhetsfråga och hade ingenting med nån jävla prestige att göra.

Nåja, det hade det väl, tänkte Al Mansur när han med orörligt ansikte lyssnade på överstens upplägg. "Civilisterna" kunde inte gärna vara några andra än SWAT-gänget från FBI och de såg inte glada ut. Deras CO försökte till och med komma med invändningar. De viftades bara undan av överste Triantafellu med att såfort objektet var säkrat skulle det ändå hamna i klorna på FBI, det var redan beslutat på högre ort. Men operationen ansågs extremt viktig och därför skulle den genomföras med hänsyn i första hand till kompetens och säkerhet och i sista hand om ens alls, med hänsyn till i och för sig lovvärd amerikansk organisationsstolthet.

Fotografier som visade objektets aktuella apparation delades följaktligen ut enbart till de åtta männen från Special Forces. Hans namn stod på baksidan av bilderna, men fick inte vidarebefordras till någon, upprepar *någon enda utomstående*, innan operationen var verkställd.

Resten av dagen gick åt till transport i täckta pakistanska armélastbilar ner till målområdet, där en mindre pakistansk skåpvagn och en naturtroget skraltig civil personbil väntade på Al och hans sju man.

När de pakistanska specialstyrkorna hade grupperat sig runt kvarteren i målområdet och Al och hans män hade studerat kartor över kvarteren och ritningar på det hus där tillslaget skulle ske var det bara att avvakta skymningen och kvällsbönen. Precis när böneutroparna började vråla från traktens minareter puttrade de två civila bilarna fram till porten och åtta man som nu var utklädda till någon sorts afghanska pashtuner klev makligt ur, såg sig omkring som om de letade efter vägen och gick fram till vakten i porten som redan gjorde sig beredd att inleda kvällsbönen på sin utrullade matta, dödade honom och avancerade tyst upp till andra våningen.

I det följande gick allt som planerat. Bland de tio männen inne i lägenheten identifierade man snabbt rätt kille, en viss Abu Zubaydah, buntade ihop honom och eliminerade alla andra närvarande.

Förargligt nog visade det sig att herr Abu Zubaydah under den korta striden hade fått två kulor genom kroppen, hur nu fan det hade gått till. Al Mansur valde att avbryta reträtten för att man skulle kunna ge killen första hjälpen och kallade per radio in förstärkning och ambulans.

Det blev en del tjafs. Men allt redde ut sig, det var ingen större fara med terroristen. Och en halvtimme senare satt alla amerikaner tryggt i sina helikoptrar på väg tillbaks norrut mot Rawalpindi. FBI-killarna hade fått sin man och såg ut som lyckliga små barn på julafton.

För kapten Al Mansur skulle hela saken därmed ha varit över. Den här typen av operationer var daglig rutin och själv hade han i regel ingen aning om varför den ene eller den andre skulle hämtas in, eller ens varför det ibland ansågs viktigt att somliga togs levande. En oändlig serie liknande uppdrag väntade, och någon Abu Zubaydah intresserade honom inte längre.

Två dagar senare förvandlades den till synes vardagliga operationen ändå till något av det märkligaste Al Mansur hade varit med om under hela sin åtta år långa tjänstgöring i Special Forces.

Han blixtinkallades till deras särskilda operationshögkvarter på en bas utanför Peshawar, fick till och med transport med en egen Black Hawk-helikopter för att det skulle gå undan. Två minuter efter att han landat på basens helikopterplatta stod han framför överste Triantafellu i dennes spartanskt inredda tjänsterum. Men de var inte ensamma. I rummet satt också två av FBI-killarna och någon civil höjdare som bara mumlande presenterade sig som "Gus" fastän han lika gärna hade kunnat säga som det var, det lyste CIA på långt håll om honom.

När Al Mansur hälsat, fått hälsningen besvarad och order att sätta sig ned och de andra i rummet, inklusive "Gus", hade presenterats av överste Triantafellu uppstod en kort underlig tystnad.

"Allright kapten", sa översten dröjande. "Vi känner varandra något så när du och jag och du vet att jag gillar att gå rakt på sak, eller hur?"

"Ja, sir! Utan tvekan, sir!" svarade Al Mansur mekaniskt.

"Well, jag ska nu ge dej en enda fråga som kan verka konstig. Vad jag kräver är ett absolut sanningsenligt svar. Om svaret är negativt så är det inget att skämmas över. Men då skiljs våra vägar. Är det uppfattat?"

"Ja, sir!"

"Bra. Då kommer min enkla fråga. Hur bra är din arabiska?"

"Jag är tvåspråkig, sir. Båda mina föräldrar är arabisktalande och hela familjen har alltid talat arabiska hemma."

"Utmärkt. Vilken sorts arabiska talar du?"

"Min fars släkt kommer från östra Saudiarabien, min mor är palestinier. Skillnaden mellan deras språk är inte så stor, men jag talar mer som min far."

"Utmärkt, kapten. Då blir den här frågestunden lite längre. Skulle kapten kunna passera som infödd saudiarabier bland arabisktalande?"

"Utan tvekan, sir!"

"Ja, det är ju vad som står i dina papper. Men folk har alltid en tendens att överdriva sina språkkunskaper, som du vet. Min fru påstod att hon talade flytande franska, men när vi var i Paris på smekmånad så kunde hon lika gärna ha talat grekiska. Kapten förstår säkert vad jag menar?"

"Absolut, sir. Min egen franska visade sig genant oanvändbar när jag var där. Men med all respekt, det gäller inte min arabiska. Jag talar mycket nära klassisk bildad arabiska om jag ska försöka vara mer precis."

Översten nickade nöjt och gjorde en kort road gest åt civilisten "Gus".

"Och vilken sorts arabiska menar ni att jag talar?" frågade CIA-mannen på fullt begriplig arabiska. "Jag skulle föredra att ni själv svarade mej på arabiska, kapten."

"Min herre talar arabiska som en amerikan med rötter någonstans söderut, jag skulle gissa på Texas. Det lät bra men omisskännligt dixieamerikanskt, om ni ursäktar."

"Mycket bra, kapten", fortsatte CIA-mannen på arabiska. "Och bortsett från att jag låter som om jag kom från Texas, vilket är lika sant som genant när ni så enkelt avslöjar det ... var tror ni jag har lärt mej min arabiska?"

"Svårt att säga, min herre. Men jag skulle gissa på en ganska lång tjänstgöring i Beirut. Jag kan ha fel, men det finns både en palestinsk-libanesisk klang och något annat som får mej att tänka på Syrien i er arabiska. Men jag måste förstås tillägga att min herre talar en alldeles klar och utmärkt arabiska, i all synnerhet för att vara från Texas."

CIA-mannen betraktade honom tankfullt skakande på huvudet och skrattade plötsligt till. De andra i rummet såg ut som fån.

"Allright, överste Triantafellu", sade han. "Det här är vår kille! Jag har fanimej aldrig hört på maken. En nattsärk och en kökshandduk på huvudet på kapten Mansur och ni har en tvättäkta saudiarabier framför er. Det enda som saknas är slö blick, kulmage och slapp muskulatur."

Den spända stämningen i rummet övergick snabbt till uppsluppenhet och de två FBI-killarna gjorde high five. Al Mansur fick för sig att man helt reglementsvidrigt förberedde något underrättelse-uppdrag på saudiskt territorium.

Det visade sig snart vara mer komplicerat än så, både när det gällde uppdragets natur och diverse reglementen.

"Då har jag en sista fråga innan vi börjar göra affärer, kapten Mansur", vidtog översten påtagligt uppmuntrad. "Vad krävs för att kapten skulle kunna posera som saudiarabisk säkerhetspolis och förhörare i ett fängelse som förefaller ligga i Saudiarabien?"

Al Mansur måste tänka efter.

"Ni menar förutom rätt uniform och såna prylar, sir?" svarade han för att vinna lite tid. Möjligen var det här den konstigaste fråga han fått i hela sitt liv.

"Det är redan ordnat!" log översten. "Mer?"

"Några bandinspelningar med saudisk förhörsrutin. Speciella formuleringar, facktermer, slangord och lite sånt ...", prövade han sig fram.

"Det är också på G, kapten! Då tror jag faktiskt vi kan börja jobba!"

Operationen hade att göra med det objekt de plockat in nere i Punjab i en förstad till Faisalabad, där man minst av allt skulle ha väntat sig att hitta några höjdare i al-Qaida. Det gällde alltså den där Abu Zubaydah.

På grund av att han låg i sjuksäng var han för närvarande lite svårtorterad, om man skulle göra klarspråk av en del förskönande omskrivningar som nu ingick i Al Mansurs briefing och förberedelser för operationen.

De inledande samtalen som genomförts med förhörare från FBI hade inte gett någonting av värde. Den jäveln hade till och med haft fräckheten att åberopa amerikansk demokrati och mänskliga rättigheter så fort man försökte klämma åt honom lite hårdare. Dessutom var han ju skottskadad och låg i en sjukhussäng med dropp. Som alla saudier var han dessutom inihelvete arrogant och hade en olycklig fallenhet för att börja predika om Gud och politik. Trots sina skador verkade han vid gott mod och kunde till och med skämta om vad som skulle hända om de tog till några av de få tillåtna amerikanska tortyrmetoderna, exempelvis ifall de låtsades dränka honom i den berömda vattentunnan. Antingen var det bara bluff. Eller också skulle de verkligen lyckas dränka honom av misstag och i ingetdera fallet skulle han ha avslöjat något som inte borde avslöjas. Och dog han skulle han ju ändå bli martyr och få sin rättmätiga belöning av Gud.

Så nu hade man en enkel idé om hur man skulle lösa problemet med terroristen som inte var rädd för amerikansk tortyr. Man måste ju få honom att snacka. Abu Zubaydah var den viktigaste mannen i ledningen för al-Qaida man någonsin lyckats lägga vantarna på, inte minst på grund av möjligheten att få upp ett färskt spår till USA:s just nu mest efterlängtade fångst, Usama bin Ladin själv. Utan tvekan borde Abu Zubaydah vara en potentiell guldgruva av information. Bara man kunde få honom att börja snacka.

Så nu skulle man ta ut honom på, inte en biltur som det brukade heta, utan faktiskt en flygtur. Givetvis skulle man droga ner honom först så att han inte fattade hur länge han flög, än mindre vart. Och så skulle den kaxige lille skiten få vakna upp i ett äkta saudiskt tortyrcentrum. Man höll som bäst på att snickra ihop anläggningen här på basen. De kära saudiska allierade i Kriget mot Terrorismen hade varit ytterst tillmötesgående och levererat såväl fotografier som, faktiskt, pakistanska hantverkare. Lite att gå över ån efter vatten skulle man kunna tycka, men det var vad dom hade till förfogande, ingen saudiarabier arbetade som bekant med händerna.

Tanken var alltså att när den omtöcknade Abu Zubaydah vaknade upp i ett saudiarabiskt tortyrcentrum så skulle han inse vad klockan var slagen och enkelt uttryckt skita på sig. Särskilt när han träffade på överste Abdullah ibn Turki ibn Hit och ibn Dit, alias kapten Al Mansur från US Special Forces. Budskapet kunde ju inte gärna missförstås. De amerikanska blötdjuren som var såna nybörjare i tortyr hade bett sina närmaste allierade om hjälp. Nu skulle det inte handla om små örfilar och lite sparkar och en vattentunna. Nu handlade det om att först långsamt skära av den ena pungkulan (men tills vidare lämna den andra som ett starkt förhandlingskort), sedan dra ut nagel för nagel, sedan tångknipa någon tå, tvärsöver såret efter den utdragna nageln och så vidare. Saudiarabisk standard.

När man slipade på planen stod det snart klart att det skulle verka orimligt att chefsförhörare/torterare kapten Mansur skulle vara helt ensam på scenen. En del snack från vad som skulle föreställa förbipasserande i en korridor utanför, liksom vrål från torterade, kunde man fixa med bandinspelningar. Det var ju en känd tysk metod från Världskriget II, andra jämförelser helst lämnade därhän.

Det var ändå osannolikt att en äkta saudisk officer skulle förnedra sig till tortyr, eftersom det var manuellt arbete. Alltså behövdes ytterligare en karaktär i dramat. Sökandet efter en sådan försenade operationen med fyra dagar.

Man lokaliserade en sergeant Lo Sarqaw från en av Special Forces stationer i Afghanistan och flög in honom. Men när han och Al började tala arabiska med varandra visade det sig att sergeant Sarqaw lät för amerikansk, åtminstone i Al Mansurs öron.

Överste Triantafellu var emellertid så helsåld på den här operationen att han utan att blinka gick in som regissör.

För i Saudiarabien var det väl inte orimligt, resonerade han, alltså med tanke på vad vi faktiskt visste om vår närmaste och käraste allierade vän i Mellanöstern, att de hyrde in allehanda sluskar för att göra skitjobbet. Så om man nu befordrade Al till exempelvis brigadgeneral och lät sergeant Sarqaw uppträda som korpral, fast jävligt orakad om man så säger, så borde väl det hela verka helt realistiskt? I värsta fall kunde man ju stoppa in nån jävla pakistanier som medhjälpare. För om dom där prinsarna kunde ha pakistanska piloter i såväl Saudi Arabian Airlines som i sina privata flygplansflottor, eftersom ingen saudiarabier kunde ha ens ett fint pilotjobb på grund av att det ansågs vara manuellt arbete, och eftersom kungafamiljen likt de romerska kejsarna hade ett livgarde som bara bestod av utlänningar, mest pakistanska fallskärmsjägare, och eftersom hela deras jävla land sköttes av 300 000 pakistanska slavarbetare, så måste det väl vara helt okej med pakistanska tortyrdrängar?

Det var hugget som stucket. Fördelen med en sergeant från dom egna vägde ändå över. Lånade man in nån jävla pakistansk torterare så fanns det ju ett uppenbart säkerhetsproblem – att han jobbade för al-Qaida.

Alltså blev det sergeant Sarqaw som fick sättas i språkträning med Al Mansur.

Först preparerade man den bullrigt flygtransporterade terroristen, han hade fått vara med på en sväng till Kabul och tillbaks, med sodium pentothal, det närmaste mänskligheten kommit i jakten på ett fungerande sanningsserum. I vart fall gjorde det patienten slö, fnittrig och benägen för fula ord. Att få in skiten i terroristen var inga problem eftersom han fortfarande behandlades med dropp.

Medan terroristen låg halvt medvetslös repeterade de två skådespelarna under överinseende av regissören överste Triantafellu vissa termer, jargong och kroppsspråk, eftersom saudier rör sig långsammare och fisförnämare än andra araber. Det var alltför lätt att parodiera, så att de gång på gång föll i skratt.

Till slut var ögonblicket inne. Bandspelarna med tortyrskrik slogs på när patienten enligt läkarna visade tecken på att börja vakna. Rummet övervakades av fyra videokameror. Man kunde från flera vinklar följa hur terroristen reagerade på ljudillustrationerna och det var fullt klart att han inte gillade vad han hörde. När militärläkarna ute i kontrollrummet nickade klartecken var det dags för entré.

Kapten Al Mansur, numera brigadgeneral Abdullah ibn Turki ibn Mansour – det sista släktnamnet ironiskt nog helt korrekt – tog ett djupt andetag, sänkte axlarna, spände ut bukmusklerna för att få fram en något för liten kulmage, sänkte ögonlocken något och steg in i rummet med sin numera gorillaliknande kollega från US Special Forces. Ingen teaterregissör hade kunnat få till det bättre. Det syntes direkt vem som var den äkta saudiern och vem som var bodbetjänten; man hade i sista stund lagt en lösmustasch på sergeant Sarqaw och stänkt lite fårblod över hans uniform.

"Salaam aleikum, herr lågvälborne Abu Zubaydah, för det är väl det ni kallar er nuförtiden? Välkommen hem till de rättroendes Saudiarabien!" inledde Al Mansur just som han repeterat tiotals gånger. Det var den enda givna repliken, den som förmodades få den jäveln att skita på sig. Resten måste improviseras.

Det var alltså nu som den påstådde tredjemannen i al-Qaida, USA:s hittills förnämsta fångst i jakten på Usama bin Ladin, skulle bryta samman i skräck.

Till en början såg det faktiskt ut som om det funkade. Den jäveln spärrade upp ögonen och piggnade till högst påtagligt. Så långt var allt enligt manus. Men fortsättningen var totalt oväntad.

"Aleikum salaam! Prisa Gud i Hans allsmäktiga visdom", stönade terroristen lyckligt. "Jag är hemma, jag är räddad. Dom enfaldiga amerikanerna skickade mej till fosterlandet. När kan jag komma härifrån?"

Allt var fel. Och där stod Al Mansur i sin saudiska brigadgeneralsuniform och utspända mage och försökte se skräckinjagande ut medan tortyrskriken ekade i bakgrunden. Att terroristen köpt bluffen var visserligen helt klart, nu var man verkligen i Saudiarabien. Men den här lättat lyckliga reaktionen vid den insikten stod verkligen inte i manus. Al Mansur måste improvisera så gott det gick.

"Hör nu här, herr 'Abu Zubaydah', det är inte så enkelt som du tycks inbilla dej", började han släpigt långsamt medan han febrilt försökte tänka ut en mer hotfull fortsättning. "Reglerna är inte som förr. Allt blev annorlunda efter den 11 september, kristen tideräkning. Du är nu vår fiende lika mycket som dom otrognas, det är ingen skillnad mellan dej och korsfararna eller judesvinen. Nu är det allvar."

Terroristen stirrade klentroget på honom och för några ögonblick trodde Al Mansur att han på något oförutsett sätt hade avslöjat sig. Den känslan förstärktes dessutom av att terroristen föll i skratt, fastän han avbröt sig när det gjorde ont.

"Förlåt herr brigadgeneral", stönade terroristen. "Jag fick olyckligtvis två av korsfararnas kulor genom kroppen och har trots det komiska i situationen svårt att skratta. Jag kan förstå att man tog mej till ett hemligt fängelse, det hörs ju och jag hoppas att ni ger drinkarna och horkarlarna vad dom förtjänar. Men nu var ju frågan närmast när jag kan komma hem eller förflyttas till Kung Fahdsjukhuset eller någon annanstans där jag kan få mer omvårdnad än ni kan erbjuda mej här, herr brigadgeneral."

"Som jag sa", fortsatte Al Mansur alltmer osäker bakom sitt stenansikte. "Det är helt andra regler som gäller efter attacken på World Trade Center, också hos oss här hemma. Kanske har du varit borta för länge bland Guds krigare i Afghanistan för att förstå det, Gud välsigne deras tappra insats förresten, men nu är det allvar. Vi har ett antal frågor som vi vill ha svar på. Om inte kommer korpral 'Saddam Hussein', vi kallar honom så av vissa lätt insedda skäl, att göra din tillvaro ytterst obehaglig."

"Det var det oförskämdaste!" fnös terroristen och satte sig med en grimas av smärta halvt upp i sängen. "Jag varnar er, herr brigadgeneral. Ni tycks inte ha förstått situationen men om ni inte passar er kommer er syriske dräng eller var han nu kommer ifrån snart att få slå klorna i er själv!"

"Det är en mycket märklig hotelse med tanke på var ni befinner er, herr 'Abu Zubaydah'", fortsatte Al Mansur desperat, fastän han gjorde sitt yttersta för att inte visa det. "Jag kanske ska be korpralen här tala lite förstånd med er och så ses vi på nytt om några timmar, efter middagsbönen?"

Det var hans sista kort, något annat kunde han inte komma på. Just nu stod det helt stilla i huvudet på honom. Å ena sidan hade terroristen köpt bluffen. Å andra sidan var han till synes lättad över att ha hamnat i ett saudiskt tortyrfängelse. Det hängde inte ihop, såvida han inte blivit galen av det där påstådda sanningsserumet.

"För sista gången, herr brigadgeneral, ta nu ert förnuft till fånga", suckade terroristen vänligt överseende. "Jag förstår att ni gör ert jobb, er plikt och allt det där. Men jag förstår också att ni inte har hela bilden klar för er, det måste ha skett något misstag i kommunikationerna. Men det kan vi säkert reda ut om vi bara hjälps åt lite. Jag ska be er ringa prins Ahmed, ni ska strax få Hans Kunglig Höghets privata telefonnummer, men ni får inte veta hans fullständiga namn. Attacken mot World Trade Center kände prins Ahmed till på förhand, liksom jag själv gjorde det. Hans Kunglig Höghet ansvarar nämligen personligen för förbindelserna mellan kungafamiljen och Guds armé av frivilliga runt om i världen. Han och jag har alltså de bästa förbindelser, men tydligen vet han inte att jag befinner mej här hos er. Ring bara samtalet så kommer ni snabbt att tas ur den olyckliga villfarelsen att den hjältemodiga attacken på World Trade Center skulle ha förändrat någonting i vår gemensamma kamp."

Det fanns bara en sak att göra, såvitt Al Mansur tolkade situationen. Det var att artigt anteckna det telefonnummer som terroristen rabblade upp och lämna rummet.

Utvärderingsmötet i den improviserade sammanträdeslokalen där minst tio man hade följt samtalet från fyra olika monitorer med engelsk simultantolkning blev lika upphetsat som förvirrat. De två CIA-killarna hamrade en stund som besatta på sina datorer och fick snabbt fram resultat.

Telefonnumret var äkta. Abonnenten var prins Ahmed bin Salman bin Abdul Aziz, mest känd för sitt hängivna hästintresse, sina investeringar i arabiskspråkig press i London, ett omfattande aktieinnehav i USA och sina minst lika omfattande fruntimmersaffärer. Han var inte kattskit. Det finns mellan 5 000 och 8 000 prinsar i Saudiarabien, så bara att någon är "prins" säger inte så mycket. Men den här killen var en sån prins som man på underrättelsejargong kallade en 100-miljonerdollarsjeppe, alltså en av höjdarna, brorson till kung Fahd.

Och han skulle ha känt till 9/11 i förväg? Han skulle dessutom, om man nu tolkat terroristen rätt, bara kunna knäppa med fingrarna för att terroristen skulle få uppgradera tortyrkammaren till lyxsjukhus. Hans Kunglig Höghet var i så fall en medbrottsling.

Skulle man chansa på att ringa samtalet? Nej, prinsen skulle ju genast avslöja bluffen eftersom han rimligtvis måste veta att herr Abu Zubaydah infångats i Pakistan men sannerligen inte hade skickats hem till Saudiarabien.

Till slut enades man om att göra en vända till för att se om det gick att få ur terroristen mer information, sedan måste man lägga operationen på is tills CIA hade hunnit analysera situationen med hjälp av sina fulla resurser i Langley.

Al Mansur fick göra ett nytt besök hos terroristen, utan tortyrdräng den här gången. Han försökte spela bekymrad med rynkad panna även om terroristen tycktes ta för givet att allt nu var uppklarat. Han sa att telefonnumret inte verkade fungera, eller att man åtminstone inte fick något svar. Fanns det andra nummer man kunde försöka?

Terroristen grymtade först misslynt men rabblade sedan snabbt upp två nya nummer, det ena till en "Prins Sultan", det andra till en "Prins Fahd" och för säkerhets skull lämnade han två telefonnummer till någon som han påstod var hans närmaste kontakt i Pakistan, som också skulle kunna hjälpa till att reda ut situationen, fast kanske inte så gärna per telefon. Al Mansur drog sig tillbaks till den improviserade sambandscentralen.

Också de nya telefonnumren var heta. "Prins Sultan" visade sig vara Sultan bin Faisal bin Turki al-Saud, 100-miljonerdollarsjeppe han också. Även han var brorson till kung Fahd och hans far var någon sorts guvernör över huvudstaden Riyadh, faktiskt med kontor på självaste Chop-Chop Square så att han kunde stiga ut på en balkong och överse halshuggningarna efter varje middagsbön på fredagarna.

Nästa prins på listan visade sig vara Fahd bin Turki bin Saud al-Kebir, en mer avlägsen släkting till kungen och därför innehavare av ett mer begränsat apanage på bara 260 000 dollar per år. Dessutom var han bara 25 år.

De pakistanska telefonnumren som terroristen rabblat upp gick märkligt nog båda till chefen för det pakistanska flygvapnet, flygmarskalk Mushaf Ali Mir, det ena till hans privata mobiltelefon, det andra till hans högkvarter på flygstaben i Islamabad, med fullständigt korrekt anknytning till ett nummer som passerade alla sekreterartjänster.

Därmed var operationen avslutad såvitt angick US Special Forces. Terroristen Abu Zubaydah skulle nu försvinna in i ingenting och knappast till ett så celebert ställe som Guantánamo utan helt säkert till en betydligt mer anonym plats någonstans ute i det GULAG-systtem som vuxit fram i och med Kriget mot Terrorismen. Vad som skulle hända med honom där var säkert otrevligt, men med tanke på vilka informationer han satt inne med kunde han inte gärna ställas inför rätta. Hans kunskaper var ju, som överste Triantafellu konstaterade, inihelvitte problematiska.

Al Mansur återgick till sin vanliga tjänst, men kallades efter tio dagar tillbaks för en kort ceremoni på Triantafellus tjänsterum. Där fick han det glädjande beskedet att han befordrats till överstelöjtnant och tilldelats The Distinguished Service Medal, men beordrades att för alltid hålla käften om varför.

Han slog upp utmärkelsen i en arméhandbok när han kom tillbaks till sin egen bas (där han nu blivit ställföreträdande chef). The Distinguished Service Medal utdelades för "exceptionella tjänster till regeringen under uppdrag med ett mycket stort ansvarstagande", således ingen tapperhetsmedalj men nummer tre i arméns prestigeskala.

Karriärmässigt var det alldeles utmärkt. Hans äldre syskon skulle inte ha något emot hemmabesök av en snyggt dekorerad överstelöjtnant i de gröna baskrarna. Fast hur han än grubblade kunde han aldrig förstå innebörden i den underliga *sting operation* där han tvivelsutan spelat en avgörande roll men sedan både belönats och hotats över det vanliga när det gällde att för alltid respektera den kvalificerade hemligstämpel som hela saken till slut begravdes under. Och den stora frågan kvarstod. Var han en arab som talade perfekt engelska? Eller en amerikansk överstelöjtnant som talade arabiska med perfekt saudisk accent?

* * *

US Special Forces hade utan tvekan genomfört en glänsande underrättelseoperation som vida översteg det amerikanska underrättelseväsendets föreställningar om dessa lädernackars förmåga. Det medgav man utan omsvep till och med på CIA:s avdelning för speciella operationer i fält.

Men ärendet, som nu klassificerats som *The Z File*, blev snart anledning till ett intensivt käbbel mellan FBI, som menade att det i huvudsak måste ses som ett inrikes polisiärt problem, alltså FBI:s bord, och CIA som lika tvärsäkert hävdade att allt som rörde Saudiarabien och Pakistan enbart gällde utrikes behörighet och följaktligen var CIA:s bord. Revirstriderna gjorde att själva utredningsarbetet drog ut på tiden. Dessutom fick både CIA och FBI ett ööverstigligt problem i sina förbindelser med USA:s till personal och penninganslag största underrättelsetjänst, NSA.

National Security Agency, som organisationens neutrala förkortning skrivs ut, satt utan tvivel inne med avgörande kunskaper. NSA var självaste världsörat. Det var allmänt bekant i underrättelsevärlden att NSA systematiskt avlyssnat den saudiska kungafamiljen sedan 1996. Och här gällde det nu att utreda tre saudiska prinsars eventuella anknytning till ledningen för al-Qaida. Om NSA hade tillgång till arkiverade samtal från dessa misstänkta sedan åtta år tillbaka så kunde man inte föreställa sig annat än att det skulle vara en avgörande kunskapskälla. Bara svaret på den enkla frågan om någon av de tre prinsarna talat i telefon med terroristen Abu Zubaydah skulle ju vara mycket klargörande.

Men NSA vägrade till en början allt samarbete med såväl FBI som CIA, delvis på löjeväckande formella grunder som att revirstriden mellan de två broderorganisationerna ännu inte var avgjord och att NSA därför riskerade "ett obehörigt utlämnande av hemligstämplad information".

Bråket tog närmare en månad att klara av och då genom ett öppet ingripande från presidenten själv, som salomoniskt rekommenderade att hans pappas gamla organisation CIA borde utreda de utländska aspekterna och FBI sådant som rörde amerikanskt territorium. Man var därvid tillbaks på ruta ett.

Medan revirstriderna pågick inom det amerikanska underrättelseväsendet var Z-filens *prime suspect* prins Ahmed bin Salman lika lyckligt ovetande om faran som han var fullt koncentrerad på sin nya häst War Emblem och det kommande derbyt i Kentucky.

När FBI äntligen kunde ta itu med ärendet överlämnades det tämligen naturligt till organisationens Q-kontor, som man vanligtvis benämnde avdelningen där Q stod för al-Qaida. För att poängtera avdelningens betydelse efter 9/11 hade man inkvarterat den på huvudkontoret, J. Edgar Hoover Building på Pennsylvania Avenue i Washington D.C.

Nybliven chef för Q-kontoret var biträdande avdelningschefen Harriet O'Malley, jurist med en glänsande examen från Harvard Law School i bagaget. För hennes underlydande var det en gåta varför hon valt ett jämförelsevis lågavlönat jobb bakom stängda dörrar där hennes slagfärdighet och dramatiska yttre aldrig kunde komma till sin rätt så som det skulle ha gjort ute i det civila juristsamhället. Den mindre gåtan, som föranlett en del vadslagning, var om hon betonat sin irländska folkliga bakgrund inte bara genom en närmast skämtsamt anlagd irländsk intonation då och då, utan också genom att färga sitt hår rött. Inga avgörande bevis förelåg ännu i den frågan.

Harriet O'Malley var under alla förhållanden, äkta rött hår eller ej, en allmänt omvittnad arbetskapacitet och när man äntligen fått grönt ljus från Vita huset rivstartade hon sin utredning.

Z-filen innehöll fyra misstänkta, förutom sagesmannen Abu Zubaydah själv:

Prins Ahmed bin Salman bin Abdul Aziz, brorson till kung Fahd, hästtokig, allmänt ansedd som en av de mest "västerländska" saudiska prinsarna, hade investerat närmare en miljard dollar i amerikanska företag. Dessutom hade han med särskilt tillstånd från Vita huset snabbevakuerats från Lexington i Kentucky strax efter 9/11 när det fortfarande rådde allmänt flygförbud i USA. Han flög direkt hem till Saudiarabien i en av sina privata Boeing 727.

Vilket var ett särskilt knepigt förhållande, eftersom påståendet nu var att han "kände till attacken på World Trade Center i förväg". FBI hade fått registrera honom och hans passagerare innan planet lyfte. Men på order från Vita huset hade ingen fått förhöras. Det underlättade inte att ha en misstänkt med högt beskydd från Förenta Staternas president.

Prins Sultan bin Faisal bin Turki al-Saud, också en brorson till kung Fahd men inte lika nära den saudiska maktens inre kärna som hans kusin hästprinsen Ahmed bin Salman. Hade heller inga betydande ekonomiska intressen i USA, åtminstone inte med saudiska mått. Var dock en 100-miljonerdollarsprins.

Prins Fahd bin Turki bin Saud al-Kebir, en småprins jämfört med de två andra, helt klart i den klass som fick nöja sig med 260 000 dollar om året i apanage. Dessutom bara 25 år gammal.

Flygmarskalk Mushaf Ali Mir, chef för Pakistans flygvapen, en underlig joker i leken. Enligt en motvillig rapport, fylld av reservationer från kollegerna i CIA, var han troligtvis nära lierad med den pakistanska underrättelsetjänsten Inter-Services Intelligence. Och i så fall direkt insyltad i den pakistanska jihadiströrelsen. Det var således fullt rimligt att han skulle kunna vara en av al-Qaidas beskyddare i Pakistan och därmed också en man med en naturlig koppling till Abu Zubaydah – och därmed till jordens nu mest åtråvärda fångst, Usama bin Ladin.

Abu Zubaydah själv, som numera fanns på ett specialläger i Uzbekistan där han försökt ta livet av sig då han insett att han blivit lurad att tro att han varit i Saudiarabien och kunnat tala fritt. När CIA genomfört nya förhör med honom hade han tagit tillbaks allting och var tills vidare utredningstekniskt förbrukad. Frågan var om han inte också var mänskligt förbrukad.

Detta var utredningens utgångspunkter och så långt föreföll allt Harriet O'Malley enkelt och klart. Den pakistanske flygvapenchefen kunde man tills vidare lämna därhän, han sorterade hursomhelst under CIA:s ansvarsområde.

Viktigast var hästdåren prins Ahmed bin Salman, dels därför att han måste betraktas som högst kungligt rankad av de misstänkta konspiratörerna, dels av det mer formella skälet att han vistades lika mycket i USA som i Saudiarabien. Därmed var han ett odiskutabelt objekt för FBI.

Rent juridiskt fanns det inga hinder att plocka in prins Ahmed bin Salman redan som läget var nu. Brottsmisstanken skulle vara förberedelse alternativt anstiftan till mord. Det hade till och med fungerat med de gamla lagarna före 9/11. Som det nu var, efter Patriot Act, hade man tillräckligt på fötterna för att hålla honom minst sex månader i förhör.

Men det skulle inte skada med lite mer handfast bevisning, särskilt om man definitivt kunde knyta honom till Abu Zubaydah. Harriet O'Malley gjorde därför en formell framställan enligt den byråkratiska konstens alla regler till NSA. Hennes begäran var enkel. FBI ville ödmjukast få ta del av de inspelade telefonsamtal som kunde klarlägga prins Ahmed bin Salmans kontakter och i all synnerhet något eller några sådana samtal som kopplade honom till terroristen Abu Zubaydah. En ren och okomplicerad begäran, kunde man tycka.

Det tyckte inte NSA där man i en första vända vägrade samarbeta med det förbryllande påståendet om "för stor arbetsbörda för närvarande". Då uppgraderade FBI sin begäran så att en ny förfrågan kom från högsta ledningen på FBI till chefen för NSA.

Svaret dröjde en vecka, men det blev avslag på nytt. Nu med den än mer häpnadsväckande motiveringen att materialet ifråga, om sådant material alls funnes, måste förbli klassificerat hemligt med "hänsyn till främmande makt".

"Främmande makt!" fnös Harriet O'Malley när hon beklagade sig för sin närmaste chef, biträdande byråchefen Rick Hammond. "Saudiarabien är ju just den främmande makten vi har i uppdrag att undersöka!"

Alla fortsatta försök att forcera NSA:s informationsblockad misslyckades fram till den punkt där man otvivelaktigt måste ge upp. Nämligen när det stod klart att ett direkt veto från president George W Bush låg bakom NSA:s till synes halsstarriga ovilja till samarbete.

Men fortfarande hade man, argumenterade Harriet O'Malley, en stabil juridisk grund för att plocka in prins Ahmed nästa gång han dök upp i landet. Det var dessutom enkelt att förutse när han skulle göra det, han hade ju vunnit The Kentucky Derby. Alltså skulle han säkert som amen i kyrkan finnas i Baltimore den 21 maj för The Preakness Stakes.

Nu visade det sig plötsligt att arresteringsbeslutet måste fattas av

FBI:s högste chef. Det föreföll egendomligt med tanke på att det vid det här laget satt minst 2 000 araber inspärrade runt om i USA på vanligtvis betydligt svagare grund än den bevisning man hade mot prins Ahmed bin Salman.

Efter ytterligare någon tid fattade ledningen för FBI beslutet att inte röra prins Ahmed bin Salman. Harriet O'Malley gnisslade tänder när hon såg honom göra segerintervjuer i teve efter derbyt i Baltimore.

Själv fick hon aldrig veta hur den följande beslutsgången sett ut eftersom de inblandade makthavarna fanns för högt upp i statsapparaten. Såvitt hon förstod var det presidenten själv som stod för alla slutliga avgöranden i ärendet.

Vad som därefter hände var att CIA, som svarade för alla utrikes förbindelser underrättelsetjänster emellan, beordrades att göra en artig förfrågan till sina kolleger inom den saudiska underrättelsetjänsten, som för övrigt leddes av en farbror till prins Ahmed bin Salman, om det möjligen kunde förhålla sig så att tre namngivna medlemmar av det saudiska kungahuset hade illegitima förbindelser med al-Qaida?

Svaret från de saudiska kollegerna kom prompt. Varje sådan antydan vore inte bara en skymf mot de namngivna kungliga högheterna, utan också mot konungariket Saudiarabien. Punkt slut.

* * *

Harriet O'Malley var inte direkt förvånad över att prins Ahmed bin Salman, trots sin sensationella möjlighet att ta hem Trippeln, inte infann sig till The Belmont Stakes den 8 juni. Kollegerna på CIA hade ju tvingats varna honom.

Däremot blev hon förvånad av beskedet sex veckor senare, den 22 juli, att Hans Kunglig Höghet Prins Ahmed bin Salman, som föreföll som en ovanligt spänstig man för att vara en 43-årig saudisk prins, hade dött till följd av en hjärtattack sovande i sin säng. Eller om det nu var en blodpropp, som man snart ändrade den officiella dödsorsaken till.

Det kunde förstås röra sig om tillfälligheter, tänkte hon.

Men när hon en vecka senare fick veta att nummer två på hennes lista av misstänkta, prins Sultan bin Faisal bin Turki al-Saud, dött dagen efter sin kusin, dessutom genom en singelolycka med sin Bentley på de breda och glest trafikerade saudiska motorvägarna – märkligt nog på väg till sin kusin prins Ahmed bin Salmans begravning – tvivlade hon starkt på slumpen.

Ytterligare en vecka senare blev hon övertygad om sambandet. För nu meddelades att den tredje kungligheten på hennes lista, prins Fahd bin Turki, hade omkommit genom, av alla arabiska orsaker, att ha "törstat ihjäl i öknen".

Det återstod inte så mycket av hennes Z-file. I praktiken var utredningen nedlagd. Sju månader senare mördades dessutom den pakistanske flygvapenchefen Mushaf Ali Mir tillsammans med sexton andra människor när han befann sig på en helikoptertransport i terroristområdet i nordvästra Pakistan. Att helikoptern sprängts genom ett sabotage kunde de pakistanska myndigheterna snabbt konstatera. Men man misslyckades fullständigt i sitt fortsatta arbete med att finna några skyldiga.

När flygmarskalken Mushaf Ali Mir sprängdes till döds hade den ursprungliga upphovsmannen till hela utredningen, Abu Zubaydah, tre månader tidigare lyckats med ett andra självmordsförsök. Det var åtminstone vad de uzbekistanska myndigheterna uppgav.

* * *

"Vi kommer att beröva terroristerna deras finansiering, vi kommer att vända dem mot varandra, vi kommer att jaga dem från plats till plats tills de kan finna vare sig vila eller skydd ... och vi kommer att förfölja länder som förser terrorismen med hjälp eller tillflyktsorter. Varje nation i varje del av världen står nu inför ett beslut. Antingen är ni på vår sida, eller så är ni på terroristernas.

Från och med idag kommer varje nation som fortsätter att beskydda eller stödja terrorismen att betraktas som en fientlig regim av Förenta Staterna."

George W Bush, tal inför Kongressen, 20 september 2001

I

DET RETADE HONOM att han inte kunde komma på vem löjtnant Schmidt var. Som vädret såg ut denna underligt milda vinter kunde han förlägga sin löpträning utomhus längs kajerna och passerade alltså Most Lejtenanta Schmida, Löjtnant Schmidts bro, antingen på hemvägen eller utvägen. Att löjtnanten var en kollega, alltså marinofficer, utgick han från. Bron var dekorerad med sjöhästar i gjutjärn, typisk 1800-talskonst, och låg dessutom bara några hundra meter från Amiralitetet. Men det var svårt att föreställa sig hur en ung löjtnant i flottan kunde utmärka sig så till den grad att han fick en bro uppkallad efter sig. I flygvapnet var det en helt annan sak, stridspiloterna var i regel löjtnanter. Och i armén kunde man tänka sig att exempelvis en löjtnant i pansartrupperna med tur och skicklighet kunde lyckas med en eller annan bravad. Men en löjtnant i flottan var sällan fartygschef och hade helt enkelt inte utrymme för några solonummer. Vid nästa besök i Amiralitetet skulle han gå förbi biblioteket och lösa problemet.

I övrigt hade han använt tiden väl när det gällde att lära känna sin nya hemstad och förmodligen gjort det med samma nymornade lust som alla andra kolleger som fått den eftertraktade förflyttningen från det mörka och kalla helvetet uppe vid Ishavsflottans hemmabas Murmansk till Östersjöflottans och de vita nätternas Sankt Petersburg. Nikolaj Gogols hem på Malaja Morskajagatan låg mindre än tjugo minuters promenad från hans egen lägenhet på Admiraltesjkaja Naberechnaja och samma var det med Fjodor Dostojevskijs tillhåll nere vid Sennaja Plochjad där man till och med kunde gå på en guidad tur i fotspåren på Raskolnikov i Brott och straff. Enda besvikelsen i den vägen var Aleksandr Pusjkins smaklösa hem i överlastad 1800-tals borgarstil där ett bläckhorn i form av en neger med rödmålade läppar och guldkjol tog priset. Förutom sina litterära och historiska exkursioner hade han ägnat mest tid åt att renovera sin lägenhet. Tursamt nog hade en amiral från huvudstaben just flyttat ut för att dra sig tillbaks från aktiv tjänst så att den klassiska lägenheten på Admiraltesjkaja Naberechnaja 8 blivit ledig. Enligt vad de påstod på Amiralitetet hade den alltid bebotts av amiraler, så det passade ju bra för den nye gästen från Murmansk. Men bostaden var förstås på tok för ödslig för en ensam man, kollegan som flyttat ut hade haft en stor familj och till och med tjänstefolk från staben i de åtta rummen.

Två av rummen hade med mycket svett, möda och outtömliga besvär med ruttna trossbottnar och skraltiga avlopp förvandlats till kök och matsal i en stil som skulle få de flesta västerlänningar att nicka igenkännande. Ett vardagsrum och ett arbetsrum med datorerna hade han möblerat själv med hjälp av flottans transporttjänst och IKEA. De två sovrummen var ännu så länge ytterst spartanskt inredda och i övrigt hade han nöjt sig med att låta bygga en gymnastiksal och en skjutbana – fyra rum i fil erbjöd i alla fall ett avstånd på tjugo meter – och höll nu till sist på med att försöka ersätta det uråldriga elsystemet, förmodligen från 1920-talet, med tysk teknik. Det var som att rusta upp en datja på landet, ett jobb som helt enkelt inte tycktes kunna ta slut. Beboeligt hade det gamla råttboet ändå blivit till slut. Och utsikten över Neva och Vasilijön var oslagbar. I varje annan stad han kände, åtminstone i väst, skulle de här kvarteren ha varit de dyraste och mest attraktiva för den som ville skaffa ny bostad. Men i Sankt Petersburg var det av outgrundliga skäl inte särskilt angeläget att bo vid vattnet intill floden eller de många kanalerna. Folk föredrog de oändliga raderna av moderna bostäder långt bort på Moskovskij Prospekt med utsikt över en ständigt bullrande trafikled. Kvadratmeterspriserna där ute var nästan dubbelt så höga som här vid Nevas stränder. Obegripligt.

Han undvek stadens restauranger av flera goda skäl. Antingen lagade han sina egna måltider hemma, de stora snabbköpen var överbelamrade med varor så där fanns inga provianteringsproblem, eller också gick han till officersklubben på Amiralitetet där maten men inte vodkan var gratis för officerare över kommendörs grad. Det blev något enahanda och på sista tiden hade kollegerna dessutom blivit mer och mer tillknäppta så att både konversation och umgänge torkade ut. Det var som om det spreds en oro inom hela flottan när nu president Putin märkligt nog tänkte lämna ifrån sig makten till en ny president. Visserligen hade kamrat Vladimir Vladimirovitj varit förutseende nog att själv utse sin efterträdare, man kan inte vara nog försiktig när det gäller demokratin, men det var ingen garanti för att flottan även i fortsättningen skulle ha en särskilt gynnad ställning inom försvarsmakten. Och när osäkerheten om framtiden spred sig tystnade alla samtal. För vem kunde veta vad som var fel att säga i morgon även om det lät rätt idag? Den sovjetiska traditionen satt djupt i kamraternas frusna själar.

Men just den här januarikvällen skulle han ha en gäst hemma på middag, kamrat kommendör Aleksander Ovjetchin. De kände visserligen varandra väl, hade den största respekt för varandra och båda hade dessutom haft nyckelroller i en av den ryska flottans mest spektakulära operationer i modern tid. Det hade varit behagligt om Aleksanders besök hade varit helt privat, om kvällen bara skulle ägnas åt att tala gamla minnen från deras krig. Men så skulle det inte bli, eftersom Aleksander bjudit sig själv och i samma andetag sagt att han blivit förflyttad från sin tjänst i Murmansk till "huvudstaben" i Moskva. Det betydde att han numera arbetade för *razvedkan*, den militära underrättelsetjänsten GRU:s ledning. En GRU-officer från högsta ledningen i razvedkan kom aldrig privat.

För mathållningen hade politiken ändå ingen betydelse och ryska officerskamrater hade en ganska strömlinjeformad smak. Kaviar, vodka, blinier, kokt tunga, saltgurka och rökt stör till att börja med. Därefter något mer matigt, och det han lagt ner viss möda på var sin egen stroganoff special med mycket surgrädde och lite getost i såsen. Vin var förstås inte att tänka på, utom möjligen en flaska vitt mousserande vin – "sjampanj" – som välkomstdrink. De hade ju sina segrar att skåla för.

Han hade avstått från att beställa handräckning från Amiralitetets kökspersonal eftersom han förutsatte att Aleksanders ärende, vilket det nu var, under alla förhållanden var en sak mellan två sammansvurna och att sådana samtal gjorde sig bäst utan flottistöron i närheten. Sen fick Aleksander tycka vad han ville om att se en flaggofficer själv plocka ner i diskmaskinen. Vissa kulturskillnader dem emellan skulle aldrig gå att utplåna.

Han hade självklart väntat sig att Aleksander skulle komma exakt på sekunden avtalad tid, inte bara för att en kommendör som besöker en viceamiral bör komma i tid, utan mer för att det var en självklarhet för alla män i brödraskapet *sub rosae*, alla spioner oavsett nationalitet. Vad han däremot inte hade väntat sig var att gästen skulle komma i uniform, eftersom det gjorde deras möte onödigt formellt. Själv var han som de flesta moderna ryssar klädd i jeans och kavaj.

Han gick till ytterdörren och öppnade på sekunden och överraskade som han hoppats Aleksander som just höjt handen för att ringa på.

"Min käre vän och kamrat och numera *kapitan pjervaja ranga*!" hälsade han och omfamnade sin perplexe vän. "Kom genast in så att vi får dricka champagne!"

De drack välkomstglasen i vardagsrummet med fönster mot Neva och de drack i gammal god rysk officersstil, allt genast och påfyllning. Aleksander verkade lite spänd, eller om han bara var överraskad av IKEA-möbleringen i rummet som kontrasterade våldsamt mot vinkylaren i silver och krusidullig 1800-talsstil och de tunga mörkröda ryska sammetsdraperierna. De småpratade lite om utsikten tvärs över floden där alla husen var fasadbelysta längs Universitetskaja Naberechnaja, från universitetsbyggnaderna, Konstakademien och Mensjikovpalatset bort till Kunstkammer med de egyptiska upplysta sfinxerna.

"Det här måste verkligen kännas som en kontrast efter er tid uppe i Murmansk, kamrat amiral", sade Alexander. Han verkade lite håglös, som om han redan hade tankarna på sitt egentliga ärende.

"Nåjo, Aleksander, det skulle man kunna säga. Men låt oss nu inte vara så formella, vi är i alla fall gamla stridskamrater så inget mer kamrat amiral i kväll om jag får be, jag tänker inte ens kalla dej Aleksander Ilitj och själv använder jag som du vet inget fadersnamn. Kom! Jag har fått tag på en vodka som skulle få alla Rysslands patriarker att brista ut i en evig hymn, kom!"

Hans hurtiga stil hade ingen verkan på Aleksander, möjligen hade den där speciellt dyra vodkan det, och ingen i Ryssland var längre bortskämd med belugakaviar så Aleksander tinade upp redan efter ett par rejäla supar.

"Det här", sade han när han smällde ner det tredje tomma glaset i bordet, "är det näst bästa glas vodka jag någonsin druckit och det har inte med den där extra dyra filtreringen i silver att göra. Det handlar om dom yttre omständigheterna. Och har jag nu lyckats väcka din nyfikenhet måste jag väl fortsätta?"

Hans värd nickade nöjt och lite lättad av det plötsliga tövädret.

"Jo, det var efter vårt sista rendez-vous utanför den portugisiska kusten", inledde han lite prövande och fortsatte sedan, "vi hade tankat K 601 en sista gång och ni ombord var nu oåterkalleligen på väg mot kriget. Men jag satt ju på den där oljeskorven på väg hem till Severomorsk. För min del var operationen över i det läget, flera års anspänning och kast mellan hopp och förtvivlan men nu var operationen igång. Jag satt ensam i matsalen med ett glas vodka och då slog det mej. Förutom presidenten själv var jag den enda människan ovan havets yta som visste vad som skulle ske, alla ni andra var ju ombord och på väg mot målet under strikt radiotystnad. Jag kunde inte undgå att resonera lite med mej själv om hur jag som *razvedtjik* skulle ha betraktat mej själv. Och den plötsliga insikten var inte uppmuntrande. Jag antar att kamr ... att du inser vad jag tänkte?"

"Javisst", nickade hans värd. "En underrättelseofficer som du och jag skulle tänka samma sak. Du var just då världens största säkerhets-risk, du borde elimineras fortare än kvickt. Inte sant?"

"Självklart. Och så kom kaptenen ombord och sa att han hade vissa order att genomföra när vi nått 100 sjömil från rendez-vous. Och det var alltså nu. Den första tanken jag minns är att så här är det alltså, så här var det när min farbror försvann under ... ja, du vet vem. Men i stället för att bli likviderad så fick jag ett handskrivet brev från presidenten. Ja, jag har hans tillstånd att behålla brevet så jag antar att jag får berätta om det för andra officerare som var med i operationen."

"Kamrat Vladimir Vladimirovitj befordrade dej till kommendör och gav dej dessutom Ryska Flottans Stjärna, gratulerar! Det var ju hyggligt av en gammal tjekist som han."

"Ja, men hur visste du det?"

"Du kom i uniform, Aleksander. Tänk på att också jag är razved-tjik och har ögon att se med. Nu måste vi pröva den andra sorten, Tsarens Guldvodka!"

Spriten tinade upp stämningen alltmer och ohjälpligt försjönk de i minnen från den stora operationen. Nästan overklig var Aleksanders berättelse om hur han och vetenskapsmännen suttit uppe i Severomorsk med en förberedd liten fest instuvad i det trånga kylskåpet i deras ruffiga lokaler. De tittade på CNN eftersom han räknade med att de amerikanska nyhetssändningarna skulle vara snabbare än de ryska med att sända ut nyheten. Men han hade felberäknat tidsskill-naden mellan Haifa och Severomorsk så på vad han förmodade var utsatt klockslag kom bara struntnyheter. Men en timme senare ex-ploderade ju världen och festen kunde börja. Det var ett under att alla hade klarat sig igenom operationen med livet i behåll, alla som befunnit sig ombord vill säga.

De reste sig till slut från middagsbordet ute i den kombinerade köks- och matsalsregionen och gick in i sällskapsrummet med de tunga ryska gardinerna och den vackra utsikten mot Neva. Och nu var det inte bara dags för konjak utan också för själva ärendet. Trots deras starka vänskapsband, sådana band som alla i Ryssland känner väl, om inte av egen erfarenhet så från äldre släktingars tjatiga berättelser, detta att överleva tillsammans i de svåraste av krigets drabbningar, så fanns det något obehagligt att tala om. Aleksander hade ett konkret ärende som han drog sig för att framföra. Nu måste han klämma fram med det.

Ämnet var det minst väntade av alla tänkbara och nästintill tänkbara. Det gällde den av Saudiarabien finansierade terrorismen. Presidenten hade tillsatt en särskild analysgrupp för operativa förberedelser och självklart spelade razvedkan en central roll i varje sådant sammanhang. Och även om nu inte Aleksander hade just detta som någon huvuduppgift bland sina ledningsfunktioner, han var snarare specialiserad på marinteknologi, så bar han underförstått med sig ett budskap från presidenten själv. Hur mycket han än snirklade sig och lindade in den saken var det så han måste förstås. Det var lika obehagligt som olycksbådande för hans värd.

Lägesanalysen var klar, och det var i den änden Aleksander Ovjetchin började.

Saudiarabiska petrodollar höll på att förvandla hela Centralasien till ett brinnande helvete. Den muslimska väckelserörelsen som svepte över regionen, från Pakistan ända upp till ryska autonoma republiker i Kaukasus, hade måhända mer politik än religion i botten, sådant som bekämpats med viss framgång under Sovjettiden. Nu var det en enda röra. De nyväckta muslimerna där borta visste inte själva vilken sorts muslimer de var och kunde för övrigt inte ens läsa sin heliga bok.

Men de moskéer som växte upp som svampar ur jorden betalades av Saudiarabien och därmed följde, enligt razvedkans analyser, den mest extrema och hatfyllda ideologi som någonsin uppstått inom den där religionen. Där gjorde man inte ens skillnad mellan ryssar och amerikaner.

Afghanistan var numera ett amerikanskt intresseområde så där fick amerikanerna skörda sin egen draksådd, det var ju de som tillsammans med Saudiarabien byggt upp hela systemet med heliga krigare under den sovjetiska ockupationen. Nu fick de smaka på sin egen medicin och det kunde bara sluta på ett sätt.

Men därutöver fanns ju problemet med de före detta sovjetiska centralasiatiska republikerna, Uzbekistan, Tadzjikistan, Kirgizistan, Turkmenistan och så vidare. Där uppstod brohuvuden för vidare expansion in mot själva Ryssland.

Den stora frågan var vilken typ av militärt försvar det fanns på denna saudiarabiska våg av extremism och galenskap när den trängde närmare Moskva och hotade självaste Moder Ryssland. Storskaliga militära insatser, stridsvagnsförband, artilleri, sönderskjutna städer och så vidare hade inte visat sig vara en framgångsrik strategi.

Aleksander avbröt sig och log åt sin egen oavsiktliga underdrift. Nej, krigen i Afghanistan och Tjetjenien hade inte varit direkt framgångsrika.

"Förlåt om jag avbryter dej min käre vän Aleksander", sade viceamiralen utan att visa vare sig otålighet eller irritation. "Det du säger är tänkvärt på många sätt. Jag ser logiken i det du berättar. Men eftersom vi inte gärna kan bomba Saudiarabien så måste jag börja fråga mej vad det här har med mej att göra?"

Svaret på den frågan innehöll ett overkligt ord. Kontraterrorism.

Det var en taktik som hade prövats med framgång av amerikanerna och deras allierade, framför allt i Sydamerika. Stridsvagnar och arméförband väcker uppmärksamhet och ovilja och dessutom icke önskvärd publicitet och därmed politiska besvär, inte minst internationellt med FN-resolutioner och liknande. Förband av specialister som uppträder på natten och eliminerar de primära målen, i det här fallet saudifinansierade prelater och deras terroristledare, kan däremot på kort sikt uppnå stora framgångar.

"Det du beskriver har onekligen en del gruvliga historiska erfarenheter som grund", avbröt viceamiralen på nytt. "Men du får ursäkta om jag då återkommer till min fråga. Jag vill inte verka petig, men i alla fall. Vad har det här med mej att göra?"

Aleksander Ovjetchin svettades. Han borde ha hängt av sig sin uniformskavaj långt tidigare och nu var det för sent, det skulle bara verka som en avledande manöver. Det gick inte att prata runt längre, framför allt inte inför en man som var både överordnad och vän. Han tog ett djupt andetag innan han sade som det var.

"Presidenten och hans rådgivare har kommit till slutsatsen att dessa förband bör organiseras inofficiellt, alltså utanför den ryska försvarsmakten. Vad som krävs är förstås en gedigen samling specialister på okonventionell krigföring. Såna som du, Carl. Presidenten vill anförtro dej det högsta operativa ansvaret för den här insatsen. Så är det och nu har jag i alla fall klämt fram med saken."

"Jag förstår, tror jag", nickade Carl. "Vår gemensamme välgörare Vladimir Vladimirovitj tycker att jag bör göra rätt för mej, när jag nu är gäst i Moder Rysslands trygga famn?"

"Det är min analys, ja."

"Jag ska leda anonymiserade förband nere i Kaukasus. Vi slår till enbart på natten eftersom vi har mörkerseende till skillnad från våra heliga krigare. Vi slår ut handplockade mål i fientliga byar, statuerar exempel och sprider sån skräck att snart ingen vettig människa vill ha en enda mujahedin ens en kilometer från byn. Ungefär så?"

"Korrekt. Det är planen."

"Och det hela kallas kontraterrorism?"

"Också korrekt."

"Får jag fråga dej en sak, Aleksander. Du är ändå min vän. I vilket läge skulle du kunna tänka dej att gå in i en by och döda alla män, kvinnor och barn du såg?"

Han utgick från att den retoriska frågan skulle döda all fortsatt diskussion. Men så enkelt slapp han inte undan.

"Bara i ett läge, om du ursäktar Carl? Under det Stora Fosterländska Kriget ... om jag varit bland dom första soldaterna i Sovjetarmén som gick in över gränsen till dom tyska fascisterna ... då, tror jag."

"Förlåt, jag tänkte inte på den möjligheten. Jag tror vi behöver mer konjak."

Han reste sig och gick fram till sin högst västerländska stereo-
anläggning och lade på en cd med melankoliska men också mycket
ryskt sentimentala småstycken av Dimitrij Sjostakovitj, fortsatte ut i
köket och letade fram en ny konjaksflaska medan han kämpade med
sin lust att vara oartig och övergå till vin. Någon riktigt rysk marin-
officer hade han aldrig blivit.

"Som du vet, min käre vän", började han när han återvände med
en konjaksflaska i ena handen och en vit bourgogne i den andra, "är
det ett avskyvärt förslag. Du ber mej bli terrorist, för håll med mej
om att *kontraterrorist* är samma sak, ungefär som man skulle kunna
kalla dej och mej kontraspioner. Så vad i all världen är det som får
din stab, eller om det är din president, att tro att jag skulle gå med på
det här?"

Han serverade medan han väntade på svaret. När han såg kolle-
gans vånda tyckte han synd om honom. Han uppfattade fortfarande
Aleksander Ovjetchin som en av de hederligaste män han träffat.
Den uppfattningen måste förresten Putin också ha haft eftersom han
belönades med medalj och befordran i stället för döden i det avgö-
rande ögonblicket på den där oljepråmen.

"Du är Rysslands gäst trots att det inte är okomplicerat. Presiden-
ten tänker nog att du som den handlingskraftige officer du är, fak-
tiskt också med avsevärda erfarenheter av just den sortens okonven-
tionella krigföring vi talar om...", började Aleksander men tappade
luft redan där.

"Men det kommer ju en ny president snart?" försökte Carl invända.

"Självklart", suckade den nu svårt plågade Ovjetchin. "Men ing-
enting tyder på att det innebär en förändrad linje. Så även den nye
presidenten skulle möjligen kunna överväga ... om du alltså inte stäl-
ler dina kunskaper till hans förfogande, att sända dej som present till
amerikanerna. Dom är som du vet mycket angelägna."

Det var alltså ett ultimatum. Antingen "kontraterrorist" eller ut-
lämnad till USA och därmed dödsstraff.

"Nu gör vi så här, min käre vän", sade Carl snabbt. "Du har framfört ditt ärende och jag ska tänka på saken. Men inte ett ord mer i kväll, vi har alldeles för många minnen du och jag, och kamrat Sjostakovitj gör sitt till. Nu dricker vi i stället upp dom här flaskorna och sjunger tills vi stupar!"

Det var ingen svår operation, åtminstone inte för Carl eftersom han drack vin i samma takt som hans ryske kamrat drack Rémy Martin XO. Det slutade som beräknat med att han lyfte upp sin sjungande, nåja kanske snarare mummelsjungande, kamrat och bar honom över axeln in till det ännu inte färdiginredda gästrummet där det i stort sett bara fanns en säng från IKEA. Sedan gick han till sitt arbetsrum och slog på datorerna. Nu fanns bara en utväg.

* * *

Det var sällan det dök upp ett läge att skämta om terrorism, eller än värre kriget mot terrorismen. Särskilt sällan för den som var reporter på Sveriges Radio, den milt statskontrollerade och reklamfria radiostationen som i sin egen reklam kallade sig fri radio eftersom det bara var landets politiker och inte näringslivet som utnämnde företagsstyrelsen.

Men nu fanns ett av dessa sällsynta lägen som Erik Ponti kastat sig över med ovanlig energi och entusiasm. På fredagseftermiddagarna sände nyhetsredaktionen ett så kallat fördjupningsprogram där han hade en stående "kommentar", vilket var en omskrivning för öppet partisk journalistik. Där fick man vara för eller emot utan att hyckla opartiskhet och i undantagsfall till och med rolig, även om det senare betraktades med större misstänksamhet från kollegerna än det förra.

Den senaste danska terroristaffären var praktiskt taget öppet mål när det gällde möjligheten till elaka skämt, ansåg Erik Ponti. Dansk säkerhetspolis hade gjort ett sedvanligt stort tillslag mot påstådda terrorister. I gryningen, eftersom den typen av ingripanden av dramaturgiska skäl alltid krävde aktivitet just i gryningen, liksom man då måste använda sig av svartklädda poliser i terroristmasker.

Tre män hade gripits, en dansk och två tunisier. Enligt pressmeddelande och intervjuuttalanden från säkerhetspolisens talesman skulle de tre ha förberett mordet på en dansk satirtecknare som avbildat Muhammed med en bomb i turbanen, en sedan två år tillbaks världsberömd teckning och själva sinnebilden för dansk pressfrihet och demokrati.

Den uppskakande nyheten ledde till att ett tjog danska tidningar omedelbart publicerade turbanbilden på nytt med ett bombardemang av stora ord för att försäkra allmänheten att de alla var särdeles solidariska och demokratiska. Danska politiker tog med eftertryck avstånd från tanken att satirtecknare skulle mördas, men försäkrade att de själva inte skulle låta sig skrämmas.

Också svenska medier hade följt upp med samma vinkel, liksom de svenska politikerna som också de försäkrade att de var emot mord på satirtecknare.

Det var förstås en bra story. Om danska terrorister tänker mörda en konstnär därför att de ogillar hans bilder så är det en bra story. Förutsatt förstås att det är sant. Annars är det ingen story alls.

Just här fanns svagheten i denna dags dominerande nyhet. Historien var alldeles uppenbart osann. Åklagaren hade varit tvungen att släppa den danske terroristmisstänkte redan efter några timmar, det fanns alltså inte ens grund för att anhålla honom. Och de två tunisiska terroristmisstänkta gick inte heller att häkta eller senare ställa inför rätta. Eftersom bevis saknades även i deras fall.

De kunde utvisas som terrorister till Tunisien med hänvisning till hemlig bevisning i överensstämmelse med landets terroristlagar. Men sådana lagar tog man till bara för den händelse att de misstänkta var oskyldiga, annars dög de vanliga lagarna utmärkt.

Men dessa enkelt genomskådade förhållanden – att de gripna olyckligtvis var oskyldiga – hade den skandinaviska medievärlden behandlat med mycket lätt hand. I stället koncentrerade man sig på att intervjua terroristexperter, också i Dagens Eko till Erik Pontis förtret. Terroristexperterna sade sig som vanligt ha känt till allt i förväg, även hotbilden mot den danske satirtecknaren. De använde som vanligt ord som "kopplingar" och "al-Qaida".

Här fanns alltså den sällsynta möjligheten att skämta rätt ordentligt med såväl terroristjägarna som lyckats gripa oskyldiga som med alla de journalistkolleger som likt en flock ylande hundar jagade verklig eller inbillad räv på den engelska landsbygden. Ty inte ens med hänvisning till kriget mot terrorismen kunde man komma ifrån en så gammal och välkänd princip som att den som inte är överbevisad faktiskt fortfarande måste räknas som oskyldig. Det var en fest att strö salt i dessa sår.

När Erik Ponti gick tillbaks upp till sitt lilla tjänsterum på Ekoredaktionen, hans privilegium som senior reporter och f d utrikeschef, skulle han bara ögna igenom sin mejl en sista gång och släcka ner för helgen. Det var januari och han skulle tillbringa ett par dagar nere i Skåne för att jaga hjort och vildsvin.

Mejlboxen hade förstås redan börjat fyllas på av rasande lyssnare som fann det ytterst oförskämt att det licensfinansierade officiella radioföretaget lät torgföra uppfattningar som att terroristmisstänkta kunde vara oskyldiga, och den typen av mejl flöt in fortare än han kunde städa undan dem och ingenting annat skulle ändå kunna tränga sig fram den närmaste timmen. I stället undersökte han lite förstrött om det fanns något tidigare meddelande som han kunde ha missat medan han var borta.

Då läste han plötsligt två rader som fick tiden att stanna. Det var som om allt ljud och ljus försvann runt honom och en smal tunnel av seende stramades åt kring det korta meddelandet:

Föreslår att vi klarar av vår avbrutna affär i Cape Town. Tre tänder. Cheval Blanc -82.

Det var han. Utan någon som helst tvekan. En av världens två mest efterlysta och jagade personer, därmed också en av världens två mest attraktiva intervjupersoner, erbjöd en intervju.

Det kunde inte finnas någon tvekan. En gång för länge sedan hade han, med någon vag antydan om att det kunde bli en praktisk kunskap i framtiden, berättat att hans militära anropsbeteckning var *Trident*, treudd, men också om man så vill tre tänder. Deras "avbrutna affär i Cape Town" inträffade förra året när ubåten plötsligt dök upp en andra gång just där och Erik Ponti kastade sig på ett plan för att hinna göra en intervju innan de gick ut till havs på nytt. Men han hade kommit för sent. Visserligen så nära scoopet att han stått på kajen utanför Cape Grace Hotel och sett U-1 Jerusalem i maklig takt stäva ut genom hamnbassängerna.

En gång efter en intervju i början på 90-talet hade de resonerat fram och tillbaka om vin, enats om årgången 1982 när det gällde Bordeaux men varit oense om typ. Erik hade varit mer för Pauillac, lite strävare med mer cabernet sauvignon medan Carl något förvånande sagt sig föredra de merlotdominerade vinerna från Saint Emilion och Pomerol.

Det kunde inte vara någon som helst tvekan. Det här var en perfekt kod som bara kunde tolkas av två personer, det var verkligen ett erbjudande från Carl.

Han kastade ett öga på klockslaget i meddelandet. Det var avsänt för 58 minuter sedan från en adress han inte kunde tolka. Hursomhelst fanns bara en sak att göra nu.

Var och när? Vore inte Latour -82 att föredra? svarade han och sände iväg och därmed var cirkusen igång.

Dels var det en facklig fråga. Fackklubben menade att det var fel att bara de gamla stötarna skulle få kapa åt sig smörjobben, som att intervjua berömdheter som faktiskt självmant ville bli intervjuade. Dels var det också en policyfråga. Den ende som fått göra de här intervjuerna på den tiden det begav sig, på sena 80-talet och fram till 1995, hade varit Erik. Det riskerade att göra honom till "hovreporter", menade åtminstone de yngre kolleger som kände sig mer kallade och dessutom mer angelägna att värna om Sveriges Radios integritet och trovärdighet.

Men principer är en sak, ett världsscoop är en annan. Det var åtminstone så som Katarina Bloom, den nya inrikeschefen på redaktionen, lakoniskt sammanfattade den upprörda diskussionen. Det var efter att Carl sänt över exakta instruktioner med flygtider och allt och bifogat den avgörande begränsningen att om någon annan än Erik Ponti dök upp i Sankt Petersburg så var intervjun inställd.

"Så om du nu får göra den här intervjun så kommer den att nagelfaras mening för mening av kolleger som gjort jobbet bättre, det fattar du väl?" sade hon när mötet inne i hennes rum var slut och hon bett Erik stanna kvar en stund.

"Ja, och jag kommer inte att få godkänt. Men vi får en helvetes intressant intervju", medgav han utan omsvep. "Om vårt enda val hade varit att skicka över en pryo så hade vi väl gjort det också?"

"Det heter prao nuförtiden, men du är ju som bekant för gammal", ironiserade hon, fast med vänliga ögon. "Själv är jag för ung, åtminstone när det gäller Carl Hamilton. När han blev så där världsberömd gick jag på journalisthögskolan och när han dömdes till livstid och rymde var jag sommarvikarie på Ekot. Jag är inte ens säker på att jag hörde några av dina intervjuer med honom. Hur är han, du som känner honom?"

"Ja, eller kände honom. Den jag kände var en strikt typ. Militär fast extremt välformulerad. Ungefär samma vänsterbakgrund som jag själv, så vi hade en del att käfta om. När han tappade fotfästet eller vad man ska kalla det, mördade sina egna angivare och dömdes till livstid, så fick jag inte träffa honom, så jag har aldrig förstått vad som hände."

"Förra året när allt det där med ubåten brakade loss så verkade han inte precis ha tappat fotfästet?"

"Nej, vad nu det betyder. Men dom där ubåtsoperationerna som han var med om, eller kanske rentav var nån sorts chef för, gick ju raka vägen in i militärhistorien. Tänk dej att en enda ubåt slog ut den israeliska flottan i Medelhavet, rundade Afrika och slog ut den israeliska flottan i Röda havet. Och sänkte en förföljande amerikansk atomubåt i superklassen närmast i förbifarten. Vilken story!"

"Och den storyn ska vi ha i Ekot?"

"Ja, det måste vara tanken. Han kan inte gärna bjuda in oss till en intervju och sen köra med no comments. Fast med honom vet man inte."

"Vad är det man inte vet?"

"Man vet inte varför han vill tala med oss journalister. Det är i alla fall inte av omsorg om medborgarnas berättigade intresse av att få veta sanningen som han vill bli intervjuad av Dagens Eko."

"Och vad tänker du göra åt det?"

"Ställa dom frågor du helst skulle vilja ha svar på, hans avsikter kan jag inte genomskåda men jag kan spela in hans svar."

Hon skrattade och därvid blev det.

Exakt en vecka senare landade han på Pulkovoflygplatsen utanför Sankt Petersburg.

Det enda han visste utöver det självklara om Ryssland hade med jakt att göra, men den bästa jakten bedrevs borta i Sibirien och där såg det ut som Jämtland gånger en miljon. Sankt Petersburg var fortfarande Leningrad i hans medvetande, andra världskriget och tre års belägring. Eller möjligen den äldre historien, som att det var svenskarna som byggde ursprungshamnen Nyenskans men att det var Peter den Store som lade grunden för den nya ryska huvudstaden. Och att Karl XII då hade skrattat och sagt att låt honom hålla på ett tag så tar vi staden ifrån honom när den är färdig. Och sedan kom den ryska revolutionen. Ungefär så, varken mer eller mindre.

Ryssland var därmed mer bortaplan än något annat land han kunde tänka sig, möjligen med undantag för Mongoliet. Han kunde garanterat inte mer än tre ord på ryska. Förutom *da* och *njet* faktiskt *shajbo* som betydde "mål" när den ryska ishockeypubliken hejade. Han försökte intala sig att ingenting av detta spelade någon roll, eftersom han faktiskt bara skulle ställa självklara frågor till en världsberömdhet på svenska, vilket var ännu lättare än italienska och engelska.

Passkontrollen var inte värre än i tredje världen och bagaget kom prompt ut på bandet som i vilket land som helst. Ryssar såg ut som folk fastän jeans verkade vanligare än i väst, åtminstone här på flygplatsen.

När han steg ut i den överraskande lilla men prydliga ankomsthallen gällde det. Här slutade hans instruktioner. Han hade förstås fasat för risken att det hela skulle vara någon extremt listigt arrangerad form av practical joke, men avfärdat tanken med att repetera de få orden i Hamiltons kodade meddelanden.

Det började i alla fall bra. Bland det första han såg när han kom ut genom de automatiska dörrarna från tullfiltret, där det märkligt nog inte förekommit minsta kontroll, var en prydlig ung man i svarta byxor, slips och skinnjacka, fast *dyr* svart skinnjacka, som höll upp en skylt med hans eget namn stavat fullkomligt korrekt med latinska bokstäver.

Det stod Grand Hotel Europa på den stora svarta BMW:ns bakre sidodörrar, och snart gled han ljudlöst nedför en oändlig, bred aveny med höga bostadskaserner på ömse sidor. Det var lika dålig vinter som hemma i Sverige, regnblandad snö i luften och högst någon centimeter snö här och var i parkerna. Det var en stor stad. Nästan alla bilar var västerländska. Inga skyskrapor. Bra väg, välordnad trafik. Mot slutet en och annan bro över kanal och bortsett från att han inte kunde läsa neonreklamen så var det bara en vanlig stor stad.

Och snart en vanlig hotellentré i stor stad där män med skärmmössor och gröna uniformer höll upp dörrar och bar bagage, sedan ljusgröna marmorpelare, tjocka mattor och faktiskt italienska marmorgolv med typiska italienska inläggningsmönster och så långt hade det lika gärna kunnat vara Rom eller New York.

Förmodligen var det de bekanta synintrycken som fick honom att av misstag börja tala italienska i receptionen, men det gick överraskande bra. Om något var fel så skulle det sist och slutligen visa sig här. Men icke så. Han hade en reservation i sitt eget namn och som den självklaraste sak i världen förklarade receptionisten att amiral Trident hade beställt bord i hotellets kaviarbar till klockan 19:00.

Klockan var inte ens sex, men det var helt mörkt där ute. Rummet

50

var varken stort eller litet, badrummet klätt i vit italiensk marmor, andra gången han känt igen det italienska, och på de pastellfärgade väggarna hängde en del tavlor som antingen föreställde ryska ikoner eller ryska björkskogar. Minibaren var överfull. Jaha.

Han sparkade av sig skorna och lade sig ovanpå sängöverkastet. So far so good. Det tusende reportageuppdraget i det tusende hotellrummet, i sak ingenting märkvärdigt, bara ännu ett jobb. Han hade tillräckligt med batterier till bandspelaren. Han hade förberett hundratals frågor, om det skulle bli tid för en lång intervju. Han hade också förberett en version på en halvtimme och till och med en på fem minuter. Det var ju Carl som bestämde alla de yttre villkoren för en intervju, själv hade han förhoppningsvis makt åtminstone över frågorna. Eller hade han det?

En kollega på Ekot hade nyligen fått en tre minuters "exklusiv" intervju med Hillary Clinton och berättat ganska roligt om nederlaget. Hillary hade kommit in och satt sig i stolen som medhjälparna fixerat på någon sorts exakt beräknat avstånd medan de skrek om att ingen fråga fick ställas utanför det som var uppgjort i förhand och godkänt av pressekreterarna. Kollegan hade tänkt att tre minuter inte var mycket att vifta på med en speedad amerikansk presidentkandidat och försökt gå ut hårt med en oväntad fråga: "Finns det inte en risk att den amerikanska väljarkåren skulle se dej som hälften av ett dubbelkommando i Vita huset?"

Det är klart att frågan var berättigad. Men det blev ingen intervju eftersom presidentkandidaten med en sorts härmad kräkrörelse genast reste sig och gick, medan stabspersonerna runt henne delade upp sig i två grupper. Ett gäng svärmade kring den bortskyndande presidentkandidaten och ett mer brutalt gäng kastade ut journalisten från Schweiz, eller om det nu var Sudan.

Än sen? Internationellt var möjligen en exklusiv intervju med Usama bin Ladin häftigare än en med Carl Hamilton, framför allt mer inkomstbringande eftersom den måste vara på engelska.

Förresten hade han förberett en engelsk version också, "ifall det skulle finnas tid". Den där tiden var makthavarnas ena instrument. Det andra var ynnesten att över huvud taget bevilja audiens, och journalistens enda försvar var bara att ställa frågorna, helst utan att bli utkastad. Men blev man utkastad så rapporterade man det också, så varför ligga och grubbla över självklarheter, vad var egentligen problemet?

Förmodligen handlade det om psykologi. Carl Gustaf Gilbert Hamilton, mot slutet av sin karriär viceamiral och chef för den svenska säkerhetspolisen, hade varit någon sorts Björn Borg, känd över hela världen för den ena underrättelseoperationen mer spektakulär än den andra. Fritog svenska direktörer kidnappade av maffian, visserligen i ett blodbad men ändå hyllad vid hemkomsten med jaktflygeskort runt SAS-planet. Ingrep mot smugglare av kärnvapen, oskadliggjorde bomben i Libyen, började sin karriär redan i dåvarande Västtyskland med att döda de sista västtyska terroristerna och så vidare ända fram till det där med att han blev tokig och mördade Säpos angivare och dömdes till livstids fängelse. Ungefär som om Björn Borg skulle ha åkt fast för våldtäkt. Därefter försvunnen i mer än ett decennium. Och så återkomsten förra året med den moderna krigshistoriens mest spektakulära ubåtsattacker.

Det fanns en rad självklara frågor, det var inte det som var problemet.

Erik Ponti tvekade om han skulle ha slips på sig eller inte. Han valde jeans, det verkade ju vara rysk stil, och den mörka Armanikavajen han brukade ta till när det skulle intervjuas fint folk. Med skjorta och slips skulle han känna sig för ansträngt uppklädd, hellre en ljusgrå T-shirt. Efter någon tvekan lämnade han bandspelaren på rummet.

"Kaviarbaren" var knappast någon bar utan en mindre, dunkelt upplyst restaurang med glastak och fyra tjocka marmorpelare, något dussin bord med stärkta vita linnedukar, en springbrunn mellan marmorpelarna i ena kortänden och en liten scen vid andra kortänden mitt emot där det satt en harpist och spelade något ytterst svårmodigt. Också här var golven i italienska marmorarbeten, detta var inget billigt ställe.

En kypare i röd utanpåskjorta tog emot honom och när han viskade namnet Trident blev han genast visad bort till det lilla bordet intill springbrunnen mellan två av marmorpelarna, lokalens sämsta bord ur inspelningssynpunkt. Vilket väl inte var någon tillfällighet.

Han beställde mineralvatten som fördrink utan att bemötas med någon grimas. Det var två timmars tidsskillnad till Stockholm och han hade ställt om sin klocka lite på en höft och kunde inte avgöra om Carl faktiskt kom på sekunden 19:00, men förmodligen var det så.

Eftersom han nu visste att det var Carl Hamilton som kom emot honom så kände han genast igen honom trots det lätt förändrade utseendet med en något annorlunda hårfärg och en välansad grå skepparkrans. Hamilton var klädd på exakt samma sätt som Erik, det såg nästan ut som ett litet skämt.

"Long time no see, du har gått ner ungefär femton kilo i vikt sen vi sågs sist, börjat träna?" hälsade Carl Hamilton när de skakade hand och satte sig.

"Jovars, kampen mot åldrandet du vet. Och själv har du anlagt skägg. Fungerar en så liten maskering?"

"Ja, det beror på. I Cape Town skulle det inte räcka till, men i Sankt Petersburg fungerar det utmärkt. Jag har två villkor för intervjun, men bara två."

"Att jag inte får fråga om ubåtsoperationerna och inte heller om din livstidsdom?" ironiserade Erik Ponti.

"Inte alls. Verkligen inte, det skulle se ut det!" skrattade Hamilton och skakade på huvudet. "Vi ska absolut börja med en sån här tallrik med kaviarvariationer, dels är det husets specialitet och dels är vi i Ryssland. Kötträtterna lär inte få några poäng i Guide Michelin och vinlistan är inte i vår stil, kan jag försäkra. Ryssland bojkottar olyckligtvis Georgien för närvarande."

"Okej. Och vilka är villkoren för intervjun?"

"Ingenting får sändas förrän nästa måndag, det är måndag idag och du åker hem på onsdag, så det ska väl gå?"

"Det går förstås utmärkt och vad är det andra villkoret?"

"Du får inte uppge var intervjun är gjord."

"Det kan bli svårt att hålla hemligt. Hela redaktionsledningen vet att jag har rest hit."

"Nej, jag menar närmare bestämt var i Sankt Petersburg. Jag tänkte nämligen att vi av praktiska skäl skulle genomföra själva jobbet hemma hos mej. Ingen ser oss, vi blir inte avlyssnade."

"Är det allt? Inga andra restriktioner?"

"Nej, inga andra restriktioner."

"Och ingen särskild tidsbegränsning?"

"Nej, vi kör så länge vi orkar eller har lust."

"Då har jag oroat mej en del i onödan får jag medge. Och då har vi inga problem. Utom att jag ogärna dricker champagne till kaviar och att det ser lite tunt ut på vinlistan när det gäller vit bourgogne."

"Vi dricker faktiskt vodka till förrätten. Åtminstone om jag får föreslå?"

"Mja, jag undviker brännvin utom till midsommar när det är undantag på grund av nordgermanska sedvänjor. Jag trodde vi hade samma smak, men du har kanske förryskats?"

"Du kommer att bli förvånad. Jag rekommenderar en sort som heter Kauffman Soft, det är vodkornas U-1 Jerusalem."

Så långt hade allting gått förunderligt lätt, redan efter några minuter satt de alltså och diskuterade matsedeln som om det hade varit vilket som helst jobbmöte med representation. Carl Hamilton verkade fullständigt avspänd och det han sagt om den där specialvodkan visade sig dessutom helt sant, märkligt nog. Den var som en smekning mot gommen jämfört med de vanliga nordiska barbardryckerna.

Ändå hade han en baktanke, resonerade Erik. Hamilton var gammal spionchef och sannerligen ingen varm anhängare av utförliga intervjuer. Alltså måste han ha ett väl genomtänkt, ett *operativt* skäl, att plötsligt bli så tillmötesgående.

Samtalet växlade en stund närmast bekymmerslöst mellan detaljerna på matbordet, vilken kaviar som var beluga och vilken som var sevruga och vad de nu hette – och sådant som rörde U-1 Jerusalems sänkning av atomubåten USS Jimmy Carter. Eller frågan om björnskinka eller stroganoff till huvudrätt, då det väl ändå måste bli slut på vodkadrickandet och övergång till rödvin – och var Hamilton hade hållit sig undan i hela tolv år efter rymningen från Hallfängelset utanför Södertälje.

Hamilton satt alltså och dinglade med guld framför nosen på sin särskilt rekvirerade reporter. De journalistiska jättenyheterna galopperade kors och tvärs över matbordet. Ändå måste det finnas en hake någonstans, funderade Erik. Något annat var helt enkelt inte möjligt eftersom det hela var för bra för att vara sant.

"Vad har du egentligen för syfte med att medverka till en så här lång intervju?" frågade Erik när han tyckte att samtalet löpt på tillräckligt länge för att frågan inte skulle verka fientlig.

"Mycket enkelt", svarade Hamilton och ställde ifrån sig rödvinsglaset med en road min som lika gärna kunde gälla det lätt besynnerliga ryska vinet som det han skulle säga. "På måndag lämnar min advokat Leif Alphin in min resningsansökan till Svea hovrätt. Vi har hopp om att lyckas, alltså, att jag ska få min resningsansökan beviljad, en ny rättegång och sen bli av med min livstidsdom."

Erik hade just höjt sitt vinglas till munnen och nu satte han i halsen, hostade, sträckte sig efter en servett och viftade avvärjande med handen medan han försökte återfå andan. Hamilton höll artigt masken.

"Varför sa du inte det genast?" stönade Erik genom en sista hostning.

"Jag trodde du skulle ställa den frågan mycket tidigare. Men vi har gott om tid, vi pratar igenom allt vi kommer på nu i kväll. I morgon tar jag dej på en promenad på förmiddagen och så jobbar vi på eftermiddagen. Är det ett bra förslag?"

"Visst, visst, alldeles utmärkt. Så du tänker alltså återvända till Sverige?"

"Förutsatt att Svea hovrätt beviljar mej en ny rättegång, ja."

"Måste du inte vara i Sverige, på plats så att säga, om du ansöker om en ny rättegång?"

"Märkligt nog inte."

"Men du är ju, om du ursäktar uttrycket, faktiskt på rymmen från ett livstidsstraff?"

"Helt korrekt. Men det är, och det kan man också tycka är lite märkligt, faktiskt inget brott att rymma i Sverige, så den detaljen behöver hovrätten inte bry sina skarpa juristhjärnor med."

Erik satt en stund som förstummad, det kändes som om han fått en mental kortslutning. Han hade haft ett enkelt upplägg för sin intervju. Först ett stort avsnitt om förra årets ubåtsoperationer och tidigare uppdrag inom den svenska och andra utländska underrättelsetjänster. Och därefter ett nästan lika stort avsnitt om bakgrunden till domen på livstids fängelse och rymningen.

Nu tillkom ett nytt ämne som måste bli nästan lika stort, frågan om hur Hamilton skulle kunna få domen undanröjd, och i så fall på vilka grunder. Och ovanpå det kom taktiken att inte återvända hem om det inte blev någon ny rättegång. Det var en del att bita i och det var lika bra att börja genast med att känna lite på det tredje och oväntade ämnet.

Hamilton berättade enkelt och kortfattat, nästan som om de redan satt i själva intervjun. Han verkade rentav road, ibland nästan lite vårdslös när han ironiserade om lagar och jurister. Men han tycktes inte tvivla en sekund på att operationen skulle lyckas lika självklart som om det handlat om en militär insats.

Logiken var enkel. Åtminstone hade det varit enkelt när hans förre besökare varit här, faktiskt vid samma restaurangbord. Advokaten Leif Alphin hade sagt sig vara så säker som en advokat över huvud taget kan vara på att allt skulle gå som på räls.

Själva sakförhållandet gick inte att göra någonting åt. Han hade dödat tre av säkerhetspolisens angivare med berått mod, han hade erkänt och han var överbevisad. Att han då tyckt sig ha goda skäl därför att angivarna orsakade både lidande och död bland landets politiska flyktingar spelade ingen roll eftersom det var definitivt olagligt att döda säkerhetspolisens angivare. Rent operativt och kanske rentav moraliskt var det frågan om samma typ av insats som han genomfört vid åtskilliga tillfällen och då vanligtvis belönats med allsköns ordnar och medaljer.

Det var nämligen spritt språngande galet att inte längre kunna se skillnaden på lagligt dödande och mord. Vilket var den springande punkten. Vid den här tidpunkten var han nämligen galen i lagens mening.

När hans brottslighet avhandlades i Stockholms tingsrätt blev förhandlingen enkel eftersom han erkänt allt, själv hjälpt till med stödbevisningen och inte hade några invändningar mot en livstidsdom. Men mitt i allt det till synes enkla begick tingsrätten ett allvarligt fel. En mördare som uppträdde på det här egendomliga viset skulle normalt ha underkastats en ingående sinnesundersökning för att fastställa just om han var galen i lagens mening, och i så fall inte kunde dömas till annat än sluten psykiatrisk vård. Eller om han var frisk i lagens mening och kunde dömas till livstids fängelse.

Att han själv förklarat sig frisk som en nötkärna och undanbett sig alla sinnesundersökningar borde domstolen ha lämnat därhän.

Alltså. Han var galen när han dömdes. Tio års behandlingsjournaler från två av Kaliforniens mest renommerade – och dyra – hjärnskrynklare kunde mer än väl belägga den saken. Följaktligen var domen på livstids fängelse fel.

Å andra sidan var han numera frisk i lagens mening, vilket samma kaliforniska professorer gladeligen kunde gå ed på, eftersom deras behandling varit så framgångsrik.

Därför kunde han numera inte dömas till någon sluten psykiatrisk vård, vilket hade varit rätt för tretton år sedan. Men numera kunde han inte heller dömas till fängelse för brott han begått när han var galen. Simsalabim.

Erik Ponti hade sysslat tillräckligt mycket med att bevaka stora rättegångar som ansågs ha journalistiskt intresse, om det nu gällde våldtäktsmål med berömda sångerskor i vittnesparaden, rikemansbarn som sparkade ihjäl varandra på Stockholms gator eller giriga direktörer som funnit särskilt finurliga sätt att berika varandra, för att han åtminstone skulle tro att han begrep en del om vad som var juridiskt möjligt. Advokaten Alphins upplägg lät faktiskt fullt möjligt.

Men nu fanns en del nytt att fundera på inför morgondagen och dessutom ville ingen av dem ha mer vin, en halv flaska ryskt rödvin hade varit mer än nog. Det fick räcka för i kväll, det var bättre om de båda var utsövda nästa morgon. Erik kallade till sig kyparen för att skriva på notan, Hamilton försökte stoppa honom och tränga sig emellan med något ryskt kreditkort (han kunde förstås inte ha några västerländska kort) och det blev den vanliga lite löjliga diskussionen där Erik vann med argumentet att Ekoredaktionen inte lät sig bjudas på middag av några som helst intervjuobjekt, det var en stenhård policy. Hamilton ryckte på axlarna och skämtade något om att det ryska prisläget nog inte var fullt anpassat till svensk journalistetik. Som överenskommet lämnade de inte restaurangen samtidigt. Erik väntade fem minuter.

Uppe på rummet tog han en tysk öl från minibaren och slötittade en stund på CNN utan att uppfatta vad han såg eller hörde eftersom han hade tankarna på jobbet.

Ett praktiskt problem var att intervjumaterialet med Hamilton skulle räcka till olika program under en hel veckas tid. Det skulle bli krångligt att redigera och att placera i olika typer av extrasändningar.

Ett större problem var att Hamilton hade ett mycket precist egenintresse av denna till synes gränslösa generositet mot Sveriges Radio. Han ville ha Ekoredaktionens draghjälp att vinna sin märkliga process. En flod av publicitet skulle skapa ett så stort intresse för resningsansökan i Svea hovrätt att domarna där skulle släppa allt de hade för händer och ila till beslut. Från och med nästa måndag klockan 12:30 skulle landet dåna av Hamiltonhistorier, de flesta till hans fördel. Så såg hans plan ut och den skulle fungera.

Det var förresten också ett intervjutema, hur Hamilton använde sig av väl riktad publicitet till och med som ett militärt vapen. Ombord på ubåten U-1 Jerusalem hade han haft inbäddade reportrar från Al Jazeera och det hade gett ett politiskt övertag. Nu gjorde han om tricket, fast i mindre skala och med Erik Ponti som den inbäddade reportern. Det gick inte att komma ifrån.

Ändå liknade den gnagande moralfrågan bara den gamla vanliga diskussionen, särskilt bland politiker, om journalister fick använda sig av illvilliga eller partiska källor och därmed låta sig styras i ett politiskt spel. En gång för många år sedan hade han kunnat belägga att statsminister Olof Palme trasslat in sig i en liten skattesmitning. För alla andra än ordföranden i högskattepartiet socialdemokraterna hade det varit en bagatell. Olof Palme hade hållit ett föredrag på Harvard men växlat sitt tilltänkta och säkert generöst tilltagna föreläsningshonorar till en tjänst, nämligen att en av hans söner skulle få ett par gratisterminer i utbyte. Ur amerikansk synvinkel var arrangemanget en struntsak, men enligt svensk skattelagstiftning var de två gratisterminerna en skattepliktig "förmån". Som Olof Palme naturligtvis inte tänkt på att deklarera.

Det tog förstås hus i helvete efter avslöjandet och säkert gladde det Olof Palmes politiska motståndare. Mer oväntat var att Erik själv snart kom att utmålas i all socialdemokratisk press som en lömsk högerns handgångne man. Anklagelsen byggde på den rimliga hypotesen att de källor som försett Dagens Eko med de pikanta uppgifterna från Harvard befann sig bland Olof Palmes politiska motståndare. Och därmed skulle själva skattesmitningsfrågan vara politiskt förgiftad och Dagens Eko i allmänhet och reporter Ponti i synnerhet otillåtet politiskt partiska.

Han hade försvarat sig med att om så Djävulen kom med hemliga men intressanta tips så var även Djävulens anonymitet som källa garanterad av grundlagen. Det var bara att kolla om uppgifterna var sanna och därefter publicera. Han skulle inte ens ha tvekat att intervjua Djävulen om tillfälle gavs.

Det hade inte fungerat särskilt bra som försvar. Och nu skulle han snart hamna i liknande problem, fast det var svårt att räkna ut i förväg hur det skulle se ut.

Men det var ingenting att göra åt, det var bara att försöka göra jobbet så bra som möjligt. Och det största praktiska problemet, att det fanns en ocean av frågor att ösa ur, var snarast positivt. Det motsatta problemet brukade vara betydligt värre.

Han lade sig på sängen, slog av teven och tänkte lite med penna i handen på hur han skulle lägga upp avsnittet om den intrikata resningsansökan, hur hårt han skulle gå på om det där med att "fegt" stanna utomlands tills kusten var klar, om han skulle beröra frågan att bara den som hade en synnerligen gedigen privatekonomi skulle kunna genomföra en sådan juridisk manöver, ungefär som O.J. Simpson i USA? Nej, det sista strök han. Och somnade plötsligt med ljuset tänt och kläderna på.

* * *

Hamilton kom förstås på sekunden 08:00. Men det var ändå en oväntad entré på scenen eftersom han puttrade upp framför Hotel Europas huvudingång i en svart Volga med tydligt många år på nacken och iögonfallande svart avgasrök. Livréklädda män skyndade fram för att vifta bort katten bland hermelinerna, Volgan bland rader av hotellets blankpolerade limousiner och hotellgästernas mastodontiska stadsjeepar. Men i samma sekund han steg ur bilen hejdade sig alla de livréklädda, gjorde honnör och visade artigt vägen mot huvudingången där Erik väntade.

"Vad var det som hände där ute? Vad betyder din förklädnad, vad ser ryssarna som inte jag ser?" frågade Erik när han hoppat in i bilen och Hamilton lade in en växel och startade med en rejäl salut från avgasröret. "Och varför har du en Volga av alla bilar?"

Hamilton skrattade nöjt.

"Det här är Ryssland, kamrat Ponti, här ser folk saker som vi aldrig skulle bry oss om att se hemma."

"Jamen, det var ju just det jag frågade om. Vad såg dom? Knappast en av världens mest efterlysta livstidsfångar i alla fall."

Det var illusion och ändå inte illusion, började Hamilton sin förklaring. Den svarta långa läderjackan han bar var knappast italiensk och svindyr, men det var just det som var poängen, den var mycket speciellt rysk. Närmare bestämt av det slag som ubåtsofficerarna använde i tjänsten men ibland också på fritiden. Därför fanns det tydliga märken på de just nu tomma axelklaffarna efter gradbeteckningar. De blankslitna svarta byxorna signalerade samma sak, liksom den svarta pälsmössan med ett tydligt litet tomrum där ryska flottans symbol skulle sitta. Skorna samma sak. Men inget av detta skulle ha imponerat på några lakejer på Hotel Europa om det inte vore för den avgörande lilla, men ytterst synliga detaljen. På vänster sida på den slitna svarta läderjackan satt en rysk miniatyrflagga med en femuddig guldstjärna i mitten.

"Det är det enda som är sant, nåja sjöofficer är ju också sant. Men det där är helt sant, jag är faktiskt Rysslands Hjälte och kan alltså omöjligt vara någon förrymd västerländsk förbrytare", summerade han.

"Hur bra är egentligen din ryska?" frågade Erik misstänksamt. "Jag menar om man inte är född med språket ... om folk lärt sig tala italienska aldrig så bra så hör jag inte bara att dom är utlänningar, jag hör också från vilket land dom kommer."

"Mm, jag vet. Samma med mej om folk talar engelska. Men i Ryssland är det inte så, det här är ruinerna av Sovjetunionen och här finns så många olika sorters ryska. Vi har förstås rysk-ryska, Moskva har en dialekt och Sankt Petersburg en annan. Men vi har också förbrytarryska, vi har centralasiatisk ryska eller baltisk ryska och så vidare. Dom ryska officerare jag jobbat med brukar i regel tro att jag är en gammal Sovjetmedborgare från Lettland eller något i den stilen. Detta om detta. Jag hade tänkt lära dej Ryssland på en förmiddag, två museer och en kyrka. Vi börjar i modern tid och går bakåt. Låter det okej, kamrat?"

"Det låter ambitiöst och omöjligt."

De lämnade den 1700-talsliknande stadskärnan med alla sina kanaler och pastellfärgade fasader och körde ut på den väldiga Moskovskij Prospekt på väg mot flygplatsen. Hamilton sade inte så mycket och Erik undvek att ställa frågor eftersom han tänkte mer på de frågor han skulle ställa på riktigt, med bandspelare, än på den kanske något underliga utflykten. De stannade vid ett jättelikt monument i sovjetisk socialrealistisk stil med tvivelsutan segrande hjältar.

"För ditt mod Leningrad", översatte Hamilton den stora guldtexten inhuggen i röd granit när de gick ner i en passage under torget och monumentet. Det var som att stiga ner i en ofantlig grav, snett lutande gångar i granit, guldtexter på väggarna. Där nere fanns en sal där båda kortväggarna var täckta av motiv i guldmosaik, den ena väggen skildrade förfärligt lidande, den andra jublande seger.

De slapp betala så fort de två påbyltade gummorna vid det lilla biljett- och broschyrbordet såg hjältetecknet på Hamiltons skinnjacka. Längs väggarna hängde rader med röda fanor i sammet och ovanför fanorna brann en oändlig parad av lyktor som föreställde facklor. De var nästan de enda besökarna.

"Niohundra dagar och niohundra nätter, därför niohundra facklor", förklarade Hamilton. "Så länge var Leningrad omringad och belägrad av tyskarna. 1 800 000 av stadens invånare dog, dom flesta ligger i okända massgravar. Det var -40 grader under vintermånaderna. Varenda hund och katt var till slut uppäten och då fick mödrarna vakta sina barn extra noga så att inte dom också skulle bli uppätna. Du och jag kan inte föreställa oss det här, hos ryssarna är det hela deras uppväxt, det kanske mest centrala i deras världsbild. Segern mot Nazityskland är något annat här än hos oss. Du och jag fick lära oss i skolan att segern kom sig av en landstigning i Normandie i juni 1944 som kostade 3 000 amerikanska liv. I juni 1944 hade Ryssland förlorat 30 miljoner liv, belägringen av Leningrad var sen länge bruten och Sovjetarmén var i full fart på väg mot Berlin. Det här är inte bara historia, det är en världsbild, verkligheten från en helt annan planet."

Hamilton sade inte så mycket mer när de sakta gick runt i den underjordiska hallen, översatte någon text längs väggarna som Erik pekade på, ironiserade särskilt över en proklamation på vit marmor mellan två groteskt överdimensionerade slagsvärd där den hjältemodiga segern förklarades med den fasta och beslutsamma ledningen från Sovjetunionens kommunistiska parti. Det vill säga Josif Vissarionovitj, alias Stalin.

På vägen in mot centrum satt Erik tyst i bilen. Han var mer illa berörd av den gravlika högtidligheten nere i monumentet än han ville erkänna, det var något med stämningen och tystnaden som bara avbröts av Radio Moskvas kända anropssignal under kriget – han hade förstås varit tvungen att fråga – och avsnitt av Sjostakovitjs Leningradsymfoni som låg kvar som en osynlig tyngd över bröstet. Det fanns ett annat mer svårgripbart obehag, antagligen dödskulten och hjältedyrkan och än värre tanken att Hamilton var uppkopplad på den linjen och velat förmedla ett underförstått argument. Någon fråga åt det hållet måste det gå att formulera när de kom in på avsnittet om Hamiltons hittills hemliga asyl i Putins Ryssland.

Hamilton sade inte heller många ord på en stund, men började snart roa sig med att köra bilen som en alls icke förvästligad ryss, som Erik tolkade teaterstycket, med omöjliga filbyten och då och då oanständiga tecken åt förare i dyrare bilar, nästan alla bilar föreföll dyrare och definitivt västerländska.

"Varför är Volga i minoritet och vad heter gatan vi kör på?" frågade Erik när han kände att han måste skaka av sig det tappra Leningrad.

"Moskovskij Prospekt, Moskvaavenyn för att ta den lätta delen av din fråga först", svarade Hamilton. "Det där andra är obegripligt, dom har dödat sin egen bilindustri som du ser. Har du tid över på onsdag före hemresan kan du promenera lite på huvudgatan intill hotellet, Nevskij Prospekt. Enorma affärer där det står Gucci, Versace, Armani, Dior, Jaguar, BMW, Mercedes och allt det andra. Men inne i affärerna bara uttråkade falska blondiner och otränade fläskiga säkerhetsvakter. Inte en kund. Ingen hederlig ryss har råd med det där. Priserna här i stan gör att inte heller någon turist har råd, vilket är synd när stan är så vacker. Bara den nya ryska gangsterklassen har råd, priserna är anpassade efter dom. Det är obegripligt. Ekonomi är för övrigt obegripligt."

"Vad är inte obegripligt?"

"Ditt och mitt jobb är jämförelsevis lätta att begripa. Du ska bara ta reda på hur det ligger till, berätta det och tala sanning. Jag ska bara lokalisera målet och slå ut det och så långt är allt enkelt. Sen kan man förstås fråga sig vad det tjänar till och där har du säkert en del fördelar jämfört med mej. Och snart kommer vi till en roligare filosofisk fråga."

Den roligare frågan visade sig märkligt nog handla om terrorism, fast klassisk.

Det var nu de kom till den utlovade kyrkan, Ryssland skulle ju klargöras med hjälp av bara två museer och en kyrka.

Den låg alldeles i närheten av Eriks hotell och såg i hans ögon ut som ryska kyrkor ska göra med fem, sex förgyllda lökkupoler, ungefär som på Röda torget.

När de parkerat bilen gick de fram till en kanal som tycktes sluta uppe vid kyrkan. Mitt emot dem på andra sidan kanalen fanns en gatukorsning, fortfarande belagd med gatsten, Erik gissade att husen i omgivningen var minst tvåhundra år gamla, det såg vykortsaktigt historiskt ut.

"Där", sa Hamilton och pekade över kanalen mot gathörnet, "stod Sofi Pirovskaja den 1 mars 1881."

Så tystnade han som om allt därmed hade varit förklarat. Det lät som en introduktion till något ungdomligt radioprogram där man vill börja obegripligt för att vara "nyskapande", tänkte Erik.

Men historien var kort och enkel. Sofi Pirovskaja var terrorist, även om hon naturligtvis kallade sig själv anarkist. Den grupp där hon var medlem kallade sig "Folkviljan".

Där, tjugo meter bort stod hon alltså och vinkade med sin vita näsduk. Det var tecknet, tsar Alexander II var verkligen på väg. Männen i Folkviljan gjorde sig beredda. Tsar Alexander dog just på den plats där man sedan ägnade trettio år att bygga upp en extremt dyr kyrka i rysk medeltidsstil. Under Leningrads belägring hade den varit sädesmagasin.

"Kyrkan har något mer formellt namn som jag har glömt", summerade Hamilton. "Men alla här kallar den *Spas na krovi*, kyrkan på blodet, ordagrann översättning. Men det är inte själva monumentet som är grejen."

"Sörjer du tsaren personligen?" försökte Erik ironisera. Om Hamilton blivit både Stalindyrkare och tsarist så var han kanske knäpp i alla fall, tänkte han.

"Ja, kanske, men det är nu vi kommer till filosofin", svarade Hamilton till synes helt okänslig för Eriks ironi. "Tsar Alexander var alltså en för sin tid modernare och mer upplyst monark än vi hade i det andra Europa vid den här tiden. Han hade avskaffat slaveriet. Det sägs att han bokstavligen hade den nya konstitutionen i sin ficka när han dog, han hade åtminstone helt säkert låtit skriva ett utkast, en sorts fördemokratisk reform med allmän rösträtt för alla män utom givetvis bönder."

"Men det visste inte kamraterna i Folkviljan och även om dom hade känt till saken så hade dom tyckt att det i alla fall var för lite och för sent?" forcerade Erik, noga med att inte låta ironisk.

Men poängen var bättre än så. De började promenera bort mot kyrkan och förbi den medan Hamilton funderade vidare. De var ändå på väg åt rätt håll, försäkrade han. Bara ett museum till så var saken klar och de kunde börja jobba.

Tsar Alexander II var alltså en god upplyst monark med demokratiska böjelser. Hans son däremot, snart Alexander III, var en genuint reaktionär typ som omedelbart brände utkastet till den demokratiska konstitutionen och därefter beslutsamt lät skjuta varenda demonstrant som dök upp på Sankt Petersburgs gator, förstärkte adelns makt, i praktiken återinförde slaveriet och följaktligen banade väg för kamrat Lenin och därmed Historien.

Men det var Sofi Pirovskaja som var problemet. Först blev hon förstås hängd som terrorist tillsammans med sina kamrater. Senare blev hon hjälte och fick en gata uppkallad efter sig, den de just nu passerade. Och numera var hon terrorist igen. Redan den karriären var ovanlig, att ha varit terrorist två gånger i historien. Nelson Mandela och Arafat och Menachem Begin var bara terrorister en gång. Och med några nya turer i historien kanske hon blev avterroristifierad ännu en gång och återigen fick gatan uppkallad efter sig.

Huvudpoängen var en annan. Hennes mordoffer tsar Alexander II hade visserligen överlevt sex tidigare attentat, terrorismen var livlig på 1880-talet, så han hade kanske inte klarat sig i längden. Men om?

Ingen rysk revolution? Ingen Lenin, ingen Stalin, ingen Mao och till slut inte ens något studentförbund Clarté där de båda lustigt nog varit medlemmar?

Tillbaks till Sofi Pirovskaja. Det hade nog inte varit något fel på hennes intellekt, hennes studier i de stora tänkarna Bakunin och andra terrorister, förlåt anarkister, från den tiden. Hennes mod var oklanderligt, liksom hennes vilja att genom en heroisk personlig insats ändra Historien. Vilket hon också råkade göra, fast inte alls som hon kunde ha föreställt sig själv.

"Så är det för mej också, jag är varken bättre eller sämre än Sofi Pirovskaja", summerade Hamilton när de från en liten bakgata steg ut på ett väldigt torg framför Vinterpalatset.

"Vill du att vi ska använda den analogin i intervjun?" frågade Erik avvaktande.

"Nej, det är ju ingen av lyssnarna som vet vare sig vem Sofi Pirovskaja eller Alexander II är, så det går ju inte i radio", konstaterade Hamilton tvärt. "Det här var bara för din egen upplysning. Ingenting jag någonsin gjort har haft någon varaktig betydelse, det temat kan vi däremot återkomma till. Nu till Vinterpalatset och dagens sista lektion!"

Det var ett av världens största museer och Erik visste ungefär så mycket, fruktade det värsta och hade börjat fundera över om historielektionen var en sorts smart avledningsmanöver från Hamiltons sida.

Men ingenting tydde på det. När de promenerade över den stora öppna platsen framför baksidan av Vinterpalatset, där det låg en anskrämlig och tivoliliknande skridskobana som skymde det mesta av utsikten, pekade Hamilton i förbigående på en hög kolonn, ungefär som i London med Lord Nelson, där en ängel med kors i handen stampade på en orm. Ormen var Napoleon.

De kom in gratis på nytt efter att Hamilton mumlat något som Erik inte förstod, de gick uppför en enorm vit marmortrappa, italiensk marmor, som skulle ha gjort sig fantastiskt i en amerikansk filmatisering av Krig och fred. Hamilton pekade förstrött på en takmålning som föreställde de olympiska gudarna, skämtade något om treudden i havsgudens hand och gick sedan med bestämda steg förbi allt tills de kom till en ganska liten sal med ett porträtt i en stor alkov som uppenbarligen föreställde Peter den store intill någon sorts gudinna.

"Vem är gudinnan?" frågade Erik artigt.

"Minerva, men det är oviktigt", svarade Hamilton. "Det är inte dom utsökta silver- och sammetsbroderierna på väggarna som angår oss svenskar. Det är inte dom otroligt skickligt utförda intarsiainläggningarna i parketten, guldstuckaturen eller det andra, det är dom två tavlorna. Början på det stora Ryssland."

Högt uppe till höger respektive vänster hängde två bataljmålningar. Hamilton förklarade nästan lite tankspritt, talade långsammare än borta vid kyrkan på blodet. Den första tavlan föreställde det tämligen okända slaget vid Lesjnaja 1708. Den svenske generalen Lewenhaupt var på väg med proviant och förstärkningar till Karl XII men råkade på en övermäktig rysk styrka och var till slut tvungen att bränna hela proviantforan för att den inte skulle hamna i ryska händer. Enligt Peter den store själv hade han därmed lagt grunden till segern vid Poltava året därefter.

Den andra tavlan föreställde just slaget vid Poltava. Peter den stores mest älskade seger. Början till den ryska stormakten, början till slutet för den svenska.

"Det var allt jag ville berätta om Ryssland för dej", summerade Hamilton. "Museet är för övrigt enormt och skulle ta månader att gå igenom, här finns allt från mumier och Leonardo da Vinci till ett internetkafé på nedre botten. Det var förresten därifrån jag kontaktade dej. Hursomhelst, jag föreslår att vi hämtar bilen, plockar upp dina grejor och åker hem till mej och jobbar."

Erik hade förstås inget att invända.

De sade inte så mycket när de hämtade bilen och passerade hotellet så att Erik kunde samla ihop sina anteckningar, batterier och bandspelare. Hamilton bodde bara några stenkast från Vinterpalatset, visade det sig. Porten ut mot gatan kröntes av två gigantiska keruber i röd sten eller om det var rödmålad gips.

Trapphuset var slitet och i behov av en grundlig renovering, Hamiltons dörr på fjärde våningen hade ingen namnskylt, hissen var ur funktion och intrycket av kråkslott var överväldigande. Ändå blev det som att stiga in i ett stycke Sverige, en direktörslägenhet på Strandvägen i Stockholm kanske. Kök och kombinerad matsal var skinande modernt, sällskapsrummet med utsikt mot Neva var som en parodisk svensk dröm och möbleringen påminde faktiskt om IKEA. Konsten på väggarna gav ett något schizofrent intryck, marinmålningar med motiv från 1700- och 1800-talen blandat med modern rysk konst från 1920-talet, Erik kände igen "Den röda kilen" men hade glömt namnet på konstnären.

Hamilton hämtade några Ramlösaflaskor och tunga ryska kristallglas, pekade på den IKEA-liknande soffgruppen och satte sig. Erik riggade upp sin bandspelare.

"Jag har beställt lunch om någon timme, om det passar", sade Hamilton.

"Visst, utmärkt. Men en privat fråga innan vi börjar?"

"Jadå, men sånt kanske jag inte svarar på."

"Det var en fascinerande historielektion, det måste man medge.

Men det lät som om du berättade något annat mellan raderna."

"Ja?"

"Menar du att historien ursäktar förtrycket? Det påminner ju om vad vi tyckte som unga clartéister."

"Tycker jag inte. Vi var sannerligen inte för Stalin."

"Nej, men för Mao!"

"Okej. Point taken. Nej, jag menar att man måste förstå historia, förstå exempelvis att Ryssland alltid har varit diktatur och kommer att förbli så under din och min livstid. Förvånansvärt många äldre ryssar gillar fortfarande Stalin och det har med segern över Nazityskland att göra. Dom flesta unga ryssar gillar Putin och det har med nationalism och konsumtionsvaror att göra. Jag har försökt förstå allt det där, men tro inte för ett ögonblick att jag gillar det jag ser."

"Och vad tycker du om Putin?"

"En sak när bandspelaren är påslagen och en när den är avslagen, åtminstone så länge jag är ofrivillig gäst i landet. Men mycket kort: i Putins Ryssland mördas journalister som är kritiska, liksom oppositionella i utlandet. Och mördarna åker inte fast. Men för att snabbt byta ämne. Den enda människa vi talade om på vår exkursion som jag skulle kunna identifiera mej med bland alla hjältar och skurkar är faktiskt Sofi Pirovskaja."

"Terroristen vid kyrkan på blodet?"

"Ja, eller anarkisten. Du kommer att ställa frågor till mej om den ena eller den andra militära operationen i det förflutna. Jag ska svara så utförligt och sanningsenligt som möjligt. Men ha en sak klar för dej. Nästan ingen av mina operationer har haft någon som helst långsiktig effekt, vare sig god eller ond. Ja, utom möjligen när vi fritog några kidnappade stackars direktörer, det hade åtminstone en avsevärd betydelse för dom. Men ingenting i mitt militära liv skapade någonting långsiktigt, hur explosivt det än kunde tyckas för stunden."

"Det låter som en mycket bitter slutsats, det låter rentav som självömkan om du ursäktar?"

"Det är inte avsikten. Förra året befriade vi Gaza och stan fick en hamn och en flygplats, fiskeflottan fick ett eget territorium och allt såg verkligen mycket ljust ut. Nu har israelerna förstört både hamnen och flygplatsen och patrullerar utanför kusten med nya flottenheter dom fått från USA och galningarna i Hamas har tagit makten och allt är i stort sett värre än förut. Det var som att kasta sten i vatten, ett plask, några ringar som sprider sig på vattenytan och sen samma vattenyta igen."

"Det där måste jag ha på band, men vad blir din personliga slutsats?"

"Jag kommer aldrig någonsin mer att ta till vapen, det svär jag på. Och så hade du några frågor?"

"Ja, dom närmaste timmarna. Jag föreslår att vi börjar just där vi befann oss medan vi kommer ihåg orden."

Erik Ponti slog på bandspelaren och Hamilton serverade två glas Ramlösa.

II

HON VISSTE ATT hon hade honom i säcken och hon njöt av det. Inte för att hon hade någon dragning åt det sadistiska utan snarare för att den misstänkte var polis och därför en särskilt svårfjällad förbrytare. Det var ändå en underligt fridsam föreställning som pågick på andra sidan det spegelglas som hon, men inte den misstänkte eller de två kollegerna som skötte förhöret, kunde se genom. De kunde inte ens veta om hon verkligen satt där timme efter timme.

Men det gjorde hon i två långa dagar och fyllde ett anteckningsblock med nya frågevinklar och rent psykologiska iakttagelser. Den misstänkte pendlade, som man kunnat förutse, mellan kollegialitet oss snutar emellan och aggressivitet. Han var påtagligt självsäker och verkade då och då som om han verkligen trodde på sig själv när han sade att han snart skulle gå loss, att det var helt okej att kollegerna gjorde sitt jobb grundligt så att alla frågetecken var uträtade när han försattes på fri fot och kunde gå tillbaks till jobbet, så att det inte skulle bli så mycket skitsnack och rykten efteråt.

Det var bra. Överdrivet självförtroende som då och då slog över i en klart bristande verklighetsuppfattning var alldeles utmärkt ur förhörarens synvinkel. Kommissarie Kenneth Jernemyr vid länskriminalens narkotika- och spaningsenhet var förstås ett praktsvin. Inte nog med att han knäckte extra som gangster genom att driva in skulder mot väl tilltagen provision, han tog också betalt för att skydda narkotikatransporter in i landet, eller för att tipsa misstänkta om att de var avlyssnade. Då och då satte han också fast knarklangare som konkurrerade med hans kriminella kompanjoner, förmodligen på tips eller begäran från just dem.

71

Det var den där sista specialiteten, som såg ut som en sorts oberäknelig trolöshet mot de egna gangsterkontakterna, som gjort det svårt att överbevisa honom. Hans egen förklaring till att han levde halva livet i undre världen var inte oväntat att han sysslade med särskilt avancerat polisarbete "under cover" och att kampen mot den moderna organiserade brottsligheten krävde såväl "okonventionella metoder" som givetvis mod, beslutsamhet och järnhård omutlighet. Han ville vara gangster och polishjälte samtidigt, vilket om inte annat gjorde honom till ett psykologiskt ovanligt intressant fall.

Fast han var tekniskt svårjobbad och det hade tagit tid. Säkerhetspolisen hade vid tidpunkten för hans gripande ett arkiv på över 3 000 inspelade telefonsamtal. Där fanns tillräckligt med material för att fälla honom, det var bara en fråga om ordning och reda när man sorterade materialet.

Ewa Tanguy, polisöverintendent och sedan ett år tillbaka chef för Säkerhetspolisens särskilda förhörsenhet, kunde för första gången säga att hon "trivdes på jobbet".

Hon hånlog åt sin egen ironiska formulering. Det var inte vilket jobb som helst och när hon fått det överraskande anbudet att flytta över från Ekobrottsmyndigheten blev det aldrig riktigt läge att tacka nej. Hon hade förstås blivit smickrad, det var oundvikligt när rikspolischefen beskrivit henne som den sannolikt skickligaste förhöraren inom hela poliskåren. Det var lika oundvikligt att helt enkelt bli nyfiken. Alla *riktiga* poliser, som bästa väninnan Anna sade, betraktade Säkerhetspolisen med en sorts undrande skepsis. Det var den enskilt största organisationen inom hela polisverksamheten men samtidigt visste man nästan ingenting om deras jobb och än mindre om deras resultat. Men det var också den enda grenen av landets polisverksamhet som tycktes ha obegränsade resurser, bara sedan den 11 september 2001 hade anslagen ökat med mer än sextio procent. Vem skulle inte vilja göra åtminstone ett studiebesök där? Dessutom kunde man alltid sluta om det inte passade.

Det fanns ytterligare ett skäl att ta det nya jobbet på Säkerhetspolisen, antagligen det viktigaste, om än svårt att erkänna för sig själv. När hon kallats till rikspolischefen på det där mötet trodde hon att det var frågan om att erbjuda henne ett jobb som polismästare i Skövde. Vilket ju också skulle ha varit smickrande. Och svårt att tacka nej till utan att verka konstig. Hon hade både en jur kand och polisens särskilda chefsutbildning i ryggen och därmed en utstakad karriär som hon faktiskt valt själv och då gick det inte utan vidare att rynka på näsan åt Skövde.

Men inför det där mötet med rikspolischefen när hon promenerade upp från Norr Mälarstrand fasade hon inför tanken på att behöva flytta ut till landsorten. Nathalie var knappt fyra år så för hennes del borde flytten inte vara så märkvärdig, nytt dagis, nya kompisar. Men för Pierre hade det varit en helt annan sak. Han var invandrare i sitt eget land skulle man kunna säga. Efter hans fyrtio år i Främlingslegionen fanns de få svenska vännerna bara i Stockholm, liksom saluhallarna och de franska restaurangerna. Att tvångskommendera honom till Skövde för hennes karriärs skull hade känts alldeles fel.

De dryga fyra år de haft tillsammans hade varit som en enda förlängd ny förälskelse, de levde tillsammans i en temperatur som inte syntes någonstans i vänkretsen, kanske för att de uppfattat varandra som sista chansen i livet, åtminstone om man ville ha barn. Och nu hade de Nathalie.

Ett sådant liv passade utmärkt i solglittret vid Riddarfjärden mitt i Stockholm. Det överraskande erbjudandet att befordras till ett chefsjobb på Säkerhetspolisen innebar framför allt, om hon nu i efterhand ärligt skulle försöka värdera saken, att bo kvar i solglittret. Och i ett vackert hem med rosafärgad marmor från Korsika och med jobbet fortfarande på promenadavstånd.

Och vad hon än föreställt sig om själva jobbet, förhör borde ju vara förhör oavsett vad brottsmisstanken gällde, så hade hon gott självförtroende. Tiden på Ekobrottsmyndigheten hade erbjudit många hala och en del rentav formidabla objekt att öva på, de flesta inte olika den korrupte kommissarien Jernemyr hon nu satt och betraktade, honom som hon skulle knäcka på några timmar nästa dag. Men allt hon föreställt sig om jobbet på Säkerhetspolisen var fel. I stället för att arbeta som vanligt hade hon hamnat i en mardröm. Vid en ytlig betraktelse skulle man, precis som hon själv hade gjort, tro att det i sak var detsamma att förhöra ekonomiska förbrytare som terrorister; välmotiverade brottslingar utan drogvanor, komplicerade brott, intelligent motstånd, svåra bevisfrågor.

Det hade snabbt visat sig vara bara delvis sant. Konkreta eller vaga misstankar, konkreta eller vaga svar från objekten, så långt var allt lika. Men det fanns en helt ny dimension där hennes poliskompetens inte räckte till. Terroristmål är politik. Det tog lite tid innan hon motvilligt tvingats erkänna det för sig själv, även om hon inte medgett det för sina journalistvänner som hela tiden hävdat just det. Och politiken var starkare än juridiken. Hennes förhör hade visat att en del av de misstänkta var oskyldiga, men domstolarna dömde dem i alla fall mot sans och förnuft. Hennes jobb hade inte spelat så stor roll.

Och den gnagande vetskapen hade lett till någon form av arbetsdepression, även om den var svept i familjelycka och tröst från goda vänner. Men nu tycktes det vara över. Kommissarie Kenneth Jernemyr fick henne att känna en närmast euforisk arbetslust.

Hon skulle ta honom på ekonomin, det som hennes två underlydande förhörare hade hållit sig helt borta från under de första dagarna av allmän uppmjukning. Jernemyr kunde snacka runt hur mycket han ville om covert operations, polisiära gråzoner och vad det var. Sånt kunde han. Men dels visste han inte att man hade hela 3 000 av hans telefonsamtal inspelade, dels visste han inte vad ekobrottsutredare kunde spåra i en människas ekonomiska liv, det vill säga allt. Det skulle bli en fest att bena upp honom, mest för att det var riktigt polisarbete, helt befriat från politik. Ett litet rutinmässigt ledningsgruppsmöte nästa morgon utan något särskilt viktigt på dagordningen, och sen var det dags.

* * *

Det blev inte alls ett rutinmässigt ledningsgruppsmöte på Säkerhetspolisen den onsdagen. Överåklagare von Schüffel, rikets särskilde åklagare när det gällde brott mot rikets säkerhet och terroristbrott, hade begärt företräde och därmed rensades dagordningen tills vidare från allt annat eftersom han meddelat i förväg att han var på väg mot ett anhållande. Det var ungefär som inom sjukvården, ett akutfall har företräde.

Där satt de som vanligt runt det ellipsformade ljusa bordet i masurbjörk, allt var som det varit vid dessa möten under Ewas hela tid utom att högste chefen Ralph Dahlén avgått efter förra årets terroristhistorier och att den nye chefen såg likadan ut och hette nästan detsamma, Björn Dahlin, och var jurist av ungefär samma slag som Ralph.

Överåklagare von Schüffel hade presskonferens i sin blick när han steg in i rummet och Ewa kunde inte låta bli att småle. Hon utgick från att det måste röra sig om någon struntsak, fast säkert publicistiskt intressant struntsak, annars skulle ju ärendet redan ha varit känt inom Säpoledningen.

Den nye chefen Björn Dahlin hälsade alla välkomna till mötet i samma juridiska ämbetsmannastil som sin företrädare, förklarade att ett brådskande ärende nu måste gå före allt annat på dagordningen, lämnade ordet åt von Schüffel, lutade sig något bakåt och intog den svala domarposen med ena pekfingret stött mot kinden.

"Mina herrar!" började von Schüffel ivrigt, men ångrade sig genast. "Förlåt Ewa och Doris! Mina *damer* och herrar, det jag nu har att säga kommer som en total överraskning för de flesta av er, för att inte tala om hur allmänheten kommer att reagera, än värre journalistkåren."

Han gjorde en konstpaus och såg sig omkring innan han fortsatte.

"Jag tar i detta ögonblick, här inne och nu och muntligen för att förhindra varje möjlighet till läckage, beslutet att anhålla journalisten vid Sveriges Radio, Erik Ponti, misstänkt för skyddande av brottsling och terroristbrott."

Han såg sig på nytt omkring, nu mer triumferande. De flesta runt bordet hade ungefär samma häpna uppsyn, som om de måste ha hört fel. Alla utom högste chefen och den operative chefen, noterade Ewa trots att det gick runt i huvudet på henne Det fanns ändå inget utrymme för missförstånd och hon var synbarligen inte ensam i rummet om att vara förstummad. De två som redan visste rörde inte en min.

"Erik Ponti har", fortsatte von Schüffel entusiastiskt, "med eller utan sin journalistverksamhet som täckmantel, besökt Sveriges genom tiderna mest eftersökte brottsling, före detta viceamiralen Hamilton i den senares nuvarande hemort Sankt Petersburg. Ponti har därefter smugglat visst material från Hamilton och skulle komma till Arlanda med ordinarie flight idag men tycks ha valt någon annan resväg. Såvitt vi inhämtat väntas han tillbaks till jobbet idag om ungefär en timme. Den anhållne Ponti ska hämtas in på förhör. Hans kontor på Sveriges Radio ska husrannsakas, det vi söker är i första hand ljudinspelningar med Hamilton. Om Säkerhetspolisens operativa personal inte räcker till får vi rekvirera handräckning från piketgrupper och liknande. Förhören ska genomföras här på Säkerhetspolisen. Givetvis får ingenting komma ut förrän Ponti är gripen. Några frågor?"

Det såg till en början ut som om församlingen faktiskt inte hade några frågor, de satt som lamslagna. Alla måste ha tänkt ungefär samma sak. Rikets överåklagare i mål som rör rikets säkerhet och terroristbrott är överordnad polisen, till och med Säkerhetspolisen. Ger han en order i tjänsten så måste den verkställas. Det finns inget att förhandla om, inget utrymme för diskussion eller kompromisser. Efter en stunds samfälld tystnad vändes allas blickar mot den nye högste chefen, som redan tappat sin lugna domaremask och satt framåtlutad stödd på armbågarna.

"Jag hoppas att du har tänkt över det här, von Schüffel", började

Björn Dahlin demonstrativt långsamt. "Du ber oss göra ett tillslag på Sveriges Radio, dessutom mot en av landets mest kända journalister och, vilket inte precis gör saken bättre, en av våra mest ihärdiga kritiker. Det är helt enkelt en historiskt unik händelse du skisserar. Vore det till en början inte lämpligare att vi försökte hämta upp den anhållne i hans bostad? Den symboliska skillnaden ska vi nog inte underskatta. Om du finner det nödvändigt kan jag förtydliga min tanke."

"Ja tack, gärna!" svarade von Schüffel otåligt.

"Jo, jag tänkte så här", svarade Säpochefen efter en kort demonstrativ tystnad, han hade inte varit beredd på att von Schüffel skulle envisas. "Då och då hämtar polisen upp journalister utan att det är så mycket att bråka om eller undra över. Vanligtvis gäller det såvitt jag förstår knarkmisstänkta reportrar på dagstidningarnas nöjessidor, i undantagsfall någon journalist misstänkt för grövre brott. I det förra fallet blir det inget bråk, utan bara kollegial tystnad i glashuset. I det senare fallet obetydligt bråk. Men om vi hämtar upp Ponti, inte diskret i hans hem utan på Svea Rikes Radio, så utlöser vi en lavin av publicitet som kommer att störa vårt arbete. Är inte det en rimlig slutsats?"

"Du kan ha rätt", nickade von Schüffel oväntat medgörlig. "Men då ajournerar vi mötet här och ser om vi före allt annat kan hämta upp honom i hemmet, utan att han hinner ringa, tack! Hans hem ska förstås också husrannsakas!"

"Låter betydligt bättre", nickade Säpochefen, "men för det behöver vi inte tappa tempo genom någon ajournering. Hansén, vill du ta hand om det där?"

Den operative chefen Hansén nickade, reste sig och gick ut.

"Alltså", fortsatte Säpochefen tydligt nöjd med att ha räddat situationen åtminstone till en del. "Jag tänker på det här med en husrannsakan på Sveriges Radio. Skulle du inte kunna begära handräckning från Stockholmspolisen, länskrim eller några andra. Symbolverkan blir lite överdramatisk med just vår personal, om du förstår vad jag menar."

"Jag förstår vad du menar", svarade von Schüffel sammanbitet. "Det blir onekligen större rubriker i tidningarna av att SÄPO SLÅR TILL MOT SVERIGES RADIO än om någon annan polisiär enhet gör det, även om den sakliga skillnaden är en nullitet. Men nu föreligger faktiskt fara i dröjsmål, ni har resurserna här på avdelningen och jag är förundersökningsledare."

Säpochefen nickade resignerat, ajournerade mötet, pekade med hela handen åt Ewa först och sedan i riktning mot sitt tjänsterum.

Det såg ut som förut där inne, möjligen hade några privata familjebilder bytts mot andra familjebilder, annars allt lika, till och med tavlorna på väggarna och kaffeservisen på masurbjörkbordet framför soffan. Men chefen ville inte sitta där utan gick mot sin svarta läderfåtölj bakom skrivbordet. Ewa följde lydigt efter och slog sig ner i besöksstolen framför skrivbordet, hon kände sig bedövad eller halvt frånvarande, som om hon fått ett hårt slag i huvudet.

"Allright Ewa, för att ta den formella biten först", inledde chefen rakt på sak utan minsta personliga beklagande. "Vi har som du inser en jävssituation?"

"Ja, naturligtvis. Erik Ponti är min mans bäste vän och också en av mina närmaste vänner."

"Ja. Och hur känns det?"

"Drömlikt, underligt, jag vet inte vad jag ska säga."

"Han ska förhöras här hos oss, kan du lämna över ansvaret för dom förhören till några bra killar?"

"Absolut", viskade hon.

Han satt tyst och betraktade henne en stund innan han fortsatte.

"Så här är det", sade han just när den långa tystnaden började bli olidlig. "Jag har hållit dej utanför förberedelserna till den här operationen och det är ett beslut som jag förutsätter att du respekterar. Du befinner dej i en besvärlig situation som jag sannerligen inte avundas dej. Du har gjort ett utomordentligt arbete här på avdelningen, förhörsenheten hos oss är nu en stark sida från att ha varit den kanske svagaste, därvidlag delar jag min företrädares uppfattning. Du är på intet sätt avstängd från arbetet på grund av den här jävssituationen. Du har ju bland annat den där olyckan Jernemyr att sätta tänderna i. Men hur ser du själv på läget och har du några förslag eller önskemål?"

"Bara självklara förslag", svarade hon lågt. "Jag vidrör inte ärendet Ponti och tar inte del av några dokument som ens är i närheten av fallet. Jag fortsätter däremot jobbet med Jernemyr."

"Låter som ett bra förslag. Men du är inte för mycket ur balans för att jobba? Vill du ta ledigt några dar så har jag all förståelse."

"Nej, det tror jag rentav vore sämre, jag skulle bara klättra på väggarna hemma och då är det bättre att ägna energin åt något positivt."

Hon talade lågt och antagligen, tänkte hon, flackade hon opålitligt med blicken som vilket som helst ljugande förhörsobjekt. Det här hade varit lättare att tala om med Ralph Dahlén, han hade åtminstone humor. Björn Dahlin såg visserligen likadan ut, hade ungefär samma karriär, hade varit vice riksåklagare och skulle väl som Ralph bli president i någon finare domstol när han lämnade det här jobbet. Ändå hade det varit mycket lättare att tala om svåra saker med Ralph.

"Detta om det rent formella", fortsatte Säpochefen. "Men sen skulle jag vilja veta vad du tror om det här?"

"Vad jag tror om att en av mina bästa vänner just anhållits som misstänkt för skyddande av brottsling och terroristbrott?" motfrågade hon ironiskt.

"Ja", fortsatte han oberört. "Just det skulle jag vilja veta. Sen ska jag berätta vad jag själv tror. Men du först!"

"Jaa ...", började hon tveksamt. "Du förstår ju att det här är en mardrömssituation och att jag kanske inte är den mest objektiva av bedömare just nu?"

"Självklart förstår jag det. Men vad tror du?"

"Jag tror att journalisten Erik Ponti, som är den journalist som genom åren gjort flest intervjuer av alla med Hamilton, under storhetstiden du vet, har gjort en ny intervju med Hamilton. Tydligen i Sankt Petersburg. Det förefaller högst lagligt. Så något främjande av flykt eller skyddande av brottsling kan jag inte se. Och vad gäller terroristbrott så måste det vara något jag inte ens kan föreställa mej. Men du kanske vet mer än jag på den punkten?"

"Ja, dessvärre gör jag det", nickade Säpochefen med en första antydan till ett leende. "Om Hamilton är terrorist, vilket återstår att bevisa, för vår del är han ju bara en intern som avvikit från ett livstidsstraff på Hallfängelset och varken mer eller mindre. Men *om* han nu är terrorist, så begår redaktör Ponti brott om han inte delger oss all kunskap om den påstådde terroristen i fråga. Så ser överåklagare von Schüffels resonemang ut."

Ewa trodde att hon hade hört fel, men det var bara en första reaktion som berodde på chefens stenansikte när han redogjorde för dumheterna. När tanken hann ifatt känslorna brast hon ut i ett kort nervöst skratt, tog sig för munnen och viftade någon sorts ursäkt och försökte släta ut sina anletsdrag.

"Precis min uppfattning", instämde chefen torrt. "Men nu har vi alltså den lagligt fastställda ordningen att *förundersökningsledaren* har fattat dom här besluten. Vi måste verkställa, och får en orättvist stor del av kritiken efteråt. SÄPO SLÅR TILL MOT SVERIGES RADIO, herreminskapare!"

"Och det kan inte ens du förhindra?" frågade Ewa skeptiskt.

"Precis. Det kan vi inte förhindra. Det sker faktiskt nu, just nu *as we speak*. Så nu åker skiten in i fläkten om du ursäktar franskan. Men nu gör vi så här. Jag vill att du ... nej det är inget önskemål, det är en direkt instruktion. Jag vill att du övervakar förhören med Ponti, du vet, utan att dom ser eller hör dej. Du lägger dej inte i någonting, har ingen kontakt med förhörarna, men rapporterar direkt till mej. Vi löser jävsproblematiken på så vis, men jag får också ett juridiskt kvalificerat förhandsbesked om vartåt det lutar. Jag har som du väl inser snart ett formidabelt mediedrev efter mej. Är vi överens?"

"Är vi överens om din direkta instruktion?"

"Bra. Då är vi överens."

* * *

Hon hade sett hundratals personer ledas in till förhör. De hade alltid bara varit objekt, en form av mänskligt arbetsmaterial. Som förhörare hade det varit hennes jobb att inte bli känslomässig om somliga grät, sparkade och slog omkring sig, kräktes av rädsla, verkade apatiska eller skräckslagna. Eller överdrivet övermodiga, vilket ofta var samma sak som skräckslagna.

Det var en fullständigt orimlig situation hon nu befann sig i. Där framför henne skulle snart en av hennes bästa vänner komma in, gripen av Säpos handräckning från terroristpolisen under de vanliga tumultartade formerna, antagligen misshandlad. Och så skulle man direkt och så chockartat som möjligt kasta anklagelser i ansiktet på honom som vem som helst skulle kunna räkna om till åtskilliga år i fängelse. I efterhand skulle han, förr eller senare, antyda hur tufft och oberört han då hade uppträtt. Det gjorde alla. Hon skulle aldrig kunna berätta att hon varit åsyna vittne till det som egentligen skedde. Vad hon än skulle se de närmaste timmarna hade hon tystnadsplikt för resten av sitt liv.

Hon övervägde om det var rent djävulskap från chefen, att han ville markera på något sätt. Se här vilka fina vänner du har, bör du inte överväga att söka dej till en annan arbetsplats?

Nej, han verkade alldeles för fantasilös för att tänka ut något sådant. Dessutom var det helt logiskt att han ville ha en juridiskt kompetent bedömning av förhöret bara minuterna efter att det var slut. Sant var ju att han skulle få många svettiga timmar med medierna.

Erik hade mycket riktigt ett blödande sår i pannan och början till en rejäl blåtira när de ledde in honom och dessutom var han handbojad på ryggen. Han verkade mer förbannad än rädd, men behärskad. Det var bra.

Kollegerna Johnson och Erlandsson, som säkerligen inte kunde föreställa sig att deras närmaste chef såg dem nu, tog av Erik handfängslen, hjälpte honom att sätta sig, serverade vatten och frågade om han ville ha någon tillsyn från sjukvårdspersonalen. Erik skakade bara på huvudet, torkade bort lite blod med handleden, såg på det och ryckte på axlarna. En bra start från båda parter, noterade Ewa.

Kollegerna läste upp formalia, berättade att han var anhållen av överåklagare von Schüffel på sannolika skäl misstänkt för skyddande av brottsling, främjande av flykt och dessutom terroristbrott, samt att han hade rätt till att ha en advokat närvarande och undrade vem han under alla förhållanden ville ha som sin offentliga försvarare. Han svarade att han för närvarande inte behövde någon advokat, men att han för den händelse det skulle behövas senare ville ha advokaten Leif Alphin.

Så långt bra, det stod 1–1, båda parter skötte sig.

Ewa tänkte efter medan den förtätade stämningen sänkte sig där nere i förhörsrummet. Vad var första frågan? "Du är ju en gammal vän till Hamilton?" föreslog hon tyst.

"Du är ju en gammal vän till amiralen Hamilton?" frågade Johnson.

"Ja, det kan man kanske säga. Vi har träffats en hel del, men alltid i tjänsten, det betyder alltså att jag träffat honom som journalist", svarade Erik.

"Har du träffat honom nyligen på din tredagarsresa till Sankt Petersburg?" fortsatte Johnson.

"Det har ni faktiskt inte med att göra", svarade Erik, skakade på huvudet och skrattade till. "Jag menar förstås inget personligt med det där, bara att rikets säkerhetstjänst inte har att göra med vilka källor vi har på Sveriges Radio, ni är till och med förbjudna i grundlagen att göra såna efterforskningar. Såvida det inte gäller spioneri eller grov obehörig befattning med hemlig uppgift. Och det sa ni inget om", fortsatte han och såg nu mer road än förbannad ut.

Backa nu Johnson, ta fram den snälla polisen genast! tänkte Ewa.

"Ja herregud Ponti? Vad ska man säga?" suckade Johnson och rev sig i huvudet. "Förmodligen kan du mer om sånt här än vi enkla snutar. Men åklageriet hävdar att vi har rätt att ställa frågor om terroristbrott, till och med till en journalist. Terroristbrottet skulle på något sätt bryta grundlagens källskydd. Vad tror du om det?"

Bra Johnson, helt rätt taktik! tänkte Ewa.

"Då tror jag att ni har två höga häckar att hoppa över", svarade Erik. "För det första ska ni bevisa att jag har träffat Hamilton och dessutom träffat honom i ett brottsligt och inte journalistiskt syfte. För det andra ska ni göra troligt att Hamilton är terrorist. Det tror jag uppriktigt sagt inte att ni klarar, kamrater."

Jösses Erik! Där skulle du åtminstone fått mej att ge upp, tänkte Ewa.

"Jamen, det var ju bra", fortsatte Johnson i den sävligt vänliga stil han anlagt. "För det där med den första häcken klarar vi. Den 11 januari klockan 14:36 fick du ett mejl avsänt från ett internetkafé på nån sorts museum i Sankt Petersburg till din dator på Sveriges Radio. Vänta, jag har dokumentationen här ..."

Vad i helvete! Har vi avlyssnat mejltrafiken på Sveriges Radio? undrade Ewa.

"Jo, alltså", fortsatte Johnson och slätade ut några dokument framför sig. "Den 11 januari klockan 14:36 fick du ett mejl med följande lydelse: 'Föreslår att vi klarar av vår avbrutna affär i Cape Town. Tre tänder. Cheval Blanc -82.' Och du svarar knappt en timme senare: 'Var och när? Vore inte Latour -82 att föredra?' Och sen fick du ett kortfattat svar med reseinstruktioner till Sankt Petersburg, ansökte om ryskt turistvisum och reste dit precis som instruktionerna anvisat. Den du hade mejlkontakten med var Hamilton, eller hur?"

"Fantastiskt, får jag se!" sade Erik intresserat och sträckte sig med någon sorts självklarhet efter dokumenten och nappade dem åt sig. Johnson ryckte inte tillbaks dem. Erik lät blicken gå kors och tvärs över dokumenten, det var inte texten han var ute efter utan något annat, gissade Ewa.

"Mycket märkligt", konstaterade Erik och lät dokumenten sjunka ner på bordet framför sig. "Förra året vägrade riksdagen att ta det där förslaget om att Försvarets radioanstalt skulle få kontrollera all utrikes mejltrafik och så sitter vi här med det konkreta resultatet av det riksdagsbeslutet svart på vitt. Hälsa von Schüffel att den här bevisningen inte blir kul att lägga fram i en häktningsförhandling!"

Han driver med kollegerna, han är ute efter något annat. Heja Erik! tänkte Ewa.

"Oj, det här blir lika svettigt som vi misstänkte", svarade Johnson undergivet, om han nu spelade eller ej. "Men låt mej säga så här, va? Här i vårt jobb när vi bara ska höra dej så behöver vi inte ta ställning till underlagets laglighet utan bara till dokumentationen som sådan. Det där om riksdagsbeslut och sånt är en sak för andra rättsvårdande myndigheter som det heter. Men det var alltså Hamilton du kommunicerade med? Det är det enda som intresserar oss två just nu."

"Dom här dokumenten har kommit till er från Försvarets radioanstalt", funderade Erik som om han inte hört frågan. "Men få se nu, dom får inte göra såna här avlyssningsoperationer … men dom får ta emot info från annat håll. Där står det! Uppe i vänstra hörnet, NSA. National Security Agency, världens största avlyssningsföretag. Kul! Försvarets radioanstalt har alltså löst problemet med vad som är olagligt i Sverige genom att köpa det som är lagligt i USA. Och så säljer dom vidare tjänsten till er, antagligen med ett litet påslag. Det var ju väldigt fiffigt, tycker ni inte?"

Helvete! Han intervjuar dom, han räknar med att förr eller senare få ut det här förhörsbandet och sända det i radion. Tänk dej för nu, Johnson!

"Det må så vara", suckade Johnson till synes uttråkad. "Men fiffigt eller inte så är det alltså vårt underlag. Och då upprepar jag frågan. Det var alltså Hamilton du träffade i Sankt Petersburg?"

Shit! Johnson gick på tricket, han bekräftade det där med NSA. Det där bandet får aldrig komma ut!

"Javisst ja, frågan", svarade Erik påtagligt nöjd. "NSA har trängt in i Sveriges Radios mejltrafik och visat hur jag kommunicerat med någon i Sankt Petersburg. Ni tror att det är Hamilton. Det kan vara rätt eller fel, men det har jag ingen skyldighet att svara på. Och då kommer vi väl inte längre?"

"Om vi säger att vi *vet* att den som sände dom här delvis kodade meddelandena till dej är Hamilton!" bet Johnson till.

Om det är bluff gör du bort dej, Johnson, om det är sant att ni vet så passa dej nu!

"Det tror jag inte på", provocerade Erik. "Sånt där kodspråk kan inga maskiner knäcka, det är inte matematik. Så hur skulle ni kunna veta något om avsändaren?"

Passa dej nu, Johnson! Och du Erik är en skallerorm!

"Som du förstår kan jag inte gärna gå in på det", svarade Johnson. "Jag kan bara konstatera att vi vet att avsändaren är Hamilton. Men vill du fortfarande inte gå med på det?"

Erik satt tyst en stund och tänkte efter innan han svarade.

"Jag tror inte att vi har något stort problem", sade han till slut. "Av principiella skäl som ni redan känner till kan jag aldrig svara på en fråga från vare sig säkerhetstjänsten eller någon annan myndighet om vilka källor vi har på Ekot. Men låt oss för resonemangets skull säga att jag verkligen intervjuade Hamilton, precis som ni tror. Då kommer ni att få en väldigt tydlig indikation på det om ni lyssnar på Ekot dom närmaste dagarna. Och i så fall är ju problemet löst. I annat fall tätnar mystiken, som det heter i kvällspressen. Och hur trevligt vi än har haft så skiljs väl våra vägar här?"

Nu var det Johnsons tur att tänka efter och han riktade blicken mot kollega Erlandsson och fick en kort bekräftande nick till svar. De var överens.

Helt rätt, längre kommer ni inte idag.

"Jaha. Det var det, åtminstone tills vidare", konstaterade Johnson. "Då återstår bara att informera dej om det praktiska ..."

"Jag är anhållen av överåklagare von Schüffel, inom ett par dagar ställs jag antingen inför en häktningsförhandling eller släpps", avbröt Erik. "Jag har ingen anledning att delta i något nytt förhör innan dess, jag vill träffa min advokat Leif Alphin så fort som möjligt. Jag antar att jag inte får läsa tidningar eller lyssna på radio och teve bryr jag mej inte om. Och så skulle jag vilja ha ett besök av häktets sjukvårdspersonal, lite plåster och Desivon och sen en titt på häktets biblioteksvagn", rabblade han vidare.

De två säkerhetspoliserna kunde inte låta bli att le.

"Du kan tydligen ruljangsen här", konstaterade Erlandsson.

"Jadå", sa Erik. "Det är visserligen några år sen jag hade den journalistiskt intressanta erfarenheten att frihetsberövas och förhöras av säkerhetspoliser och deras svartklädda gorillor. Men jag kan försäkra er att det är en upplevelse man inte glömmer i första taget. Men det var väl det hela? Då ska jag be att få dra mej tillbaks till min cell!"

Kollegerna avbröt förhöret, kallade in häktespersonalen och hindrade närmast generat plitarna att belägga Erik med handfängsel inför den korta transporten upp till häktescellerna.

Johnson och Erlandsson packade inte ihop och gick som Ewa hade tänkt sig. Johnson satt kvar vid bordet och Erlandsson började gå runt i rummet och tänka högt.

"Jävla tur att inte Ewa såg oss torska mot en journalist, men jag ser fanimej inte vad vi hade kunnat göra bättre", funderade han.

"Nej, jag tror inte att hon hade tyckt att vi kunde göra det så mycket annorlunda, fast med henne vet man inte när det gäller förhör. Rätt vad det är drar hon bara upp en vit kanin ur hatten. Nej, så fan heller! Vi måste fråga honom om Hamilton, han måste vägra svara. Och då måste det ju ta slut där?"

"Ja, och så kunde vi ju inte gärna berätta hur vi visste att det var Hamilton han kommunicerat med, det som var vårt starkaste kort", instämde Johnson.

"Men som inte blev så starkt", funderade Erlandsson vidare, han gick fortfarande runt i rummet, "eftersom han bara kunde vifta undan det som en bluff. Och rädd var han ju inte heller, vi kanske inte är skräckinjagande nog?"

"Nej och tur är väl det, nu skiter vi i det här och jag tror Ewa skulle ha gett oss godkänt", summerade Johnson och började plocka ihop bandspelare och dokument.

Mm, nästan godkänt i alla fall, tänkte Ewa. Enda felet var att ni lät honom titta på dokumenten så att han kunde sno åt sig den där informationen om NSA. Där kommer det surt efter, den kunskapen kommer man inte att förtiga i Ekot.

Hon tog av sig hörlurarna, slog av kontakterna och satt kvar en stund i det grågröna dunklet. Antagligen var hon chockad på något sätt. Två av hennes närmaste medarbetare, som hon tyckte om, som hon försökte träna upp, som hon solidariserade sig med på samma sätt som alla poliser i samma lag brukar göra – mot en av hennes närmaste vänner. Det var som en ond dröm.

Och nu var det han, Erik, som hade tagit hem spelet. Så att hon beklagade sina arbetskamrater. Ändå hade det varit mycket värre om det blivit tvärtom, för som det nu var kunde hon varje gång i framtiden när hon hörde Erik berätta om vad som hänt – han måste ju anta att hon blivit helt bortkopplad från hans utredning – lugnt konstatera att det han sa var sant.

Automatiskt hade hon alltså tänkt att deras umgänge skulle fortsätta som vanligt, utan ens närmare reflektioner? Javisst. Antingen skulle von Schüffel lägga ner sin utredning inom det närmaste dygnet. Eller också skulle han förlora en häktningsförhandling med dunder och brak. Advokaten Alphin skulle göra slarvsylta av honom och den här gången kunde han inte räkna med samma mediala välvilja som när han gav sig på oskyldiga svartskallar. Nu hade han hoppat på fel kille och det skulle han nog snart bli varse.

Hon såg på klockan och reste sig lite mödosamt som om hon suttit och stelnat till. Om tiden tillät skulle hon titta in till chefen strax före lunch, det var vad han gett order om. Men vad hade hon egentligen att rapportera?

När hon trasslade sig upp genom korridorer och hissar till chefsvåningen, hon hade i alla fall börjat hitta bättre nu på andra året, försökte hon komma på en formulering som skulle föreställa saklig sammanfattning, fast hon kände sig märkligt tom i huvudet. Det hon varit med om var en känsloupplevelse mer än ett förhör som gick att sammanfatta sakligt och precist. Så vad skulle hon egentligen säga?

Hennes vånda lindrades inte av att chefen, som tydligen satt i någon sorts telefonkonferens, lät henne vänta i tio minuter innan en av hans sekreterare nådigt släppte in henne. Det där är dåliga vibbar, tänkte hon på väg fram mot chefens skrivbord. Om sekreterarna inte gillar en är det högst troligt att inte chefen gör det heller. Så vad gör jag nu?

"Så vad gör vi nu?" frågade chefen. "Jag hörde att förhöret med Ponti, kanske inte direkt oväntat, inte gav ett smack. Är det korrekt uppfattat?"

"Det skulle jag nog uppfatta som en korrekt sammanfattning, ja", svarade Ewa försiktigt. "Frågan var ju rent konkret om Erik ... om Ponti hade gjort en intervju med Hamilton, i Sankt Petersburg. Och eftersom han vägrade att besvara den frågan så gick ju förhöret i stå."

"Är det ditt intryck att han gjorde den där intervjun?"

"Javisst, indirekt medgav han det."

"Jaså verkligen, jag har fått intrycket att han bara barrikaderade sig bakom tryckfrihetslagstiftningen. Men du som var åsyna vittne har alltså en annan uppfattning?"

"Ja, han sa nämligen så här: 'Men låt oss för resonemangets skull säga att jag verkligen intervjuade Hamilton precis som ni tror. Då kommer ni att få en väldigt tydlig indikation på det om ni lyssnar på Ekot dom närmaste dagarna. Och i så fall är ju problemet löst.'"

"Ordagrant sa han så?"

"Ja, ordagrant. Det var nyckelmeningen i förhöret."

"Du har gott minne?"

"För viktiga formuleringar i förhör, ja."

"Och vad är din bedömning av rättsläget när det gäller vännen Ponti? Förlåt, jag menade inte att ironisera, vad du än tror har jag rätt höga tankar om honom. Men din bedömning alltså?"

"Ponti har högst sannolikt, på uppdrag av Sveriges Radio, rest till Sankt Petersburg för att genomföra en intervju med Hamilton", började hon dröjande medan hon tänkte efter vad det var hon egentligen skulle bedöma. "Alltså så långt är allt enkelt och lagligt. Om det bara är det saken gäller kan inte jag heller se var brottsmisstanken skulle ligga. Vad tror du själv?"

"Jag tror som du att det är ett helsikes problem. Ponti kan inte gärna ha främjat någon flykt eller skyddat någon förrymd brottsling i Sankt Petersburg av den enkla anledningen att det är ryska staten som i så fall är skyldig på den punkten. Så långt lär von Schüffel inte ha någon framgång."

"Och det där med terrorism?"

"Svagt. Teoretiskt inte helt omöjligt, men svagt. von Schüffel ställer upp hypotesen att den som inte samarbetar i spaningarna mot en terrorist själv gör sig skyldig till terroristbrott. Den där nya lagen från 2003, paragraf 4, du vet."

"Det är ju knäppt, då skulle varje journalist som intervjuade terrorister genast själv bli terrorist som om det smittade. Advokaten Alphin får en festföreställning om det går så långt som till häktningsförhandling."

"Precis min mening. Vi sitter med skägget i brevlådan, det är inte vårt eget fel och det är inget vi kan ändra på, faktiskt min sämsta dag på jobbet hittills."

"Jamen, ordnar sig inte det här av sig självt", försökte Ewa trösta. "Jag menar vi utgår ju från att Erik, jag menar Ponti, genomförde den där intervjun och att den kommer att sändas i radio. Därmed är väl saken över."

"Om det vore så väl. Har du någonting emot att äta en snabb lunch med mej här på kontoret? Valet står idag mellan fiskgratäng och korv stroganoff."

"Stroganoff", svarade Ewa överrumplad. "Men ..."

"Det är en del du inte känner till och jag behöver någon vettig person, jävig eller ej, att ha som bollplank inför eftermiddagen, helst någon som känner Ponti och vet något om journalister och jag litar inte på vår pressavdelning i dom avseendena."

Han reste sig utan att säga något mer och pekade som en militär med hela handen mot soffgruppen. Där satte han sig precis som

Ralph skulle ha gjort, dessutom i samma stol så att den förre chefen och den nuvarande blev som kopior av varandra.

Det som hänt samtidigt som Ewa såg sina kolleger förhöra hennes vän, och som Björn Dahlin nu kortfattat redogjorde för, rörde onekligen till situationen.

Säkerhetspolisens personal hade genomfört den beordrade husrannsakan på Sveriges Radio och det hade blivit utomordentligt bökigt. Till att börja med hade de inte släppts in. En chefsperson hade kommit ner i den stora entrén utanför säkerhetsdörrarna och vaktkurerna och tämligen högdraget försökt förklara att Säkerhetspolisen inte var välkommen till Dagens Eko utan att beställa tid först.

Och där stod de och käftade medan tiden gick. Även om tio stora starka kolleger mycket väl hade kunnat forcera säkerhetsdörrarna och ta sig in skulle de sedan ställas inför det uppenbara problemet vart de skulle ta vägen därefter. Det var en arbetsplats för tusentals människor i fem eller sex våningsplan och ingen utomstående kunde vare sig hitta till Ekoredaktionen på egen hand eller förvänta sig någon vänlig hjälp.

Till slut hade en ännu högre chef kommit ner till den pågående diskussionen, nu omgiven av reportrar med mikrofoner, och bett att få se ett åklagarbeslut om husrannsakan. Och sådant fanns ju faktiskt.

Därefter eskorterades kollegerna av radiochefen till Ekoredaktionen och väl där fick de anvisat Erik Pontis rum, som de tömde på allt innehåll, inklusive datorn där det eftersökta materialet borde finnas. Att lägga beslag på hela Ekoredaktionens bestånd av något hundratal datorer ansågs ogörligt.

När chefen kommit så långt i sin tydligt ironiska redogörelse bars två portioner stroganoff med mineralvatten in och de åt en kort stund under tystnad medan Ewa försökte föreställa sig det inferno av publicitet som nu tornade upp sig.

Och omedelbart efter lunch, det var om tjugo minuter, hade överåklagare von Schüffel kallat till presskonferens i polishusets stora sal, som redan var fullbelagd av blodtörstiga journalister, kompletterade chefen efter halva sin portion och sköt ifrån sig lunchbrickan.

"Så vad gör vi nu och vad kommer att hända? Det här är alltså mina enkla frågor", avslutade han och torkade sig försiktigt om munnen med pappersservetten som han sedan vek ihop och lade tillbaks på träbrickan.

"Det var inga enkla frågor, om du ursäktar", svarade Ewa och sköt också hon ifrån sig lunchbrickan och sträckte sig som av gammal vana efter kaffetermosen mitt på Carl Malmstenbordet. "Vi har nämligen hamnat i en hopplös juridisk konflikt såvitt jag förstår."

"Förtydliga!"

"Självklart. Ekot skiljer sig som arbetsplats inte så mycket från vår egen, jag menar när det gäller sekretess. Tänk dej att någon kom in och snodde din eller min dator och påstod sig ha rätt att studera innehållet. I princip är allt som finns på Erik Pontis dator sekretess-skyddat med samma styrka som det som finns på våra datorer. Säkerhetspolisen, det kommer att heta så även om det var von Schüffel, har lagt beslag på allt källskyddat material på en av landets viktigaste nyhetsredaktioner. Det blir ett helvete. Det blir klappjakt i medierna dom närmaste timmarna på Justitiekanslern, Justitieombudsmannen, regering och riksdag. Och på dej själv förstås."

Han nickade stumt bekräftande och tänkte efter utan att röra en min.

"Finns det någonting alls vi kan göra från vår sida för att mildra smällen, tror du?"

"Jag vet vad jag skulle ha gjort om jag vore i dina kläder, så mycket kan jag säga."

"Nämligen vadå?"

"Ordervägra!"

"Va!?"

"Ja, du frågade. Jag sa bara vad jag skulle ha gjort."

"Och hur skulle du ha motiverat det?"

"Vi har Erik Pontis dator här i huset, det är vår tekniska personal som ska gå igenom den, von Schüffel klarar inte det utan vår assistans."

"Och det menar du att jag ska vägra?"

"Jag behöver inte räkna upp argumenten för att inte gå igenom Ekots källmaterial från dom senaste åren. Och om syftet med att studera just det källmaterialet är att få veta om Ponti gjort en intervju så står det inte i proportion till ..."

"Till principen om proportionerliga insatser, tack jag vet! Listigt. Fortsätt."

"Jamen det var väl det hela. Ekot kommer precis som Ponti antydde att börja publicera intervjumaterialet. Då finns ingen anledning att snoka i deras källmaterial. Du blir dagens hjälte om du förklarar dej på det viset."

Den nye chefen tänkte en stund med orörligt ansikte. Ewa hade absolut ingenting mer att säga. En evighetslång halvminut passerade.

"Det där. Var faktiskt. Ett briljant förslag", sade han och sken långsamt upp. "Jag kan nämligen vägra order från förundersökningsledaren och därmed ställa min chefsposition till förfogande, eller rentav säga upp mej. Regeringen kommer inte i första taget att hitta en ny man som vill göra det jag vägrade. Dom kommer tvärtom att undanröja von Schüffels dumheter. Och dom kommer att vädja till mej att ta tillbaks min avskedsansökan. Briljant!"

"Och i så fall är det bara en liten sak till", sade Ewa. "Ekot kommer att begära att få ut förhöret med Erik Ponti, både i utskrift och själva bandet. Det måste du stoppa. Förhöret röjer vissa förbindelser mellan oss och NSA som inte ens jag hade en aning om."

När hon kom ner från Björn Dahlin till sin egen avdelning satt Johnson redan och väntade med sina pärmar utanför hennes chefsrum. Hon visade in honom direkt till soffgruppen, serverade sig själv kaffe ur den försilvrade termosen, samma typ som på alla de fyra chefsrummen. Johnson skakade på huvudet när hon riktade termosen mot honom.

"Okej Johnson, så här är det", började hon när hon tagit två snabba sippar på kaffet. "Du vet och jag vet att du har förhört en av mina bästa vänner idag. Jag är övertygad om att du gjort ett bra jobb och jag skulle inte ha förväntat mej någonting annat. Men nu talar vi inte ett ord mer om den saken. Är det klart?"

"Absolut, chefen. Tacksam för att du tog upp problemet så direkt."

"Då ska vi ta ett djupt andetag, åtminstone jag", fortsatte hon och försökte le uppmuntrande. "För nu ska du och jag sätta dit ett praktarsel, och jag menar du och jag även om du inte behöver säga så mycket. Du och Erlandsson har gjort förarbetet, fått honom att känna sig säker och snacka vitt och brett och nu ska jag döda honom. Men det hade inte gått utan ert förarbete. Jag hoppas du inser att jag menar vartenda ord jag säger?"

"Absolut, chefen."

"Kalla mej inte chefen!"

"Absolut inte, Ewa."

De reste sig och gick bort mot hissarna med beslutsamma steg. Kommissarie Jernemyrs solodans är snart över, tänkte kriminalinspektören Johnson. Den jäveln kommer att gå på det direkt. Här kommer plötsligt en tjej som ser ut som en blond skådespelerska som gått fel och då tänker han som dom flesta killar skulle ha tänkt: Aha! Här kommer en sån där brud som har gått chefskurser och aldrig varit riktig snut, det här blir lika enkelt som kul.

Anders Johnson hade tänkt något liknande för ett år sedan när Ewa Tanguy kom in som chef på Säkerhetspolisens i hast nyskapade förhörsenhet. Sedan dess hade han gått i lära hos henne, man kunde ärligt talat inte uttrycka det på annat sätt, och därmed hade han i förbigående fått en god manlig lektion när det gällde att inte underskatta kvinnliga poliser ens om de var vackra enligt någon sorts medial bildnorm. Dessutom jobbade de bra ihop som ett team. Han hade tänkt mycket på det när han och Erlandsson lurade in äcklet till kommissarie Jernemyr i föreställningen att allt gick bra så länge man snackade på.

Anders Johnson kände något som närmast liknade en inre frid när han sorterade dokumenthögen på skrivbordet mellan dem, Ewa böjde sig ner för att lyfta upp bandspelaren och äcklet Jernemyr pekade på Ewas bak och blinkade oss grabbar emellan. Som de hade kommit överens läste han själv in förhörsformalia innan han lämnade över till Ewa inför den närmast överförtjuste Jernemyr.

"Jag ser att ni sagt du till varandra tidigare och jag föreslår att vi fortsätter med det även om jag formellt är din överordnade", började Ewa silkeslent.

"Javisst, du är väl en sån där tjej som läst juridik och gått chefskurser?" svarade Jernemyr med en ny blinkning och lutade sig bekvämt bakåt.

"Ja faktiskt", log Ewa tillbaks. "Jag jobbade länge på Ekobrottsmyndigheten innan jag fick det här jobbet."

"Kan tänka mej det. Mycket papper och affärsjuridik och sånt, va?"

"Ja, du anar inte. Hursomhelst är jag jätteintresserad av sån där ekonomi. Och nu är det så här, att du i november förra året gjorde inköp till utbyggnad av din sommarstuga för 226 000 kronor. Stämmer det?"

"Mycket möjligt. So what?"

"Jo, vi har datum på alla dina betalningar till Järnia och en viss byggnadsfirma. Det konstiga är att det där sammanfaller i tiden med inspelade telefonsamtal mellan dej och vissa kriminella där du utlovades 250 000 kronor. Hur tycker du vi ska se på dom sambanden?"

"Finns inga."

"Nähä. Och märkligt nog finns inga som helst spår av dom här pengarna på några av dina bank- eller lönekonton. Så en kvarts miljon damp liksom bara ner kontant och skattefritt från himlen? Vann du på Solvalla, och du vet följdfrågan?"

"Var är bongarna?"

"Just det. Var är bongarna?"

"Du bluffar om dom där samtalen. Säpo kan förfan inte hålla på och spela in oss riktiga poliser när vi talar i telefon. Det skulle ju vara för djävligt!"

"Du kommer att bli förvånad. Vill kriminalinspektör Johnson vara så vänlig att läsa upp utskriften från samtal 763, tredje avsnittet!"

Anders Johnson började redan känna spänningen när deras förhörsplan inletts precis som de hoppats och tänkt sig. Det var nästan för bra, hennes det där "jag är jätteintresserad av sån där ekonomi" hade varit oemotståndligt, han hade inte kunnat undgå att fnissa till. Lyckligtvis missförstod Jernemyr det roliga och bytte ett menande ögonkast med Johnson och himlade lite med ögonen.

Men nu började allvaret, det var nu de skulle lirka ut honom på allt tunnare is. Anders Johnson låtsades virra lite bland pappren innan han började läsa upp det begärda stycket i telefonsamtalet. Det var i sak förödande, både Jernemyr och den identifierade gangstern talade klarspråk.

Ewa väntade lite med att ställa nästa fråga, som om hon inte riktigt fattat att uppläsningen var färdig.

"Du får väl hålla med om att det där inte låter så bra?" frågade hon sedan med ett snarast bekymrat tonfall.

"Självklart inte, det låter rent ut sagt för djävligt", svarade Jernemyr lugnt. "Problemet är bara att det där samtalet inte är autentiskt, jag har i alla fall inte deltagit i det."

Här kom första vägvalet i deras förhörsplan. Det som kunde ligga närmast till hands vore nu att ta fram själva originalinspelningen och motbevisa påståendet att Jernemyr inte var identifierad, vilket han var både med sin röst och det registrerade telefonnumret.

Ewa valde inte oväntat den andra taktiken, att låta Jernemyr undan för undan tro att han klarade allt fint medan han i själva verket samlade på sig flera lögner. Hon suckade och gick vidare till ett annat samtal mellan Jernemyr och samme gangster. Proceduren upprepades, Anders Johnson läste upp samtalsfragmentet som handlade om hur Jernemyr skulle hänga med på ett torpedjobb och skrämma upp den betalningsskyldiga med "ett visitkort där det i alla fall står Detective Superintendent".

Ewa körde nu precis den bakvända fråga som de skämtat om i förväg:

"Förlåt, men du är ju faktiskt bara kommissarie. Det heter väl ändå Chief Inspector? Annars har du befordrat dej själv till polisintendent?"

Jernemyr tog frågan med mycket gott humör, skämtade något om titelsjuka poliser men sade sig vara helt främmande för att uppträda i lånta fjädrar, varför det bevisligen måste vara någon annan som talade i den där utskriften. Han satt fortfarande avspänt tillbakalutad. Det såg mycket bra ut.

De kunde köra sin spelplan till punkt och pricka utan att Jernemyr tycktes oroa sig. Det var ett fantastiskt skådespel. Grunderna för polisförhör hade Anders Johnson haft fullt klara för sig redan när han träffade Ewa första gången. Men med henne hade själva överkursen börjat från första dagen, och det var inget att sticka under stol med, inte ens när äldre sura kolleger kom och ställde muttrande frågor om saken. Hon var inte bara ett geni på området, hon hade utvecklade system där huvudsaken alltid var att få den förhörde att prata, helst prata mycket och inte ana fällan förrän långt efter att den slagit igen. Och det scenariot följde den här märkligt iskalle Jernemyr, han måste hela tiden ha känt att det brändes och borde för länge sedan ha förstått att det inte var hans smarta stil som gjorde att han tycktes komma undan hela tiden när han inte blev hårt pressad. Det var som i en instruktionsfilm, han samlade på sig lögn efter lögn och tycktes verkligen tro att det hela gick finfint. Ewa hade sagt att just den där självöverskattningen var hans svagaste punkt.

Till slut var de framme vid vändpunkten. Det var nu hon skulle dra åt skruvarna, börja om från början och riva sönder lögn efter lögn.

"Ja du Jernemyr, det här börjar se lite besvärligt ut", konstaterade hon.

"Tror fan det! En snut som förhör en snut, det kan inte vara så lätt", svarade han till synes lättad.

"Jag menar att det är besvärligt för dej, Jernemyr", fortsatte hon. "Det första telefonsamtalet vi refererade till var från oktober 07, det andra från december 05 och det tredje också från december 05. Men nu hoppar vi till december 07. Vederbörande gangster G, som heter Gustinov som du säkert vet, befinner sig på Hotel Kung Carl nere vid Stureplan. Han ringer dej och ber dej kolla om han är efterlyst på något sätt. Du låter honom vänta någon minut, man hör på inspelningen hur du knappar på din dator och sen säger du ordagrant: 'Där, ja! Häktad i sin utevaro av Svea hovrätt, på uppdrag av polisen.' Eftersom samtalet genomfördes på två mobiltelefoner vet vi var du var när du fick samtalet. Nämligen här i huset, det var därför du hade så nära till din dator. Din slagning är förresten loggad vid rätt tidpunkt. Så långt rena fakta. Hur vill du förklara dom?"

"Det behöver jag inte nödvändigtvis göra."

"Det är helt sant, förlåt om jag skrämde upp dej. Men det skulle se väldigt konstigt ut om du bröt förhöret just här, tycker du inte?"

Det höll han med om, han var ändå polis. Och två timmar senare hade han ohjälpligt pratat fast sig. Till och med deras beräknade tidsplan för upplägget klaffade sånär som på några minuter.

"Vi har ju gått igenom det här flera gånger, men jag har en fråga", sade Anders Johnson när f d kriminalkommissarie Kenneth Jernemyr leddes iväg av fångvaktarna till början på ungefär fyra års fängelse och de höll på att plocka ihop sina grejor.

"Visst", sade Ewa som redan hade börjat tänka på annat.

"Du får inte bli sur men ...", fortsatte han tveksamt som om han redan ångrade sig.

"Men vadå!" bet hon av.

"Jo alltså ... jag undrar, hur mycket betyder det att ...?"

Nu såg hon road ut, drog igen blixtlåset i sin portfölj, stödde sig på den och lutade sig något fram mot honom, men utan att hjälpa honom på traven. Han kände att han rodnade.

"Du undrar om det är relevant i sammanhanget att jag är tjejpolis?" retades hon.

Han slog ut med armarna i en tafatt frågande gest som om han verkligen önskade, men i ärlighetens namn inte gärna kunde, ta sig ur den självförvållade pinsamheten.

"Ta det nu jävligt kallt, Johnson", sade hon. "Du är på väg att bli en väldigt bra förhörare och det är bland annat därför som jag uppskattar dej så mycket. Det är helt rätt att du frågar därför att svaret på din fråga i det här fallet faktiskt är ja, fullt klart ja. Om du hade försökt spela hjälplös höna hade han aldrig gått på det, han hade inte ens missförstått det där med att nu börjar det se lite besvärligt ut, vilket inom parentes var en komisk höjdare."

"Ja, det kan man lugnt säga", svarade Johnson med en lång lättad utandning. "Jag höll förresten på att börja garva redan där i början med 'jätteintresserad av sån där ekonomi', det lät för djävla skönt."

"Mm. Men tänk på två saker. Den typen av finesser syns inte i förhörsutskrifterna, där ser det bara lätt korkat ut, man måste sitta med för att begripa. Och sen att det där finliret manligt-kvinnligt är en väldigt liten del av jobbet, den stora biten var dina och Erlandssons förhör och när vi satt och planerade vårt upplägg, läste på och sorterade papper."

Hon såg på klockan för att markera att hon hade bråttom och bad honom att ta med grejorna upp på avdelningen.

* * *

Det mest avskyvärda, resonerade hon på hemvägen nedför Hantverkargatan, var att blanda ihop jobbet och privatlivet. Jobbet skulle man hänga av sig som ytterkläderna i samma stund som man gick genom dörren hemma. I all synnerhet om det handlade om politik eftersom det var ett område hon varken kunde eller ville intressera sig för. Dessutom var både Pierre och deras vänner, möjligtvis med undantag för Anna, politiska djur som ägnade större delen av alla samtal åt krig i världen och skandaler på hemmaplan. Det räckte och blev över.

När hon accepterade jobbet på Säkerhetspolisen hade hon till en början inbillat sig att det rentav skulle passa henne särskilt bra just ur privatlivets aspekt. Komma hem, krama Nathalie och fråga Pierre vad det blev för middag och inte behöva säga ett ord om jobbet eftersom allt var hemligt. Hon och Pierre hade till och med utvecklat en skämtsam jargong för att markera sakernas tillstånd. Han frågade parodiskt "hur var det på jobbet idag älskling?". Och hon svarade "jovars, så där". Och så var saken avklarad. Och vännerna hade alleftersom accepterat att det inte var som på den tiden hon jobbade på Ekobrottsmyndigheten och kunde förse dem med allehanda tips om skurkar, eller *skoorkar,* som Acke alltid sade på sin finlandssvenska, som var på väg mot lagföring eller på väg att klara sig undan.

Men så hamnade hon nästan omgående i *annus horribilis,* det fruktansvärda föregående året då politiken exploderade i ansiktet på henne. Hela förhörsverksamheten hade varit politik från början till slut, det var ofrånkomligt om brottsmisstankarna gällde terrorism. Än värre hade det inte spelat så stor roll vad hon uträttat eller försökt uträtta, i de kommande hysteriska rättegångarna dömdes alla skyldiga och oskyldiga huller om buller i både tingsrätt och hovrätt och därmed var hon delaktig i ett justitiemord som två av hennes och Pierres närmaste vänner, Erik och Acke Grönroos, slet som djur för att bekämpa. De hade visserligen lyckats avsätta såväl den förre migrationsministern som förre chefen för Säkerhetspolisen, de oskyldiga satt ändå kvar på sina långa straff utan vare sig praktisk eller teoretisk möjlighet till någon upprättelse. Och som en reaktion på de politiska domarna kom dessutom en hysteriskt genomförd äkta terroristaktion på en teater i Stockholm som slutade i ett blodbad.

Det senare var visserligen oproblematiskt ur jobbsynpunkt, att förhöra och överbevisa massmördare var inte politik. Det var ett rent och enkelt polisarbete. Den utredningen hade hon skött kallt och lugnt, lika enkelt som utredningen mot de små svartklädda anarkisterna som fått för sig att rätta sättet att protestera mot politiska rättegångar var att kasta brandbomber mot ordningspolisen. Men den plågsamma frågan hängde alltid i luften. Hon såg den i ögonen på journalistvännerna varje gång de träffades och hon anade den till och med i Pierres ögon: hade inte det här justitiemordet kunnat förhindras och skulle inte lagen gälla lika för alla?

Antagligen var det av hygglighet eller någon sorts överdriven pietet som de aldrig tog upp frågan med henne, eller ens när hon var inom hörhåll. Gissningsvis var det ändå ett av deras dominerande samtalsämnen när hon inte var med. Hursomhelst avskydde hon sammanblandningen mellan politik och polisarbete och just därför skulle allt ha varit desto lugnare nu. Det passade henne perfekt att jobba med korruptionshärvan inom Stockholmspolisen, ett renhållningsarbete som inte ens den mest politiserade reporter kunde ha någonting emot och inte heller Anna. Allra minst Anna förresten som just hade blivit befordrad till polisintendent och flyttat över till Rikskriminalpolisen, det så kallade kvinnonästet, eftersom både chefen och biträdande chefen, Anna alltså, var kvinnor. De hade förresten inte hunnit fira den saken ännu.

Hon drog lite på stegen, som om hon måste tänka ut någon sorts plan för hur hon just idag inte kunde hänga av sig jobbet när hon steg in genom dörren hemma. Pierre hade förmodligen tittat på fransk teve hela dagen, det var någonting om krig i Tchad. Det gick inte att smita undan när hon kom hem.

När hon låste upp ytterdörren hörde hon hur de sjöng någonting på franska ute i köket med teven i bakgrunden och Nathalie skrattade högt och lyckligt. När hon hängde av sig ytterkläderna och fortsatte ut i köket stod de vid diskbänken och bakade. Nathalie var stormförtjust som bara en femåring kan vara, hade ett litet huckle över håret och en stor mjölfläck mitt på näsan. Det var en hjärtskärande fin syn och när Ewa sjönk ner på knä och bredde ut armarna kom Nathalie ivrigt kvittrande stormande i hennes famn.

"Maman! Maman, on a fait des raviolis avec des champignons sauvages pour le dîner! Et de crème caramel!"

"Oui, ma chère mais il faut parler suédois avec Maman!" svarade hon milt förebrå. Husreglerna var sådana, franska ensam med pappa, svenska ensam med mamma och på senare tid franska vid middagsbordet.

"Jamen vad heter *ravioli* på svenska. Jag har bakat själv, kan själv!" fortsatte dottern som om språkbytet bara var en struntsak i förbigående.

"Det heter ravióli på svenska, konstigt va? Och du har mjöl på näsan", kuttrade Ewa, tog upp flickan i famnen, kramade hennes smala lilla rygg hårt och bar henne med till köksbordet och satte sig.

"Och vad blir det mer än *ravioli* till middag?" frågade hon Pierre som just drog undan en sås från plattan, fort torkade av händerna på en handduk, tog ett steg fram och kysste henne först på kinderna och sen på munnen.

"Noisettes de veau avec sauce de morilles, lite flott för att vara onsdag kanske men jag kunde inte hålla mej när jag såg kalvköttet", svarade han.

"Vad betyder *mårill*?" frågade hon desperat för att undvika den skämtsamma rutinfrågan om hur det var på jobbet idag älskling.

"Murklor. Och hur var det idag på jobbet, full rulle?"

Köksteven räddade henne tillfälligt, för just då visades plötsligt bilder från Tchad och han pekade upphetsat ut trupper från Främlingslegionen.

"Tiens! Det där är våra killar, du ser emblemet på den där pansarvagnen? Vi håller på att plocka upp europeiska civila i inbördeskriget", rapporterade han.

Ewa satt tyst och smekte sin dotter medan reportaget rullade färdigt. Det var som hon anat. Pierre hade bara sett på fransk teve hela dagen och hade inte en aning om någonting annat än de senaste truppprörelserna i Tchad.

När en väderflicka med paraply kom in i bilden sträckte sig Ewa resolut efter fjärrkontrollen och stängde av. Han såg genast att det var något, kastade en snabb blick på såsen, satte sig ned mitt emot henne och slog ut med armarna i den där franska frågande gesten.

"Alors! Vad är det som har hänt?" frågade han oroligt.

"Jag vill fortsätta baka!" pep Nathalie och försökte krångla sig loss ur Ewas famn.

"Ja, gör det älskling, men akta dej för den där kastrullen", sade Ewa och släppte försiktigt loss flickan så att hon inte skulle kasta sig mot spisen.

"Jo, Pierre. Så här är det. Säkerhetspolisen har idag på morgonen gjort husrannsakan på Sveriges Radio. På Ekoredaktionen närmare bestämt. En person är anhållen och det är Erik. Du är förmodligen den sista människan i Sverige som får veta det men så var det på jobbet idag."

Han var mållös men försökte snabbt samla sig.

"Alltså Erik, vår vän Erik Ponti är anhållen?"

"Ja, så är det."

"Misstänkt för vadå? Får jag fråga det?"

"Ja, det får du fråga, jag har förstås inte med den utredningen att göra och förresten har väl åklagaren von Schüffel redan haft sin presskonferens."

"Va, von Schüffel, han terroristjägaren?"

"Ja, just han. Och det är väl det som är den goda nyheten."

Pierre reste sig långsamt, tog ner två vinglas som han ställde på köksbordet, gick bort till vinkylen och ryckte ut vad som verkade vara första bästa flaska och slängde in den i mikron. Han stod med sänkt huvud och uttryckslöst ansikte med ena handen mot mikron och sa inte ett ord medan han väntade. Förmodligen var han djupt skakad men ingenting syntes utanpå eftersom den militära autopiloten inom honom tycktes ha tagit befälet.

"Och vad är Erik misstänkt för?" frågade han när han korkat upp flaskan och serverat dem, de nickade mot varandra och drack. Det var ett bordeauxvin.

"Enligt överåklagare von Schüffel, men knappast enligt Säkerhets-
polisen, är Erik misstänkt för två saker", svarade hon sammanbitet.
"Dels för skyddande av brottsling, dels för någon form av terrorist-
brott och ..."

Pierre skrattade till, men gjorde genast en ursäktande gest som
samtidigt bad henne fortsätta.

"Ja", sade hon. "Du reagerar precis som jag själv gjorde i morse.
Jag trodde inte heller mina öron och det var jag förresten inte ensam
om i ledningsgruppen. Men den sakliga grunden, eller vad vi ska
kalla det för, skulle bestå i att Erik dels intervjuat viceamiralen Carl
Hamilton i Sankt Petersburg och därmed skyddat en förrymd brotts-
ling, dels på något hittills inte klargjort sätt, eventuellt bara genom
någon sorts beblandning med Hamilton, gjort sig skyldig till terro-
rism."

"Är det allt?" frågade Pierre med stenansikte.

"Ja, det är hela grunden för brottsmisstankarna."

"Det låter ohållbart för mej, men det är ju du som är juristen."

"Det låter ohållbart för mej också. Och för min högste chef, kan
jag tillägga."

"Och vad händer härnäst?"

"Vi bjuder hem Erik och dom närmaste vännerna till fredag kväll
på välkomstkalas till friheten. Han blir nämligen försatt på fri fot se-
nast fredag strax före lunch, efter en häktningsförhandling. Och jag
är rädd att Eriks hem är lite obeboeligt, det har nämligen varit hus-
rannsakan där också."

Äntligen reagerade Pierre mer civilt, skrattade till, skakade på
huvudet, reste sig och tog sitt vinglas till köksbänken och ordnade till
några av dotterns försök till pastakuddar.

"Så Erik är arresterad för närvarande?" frågade han över axeln.
"Det måste han tycka är väldigt kul, jag menar om det hela är så
ohållbart?"

"Anhållen heter det. Jo, han tycker nog att det är väldigt kul. Men
han lär få mycket att stå i på Dagens Eko när han går loss efter häkt-

ningsförhandlingen på fredag, så det är svårt att veta när han kan komma till kalaset här."

Pierre skrattade och rörde om några varv i sin traktörpanna innan han började plocka ihop pastakuddarna, noga med att få hjälp av Nathalie.

"Hur skickar man inbjudan till någon som sitter i arresten?" frågade han roat.

"Du ringer hans advokat Leif Alphin i morgon, säger vem du är och ber honom framföra vår vänliga men bestämda inbjudan."

"Och det är tillåtet?"

"Ja, det är tillåtet. Inte ens vi får tjuvlyssna på advokatkontor."

De dukade och lät Nathalie tända ljusen, Pierre började servera middagen och i samma ögonblick bytte de till franska. Ewa hade ett halvår gått två gånger i veckan på kvällskurs och hade, dumt nog tyckte hon ibland, gått med på att tala franska vid middagsbordet, så skulle *chère Maman* få lite extra hjälp att komma ifatt åtminstone sin dotter. Men just vid den här middagen passade det sällsynt illa att inte kunna tala om allvarliga och komplicerade ting. Det blev bara det vanliga om mat, vad olika bestick hette och hur Nathalie haft det med kompisarna på dagis.

Vid efterrätten började Ewa känna att hon satt på nålar eftersom raden av nyhetssändningar snart skulle inledas. Det krävdes en kraftansträngning att tålmodigt och lite stelt leende lyssna på Nathalies glada men långa beskrivning av hur hon hjälpt pappa att ordna den fina sockerglasyren på deras crème caramel så att det skulle säga liksom knäck när man stack ner en sked.

Alla nyhetssändningar i både radio och teve den kvällen hade anhållandet av Erik Ponti och razzian på Sveriges Radio som huvudnummer och om Ewa haft onda aningar, vis av skadan av att se hur von Schüffel kunnat regissera presskonferenser så att journalisterna förvandlades till dansande björnar, så kunde hon snabbt övergå till att känna sig fullkomligt lugn. Journalisterna närmast misshandlade von Schüffel på hans egen presskonferens, varenda nyhetsstudio fylldes med juridisk expertis som talade om ett fullkomligt exempellöst övergrepp och en våldsam kollision med de grundlagsbestämmelser som reglerade förhållandet mellan de rättsvårdande myndigheterna och den fjärde statsmakten. Bäst av allt var nästan att inrikeschefen på Dagens Eko, Katarina Bloom som både Ewa och Pierre faktiskt träffat hemma hos Erik, lugnt och kallt meddelade i sändning efter sändning att redaktör Ponti, självfallet på uppdrag av Sveriges Radio, genomfört en längre intervju med viceamiralen Carl Hamilton och att Ekot förberedde att börja sända materialet de närmaste dagarna. Tanken att det på något sätt skulle kunna vara "terrorism" att intervjua en person som varenda större nyhetsredaktion i världen ville intervjua, avfärdade hon som fullkomligt befängd. I så fall bestod bland annat den svenska journalistkåren av minst femtontusen potentiella terrorister, sammanfattade hon ampert. Ingen enda tillfrågad expert sade emot henne, om det nu berodde på att det inte fanns någon expert med avvikande uppfattning eller om sådana helt enkelt inte var välkomna till någon nyhetsstudio denna dag. Det var ingen tvekan om åt vilket håll vinden, eller snarare orkanen, blåste i medievärlden.

* * *

Det föreföll obegripligt att överåklagare von Schüffel inte lade ner förundersökningen mot Erik Ponti utan envisades med sin häktningsförhandling. Frågan hade åtminstone bland jurister och journalister varit föremål för en hel del gladlynt vadslagning eftersom von Schüffel var känd just för att plötsligt kasta in handduken om det började osa katt. En kvällstidning hade till och med föreslagit oddset 10–1 och samtidigt maliciöst motiverat förslaget med att den påstått misstänkte faktiskt inte var arab den här gången.

Ändå, eller kanske just därför, envisades von Schüffel. Häktningsförhandlingen bestämdes till fredag morgon klockan 10:00 i Stockholms tingsrätt.

Redan i sina allra tidigaste sändningar den morgonen började Sveriges Radio pumpa ut två för åklagarsidan fullständigt förkrossande nyheter. Den första byggde på en presskommuniké från högste chefen för Säkerhetspolisen som meddelade att han vägrat följa instruktionen från förundersökningsledaren von Schüffel när det gällde att tappa Erik Pontis beslagtagna dator på information. Givetvis ställde han därmed sin plats till förfogande. Men som jurist och före detta åklagare fann han efter moget övervägande att det förelåg en alltför stor konflikt mellan vad åklagarsidan, befogat eller ej, ville veta och å andra sidan grundlagarnas bestämmelser om journalistisk integritet och källskydd.

Ekots reportrar missade ingalunda att påpeka att Säpochefen Björn Dahlin tills ganska nyligen faktiskt varit rikets vice riksåklagare och därmed von Schüffels överordnade. Och raskt hade de jagat upp en besvärad justitieminister som, "åtminstone inte utan att ha satt sig in i ärendet närmare", ens reflekterade över att godta Säpochefens öppna avskedsansökan.

Ordervägran från en chef på Säkerhetspolisen var sannerligen ingen dålig nyhet men i vanliga fall skulle Ekots andra nyhet den morgonen ha betraktats som avsevärt tyngre i ren och rak nyhetsvärdering. Det var ett utdrag ur en intervju med förre viceamiralen Carl Hamilton, utförd av Erik Ponti. Utdraget var kort men i sammanhanget förvånansvärt mitt i prick:

Ponti: Det finns ju dom som anser att du är terrorist. Vad säger du om den anklagelsen?

Hamilton: Att den i sak är orimlig och att man nog får se den som politisk snarare än juridisk eller folkrättslig. Dessutom är det hopplöst att försvara sig mot allmänna omdömen av det slaget. Det är som med kommunist, rasist, antisemit, homofob och allt det andra i den internationella debattens undervegetation.

Ponti: Men om jag preciserar terroristanklagelsen?

Hamilton: Gör det så får vi se.

Ponti: Du var fartygschef, eller ingick åtminstone i fartygsledningen ombord på den palestinska ubåt som slog ut den israeliska flottan förra året. Dessutom sänkte ni den amerikanska atomubåten USS Jimmy Carter. Det handlar om hundratals israeliska och amerikanska människoliv.

Hamilton: Det är helt korrekt. Men enligt folkrätten var det då frågan om legitima palestinska attacker på ockupationsmaktens militära styrkor, för det första. Och för det andra. I fallet med USS Jimmy Carter är det klarlagt att vi först varnade amerikanerna och därefter besvarade deras eldgivning. Inte ens enligt den amerikanska kongressen kan vi betraktas som terrorister, även om jag hörde den republikanske presidentkandidaten McCain yttra sig med den innebörden häromdagen. Men vad som sägs i en upphettad valkampanj kan inte gärna påverka folkrätten.

Ponti: Vad bygger du ditt resonemang om den amerikanska kongressen på?

Hamilton: En mycket konkret omständighet. Min fellow officer ... förlåt jag har inte talat svenska på länge ... min ställföreträdande chef ombord var som bekant den palestinska konteramiralen Mouna al Husseini, för övrigt en av mina närmaste vänner, blev inbjuden till den amerikanska kongressen där hon höll ett stilfullt tal, applåderades av stående kongressledamöter och fick ta emot Navy Cross, som är den amerikanska flottans näst högsta utmärkelse. Det var naturligtvis också politik. Men i så fall ett politiskt väldigt underligt sätt att terroriststämpla oss.

Där avbröts samtalet och studioreportern gjorde entusiastiskt reklam för att Ekot i sin särskilda lördagsintervju, som var förlängd den här gången, skulle sända hela intervjun.

Och så var det dags för den obligatoriska diskussionen med en av de vanligaste experterna, folkrättsprofessorn Ove Bring vid Försvarshögskolan. Han intygade att i vart fall första ledet i Hamiltons resonemang var oantastligt. Ett militärt palestinskt anfall mot militära israeliska enheter var helt i överensstämmelse med folkrätten. Alla ockuperade har rätt att göra motstånd. Och beträffande sänkningen av USS Jimmy Carter så var resonemanget folkrättsligt helt korrekt, förutsatt att det kunde ledas i bevis att det verkligen var USS Jimmy Carter som först avfyrat sina torpeder. Men eftersom den andra närvarande amerikanska ubåten vid händelsen bevisligen accepterade varningen från U-1 Jerusalem och drog sig undan från striden fanns det ingenting som talade, såvitt känt, mot Hamiltons version.

Därmed hade såväl folkrätten som internationell storpolitik dansat in i överåklagare von Schüffels häktningsförhandling i Stockholms tingsrätt. Det kunde tyckas besvärligt nog.

Ändå var det inte slut på hans motgångar. För när häktningsförhandlingen inleddes på slaget 10:00, givetvis som han själv begärt i den så kallade stora terroristsalen, började han med att begära uppskov. Som skäl uppgav han Säkerhetspolischefens märkliga beslut att undanhålla förundersökningsledaren väsentligt tekniskt bevismaterial.

Tingsrätten tog sig en kort funderare och meddelade sedan avslag med förklaringen att detta var en häktningsförhandling och inte en huvudförhandling. Om åklagarsidan bara kunde göra troligt att det saknade materialet dels var relevant, dels stödde begäran om häktning, så räckte det gott för att tingsrätten skulle kunna ta ställning.

Erik Ponti och hans advokat Leif Alphin såg mycket nöjda ut och Erik gjorde en del glada gester åt vänner och kolleger i den proppfulla salen. Hans munterhet stod dock i viss kontrast till hans omplåstrade och blåslagna ansikte. Tingsrättens beslut att icke bevilja uppskov hade för övrigt applåderats ljudligt, varför rättens ordförande med tydligt spelad stränghet varnade för att meningsyttringar av det slaget från allmänheten kunde leda till att han måste låta utrymma salen.

Den nu något svettige överåklagaren kastade sig, plötsligt uppmuntrad, in i nästa hopplösa formaliastrid. Han begärde, med hänsyn till rikets säkerhet, att förhandlingen måtte hållas inom lyckta dörrar.

Då fick advokaten Alphin chansen att utföra sitt första glansnummer. Vad gällde de påstått hemliga sakfrågorna hade tydligen alla här närvarande utom möjligen överåklagare von Schüffel haft möjlighet att ta ställning redan till morgonkaffet vid Ekosändningarna. Det fanns knappast något sakförhållande kvar rörande det något diffusa ämnet rikets säkerhet som var kontroversiellt. Och i övrigt var man nu nära en av demokratins hjärtpunkter, att ingen skulle hängas i tysthet. Försvaret motsatte sig bestämt stängda dörrar.

Publiken var nära att återigen bryta ut i spontant jubel, men hejdade sig snabbt efter en sträng blick från rättens ordförande.

Den här gången nöjde sig domarna med att stanna kvar uppe på sitt podium och föra en kort viskande diskussion under ivrigt nickande. Därefter avslog man åklagarsidans begäran om stängda dörrar.

"Och därmed, herr överåklagare, är rätten idel ädel öra att höra er framställan. Varsågod, ordet är ert!" förklarade rättens ordförande med ett leende som knappast kunde missförstås.

Det blev en klang- och jubelföreställning, fast tyst, eftersom publiken för död och pina inte ville bli utkastad på grund av "meningsyttringar". I efterhand beklagade sig advokaten Alphin lite över att domaren redan efter hans lysande inledning till försvar för demokratins grundläggande principer helt sonika flaggat av honom och sagt tack tack för Guds skull advokaten, det räcker, det räcker!

Tingsrätten avslog begäran om häktning. Utan närmare motivering eftersom "det med hänsyn till rättsläget knappast torde vara erforderligt". Det jubel och de applåder som nu spontant brakade loss hade inte längre någon rättslig betydelse. Rättens ordförande försökte ändå hålla en sträng och barsk min på väg ut ur den stora terroristsalen, men åtskilliga skarpa journalistögon noterade att han brast i gapskratt just när den tunga ekdörren slog igen bakom honom.

Erik Ponti fick därefter en hård arbetsdag som började med en snabb segerlunch med mineralvatten tillsammans med advokaten Alphin som fortfarande var något besviken över att han inte fått spela upp den påstådde terroristen Hamiltons och folkrättsprofessorns inlägg från morgonens Ekosändningar. Men han fann ändå fullgod kompensation i att Erik bjöd honom på kalas hos goda vänner senare på kvällen.

Tillbaka på redaktionen skulle Erik först högtidsintervjuas av inrikeschefen på Ekot. Som de kommit överens gled de fort förbi martyrvinkeln om den oskyldige journalisten i häkte och gick direkt på nyheten.

Under sina förhör hade redaktör Ponti sensationellt fått veta att Säpo funnit en smygväg att avlyssna Sveriges Radios mejltrafik. Säkerhetspolisen prenumererade på tjänster från Försvarets radioanstalt. Men FRA, som förkortningen löd för denna tekniska del av den svenska underrättelsetjänsten, hade som bekant inte fått riksdagens tillstånd att kontrollera mejltrafiken ut och in från landet. Nu hade man ändå löst problemet på så vis att den amerikanska spionorganisationen NSA gjorde jobbet. Och FRA prenumererade i sin tur på dessa tjänster och kunde därför sälja resultatet vidare till Säpo. Om detta fiffiga sätt att kringgå riksdagens beslut var lagligt eller ej var knappast en journalistisk bedömning, medgav Erik Ponti blygsamt. Det fick bli en sak för såväl riksdagen som de rättsvårdande myndigheterna. Men "journalistiskt intressant" var förstås detta märkliga förhållande. Intervjuaren Katarina Bloom höll på att falla i skratt vid underdriften, visst var en jätteskandal "journalistiskt intressant". Som tur var satt de två kollegerna inte i teve.

Erik måste hänga kvar hela eftermiddagen på jobbet. Dels skulle morgondagens långa intervju med Hamilton redigeras för att passa in på en timme. Dels måste han filéa ut allting som hade att göra med nästa nyhet, den om att Hamilton sökte resning i Svea hovrätt. Alphin skulle inte lämna in resningsansökan förrän på måndagen, det var därför Hamilton haft det där publiceringsförbehållet.

Nu hade man ju delvis tvingats bryta löftet att ingenting skulle börja publiceras förrän på måndagen. Men som saker och ting hade utvecklat sig så hade det varit orimligt att vänta flera dagar med ett material som hela världen vid det här laget visste att man hade till förfogande.

En het diskussionsfråga i redaktionsledningen hade uppstått kring själva helheten. Det var självklart att man skulle börja med att sända ut redigerade versioner som täckte olika delar av materialet. Lördagens intervju skulle exempelvis lägga tonvikten vid det rent biografiska, ett långt liv i underrättelsetjänstens skuggvärld där vanliga lagar ofta vägde mycket lätt och så vidare.

Måndagen skulle lika självklart handla om Hamiltons resningsansökan, om hans taktik att stanna kvar i Rysslands skydd tills det eventuellt blev grönt ljus från Svea hovrätt, frågan om den som var rik hade lättare att klara av en så besvärlig sak som att undanröja en livstidsdom, varför såväl USA som Ryssland skyddat honom när han var på rymmen, ungefär så.

Men sen? Vad skulle man göra med allt som inte fått plats? Det skulle uppstå alla möjliga spekulationer i konkurrerande medier om hur Ekot på ett eller annat sätt friserat materialet, den där hovreporterdiskussionen skulle komma igång mycket snart. Lösningen blev att man skulle lägga ut hela materialet med omtagningar, felsägningar och allt på nätet.

Det blev mycket tjafs.

The day was ours, tänkte han ändå nöjt när han på kvällen promenerade hela vägen från Sveriges Radio uppe på Gärdet till vännerna Pierre och Ewa på Kungsholmen. Ewa hade ringt och varnat honom för att gå hem till sig först, eftersom han bara skulle bli på dåligt humör. Han visste mycket väl vad hon menade. Han hade sett en hel del lägenheter som slagits sönder vid Säkerhetspolisens razzior mot kurder, palestinier eller andra av tidens ständigt misstänkta. En gång hade han till och med råkat ut för att få sitt eget hem raserat vid en sådan razzia, fast det var länge sen. Husrannsakan på Dagens Eko hade förresten varit en komisk höjdare. Medan Katarina Bloom gick ner och uppehöll säkerhetspoliserna vid huvudingången städade kollegerna frenetiskt i Eriks rum och bar bort allt som kunde tänkas vara källskyddat material. Dessutom hann man byta ut hårddisken i hans dator mot ett alternativ som man lånade på sportens ekonomiavdelning. De hade gnällt en hel del över att få en stor del av sportens internredovisningar beslagtagna av Säkerhetspolisen. Nåja, beslaget var ju hävt nu. Och chefen för Säkerhetspolisen skulle aldrig få veta att han riskerade sitt jobb i onödan.

Konstigt med Ewa, tänkte han redan efter tio minuters stretande i snömodden nere på Strandvägen. Konstigt att jag tycker så mycket om henne med tanke på att hon jobbar där hon jobbar. Hon är faktiskt en av cheferna. Hon måste sitta i någon sorts ledningsgrupp, för dom är väl organiserade enligt samma byråkratiska principer som alla vi andra. Så vafan tänkte hon när hon satt där och fick veta att dom skulle plocka in mej som "terrorist", slå sönder min lägenhet och göra beslagsrazzia på Konungarikets Allrahögstnådeliga Statsradio? *This will not stand,* som George Bush d ä sade när han hörde att Saddam Hussein hade invaderat Kuwait? Det här håller inte. Hon är ju jurist förutom supersnut, hon kanske såg taket komma nedramlande över von Schüffel?

Hon tror på rättvisan, på ett fungerande lagsystem där hon bara är en av dom väloljade kuggarna. Den föreställningen som jag ägnat åtminstone halva mitt yrkesliv åt att bekämpa, så jag borde förstås tycka att hon är god men naiv. Särskilt efter förra årets förfärligheter. Hon sa faktiskt att, ja på Korsika sa hon det rent ut, att den där terroristhistorien bara var luft, att dom två huvudanklagade var oskyldiga precis som vanligt sunt förnuft tydde på. Hennes förhörsarbete hade lett fram till den slutsatsen och hon lär vara landets bästa förhörare. Ändå fick dom oskyldiga livstid. Så hon är alltså naiv?

Möjligt. Men fullständigt hederlig och det är förstås det som är så förförande för en gammal cyniker. Är jag det, en cyniker?

Nej, nu skiter vi i det här. Vi vann ju idag mot den där åklagaren som fått terrorism på hjärnan, vi vann! Vilket visserligen i första hand beror på att jag är vit och möjligen ur säkerhetspolisiär synvinkel till och med kan räknas som kristen, men vi vann. Och det var på tiden.

Festen hördes redan nere på gatan, eftersom vintern var ovanligt mild och balkongdörrarna stod öppna och de som rökte, till och med Pierre själv, måste gå ut på balkongen för Nathalies skull. Redan det gjorde honom på lysande humör. Det var så rörande svenskt ordentligt och medelklassigt.

När han steg in genom den olåsta ytterdörren applåderade vännerna eller sträckte champagneflaskorna över huvudet. Alla var där, till och med advokaten Alphin och Katarina Bloom, hur hon nu hade hunnit före honom? Jo, hon hade förstås tagit en taxi i stället för att gå och mumla hela vägen.

Han sträckte armarna över huvudet, utförde sin parodiska specialitet, The Muhammed Ali Shuffle, och fick genast ett glas av Pierre och en famn av Ewa, ungefär som han hade hoppats.

"Två saker före allt annat", viskade Ewa och höll demonstrativt fast honom i omfamningen. "Jag var förstås bortkopplad från din utredning. Men det var jag som bestämde att vi skulle ha fest i kväll för jag visste att du skulle kunna komma."

"Det är precis vad jag föreställde mej, Ewa", viskade han tillbaks och kysste henne försiktigt på munnen.

En halvtimme senare skar han ett besvärligt sår i handen när han hårfint förlorade tävlingen mot Pierre i konsten att öppna flest ostron på fem minuter. Det fick ordna sig med hushållspapper, den här festen var blod värd.

III

ÖVERÅKLAGARE VON SCHÜFFEL ansåg sig vara en hårt prövad man. Det var inte utan goda skäl som han beklagade sig inför sina medarbetare på den särskilda åklagarkammaren där han var chef, även om han samtidigt visade prov på en inte oäven form av självironi. Han sade att han inte riktigt haft turen på sin sida. Det var en klar underdrift.

I efterhand, särskilt några veckor senare när allt skulle ha lugnat ner sig, borde man kunna rycka på axlarna och säga exempelvis att det där försöket att häkta en reporter på Ekot inte hade varit så lyckat. Inte bara för att han gjort en taktisk felbedömning och fått hela journalistkåren på halsen. Den flocken springer alltid åt samma håll och vänder med vinden och för det mesta hade han haft den vinden med sig. Särskilt förra året med alla terroristhistorierna, för sånt älskar journalisterna.

Det mest förargliga i misslyckandet med den där Ponti var ändå att det faktiskt funnits en logisk juridisk grund för ingripandet. Det var bevisligen sant att Ponti på goda grunder kunnat misstänkas för förbindelser med förre viceamiralen och den i högsta grad efterlyste mördaren Hamilton.

Det var sant, men dessvärre sant på ett sätt som inte med fördel kunde presenteras i en häktningsförhandling. Särskilt inte när denne Hamilton såsom av en händelse framträdde i de tidiga morgonsändningarna i Sveriges Radio just inför häktningsförhandlingen och märkligt effektivt värjde sig mot misstanken att vara terrorist. Det var bara att buga, lyfta på hatten och erkänna.

Och ovanpå det kom självaste Säpochefens exempellösa vägran att samarbeta. Vilket förstås renderade såväl honom själv som Säkerhetspolisen många popularitetspoäng i medierna. Det var taktiskt smart av honom. Måste man också erkänna.

Om det nu bara slutat där hade det inte varit så illa. I stället blev eländet snabbt etter värre.

Att Hamilton skulle lämna in en resningsansökan mot sin livstidsdom kunde ingen ha förutsett. Men det betydde ju att han var på hemväg alldeles frivilligt och därmed föll den i och för sig listiga taktiken att komma åt honom via den besvärlige radiojournalisten. Fast inte ens där slutade eländet.

När von Schüffel liksom alla andra i landet fick höra den dånande nyheten om Hamiltons resningsansökan tog han för givet att den skulle behandlas i Högsta domstolen och därmed också hamna på Riksåklagarens bord, eftersom det var Riksåklagaren som var den obligatoriska motparten i HD.

Dumt nog hade han till och med unnat sig en viss skadeglädje, för det visste ju alla att de ärade justitieråden, domarna i Högsta domstolen, aldrig hade tid med sitt arbete. Behandlingen av så triviala ting som resningsansökningar i brottmål kunde dra ut i åratal.

Skälet till det var möjligen obekant för allmänheten men ofta föremål för glada skämt i juristkåren. Justitieråden hade tvivelsutan nått den juridiska ämbetskarriärens högsta pinne. Men deras lön var förvånansvärt låg, möjligen en kvardröjande rest av principen att statens kaka är liten men säker.

Dock fanns rikligt med stora kakor ute i näringslivet. Justitieråden var de allra mest eftertraktade juristerna i alla former av tvister inom näringslivet, eller när det gällde att specialbeställa juridiska utredningar som talade för beställarens sak eller ståndpunkt. Extraknäckande justitieråd kunde i alla sådana sammanhang räkna med en timlön på uppåt 10 000 kronor, alltså en månadslön per arbetsdag. Följaktligen hade de mycket smått om tid när det gällde själva ämbetet, att sitta och döma i särskilt knepiga mål, skapa prejudikat för den framtida lagtillämpningen, pröva resningsansökningar och annat trist lönearbete. Därmed borde till och med Hamiltons resningsansökan drunkna i den enorma eftersläpningen.

Det hade varit kul om det varit sant.

Förargligt nog fanns det en liten juridisk detalj som von Schüffel inte tänkt på. De flesta ärenden som folk försöker få upp i Högsta domstolen har avgjorts av en hovrätt någonstans, det gällde särskilt resningsansökningar.

Det ovanliga med Hamiltons resningsärende var att målet slutat redan i lägsta instans, i Stockholms tingsrätt. Där Hamilton förklarat sig nöjd med domen i stället för att gå vidare till Svea hovrätt.

Konsekvenserna, åtminstone för von Schüffels personliga del, var till en början diffusa, men snart ohyggliga. Saken var ju alltså den att det inte var Högsta domstolen utan Svea hovrätt som skulle pröva Hamiltons resningsansökan. Då var det inte längre Riksåklagarämbetet som skulle yttra sig i egenskap av motpart. Det var i stället den särskilda åklagarkammaren i Stockholm där von Schüffel var chef. Uppdraget från Svea hovrätt kom bokstavligen som ett brev på posten.

Först hade han försökt att närmast galghumoristiskt skämta sig bort från problemet. Han hade onekligen varit på jakt efter Hamilton, men inte direkt väntat sig att bli till den grad bönhörd av Försynen att förre viceamiralen damp ner i knät på honom. Han hade heller ingenting emot mål som väckte uppmärksamhet i medierna, särskilt när han hade medierna på sin sida.

Att säga att det kommande målet mot Hamilton väckte uppmärksamhet i medierna var inte att säga för mycket. Så fort saken blev känd blåste en storm genom såväl radio, teve och press som genom den särskilda åklagarkammaren. Och den här gången kunde man inte med bästa vilja i världen påstå att han hade en ringaste möjlighet att få medierna på sin sida.

Det var visserligen inte personligt, bara business. Medieintresserad som von Schüffel var genomskådade han lätt logiken. Alla medier ville ha Hamilton på nära håll. Det var mer spännande (och säljande) att han fick resning i målet och kom hem än att han fick avslag och förblev på okänd ort i Ryssland. Sensationslystnaden vägde mycket tyngre än frågorna om lagar och rättstillämpning.

Den psykologin var lika lättbegriplig som ofrånkomlig när det gällde mer eller mindre sensationslystna journalister. Dessvärre påverkades myndigheterna av exakt samma ovidkommande hänsyn. Alla ville ha hem Hamilton.

Och von Schüffel satt följaktligen med någon sorts Svarte Petter i handen. För nu var det ju hans ämbetsmannaplikt att bestrida resningsansökan, att med andra ord försöka förhindra att Hamilton kom hem.

Även om uppdraget var minst sagt otacksamt hade han gjort sitt bästa. Till en början hade han hävdat att det var oseriöst av Hamilton att hålla sig utomlands medan resningsansökan behandlades. Därför borde Svea hovrätt lägga frågan åt sidan tills Hamilton hade kommit hem och överlämnat sig till kriminalvården.

Svea hovrätt hade avslagit hans framställan med motiveringen att en resningsansökan mycket väl kunde prövas även om den som sökt ändring befann sig på fri fot.

I nästa vända hade han tagit fasta på vad den förre justitieministern och numera ordföranden i Riksdagens justitieutskott hade skrivit i en stort uppslagen debattartikel i en av morgontidningarna.

Förre justitieministern menade att resningsansökan måste avvisas därför att det vore en fråga om likhet inför lagen. Att så många år efteråt komma dragandes med så kallad psykiatrisk expertis var ett knep som bara stod de allra rikaste medborgarna till buds. Dessutom förhöll det sig just i det här fallet på det viset att Hamilton förlitat sig på ett par ökända amerikanska kvacksalvare som mot betalning ständigt vittnade till rika klienters förmån.

Här hade det ändå tänts en liten gnista av hopp i von Schüffels mörker. Självfallet inte det där första argumentet om att rika människor kunde betala för psykiatrisk expertis. Det var bara ett politiskt argument och fick väl tillskrivas nuvarande advokaten och förre justitieministerns serie av valhänta försök att spela socialdemokrat, han hade skådat det ljuset först i samma ögonblick som han utnämndes till minister. Det var mänskligt att han då och då spelade över. Något ljushuvud var han ju inte heller även om det var mer kul än rättvist att, som en juristprofessor känd för bitska uttalanden, hävda att mannen måste ha genomfört sin advokatutbildning i Nordkorea.

Nordkorea eller ej och korkad eller ej, det andra argumentet var däremot intressant, detta att Hamiltons inhyrda expertis bara var två bluffmakare som uppträdde mot god betalning. Trovärdigheten i Hamiltons resningsansökan byggde ju *till syvende og sidst* på vetenskapligheten i de expertutlåtanden som bifogats resningsansökan. På den frågan vann eller förlorade man målet.

Nästa attack från von Schüffel var därmed given. Han begärde att Socialstyrelsens rättsliga råd skulle granska och avfärda de "kvacksalvare" som Hamilton åberopat sig på. Olyckligtvis hade han lånat det hårda ordvalet från den förre justitieministerns debattartikel. Han hade självklart förutsatt att den som tog i så mycket hade på fötterna.

Så var det olyckligtvis inte. Det blixtsnabba svaret från Socialstyrelsen väckte förarglig uppståndelse i medierna. De två åberopade amerikanska professorerna hade båda ett gediget internationellt vetenskapligt anseende och en av dem, den där Finkelstein vid Berkeley University, omnämndes som en högst trolig Nobelpristagare i medicin.

Han hade trasslat till det än värre genom att begå ett rent nybörjarfel. Fast han fick väl skylla ifrån sig på den där nordkoreanska före detta justitieministern och dessutom började läget bli mer eller mindre desperat.

Till sist hade han försökt med invändningen till Svea hovrätt att den omständigheten att Stockholms tingsrätt inte, som måhända hade varit normalt, förordnat om en så kallad stor sinnesundersökning av den mordåtalade Hamilton, kunde lämnas därhän eftersom ingen enda människa, vare sig expert eller lekman, kunnat iaktta minsta tecken på sinnessjukdom hos Hamilton vid tiden för förhandlingen i Stockholms tingsrätt, samt att Hamilton själv mycket bestämt avvisat en sådan prövning och dessutom omedelbart förklarat sig nöjd med livstidsdomen.

Det var inte så starkt, det fick han väl medge. Men det var sista halmstrået. Han blev inte ens förvånad när det gick åt helvete med pukor och trumpeter när Svea hovrätt gjorde den rakt motsatta bedömningen.

Just det förhållandet, skrev advokaten Alphin och fick dessvärre medhåll från hovrätten, att en person som begått så till den grad brutala mord tycks uppträda fullkomligt sansat och normalt, borde tvärt om ha fått alla varningsklockor att ringa. Det var snarare att se som ett direkt rättegångsfel att en så kallad stor sinnesundersökning inte hade genomförts.

Därmed var hela saken förlorad för von Schüffel. "Direkt rättegångsfel" var hårda ord eftersom det i sig räckte som skäl för att godta en resningsansökan.

Han hade i alla fall gjort så gott han hade kunnat och han hade åtminstone inte fegat för den ovana situationen att ha medierna emot sig. Alla ville hälsa den förlorade sonen Hamilton hem till nationens famn. Det var en hysteri som dessutom utlöste en fantastisk flit på sina håll. Socialstyrelsen hade exempelvis tagit tre dagar på sig för att hantera hans invändning om "kvacksalvarna". *Tre dagar*, för något som i vanliga fall skulle ha tagit dem sex månader.

Hela proceduren från start till mål gick på mindre än tre veckor. Enligt vad von Schüffel med viss fryntlig tvärsäkerhet meddelade sina medarbetare måste det vara ett alla tiders rättshistoriskt rekord, med reservation för vad som kunde ha hänt någon gång på 1600-talet. Därför var det inte heller förvånande att Svea hovrätt beslutade om resning med domarsiffrorna 5–0. Än värre hade de godtagit advokaten Alphins sanslösa begäran om inhibition, det vill säga att Hamilton tills vidare inte skulle fortsätta att avtjäna sitt fängelsestraff när han infann sig för att genomföra den nya rättegången.

Dessa besked från hovrätten till Stockholms tingsrätt där nu rättegången skulle tas om kunde inte missförstås. Frikänn honom, annars gör vi det!

Ur åklagarsynpunkt och möjligen också ur rättssäkerhetssynpunkt var läget så hopplöst förlorat att man snarare borde skratta än gråta. Det enda återstående lilla problemet var om han själv skulle gå in i Stockholms tingsrätt och förlora målet, eller om han skulle delegera uppgiften till någon av sina två chefsåklagare på avdelningen.

Fast det kanske skulle uppfattas som fegt. Nej, han måste själv ta rättegången. "Hell Caesar, vi de dödsdömda hälsar Dig." Var det inte så gladiatorerna ropade när de steg in på Colosseum?

För ett ögonblick övervägde von Schüffel om han faktiskt skulle dra det citatet när han gick in i rättssalen för att ställas öga mot öga med såväl huggormen Alphin som nationens förlorade son. Kanske, kanske inte. Hursomhelst hade han allt att vinna på att spela den jovialiske förloraren eftersom saken redan var förlorad. Det fanns ändå vissa möjligheter att ge igen senare, att slå tillbaks på en punkt där fienden minst av allt anade faran.

* * *

Ewa hade aldrig ställt upp i någon öppen intervju, vare sig för etermedierna eller någon tidning och hon hade heller aldrig sett den ringaste anledning. Att anonymt lämna ut uppgifter och tips till journalister som man hade förtroende för var en helt annan sak. Det var därför hon hade haft ett så okomplicerat vänskapsförhållande med Erik och Acke när hon arbetade på Ekobrottsmyndigheten. Alla parter hade tjänat på arrangemanget. Ekobrottsmyndigheten hade fått alla sina arbetsinsatser i med- och motgång korrekt beskrivna i Dagens Eko innan tidningarna hann missförstå allting. På så vis hade också allmänhetens rätt att få en korrekt bild av kampen mot den ekonomiska brottsligheten uppfyllts på ett sätt som var helt okontroversiellt både vad gällde demokratiska principer och lagstiftning. Där hade hon och journalistvännerna varit fullständigt överens. På den tiden hade hon ju inte sysslat med kvalificerat hemligt material.

Men så fort hon steg in genom dörrarna på Säkerhetspolisen tog deras samarbete abrupt slut. Det hade ibland varit påfrestande för deras vänskap, särskilt under det förfärliga förra året med terroristhistorierna, när det ibland nästan kändes som om de varit varandras motståndare.

Något personligt framträdande i medierna hade hon däremot aldrig haft lust till och liksom de flesta inom polis- och åklagarkåren hade hon svårt att förstå det fåtal kolleger som tycktes ha samma läggning som tidens dokusåpakändisar. Historiska skräckexempel saknades inte heller. Polismästaren som saboterade Palmeutredningen medan han skådade ljus i tunnlar, omgav sig med kriminella livvakter och satte in pansarglas i sitt tjänsterum var det klassiska fallet. Överåklagare von Schüffel var nutidens milda motsvarighet. Det var inte lätt att förstå hur sådana människor tänkte. Den som apade sig i medierna förlorade ju lätt kollegernas respekt.

Det hade varit hennes första invändning när Björn Dahlin, något besvärad, tagit upp frågan med henne. Hon ville inte framstå som någon fåne. Och skulle man "tala ut" på flera sidor i en kvällstidning som förslaget tydligen gällde, så måste väl ändå risken att framstå som fånig vara minst sagt överhängande?

Säpochefen gav sig inte så lätt och han hade ett batteri av argument. Det här var något av ett gyllene tillfälle, menade han. Nästan all personal inom Säkerhetspolisen hade såpass hemliga jobb att det uteslöt varje möjlighet till kommunikation med allmänheten. Livvaktsenheten och förhörsenheten var däremot inte lika kringskurna av sekretess. Fast livvakterna hade just lyckats skämma ut sig ordentligt och än mer onödigt.

Det var ett sidospår, men i alla fall. Vice statsministern hade med sina livvakter stannat till på en väg uppe i Norrland därför att det låg döda och döende renar och blockerade körbanan. Föraren som kolliderat med renarna frågade efter en yxa, livvakterna hänvisade manligt till sina tjänstevapen, klev ut, skadsköt en ren i mulen och for vidare.

Skämten i Norrlandspressen hade inte varit nådiga, möjligen kul om man inte själv var säkerhetspolis. Detta om detta.

Men förhörsenheten var i princip en av Säkerhetspolisens mest öppna avdelningar. När åtal väcktes blev ju alla förhör, åtminstone till största delen, offentliga och då redovisades arbetet med ganska stor precision. Och allt som återgetts i offentliga handlingar stod det var och en fritt att diskutera.

Han hade också politiska argument. Det pågick en diskussion om Säkerhetspolisen skulle få en utökad roll i samhället och bli en sorts FBI, som inte bara sysslade med spioner och terrorister utan också med viss organiserad brottslighet, och som nu senast, korruption inom polisen. Upprullningen av ligan kring förre kriminalkommissarien Jernemyr var närmast ett skolexempel på sådan FBI-verksamhet.

De här viktiga aspekterna borde Ewa vara synnerligen kompetent att diskutera med till och med Kvällspressen, menade chefen. Och det var inte fel om en sådan offentlig diskussion kom nu, när det redan börjat mumlas i polisleden om saken, detta att Säkerhetspolisen tycktes ha blivit polisens polis. Desto bättre om den diskussionen kom nu förresten, eftersom utredningen kring Jernemyrs verksamhet varit så framgångsrik.

Kvällspressen hade skrivit flera brev till Säpochefen med begäran om att få intervjua Ewa och de hade vältaligt bedyrat sina seriösa avsikter, skisserat alla frågeställningar, lovat att lämna in alla frågor i förväg, liksom de lovat att Ewa skulle få läsa texten i efterhand med rätt att ändra varje bokstav om så skulle erfordras.

Ovanpå allt annat hade chefen en del smickrande synpunkter, åtminstone trodde han nog själv att de var smickrande, om hur lyckad Ewa var som företrädare för nationens mest förtalade och missförstådda polisverksamhet. Hon var högt utbildad och högt uppsatt och såg icke på något sätt skurkaktig ut. Genom hennes framträdande i offentligheten skulle Säkerhetspolisen få lite positiv press för en gångs skull.

Det fanns en ton i hans vädjanden som hon inte tyckte om, särskilt det man måste läsa mellan raderna i omdömet om att "icke se direkt skurkaktig ut", som om hon skulle vara Säkerhetspolisens hejaklacksflicka. Men nu var det ju högste chefen som sagt det, många andra på firman hade säkert formulerat samma sak betydligt klumpigare.

Hon bad om betänketid och sköt upp beslutet.

Pierre skulle inte vara någon särskilt bra rådgivare, han visste för lite om journalistik och hade för egen del bara varit med om att andäktigt intervjuas av kulturjournalister inför den ena hyllningsartikeln efter den andra. I gengäld hade hon några av medievärldens mest erfarna bedömare på så nära håll som i den innersta vänkretsen. Fast Acke fick hon inte tag på, han var i Berlin och svarade inte på sin mobil. Erik var sur och deprimerad, journalistkollegerna höll tydligen på att slita honom i stycken och skulle till och med hålla offentlig debatt om hans uselhet på den ärevördiga Publicistklubben. Han var alltså inte på sitt mest humoristiska humör när hon ringde och bad om råd.

"Kvällspressen är i första hand ute efter ditt utseende", muttrade han ilsket när han förstått hennes problem. "Och sen spelar det ingen roll vad dom säger om att du får läsa texten och allt det där. Du kommer inte att känna igen dej i tidningen, vi andra kommer knappt att känna igen dej. Ska jag fortsätta?"

Ja, det tyckte hon.

Han lugnade sig lite och började om. Men han vidhöll att det var hennes utseende som var huvudsaken i Kvällspressens vinkel. En chef på Säkerhetspolisen borde se ut antingen som en äldre trött gentleman typ Robert Mitchum eller en yngre och betydligt piggare gentleman som Brad Pitt. Det som alltså gjorde Ewa så intressant var i första hand hennes avvikelse från såväl Mitchum som Pitt. Det var huvudvinkeln.

Andra vinkeln skulle bli hennes "svenskhet", hennes perfekta kontrast till gällande föreställning om tidens svartmuskige fiende Muhammed. Kvällstidningsredaktörer är inte dumma, de är utmärkta försäljare och psykologer.

I bästa fall skulle hon bara känna sig lite dum efteråt, men det var nog inte mer än harmlöst löjligt och åtminstone inte farligt.

I slutet av sin utläggning hade han mildrat sitt omdöme. Men när hon till sist ville ha hans bestämda råd för eller emot så avrådde han.

Till en början var hon misstänksam när hon träffade Kvällspressens journalister, särskilt som de hade tjatat om att ses vid dagis när hon hämtade Nathalie. Fast eftersom de båda var kvinnor, fotografen lite yngre, reportern lite äldre än hon själv, och båda hade barn i ungefär samma ålder så verkade arrangemanget inte längre så tillgjort. Nathalies förvåning över att för en gångs skull bli hämtad av mamma i stället för pappa verkade journalisterna inte lägga märke till. Pierre hade rest till Paris på några dagar för att försöka reda ut sin skrivkramp med förläggaren.

De tog en del bilder på vägen hem från dagis, och när de kom ner till Norr Mälarstrand ville fotografen ha bilder av mor och dotter vid stranden. Det fanns egentligen ingenting falskt i det, hon och Nathalie brukade mata änder där nere vid vattnet nära Rålambshovsparken. Men det här var en blåsig dag med skarpt vinterljus som stack i ögonen, det gick skum på vågorna och inga änder syntes till. Fotografen verkade ändå nöjd och påstod att det var ett fantastiskt fint släpljus över Riddarfjärden och att man kunde göra något kul av vinden om Ewa bara släppte ut sin strikta hästsvans så att håret fick flyga lite fritt. Det verkade fullständigt oskyldigt och Ewa som redan börjat få dåligt samvete för att hon varit misstänksam eller rentav fördomsfull mot två hårt yrkesarbetande kvinnor i hennes egen ålder gjorde som hon blev ombedd. Snart skämtade hon om att fotomodellerna måste vara utrustade med ett imponerande tålamod för att stå ut med alla omtagningar.

När de kom hem bjöd hon på te till den tårta som journalisterna haft med och svarade inte helt sanningsenligt på några frågor om matlagning (Pierre hade gjort en lammgryta provençal som stod färdig i kylskåpet) och efter lite ytterligare småprat om vardagligheter var det tydligen dags för själva jobbet.

Reportern frågade om det var okej med en bandspelare, bara för att få allting rätt, och Ewa skämtade om att själv använde hon alltid bandspelare i jobbet, utan att ens behöva fråga. När reportern tog fram sina förberedda frågor bad fotografen att få titta i garderoberna för att se om det fanns några andra kläder till lite mer oväntade bilder. Ewa tyckte att det var väl påfluget men sade ändå att det väl var okej, hela deras hem var städat med precisionen i en förläggning för Främlingslegionen, vilket sannerligen inte var hennes förtjänst. Men det kunde ju journalisterna inte veta.

Frågorna tycktes till punkt och pricka följa det förslag som Kvällspressen hade sänt över till ledningen för Säkerhetspolisen. Man började i det mest aktuella, det som gällde den snart avslutade utredningen av korruptionsskandalen inom Stockholms narkotikapolis. Ingenting föreföll särskilt svårt eller komplicerat att svara på.

Jovisst, även om man formellt inte hade ett FBI-system ännu så var det väl ganska naturligt att i de olyckliga, men sällsynta, fall då poliser begick brott låta Säkerhetspolisen ha hand om utredningen. Varför naturligt? Jo, därför att Säkerhetspolisen hade en så sluten organisation att man lättare kunde skydda sig från det naturliga yrkesskvaller som förekom hos polisen, liksom förmodligen hos alla andra. Och utredning mot andra poliser väckte naturligt nog större nyfikenhet i personalmatsalen, simhallen eller vid innebandyn eller i gymmet än utredningar som riktade sig mot det vanliga buset.

Om förhör hos Säkerhetspolisen skilde sig från förhör hos den vanliga polisen? Jo, det gjorde det väl i den meningen att det låg i sakens natur att om man satt misstänkt i förhör hos Säkerhetspolisen så var det uteslutande fråga om allvarliga brott, terrorism, spioneri och poliskorruption till exempel.

Men hur var det att vara kvinna i en sån lite tuffare situation?

Ewa hann inte svara innan reportern stängde av bandspelaren och ursäktade sig med att hon alltid blev så kissnödig av te, apropos det där med att vara kvinna. De fnissade kollegialt åt problemet. Just då kom fotografen in i rummet och höll upp hennes mörklila Armanidress och påstod att hon skulle ha kunnat hugga av sig lillfingret för att ha en sån. Det skulle bli en kanonbild senare, bara hon fick rigga lite ljus mot balkongen.

Ewa blev inte misstänksam.

När reportern kom tillbaks från badrummet talade de en stund om att vara kvinnor i en traditionellt manlig miljö, kvällstidningarna var säkert fullt jämförbara med Säkerhetspolisen när det gällde den saken.

Första varningsklockan ringde när Ewa fick frågan om islamistiska terrorister var svårare att knäcka i förhör än andra. Hon nekade, det kändes faktiskt som om hon satt och nekade i förhör.

Hon blev mer försiktig och förde ett lugnt resonemang om förhör i förhållande till bevisningens styrka. Det spelade i princip ingen roll om misstankarna gällde snatteri eller terrorism. Det avgörande var hur mycket bevisning som fanns för att bygga upp förhöret. Bildbevis, fingeravtryck och DNA på brottsplatsen – lätt förhör. Tips från anonyma källor eller opålitliga källor – svårt förhör. Då fick man lita mer till sin intuition. Det var det elementära. Förhör var dessutom till för att fastställa oskuld i lika hög grad som skuld, förhöraren var ute efter fakta och skulle helst komma överens med den förhörde. Utan den förutsättningen skulle inga förhör fungera. Resten var domstolens sak.

Det var här någonstans, och nu hade det gått nästan en timme, som Ewa började få en krypande känsla av fara. Hittills hade hon snällt rabblat upp allt tjusigt som hennes chef hade föreslagit, talat väl för demokrati och rättssäkerhet. Det hade inte varit så svårt, det var saker som stämde med hennes egen ärliga övertygelse. Allt hade dessutom verkat så harmlöst och kvinnligt kollegialt. Nathalie hade fått leka med ett objektiv och till och med tagit några bilder på mamma med den rasslande motorkameran. Ewas föreställningar om kvällstidningsbusar hade kommit på skam.

Men så kom en fråga som Ewa från sina egna utgångspunkter uppfattade som en sorts vändpunkt varifrån det skulle bli tuffare tag:

"Du anses ju vara en av polisens bästa förhörare. Blir inte dom misstänkta rädda för dej, eller låter dom sig luras av ditt utseende?"

Eriks varning slog larm i hennes minne och hon skärpte sig, blev mer vaksam. Förmodligen syntes det på henne, tänkte hon generat, rollspelet hade blivit alldeles bakvänt.

Hon försökte ånyo ta det lugnt och metodiskt. För det första var det inte hennes sak att ta ställning till vem som var bra eller dålig förhörare. För det andra var de misstänktas problem stora om de var skyldiga, och små om de var oskyldiga. För det tredje så hade förhörarens utseende naturligtvis ingenting med saken att göra.

Det sneda ironiska leende hon fick från den, insåg hon just nu, rätt häftiga rödhåriga reportern bådade inte gott. Det behövdes bara ett litet fniss och en huvudskakning från reportern för att Ewas stenansikte skulle spricka upp till ett litet kort nervöst skratt. Hon skärpte sig fort och sneglade på bandspelaren och tänkte att det är bara det som finns där inne i elektroniken som räknas, inte hur jag ser ut.

"Du krossade dom muslimska terroristerna i dina förhör förra året, är du inte rädd för hämndaktioner?" löd nästa fråga i det hårdnande spelet.

Amatör, tänkte Ewa. Tricket att lägga in ett påstående före frågan var väl ändå lite för enkelt.

Hon bet sig fast i sin metod att vara lugn och pedagogisk och ta sakerna i tur och ordning. För det första hade hon inte "krossat" några misstänkta, hon hade bara gjort sitt jobb. Enligt hennes bedömning hade förhören tvärtom visat att flera av de förhörda var oskyldiga. Vad domstolen därefter hade gjort för bedömningar var inte hennes sak, då var hennes jobb redan färdigt. För det andra fick poliser inte vara rädda när de gjorde sitt jobb, i så fall måste man byta jobb. Fast i det samhälle där polisen var rädd skulle hon själv inte vilja leva.

Det var förstås ett tufft svar, men dels trodde hon på det, dels var hon rätt nöjd med sin formulering. Och hennes jämnåriga kollega verkade också mycket nöjd.

Det blev ett avbrott för att Nathalie började gnälla om mat. Journalisterna sade sig inte ha någonting emot att vänta, särskilt inte om de kunde ta några mor-och-dotterbilder medan de väntade.

Ewa värmde grytan och kokade ris, serverade sig själv hycklande mineralvatten och lät Nathalie som vanligt tända ljusen på middagsbordet ute i köket och så åt de sin middag med publik, vilket var tydligt lättare för Nathalie än för Ewa när motorkameran ven och rasslade. Nathalie var fullkomligt obesvärad och hade dessutom självklart övergått till franska, eftersom det var middag.

Reportern lät sig bjudas på lite espressokaffe medan fotografen stökade med svarta skärmar och blixtanordningar ute vid balkongen. Det var bråttom, ropade hon eftersom ljuset var fantastiskt där ute, en blodröd himmel blandad med svarta moln över Riddarfjärden och Söders silhuetter.

Snart hade Ewa låtit sig övertalas att ta på sig ett par röda högklackade skor till fotograferingen i Armanidressen. Hon intalade sig att det inte kunde vara fel. För vad var det som sade att alla chefer på Säkerhetspolisen måste gå klädda i foträta skor och se ut som Robert Mitchum?

* * *

Hans liv, åtminstone hans yrkesliv och det var ju större delen av livet, hade förvandlats till ett formligt helvete inom loppet av några veckor. Erik Ponti var väl medveten om att han hade en smått löjlig tendens till självömkan och han var ingalunda renons på självironi. Ändå var slutsatsen så väl underbyggd att han på fullt allvar, eftertänksamt och med låg puls efter långt funderande, ansåg att hans journalistliv var slut.

Världen skulle inte stanna för den sakens skull och allting hade för övrigt ett slut. Det var väl om inte annat den allra sista insikten som skulle drabba var och en. Jasså, livet var inte mer än så här och nu är det över?

Men om journalistiken var slut så var livet ändå långtifrån över. Han hade en del ärvda pengar, han kunde få 75 procent av sin lön om han tog det erbjudande som gällde de flesta på företaget. Räknenissarnas logik var enkel. Om du slutar frivilligt får du 75 procent av din lön. Då tjänar företaget 25 procent av din lön på att bli av med 100 procent av ditt arbete.

Jobbade han kvar skulle han ur företagsekonomisk synvinkel bara gå omkring och vara en kostnad på två ben till 100 procent. Slutade han blev han mera lönsam eftersom företagets kostnader då minskade med 25 procent av hans lön och andra anställda (utan lönetilllägg) fick göra det arbete han inte längre gjorde.

Sådan var företagsekonomin, eller åtminstone just nu gällande mode inom företagsekonomin. Det var samma sak i både statliga och privata företag.

Fem års betald semester med andra ord, lite ärvda pengar och chansen att skriva den stora romanen innan det blev för sent. Frilansjobb skulle inte heller bli några problem, han var en av landets mest kända journalister och redan det förhållandet genererade pengar. I värsta fall kunde han ta påhugg som debattledare då och då. Den kommersiella televisionens horder av mer eller mindre kända programledare drog in stora pengar på den lättvindiga verksamheten. Nej, försörjningen var inget som helst problem.

Acke var förmodligen på väg att göra samma sak, hans förlängda tjänstledighet i Berlin kunde bara handla om att han äntligen tagit itu med den där boken om svindlerier med u-hjälpspengarna.

Allt talade för att det var rätt beslut. Problemet var bara att det kändes som att desertera.

Helvetet hade börjat till synes lika bagatellartat som han hade väntat sig och tidpunkten var lika självklar, efter att Dagens Ekos en vecka långa triumfmarsch med Hamilton var över.

För triumfmarsch hade det förstås blivit, att under en veckas tid ha ensamrätt på jättescoopet Hamilton var oemotståndligt. Dessutom började det hela ännu bättre än man kunnat föreställa sig med att överåklagaren von Schüffel var vänlig nog att bygga upp intresset ännu mer genom att anhålla och till och med försöka häkta en reporter på, inte den lilla vänstertidskriften Varulven eller något sådant, utan på självaste Dagens Eko. Det blev inte bara en förvånansvärt kul och intressant upplevelse för hans personliga del, bortsett från att det tagit en vecka att nödtorftigt återställa hans ramponerade lägenhet i något så när presentabelt skick. Det hade dessutom genererat en fantastisk nyhet, att den amerikanska spionorganisationen National Security Agency registrerade Sveriges Radios mejltrafik och sålde resultatet till FRA, som i sin tur betjänade Säkerhetspolisen.

Och så kom den långa lördagsintervjun med Hamilton där han förvånansvärt frispråkigt berättade om allt från sovjetiska ubåtar i Stockholms skärgård till påstådd "tyst diplomati" för att få loss vissa fångna svenskar i utlandet. När det i själva verket var den svenska underrättelsetjänstens operationsavdelning som löste problemen med en serie våldshandlingar som ibland närmade sig excess.

Den typen av avslöjanden hade hållit grytan kokande i ett par dagar där Ekots reportrar kunde jaga gamla avsuttna makthavare kors och tvärs i landet. Det hade varit rätt kul. Och sen på måndagen kom den nya stora grejen, nyheten att Hamilton sökte resning och var på väg hem till Sverige. Advokaten Leif Alphin fick ett par dagars strålande föreställning. Så långt hade allt fortfarande gått både lysande och som förväntat.

Självklart var det därefter dags för backlash och när gnället började såväl på den egna redaktionen som ute i andra medier så var också det högst förväntat. De andra medierna klagade över att Dagens Eko skaffat sig "statligt monopol" på Hamilton. Exempelvis var de djupt indignerade över att Dagens Eko inte lämnat ut Hamiltons telefonnummer i Sankt Petersburg till sina konkurrenter. Så växte den första vågen av obehaglig kritik upp, idén om att Hamilton utnyttjade den statliga radion för sina högst personliga syften och att Dagens Eko lät sig utnyttjas.

Problemet med den kritiken var att den var fullständigt berättigad.

Varenda rasande ledarskribent i den liberala eller konservativa regeringspressen skulle självklart ha handlat på samma sätt. Ingen redaktion skulle ha sagt nej till ensamrätt på Hamilton, det hade varit grovt tjänstefel. Alla skulle följaktligen ha låtit sig "utnyttjas" men nu var det Dagens Eko som gjort det.

Så långt var allt på sätt och vis gott och väl. Den egna redaktionen slöt sig tillfälligtvis samman när det kom kritik utifrån. Men det var bara en tidsfråga innan det interna grälet skulle ta över.

Det började med hovreporterfrågan. Varför skulle just Erik ha någon sorts ensamrätt på dessa intervjuer, var det verkligen så bra för Ekots trovärdighet, och hade förresten inte intervjuerna kunnat göras mycket bättre? Varför hade Hamilton exempelvis inte fått några frågor om han haft någon homosexuell erfarenhet eller om han visste vem som mördade Olof Palme? Och varför hade hans privatekonomi lämnats helt därhän, varifrån kom alla hans pengar och hade han aktier i Gazprom?

Eftersom Dagens Eko tillhandahållit den dumsnälla tjänsten att lägga ut hela det oredigerade råmaterialet med Hamilton på nätet, fyra timmar allt som allt, så var det snart många yngre och mer begåvade, åtminstone mer begåvade, kolleger som satte sig ned med spetsig blyertspenna och kom på skarpsinniga och tuffa följdfrågor som borde ha ställts, som åtminstone kritikern själv tvekatlöst skulle ha kommit på att ställa.

Också det här tjafset hade varit lätt att förutse. Erik hade själv beskrivit vad som skulle hända om man lade ut hela det inspelade materialet på nätet. Så långt såg det ändå ut som om han skulle kunna rida ut stormen.

Vändpunkten blev von Schüffels oväntade seger. Erik hade ju låtit sig intervjuas eftersom han kunde förmedla nyheten att förhören med honom själv när han anhölls visade att mejltrafiken till och från Sveriges Radio kunde registreras av NSA som en tjänst åt svenska myndigheter. Det var ett fantastiskt avslöjande om det kunde beläggas med mer än Eriks egna påståenden.

På den punkten hade han känt sig märkvärdigt säker, fick han väl erkänna i efterhand. Såvitt han visste hade alla rätt att få ta del av förhörsprotokoll med sig själva. Hur skulle myndigheterna kunna hemligstämpla förhör med honom själv för honom själv?

Det gick alldeles utmärkt, visade det sig. En mycket belåten överåklagare von Schüffel höll en presskonferens i gammal god stil, den här gången med journalistkåren åter som en man på hans sida, när han förklarade innebörden av §51 st. i Sekretesslagens 14 kapitel:

Hemliga uppgifter som det är av synnerlig vikt att de förblir hemliga, också för parten, i det här fallet redaktör Ponti, behöver inte lämnas ut. Till sådant som kunde räknas som "synnerlig vikt" hörde uppgifter som var av betydelse för rikets säkerhet, 2 kap, 2§ Sekretesslagen.

Men kunde inte det tolkas som att redaktör Ponti hade rätt i sina yviga anklagelser? funderade von Schüffel vidare. Inte alls. Mer eller mindre flummiga resonemang som, oavsett om de var på rätt spår eller ej ändå rörde hemlig information, hade visserligen provocerats av den här journalisten, ja redaktör Ponti alltså. Han hade, kanske inte direkt oväntat, försökt vända sitt förhör till någon sorts intervju och då framkastat olika hypoteser som säkerhetstjänstens personal självklart valt att varken bemöta eller kommentera. Att offentliggöra ett sådant dokument hade kunnat ge ett lika felaktigt som olyckligt intryck av att Pontis fantasifulla funderingar om ett och annat kunde vara verklighetsbaserade. Vilket alltså inte var fallet.

Därmed hade vinden vänt, drevet gick åt ett annat håll och det tog hus i helvete. Den liberala och konservativa pressens ledarskribenter hamnade i affekt och radade upp de gamla vanliga kraven från förr i världen om varför Erik måste avskedas från Dagens Eko, extremvänster i ungdomen och dessutom Palestinaaktivist. Men än viktigare var ju att den statliga radion, med sina särskilt hårda krav på opartiskhet, inte fick vara en täckmantel för extremistpropaganda av den tidstypiska antiamerikanska sorten. Och som sådan måste man nu otvivelaktigt, efter överåklagare von Schüffels pinsamma avslöjanden om

Pontis försök till manipulationer, avfärda Dagens Ekos "scoop" beträffande påstådd amerikansk spionverksamhet.

Redaktionsledningen hade fört en lång diskussion om man skulle, eller inte skulle, låta Erik bemöta anklagelserna. Det slutade med någon sorts kompromiss. Erik fick i en kort intervju upprepa sin försäkran att han sett vad han sett i de hemliga dokumenten och att han inte gärna kunde ha misstagit sig. Men man strök hans tillägg att det enklaste sättet att bekräfta eller dementera hans iakttagelser vore att offentliggöra materialet.

Det senare påståendet ansågs, i det just nu upphetsade läget, vara alldeles för offensivt och dessutom insinuant.

Därefter blev han avstängd från bevakningen av den kommande rättegången mot Hamilton i Stockholms tingsrätt. Det var inte det att han på något sätt saknade kvalifikationer att bevaka stora rättegångar. Tvärtom, det hade ju sedan många år varit en av hans huvudsakliga uppgifter på Ekot. Men nu hade man ett besvärligt trovärdighetsproblem på halsen.

Okej, sa han. Men jag kan gå upp tidigt på morgnarna och sammanställa tidningskrönikan och få en absolut opartisk balans mellan kommentarer från regeringspressen och oppositionspressen. Och så får förstås någon annan än jag själv läsa in texten.

Det var visserligen närmast ett jobb för yngre vikarier men hans förslag godtogs genast utan att någon på ledningsmötet ens tycktes ha anat hans ironi.

Det var ändå inte det värsta. Fortfarande hade stormen gått att rida ut. När rättegången mot Hamilton väl kom igång skulle stranden spolas ren. Vem skulle då längre bry sig om några månader gamla intervjuer i radio?

Det var brännvinsskandalen som gjorde hans situation totalt omöjlig.

Inrikeschefen Katarina Bloom hade tagit saken närmast skämtsamt när hon skulle attestera Eriks reseräkning från Sankt Petersburg. Vid första påseende såg det ut som om han och Hamilton ägnat sig åt ett formligt sjöslag där i Kaviarbaren på Hotel Europa. De hade druckit vodka för drygt 10 000 kronor och omräknat till normala vodkapriser på restaurang borde det innebära ett par flaskor per man, vilket svårligen kunde sägas höra hemma i ett förberedande intervjusamtal. Problemet gick att reda ut under rätt muntra former. För tittade man mer noga på notan så framgick det att kvällens vodkakonsumtion faktiskt inte uppgick till mer än tolv centiliter per man. Därutöver hade de delat på en enda flaska rödvin, som de förresten inte ens tömde. Sant var förstås att den av gästen rekommenderade vodkan, som hette Kauffman Soft, visat sig vara lika oväntat god som extremt dyr. Något kostnadsproblem var det väl ändå inte, redaktionens budget hade tillåtit en resa till Nya Zeeland om det gällde att intervjua Hamilton. Sankt Petersburg var bara ett litet skutt över Östersjön, inte konstigare än att resa till Oslo eller Köpenhamn. Snarare var det pinsamt billigt, eftersom Hamilton betalat för Eriks rum i förväg och hotellrummet var betydligt dyrare än vodkan. Hur man rent praktiskt skulle förfara för att betala tillbaks utlägget för rumskostnaden till Hamilton fick bli en senare fråga. Något stort problem var det väl ändå inte?

Naturligtvis inte, enade de sig om och glömde bort saken.

Tjugofyra centiliter vodka och en flaska rödvin på en helkväll och på två man i hundrakiloslassen skulle normalt inte ens ha motiverat en notis i dagspressen. I en annan stämning, annan vindriktning och drevriktning skulle detta aldrig ha blivit ett "avslöjande". Men efter von Schüffels presskonferens och anklagelsen om Dagens Ekos försök till fiffel med hemliga uppgifter förändrades nyhetsvärderingen drastiskt. Vodkan hade blivit publicistiskt uppgraderad.

Löpsedeln träffade honom som ett knytnävsslag i ansiktet när någon synbarligen skadeglad men hycklande deltagande kollega bar in den på redaktionen och höll upp den:

HAMILTON
och Erik Ponti på Ekot
DRACK VODKA
FÖR 10 000
på rysk krog

Kvällspressen hade lagt ner en hel del resurser på sitt avslöjande. Att de kunde visa räkningen från Hotel Europa i faksimil var inte så konstigt, just nu fanns minst femtio tänkbara uppgiftslämnare på Ekoredaktionen. Mer förvånande var tidningens ambitiösa ansträngningar att sända ett reportageteam till Sankt Petersburg för att "avslöja" Kaviarbaren på Hotel Europa och kontrolldricka den dyra vodkan. Man hade också visat bilder på Erik Ponti och Hamilton för personalen på krogen och försökt få dem att minnas hur själva spritorgien gått till. Den vinkeln hade inte gett så mycket. Bättre var i så fall högste radiochefens spontana reaktion att vodkakonsumtion för 10 000 kronor inte ingick i Sveriges Radios policy för representation. En av avslöjandets fyra helsidor ägnades därför åt radiochefens fördömande i alkoholfrågan.

Ytterligare en sida gick åt till indignationsnummer två, att Dagens Eko låtit sig bjudas på hotellrumskostnaden av Hamilton. Radiochefen var förstås mycket förvånad och avståndstagande även på den punkten.

Avslöjandet höll givetvis inte för två dagar, eftersom tidningen på andra dagen tvingats inhämta kommentarer från såväl Erik själv som hans närmaste chefer och då hade "spritorgien" à 4 x 6 centiliter fått andra proportioner. Det problemet hade man löst genom att synkronisera sig med överåklagare von Schüffel, som på dag två inledde förundersökning mot Dagens Eko gällande korruption, tog den redan publicerade notan i beslag och uttalade sig med innebörden att det rörde sig om "anmärkningsvärda transaktioner mellan Sveriges Radio och en förrymd livstidsfånge".

Löpsedelsorden blev stora på nytt. KORRUPTION – FÖR-UNDERSÖKNING – EKOREPORTER SPARKAS?

Att ingenting i helheten var sant spelade inte så stor roll eftersom det fanns en del sanna detaljer. Vodkan *hade* kostat 10 000. Hamilton *hade* betalat hotellrummet. Överåklagare von Schüffel *hade* verkligen inlett förundersökning och det stod faktiskt ett frågetecken efter det där med avskedad reporter på Dagens Eko. Och frågan var ju fri.

Att von Schüffel efter någon vecka lade ner sin förundersökning rörande korruption var så väntat och självklart att det beslutet inte ansågs ha ens tiondelen så stort nyhetsvärde som beslutet att inleda förundersökning. Det blev bara små notiser här och var. Under den tid då von Schüffels påstådda förundersökning pågick, vad han nu undersökte eller inte undersökte eller om han bara satt och stirrade på räkningen från Hotel Europa, var Erik avstängd från arbetet. Företagsledningen motiverade åtgärden med vikten av att skydda Dagens Ekos trovärdighet.

Men också efter den här kalabaliken hade det gått att komma ner på fötterna, resonerade Erik. Tolv centiliter vodka per man kunde aldrig bli mer än tolv centiliter vodka per man och till och med von Schüffel hade insett att ett betalt hotellrum inte var något brottsligt. Om något halvår skulle allt det här bara vara roliga historier, även om det kändes plågsamt just nu.

Det som inte gick att komma över var debatten på Publicistklubben. Efter den var det slut.

Publicistklubben var en institution som sedan slutet av 1800-talet avhandlat alla stora, och alltför många små, pressetiska frågor. Inbjöd Publicistklubben till debatt kom mediernas alla stora elefanter. Publicistklubben var inte platsen där man hade råd att skämma ut sig.

Någon sådan tanke hade inte heller vare sig Erik eller hans närmaste chef Katarina Bloom när de kallades till debatt under den lakoniska, eller förhoppningsvis ironiska, rubriken "Korruptionsaffären på Dagens Eko". De trodde sig utan vidare kunna hålla Ekoredaktionens fana högt. Deras debattmotståndare var några tämligen harmlösa ledarskribenter från regeringspressen och vad gällde frågan om utgifter för vodka i representationssyfte var de säkra på att både ha sakligheten och det glada skämtet på sin sida. Den liberala pressens brännvinskonto under julperiodens energiska representationsmiddagar och personalfester torde vida överstiga Dagens Ekos. Bara för att tänka sig ett litet motargument. En brännvinsdebatt skulle de lätt ta hem och det skulle rentav bli ganska kul.

Det blev inte någon brännvinsdebatt och det blev absolut inte kul. Den första obehagliga överraskningen var den enorma publiktillströmningen. Vanligtvis försiggick Publicistklubbens debatter i en restaurang högst upp i Kulturhuset som rymde ett par hundra personer. Men den här debatten hade man varit tvungen att flytta till Kulturhusets stora hörsal, med plats för mer än åttahundra personer.

Erik och Katarina Bloom överrumplades redan från början av den förväntansfullt hatiska stämningen när de steg in i den överfulla salen. De hälsades med burop och hånskratt. De liberala ledarskribenterna applåderades högt och hjärtligt för första och sista gången i sin debattkarriär på klubben.

Första frågeställningen blev om Erik Ponti, med all respekt för tidigare meriter, underpresterat så gravt i dessa intervjuer med Hamilton för att han bara var personligen korrumperad genom sin privata vänskap med Hamilton, eller om han rentav fått betalt på ett eller annat sätt för att vara så usel.

En av de två ledarskribenterna hade förberett sig väl, åtminstone på ett mycket tidskrävande sätt. Han hade gjort ett kollage från intervjumaterialet på nätet och spelade upp en serie exempel på uselhet, undantagslöst från sådana avsnitt som inte hade sänts i radio. Det var ett urval hummanden och felsägningar eller ett eller annat missförstånd av det slag man kunde hitta i varenda bandad intervju. Men här bemöttes varje sådant exempel som ett märkligt "avslöjande" och publiken ömsom hånskrattade och buade.

Erik försökte försvara sig med att beskriva de självklara förutsättningarna för en direktsänd intervju, exempelvis i Ekots lördagsintervjuer. Då var båda parter mer skärpta eftersom ingenting kunde klippas bort och då förberedde man sig som journalist på ett helt annat sätt. Fyra, fem timmars extensivt samtal som till stora delar rörde den intervjuades biografi gick till på ett helt annat sätt. Och i slutänden var det ju det man publicerade som räknades, det andra kunde man se som anteckningar i ett reporterblock – som inte heller skulle göra sig i tryck. Han fick inte en enda instämmande applåd under sina förklaringar, bara flabb.

Därefter framfördes aggressiva exempel på hur mycket skickligare intervjun skulle ha kunnat genomföras med hjälp av hårda och överraskande frågor, särskilt frågor som samtidigt innehöll påståenden om att Hamilton berikade sig genom ryska gangsterkontakter. Talare från publiken anmälde sig. En representant för Klubben För Utforskande Journalistik var först på talarlistan. Det var en förening som årligen delade ut ett pris till varandra, den så kallade Guldsnoken, för förtjänstfulla avslöjanden av missförhållanden inom sjukvården och socialtjänsten. Talaren angrep det journalistiska etablissemangets förfall. Sådana som Ponti tjänade alltid "makten" och denna makt kunde härja fritt och ostört på grund av institutioner som exempelvis den statliga radion och televisionen. Eriks invändning att den livstidsdömde Hamilton väl ändå knappast var "makten" föll platt.

En ung man som Erik vagt kände igen ställde sig upp och deklarerade att han skämdes för att jobba på Dagens Eko efter det som hänt och att han därför tänkte sluta och söka sig till en publicistiskt mer anständig redaktion helt vid sidan av "makten". Han satte sig lätt rodnande av det stormande bifall som mötte honom.

Katarina Bloom skrev en lapp och sköt över till Erik där det stod att killen var vikarie och att det redan var klart att han måste gå om någon vecka på grund av LAS-reglerna. Erik skakade på huvudet. Det gick inte att använda som argument. Ingenting gick egentligen att använda som argument, som stämningen var i den stora amfiteatern. Det här var en ritual, ingen debatt. Det var meningslöst att ens försöka försvara sig.

Katarina Bloom fick en fråga från en ung kvinna i publiken som framhöll att hon inte betjänade makten men ändå erövrat två Guldsnoken. Vad hon ville veta var hur det var möjligt att sända såna där skräpintervjuer och om Katarina som en av cheferna på Dagens Eko inte skämdes för vad som hänt.

Katarina gjorde ett allvarligt försök till försvar. Hon sa att det var väldigt konstigt att ingen tycktes ha betraktat intervjuerna som undermåliga när de sändes, alla andra medier hade ju återgett dem rakt av, alla radiorecensenter i tidningarna hade hyllat intervjuerna som stor journalistik. Så vad var det egentligen som åstadkommit den här märkliga kvalitetsförskjutningen under de senaste veckorna? Tjugofyra centiliter vodka?

Hennes retoriska fråga möttes av nya hånskratt och en och annan vissling och någon i publiken ropade en fråga om hon tänkte sparka Ponti nu?

Hon blev arg, vilket förstås var ett misstag eftersom det bara väckte publikens förtjusning, hon sa att nu fick det väl ändå vara nog. Särskilt här på Publicistklubben där en omröstning bland medlemmarna om vem som varit 1900-talets störste journalist placerat Erik som fyra, den ende nu levande på den listan. Och Guldsnokar hit och Guldsnokar dit, det kanske var dags att påminna om att Erik Ponti var den mest prisbelönte journalisten i den här salen.

Nya flabb. Ett hånfullt rop om *förra* århundradet, ja! En fråga skreks mot Erik om när han senast fick något pris. När han svarade att det var 1995 blev det gapskratt.

Erik försökte förstå vad som höll på att hända men det stod alldeles stilla i huvudet, han förstod inte ens det roliga med 1995. För mycket länge sedan hade han varit med om något liknande, när han var strax över tjugo och aktivist i Palestinagrupperna och inför ett stort folkpartiauditorium mötte partiets ledande Israelanhängare i debatt. Vad han än sagt hade publiken råflabbat, vad än folkpartisten sade jublade och applåderade publiken och dessutom begick han själv det orutinerade misstaget att börja försvara sig mot de personliga förolämpningar som politikern öste över honom. Det hade tagit månader att komma över chocken.

Och nu var han där igen. Det var inget fel på intervjuerna med Hamilton, det fanns ingen här i salen som skulle ha gjort det jobbet bättre. Han var den journalist i landet som visste mest om Hamilton och han var den som av alla nu verksamma journalister gjort flest stora intervjuer med olika makthavare och han kunde sannerligen skilja ett bra jobb från ett dåligt. Men nu var han tydligen ensam bland närmare tusen kolleger om de enkla insikterna. De hade inte kommit hit för att debattera intervjuteknik utan för att se en elefant dö. Hade han själv tyckt att det vore en kul kväll om han var tjugoett år och elev på Journalisthögskolan? Den frågan var möjligen pinsamt svår att svara på. Antagligen var svaret ja.

I slutet av föreställningen tyckte debattledaren att Erik sagt alldeles för lite och bad honom försvara sig.

Han sa bara att han gjort sitt bästa och att om kollegerna tyckte att resultatet blivit dåligt så var det ju ingenting man kunde försvara sig mot.

Skratten blev lite lägre, några yngre kolleger långt bak i salen ropade något han inte uppfattade men som tycktes handla om "makten" och så var mardrömmen över. Åtminstone för stunden.

Katarina föreslog att de skulle gå ut och ta en öl och snacka igenom eländet. Det borde han ha gått med på, men i stället skyllde han på att han skulle träffa några vänner och sade att det ändå inte fanns så mycket att snacka om, de visste ju själva var de stod. För övrigt kände han sig rätt lugn. Det sista var en klar lögn.

När han gick ut i trängseln hade han förvandlats till en icke-person. Ingen såg honom, ingen sa någonting till honom, personer han kände undvek hans blick, ingen hälsade.

Under promenaden hem i det trista vädret med snöblandat regn bestämde han sig för att nu var det slut. Summerade han sitt liv som journalist så blev ändå slutsatsen att han gjort nästan allt, från liten vänstertidning till Sveriges Radio, från Palestinaaktivist till utrikeskorrespondent, intervjuat partiledarna i valrörelserna, varit utlandschef på Ekot, avslöjat ditt och avslöjat datt och skildrat allt från seriemördare till galna afrikanska statschefer och för övrigt fått sågott som samtliga viktiga journalistpriser. En fortsättning skulle bara bli en upprepning och enda chansen till ett nytt liv var att ta den nu. Såg man det så hade han faktiskt fått en knuff framåt i livet av sina blodtörstiga kolleger på Publicistklubben.

* * *

Det är mycket lättare att vara en stor författare på Brasserie Lipp i Montparnasse än på Norr Mälarstrand.

Slutsatsen vilade på fast erfarenhetsgrund vid det här laget, men Pierre höll ändå inne med visdomen av det enkla skälet att den lät rolig på svenska men blev obegriplig på franska.

Han tyckte i alla fall om restaurangen och nu satt han här på nytt med en doftande portion choucroute och en utsökt riesling från Alsace som hörde till. Den här gången var han en viktigare författare än förra gången eftersom inte bara hans förläggare Jean-Michel trakterade honom utan också en av de högsta cheferna på Gallimard och en ung kvinna från pr-avdelningen. Smickret var det vanliga, det som förra gången blåst upp honom som en ballong av tillförsikt som snart skulle pysa ut vid skrivbordet hemma i Stockholm.

Pr-kvinnan rabblade triumferande upplagesiffror, översättningar till si och så många språk, litterära priser som ramlat in i utlandet, intjänade honorar och enorma förskott för översättningar till nya språk. Jean-Michel tyckte att Pierre skulle vara mer aktiv i den franska dagspressdebatten, det var en osviklig metod att bibehålla sitt varumärke i Frankrike, åtminstone om man skrev i rätt tidningar och särskilt om man gav sig på Glucksmann och BHL.

Jean-Michel vägrade att ta namnet Bernard Henri Lévy i sin mun och omnämnde honom alltid bara som BHL.

Réflexions d'un Légionnaire de longue date var kanske ett mästerverk som de sade och det var bara att hämningslöst glädja sig över, liksom alla de stora litterära priserna (utom Goncourtpriset som förargligt nog gått till något ungt geni), liksom till och med miljoninkomster eftersom pengarna var ett exakt mått på hur många människor som ville läsa hans tankar och berättelser. Inget av detta hade han vågat drömma om när han skrev boken, han var inte ens säker på att någon skulle vilja ge ut den, han skrev den för att han måste sammanfatta sig själv efter fyrtio år i Främlingslegionen.

Berättelsen var hans liv och om alla människor skulle kunna skriva en enda bok så vore det just den. Han hade aldrig tänkt sig någon fortsättning eftersom han helt enkelt inte hade några andra erfarenheter i livet utom en kort ungdom före och en ännu kortare tid med Ewa och Nathalie efter. Så vad fanns egentligen att tillägga?

Massor, menade Jean-Michel när de förra året satt här ensamma på Brasserie Lipp för att närmast chockade fira den första framgångsvågen. Manuskriptet hade ursprungligen varit på över tusen sidor men man skar ner det till sexhundra eftersom förläggarna ansåg att det skulle bli omöjligt att sälja en alltför tjock tegelsten av något som såg ut som vanliga militärmemoarer. Nu visste man bättre.

Det lät övertygande, då för ett år sedan. Men tillbaks i arbetsrummet på Norr Mälarstrand började tvivlet smyga sig på. Som författare var han självklart amatör och det var väl typiskt just för en amatör att inte kunna disciplinera sig, att bre ut sig på tusen sidor, särskilt om man skrev i första hand för sig själv och inte för en tänkt jättepublik. Men om nu ett av Frankrikes största bokförlag satte igång att rensa och skära ner i texten så borde boken ha blivit bättre, inte sant?

Och vad var det då för mening att skriva en ny likadan bok baserad på allt det sämre som hade rensats bort? Det påminde om vissa trick inom filmindustrin, Rocky II och Hajen III för att hämta några exempel från Andra Fallskärmsjägarregementets största biosuccéer vid filmvisningen i matsalen på fredagskvällarna.

När han försiktigt berättat om sina smygande betänkligheter hade Jean-Michel prövat en ny infallsvinkel. Man kunde både bygga ut och inskränka. Ta till exempel historien om era insatser där i Sierra Leone på nittiotalet nån gång? I boken är det bara fyra sidor, men det skulle kunna bli en fruktansvärt bra historia om man gjorde den mer fullständig. För hur var det nu igen? Berätta!

Det där var ett av Jean-Michels specialtrick för att få igång honom, han visste det men han berättade gärna.

Diamantindustrin i Sierra Leone stals av en gangstergrupp som kallade sig befrielserörelse och som gjorde sig mest känd i världen för att de brukade hugga händerna av sina afrikanska landsmän. Diamantfyndigheterna ligger inne i landets östra delar, långt från Atlantkusten. Där var ett obeskrivligt helvete, slavarbetare som slet ihjäl sig, omringade av beväpnade vakter, ofta narkotikaberusade barnsoldater. När slavarna dog av utmattning eller mördades gjorde "befrielserörelsen" raider inåt landet, hämtade nya slavar i någon by och passade på att hugga händerna av kvinnor och äldre män som man inte ville ha med sig. Diamantinkomsterna användes inte bara till att berika de ledande i gangsterligorna utan också till att köpa mer och mer vapen. Sierra Leone höll på att gå under i fattigdom eftersom alla inkomster från landets enda stora tillgång försvann.

Till slut tröttnade omvärlden och EU gick in med trupper. Brittiska Royal Marines landsteg på badstränderna runt Freetown och gjorde karska uttalanden inför sina inbäddade tevejournalister. De befriade genast huvudstaden, vilket inte var så svårt eftersom "befrielserörelsen" inte fanns där, utan trettio mil inåt landet vid diamantfälten.

2e REP, alltså Andra Fallskärmsjägarregementet inom Främlingslegionen, flög först från hemmabasen Calvi på Korsika, mellanlandade och tankade på den egna basen Fort Lamy i Tchad och flög sen direkt in över målet i östra Sierra Leone. Striderna blev korta men mycket blodiga och när det hela var över och vi kunde se och förstå, var det så att till och med hårda grabbar med mer än tio års erfarenhet av all världens jävlighet föll i gråt. Inga av våra fångar överlevde, inom parentes. Och om det var krigsförbrytelser från vår sida, vilket det förstås var, så förminskades ändå brottet om det ställdes i proportion till vad vi såg, det obeskrivliga helvete vi hade befriat.

"Befrielserörelsen" hade inte ens brytt sig om att begrava de slavar som hela tiden arbetat ihjäl sig utan bara fraktat ut dem från gruvområdet i skoporna på bulldozrar och öst upp dem på likhögen där ett moln av gamar lyfte när man närmade sig. Medan vi rensade de här slavlägren paraderade de brittiska marinkårssoldaterna inne i Freetown. Dom jäklarna brydde sig inte om att hämta upp oss förrän efter fjorton dar, när allt var städat och till och med likhögarna brända. Ungefär så ser historien om blodsdiamanterna ut.

"Men monsieur Tanguy, kunde ni inte resa tillbaks samma väg ni kom?" frågade PR-kvinnan med uppspärrade ögon.

"Nej, madame, det är ett litet problem vi fallskärmsjägare har, att när vi väl hoppat ur planet så går det inte att hoppa tillbaka", svarade Pierre avmätt.

"Men det var ni som var befäl över den här storartade insatsen?" fortsatte hon utan att ta minsta notis om det där med hopptekniken.

"Ja, madame, jag var inte regementschef på 2e REP vid den här tidpunkten utan överstelöjtnant och operativ insatschef. Men det var sista gången jag ledde en större operation i Afrika."

"Varför valde Frankrike att skicka just Främlingslegionen, vi har ju reguljära franska fallskärmsjägarstyrkor också, har det med logistiken att göra?" frågade Jean-Michel.

"Inte alls, Frankrike har ju lufttankningskapacitet så det går utmärkt att skicka iväg en sån här expeditionsstyrka någonstans från hemlandet. Så det var andra skäl, att man anade hur det skulle se ut på platsen, det som världen blundat för. Tanken var nog att Främlingslegionen skulle göra ett mer ingående upprojningsarbete än vad man kunde begära av en reguljär fransk styrka. Det gjorde vi också. Kanske var det därför man inte hämtade oss förrän efter fjorton dar när allt var sanerat. Då behövdes inga internationella rättegångar."

"Men det är ju underbart!" utbrast Jean-Michel. "Förlåt, jag menar naturligtvis att det är en underbart intressant historia, den sanna historien om blodsdiamanterna i Afrika ..."

Och så var han igång igen. Han målade snabbt upp en fresk av möjligheter mot väggarna på Brasserie Lipp så att Alsacevinet skvätte ur glaset när han gestikulerade med det. Titeln var det enklaste: *Afrikas Blodsdiamanter – den sanna historien –* av överste Pierre Tanguy. Förlaget kunde tillhandahålla research. Alltså så här. Först en rekapitulation av situationen i Sierra Leone året före anfallet. Nästa kapitel: vad Pierre gjorde just då, utan att ha en aning om att han snart skulle komma att ingripa långt bort i Västafrika. Sedan vad som hände i FN och EU (förlagets research) och vad som hände den torterade befolkningen och vem som sålde och köpte diamanterna. Och så tillbaks till Pierre på 2e REP och så vidare. Historien skulle obönhörligen låta de stora perspektiven smalna in mot själva helvetet, den verklighet världen vänt ryggen så länge. Och så kulminerar berättelsen med själva anfallet. Det skulle kunna bli en bok som sällsynt väl kombinerade det filosofiskt politiska med det blodigt dramatiska!

Så var vi där igen, tänkte Pierre upphetsat och tackade blixtsnabbt ja till erbjudandet om mer vin, men bad att få byta till pinot gris, gärna lite, lite fruktigare än den i och för sig utmärkta riesling man druckit till husmanskosten. Så var vi där igen, jag är på Brasserie Lipp i Montparnasse och känner mej som en storartad författare. Jean-Michel får allt att låta så enkelt, får mej att känna mej som om jag vore något helt annat än en avdankad överste i Främlingslegionen.

På planet hem kände han sig fortfarande rätt optimistisk. Den idé som Jean-Michel hade skisserat var förstås enkel att greppa för en journalist. Vännen Erik skulle lätt ha kunnat sammanställa alla de faktabitar som skulle ligga som murbruk runt historien om hur attacken från 2e REP kommer närmare och närmare utan att soldaterna har en aning om saken. När man är på lägre nivå i legionen kan det hända att man sitter i planet innan man får veta vad saken gäller. Jag kan förstås rekapitulera allting som gäller vår del av historien om blodsdiamanterna, Erik skulle kunna ge mej ovärderliga råd om hur man sammanställer den där researchen så att det blir liv och dramatik i den. Men det vore kanske oförsynt att be honom om hjälp eftersom han aldrig skulle säga nej till en vän fastän han har mer än tillräckligt med jobb där på Dagens Eko.

Förlaget kostade numera på honom business class i Air France och den sena lunchen var lysande i all enkelhet, foie gras med Alsace igen som förrätt, riz de veau med en lätt Pomerol och sedan bara svart kaffe. Han tog en armagnac till kaffet, lutade kinden mot fönstrets kyla, betraktade molnen och drömde på nytt sin pojkdröm om att vara en stor författare fastän livet bara gjort honom till fallskärmsjägare. Livet efter legionen hade ändå blivit mycket större, mycket större än vad gamla fallskärmsjägare kunde förvänta sig. Kärleken med Ewa var ett mirakel decennier efter att han slutat tro på sådana mirakel. Nathalie var hans ögons ljus, som araberna sade. Snart skulle han låsa upp dörren hemma, ställa ifrån sig bagaget, gå ner på knä, breda ut armarna och ropa att pappa är hemma min lilla älskling! Nej det skulle han förstås inte ropa utan *Voilà ma petite chérie, Papa est arrivé!* Det var lite lustigt det där att han alltid omedvetet började tänka på svenska efter halva resvägen hem.

Han brukade inte läsa svenska tidningar och under veckan i Paris hade han haft fullt med seminarier, intervjuer och samtal med sina förläggare. Men de svarta rubrikerna på löpsedlarna kunde han inte undgå att se: HAMILTON FRIAD!

Mon Dieu, tänkte han, vilken seger! Och inte mer än rättvist och anständigt, staten bad honom utföra den ena operationen efter den andra och gav honom hela tiden nya utmärkelser när det gick bra och ingen frågade efter antalet människoliv som operationerna kostade. Och så dömdes han till livstid för att ha undanröjt tre angivare! Samma rättvisa mot mej, med tanke på vad vi gjorde med "befrielserörelsen" i Sierra Leone, också barnsoldaterna, och jag hade dömts till tvåtusen år i fängelse, i stället fick jag vad det nu heter i Sierra Leone, en lätt komisk imitation av Hederslegionen. Så Hamilton fick sin rättvisa till slut och Erik har väl fullt upp de närmaste dagarna.

Det var märkligt nog varmare på Arlanda än på Charles de Gaulle-Roissy, klimatet hade ju blivit galet, och när han steg in i framsätet på taxin noterade han att chauffören hade ett algeriskt namn, han beskrev därför adressen på franska. De småkonverserade under resan som om han vore en fransman som just kommit till Sverige, vilket var sant men ändå inte sant. Han frågade vad som hänt i landet på sista tiden, om något var särskilt intressant, och taxichauffören gav honom en flammande utläggning om att Hamilton just blivit frikänd, att det var en jättehändelse för alla i landet, men mest för alla immigranter. För tolv år sen eller när det var hade Boumdienne, han hette så, demonstrerat med tiotusentals andra immigranter den dag Hamilton rymde, han hade ju dömts till fängelse för att han fixat det värsta av avskum, några angivare åt *mukhabarat*, ett arabiskt ord som väckte fasa och onda minnen hos de flesta.

Pierre duckade en stund senare för den oskyldigt vänliga frågan om han någonsin varit i Algeriet. Det hade han. Han kom som 17-åring till Sidi-el-Abès där Främlingslegionens huvudförläggning låg. Det han inte visste om Algeriets sista år som fransk koloni och om befrielsekriget var inte värt att veta. Men heller inte värt att berätta för den hygglige chauffören Boumdienne.

När han låste upp dörren hemma och gjorde sig beredd att inta knästående välkomstställning möttes han av en sorlande folksamling med många obekanta ansikten. Konsternerad hängde han av sig rocken och steg in i festen. Någon ropade på Ewa och hon kom springande, kramade om honom och förklarade att här var det segerfest, att hon hade fixat allt med lite catering från Operakällaren (servitörer skymtade i bakgrunden) och att alla var här.

Det var ingen överdrift, där fanns många okända ansikten förutom alla vännerna, Erik som han omfamnade och kysste, de var ju närmaste vänner, Acke Grönroos som han bara omfamnade, Ackes fru Ingalill och Ewas bästa väninna Anna Holt, Eriks närmaste chef Katarina Bloom och en advokat som han aldrig träffat och hälsade mer strikt på, och advokatens fru som han kysste på hand.

Erik och Ewa tog honom sedan under varsin arm och ledde ut honom i köket. Ewa blinkade hemlighetsfullt.

"Det är en påstådd nära vän till mej som jag gärna vill presentera", sa Erik. "Det här är viceamiralen Hamilton, det här är överste Tanguy!"

Det var alldeles sant. Där stod originalet till bilden på Hamilton, fast kortare i verkligheten än Pierre föreställt sig, och öppnade vinflaskor. Av alla människor han var nyfiken på att träffa så var det här nummer ett. Men han kom sig inte för att säga något när de stelt och strikt tog i hand, påverkade av att ha blivit presenterade med militär grad.

"Av alla människor jag ville träffa i Sverige!" sade Hamilton. "Jag läste din bok för några månader sen i Sankt Petersburg, även om jag tvivlar på titeln, 'Bekännelser av en västerländsk legosoldat', fast det lockade ju mej till läsning förstås. Men vilken fantastisk bok!"

"Såvitt jag vet finns den inte översatt till ryska och titeln låter konstig", svarade Pierre överrumplad.

"Nej, det är förstås en piratöversättning, förlaget heter 'Internationella Relationer' om man översätter det till svenska, dom stjäl allt. Stäm dom, jag kan hjälpa dej. Men ändå, herregud! Pierre Tanguy, vilken ära att få träffa dej, jag har just börjat läsa om din bok på svenska och det verkar mycket bättre. Om du har en fan club så anslut mej genast. Ingen, jag säger ingen, har kunnat berätta om oss som du har gjort!"

"Jag får gratulera till frikännandet", svarade Pierre lite fantasilöst eftersom han inte riktigt kunde hantera komplimangerna.

"Jatack, vilket vin kan vi skåla i du och jag? Bourgogne eller Bordeaux?"

"Det beror på, vad har vi?"

"Romanée-Conti 85 eller Cheval Blanc 82."

"Då är det väl rätt självklart."

"Ja, det är väl det, visserligen prismässigt överskattat men det är ju också därför man så sällan dricker det", sa Carl och serverade dem varsitt glas av bourgognen.

De skålade, drack en långsam första klunk, blundade och försökte tänka efter.

"Jag tror det här är början på en fin vänskap", sade Carl när de försiktigt klingade i glasen.

"Vet du vem du citerar?" frågade Pierre förvånat.

"Jadå. Förlåt om jag försöker spela intellektuell i ditt sällskap. Men jag har tusen frågor att ställa till dej om hur man berättar om våra erfarenheter. Kan vi börja nu genast?"

IV

SOM UTLOVAT HADE Ewa fått läsa hela sin intervjutext innan den publicerades i Kvällspressen. Där fanns ingenting att anmärka på, det var hennes egna ord från bandinspelningen och hon lät sig inte oroas av att texten i tidningen "kanske skulle kortas lite", eftersom det lät så oskyldigt.

Vad hon däremot inte hade fått se i förväg var löpsedeln, förstasidan, ledarsidan, rubrikerna över två uppslag, ingresserna och sidoartiklarna som byggde på anonyma påstådda källor inom Säkerhetspolisen eller påståenden från experter på islamistisk terrorism. Hon hade med andra ord blivit grundlurad. Chocken blev desto värre.

Hela familjen befann sig på promenad genom staden denna söndagseftermiddag för att äta en sen lunch hos Erik Ponti och det var Nathalie som först såg löpsedeln eftersom både hon och mamma fanns på bild. Men texten kunde hon inte läsa, det var alldeles för konstiga ord:

VALKYRIAN PÅ SÄPO
MUSLIMERNAS SKRÄCK
Stor intervju –
bara i Kvällspressen

Ewa stannade som fastfrusen och stirrade på bilden. Den måste ha tagits nere vid vattnet på Norr Mälarstrand den där blåsiga dagen. Hon såg ut som en socialrealistisk parodi, håret sveptes bakåt av den starka vinden, hon höll Nathalie på armen och riktade blicken snett uppåt och såg ilsken ut, det måste ha varit den femtielfte tagningen när hon inte längre orkade le.

Pierre gick genast in i den lilla Seven Elevenbutiken för att köpa tidningen, Ewa stod kvar, kramade Nathalies hand och försökte samtidigt göra sig osynlig. Hon hade fått för sig att folk stirrade på henne.

"Bilderna är ändå rätt maffiga", försökte Pierre skoja när han kom ut med tidningen uppslagen. Ewa lät sig inte roas det minsta utan stoppade spontant en ledig taxi eftersom hon blivit omedelbart folkskygg.

Pierre släppte in Nathalie och Ewa i baksätet, satte sig själv där fram och räckte utan ett ord över tidningen.

Ewa rev sönder en sida i upphetsningen när hon försökte bläddra och läsa allt på en gång så att hon i stället inte förstod någonting. Det var fyra sidor, två uppslag. Hon tog ett djupt andetag, skärpte sig och började om från början.

På det första uppslaget var hon åtminstone inte längre valkyria. Nu var hon CHEFEN FÖR SÄPOS FÖRHÖR och så långt var det åtminstone sant, även om fortsättningen inte var det: SATTE FAST AL-QAIDAS TERRORISTER.

Ingressen till artikeln handlade om att hon hittills varit en "doldis" i kriget mot terrorismen även om hon var en av nyckelpersonerna som nu "trädde fram i Kvällspressen som enda tidning". Mitt på sidan citerades hon i en stor svart ruta med vit text där hon sade: "Poliser får inte vara rädda – i så fall måste man byta jobb." Hon var på bild på en halv sida från topp till botten i den lila Armanidressen mot bakgrund av en dramatiskt flammande röd himmel, här var hon åtminstone inte valkyria, möjligen vampyr eller åtminstone en varelse som åt män levande.

Texten innehöll då och då citat av henne själv och det var helt korrekta citat fastän allting ändå blev fel. Hon kände mycket väl igen frågan som var mer påstående än fråga: "Du krossade de muslimska terroristerna i dina förhör förra året, är du inte rädd för hämndaktioner?"

Men första delen av hennes svar fanns inte med, hon hade utan tvekan börjat med att dementera det där med "krossa" och sedan sagt något om att hennes förhör också hade friat en del av de misstänkta, såvitt hon själv hade kunnat bedöma. Men det var bortstruket. I stället svarade hon bara det där om att poliser inte får vara rädda, så att det verkade som om hon höll med om att hon skulle ha "krossat" de förhörda.

Det såg till och med ut som om hon skröt med sitt utseende och att det var en särskild fördel (att se ut som en valkyria fick man väl förmoda) när man förhörde muslimska män. Det var som ett illusionisttrick.

Först ställdes frågan. Då svarade hon rätt citerad att utseendet verkligen inte hade med saken att göra. Men därefter beskrev reportern hur hon lockade Ewa att tappa masken och fnissa i kvinnligt samförstånd. Och så följde en liten utvikning om reporterns egna erfarenheter av att intervjua män. Och ovanför den passagen placerade man bara en liten svart mellanrubrik där allt föll på plats: Män faller lätt för vårt utseende.

Det som reportern lagt till som sin egen fundering såg ut som Ewas svar på frågan.

Till detta kom allt annat i tidningen som Ewa inte ens kunnat föreställa sig. En ledarskribent öste beröm över henne i en artikel illustrerad med bilden på Ewa i Armani och röda högklackade skor mot den stora bokhyllan hemma.

Men det var ett beröm som bara väckte obehag, funderingar om konsten att sätta dit särskilt patriarkala män och låta dem äta sin egen skit, med det ordvalet.

Inne i tidningen uttalade sig en av de ständigt citerade terroristexperterna och förklarade att det otvivelaktigt var en extra psykisk press för islamistiska terrorister att förhöras av en kvinna med så västerländskt frappant utseende. Det var dels en förolämpning och dels en form av subtil sexuell tortyr, eftersom islamistiska terrorister normalt var extremt sexuellt frustrerade.

På sätt och vis var det nästan värst med den sista sidoartikeln som citerade anonyma källor på hennes arbetsplats och hade rubriken: "EN AV VÅRA MEST BEUNDRADE CHEFER – VI KALLAR HENNE VALKYRIAN."

Det var svårt att bestämma sig för vilket alternativ som var mest pinsamt, om kollegerna gått omkring och använt ett sådant öknamn bakom ryggen på henne. Eller om tidningen bara hittat på när de såg vilka bilder fotografen kommit hem med. Det kunde dessvärre vara tvärtom, att journalisterna snappat upp öknamnet först och just därför tagit sådana bilder och det jävliga var att hon aldrig skulle få veta. Och ändå från och med nu alltid bli kallad Valkyrian. Allt var kaos i hennes huvud, hon kunde inte ordna en enda rätlinjig tanke utom att så här såg en riktigt dålig polisutredning ut.

Tankarna fladdrade bort mot just en sådan utredning någon gång under hennes sista halvår som ekobrottsutredare. Det gällde en liten figur i utkanten av en ganska stor skalbolagshärva med många misstänkta. Någon av de stora busarna hade skyllt på honom, den lille. Utredarna hade gått med på det, byggt på hypotesen att tipset var sant. Till slut hade de en utredning som såg ut som en utredning där egentligen ingenting var fel – även om mycket var helt irrelevant – och sammantaget gav ett övertygande intryck av skuld.

Det hade också blivit hennes egen slutsats när hon läste materialet första gången. En domstol hade nog också gått på det.

Men när killens advokat envisades med att begära kompletterande förhör så samtyckte hon och efter några timmar började upprullningen och svart blev vitt. Det mest tänkvärda med den erfarenheten var att ingenting som stod i utredningen var direkt fel. Det var det som inte stod där som skapade felet. Uselt polisarbete och usel journalistik hade mer gemensamt än man skulle kunna tro.

Eftersom de förkortat sin promenad genom att fly in i en taxi kom de för tidigt till Erik som fortfarande höll på att stöka i köket. Men Kvällspressen låg uppslagen mitt över köksbordet.

Han sade inte "vad var det jag sa". Det behövdes verkligen inte.

Ewa som på fullt allvar såg sig som ett brottsoffer, förtalad av en av landets största tidningar, frågade om det skulle gå att stämma, Erik visste ju allt om sådant. Han suckade och svarade inte, Pierre hade förstås gripit in i matlagningen. De två männen vände ryggen åt henne, en mycket talande form av tyst svar ansåg hon och reste sig ilsket från köksbordet, gick ut i vardagsrummet och ringde upp Björn Dahlin på hans hemliga journummer.

Björn Dahlin var helt oförstående till hennes ilska. Ingenting i tidningen hade ju varit fel såvitt han kunde se. Nej, han hade inte själv hört talas om det där med Valkyrian, men det var fullt möjligt att någon hade sagt det, vältränade svenska poliskvinnor av Ewas typ skulle väl kunna bemanna en hel Wagnerkör om så krävdes. Och förresten tyckte han att bilderna i tidningen varit charmanta, han sade faktiskt charmanta. Och med tanke på hur säkerhetspoliser vanligtvis avbildades i pressen borde man väl åtminstone se det som ett fall framåt?

Stukad gick hon ut i köket, de var färdiga med maten och hade dukat.

"Okej", sa Erik när de höjt mineralvattenglasen mot varandra som av inbyggd vinreflex. "Det är väl lika bra att vi betar av din fråga. Nej, du kan inte stämma tidningen som jag ser det. Dom har begått *ett* misstag, ett grovt misstag som dom kan bli fällda i Pressens Opinionsnämnd för, men inte åtalade. Dom skrev på löpsedeln att du var *muslimernas* skräck. Det är inte sant, det bryter mot våra etiska regler och det är rasistiskt. Löpsedelsmakaren råkade förväxla muslimer med terrorister, ett rent freudianskt tankefel, så där gjorde dom bort sig."

"Men allt det andra?" invände Ewa tvivlande, Erik kände hon sannerligen inte som någon tabloidpressens försvarare.

"Vilket andra?" frågade han resignerat och slog ut med armarna i den där latinska gesten som han och Pierre hade gemensamt. "Tro mej Ewa, det finns inget annat. Du är förstås lurad och förbannad, men dom har inte gjort något formellt fel. Du är inte förtalad i lagens mening."

"Inte förtalad! Dom har för fan gjort mej till nån jävla nazistisk mordängel!"

Det blev alldeles tyst vid köksbordet. Ewa svor aldrig och brukade dessutom markera att hon ogillade grovt språk när Nathalie var närvarande, och Nathalie gjorde nu verkligen stora ögon. Pierre som satt närmast henne lutade sig fram och viskade någonting på franska som Ewa inte hörde, lyfte upp henne från stolen och bar ut henne i famnen.

"Jag ber så mycket om ursäkt", sade Ewa, "men jag är inte riktigt i balans som du ser."

"Ja, det ser jag", instämde Erik. "Men du är en erfarenhet rikare, du har gått på en mina och du har råkat illa ut i medierna och det är du inte ensam om. Inte ens jag går säker som du vet."

"Finns det verkligen ingenting man kan göra?"

"Nej, jag tror faktiskt inte det. Texten i Kvällspressen är möjligen osann, men den är oantastlig. Ja, sånär som på ordvalet på löpsedeln."

"Det är väl ändå inte möjligt?"

"Jodå. Pröva mej, jag är från och med nu ansvarig utgivare på Kvällspressen. Så vad har du att säga till mej?"

"Ni lovade att göra en schysst artikel, ni skickade över frågorna i förväg och så har ni bara skämt ut mej med alla dom här lögnerna!"

"Förlåt nu förstår jag verkligen inte alls – ja vi är alltså kvar i rollspelet, jag är Kvällspressens ansvarige utgivare, okej? – för som jag ser det så har vi närmast gjort ett hyllningsporträtt av dej. Så vad är du egentligen missnöjd med?"

"Till att börja med det här med att göra mej till VALKYRIA på löpsedeln, det är ju rent förtal!"

"Det kan jag verkligen inte förstå. Bildmaterialet är väldigt slagkraftigt, det ser ju alla, fantastiska bilder faktiskt. Vi har sannerligen inte förfulat dej på något sätt, dom flesta andra skulle bli rätt glada över att bli så estetiskt och dramatiskt avporträtterade. Så det kan väl knappast vara något problem?"

"Men VALKYRIA!"

"Jasså, du tänker på …?"

"Ja, det gör jag! Wagner dånar i bakgrunden och svartskallarna hukar."

"Nu tror jag du överdriver. Just den politiska konnotationen är väldigt sliten nu när Tredje rikets fall ligger så långt bak i tiden. Förresten visas hela serien i Nibelungens ring på Stockholmsoperan nu under våren. Nej, det där har mest med ditt blonda hår och övriga fysik att göra. Men du är väl inte felciterad?"

"Jo, å det grövsta!"

"Va? Det låter mer bekymmersamt. Står det någonting i min tidning som du inte har sagt?"

"Nej, det gör det inte, men …"

"Det var skönt att höra! Så du är alltså rätt citerad? Utmärkt, då har vi ju hållit vår överenskommelse och allt är som det ska vara."

"Jamen, allt som är struket?"

"Det är alltid nödvändigt att korta … okej Ewa, behöver vi fortsätta den här leken?"

"Nej, förmodligen inte", medgav hon. "Ge mej bara ett råd. Du som är journalist och kan det här spelet. Vad gör jag?"

"Ingenting. Inte för närvarande. Nästa steg är att inte tala med några andra medier. Dom kommer att ringa dej för att i stort sett göra om samma knäck och då vill dom ha några pratminus för att …"

"Vadå pratminus?"

"Det betyder citat. Dom vill ha några citat för att själva sälja lite på Valkyriavinkeln. Så tala inte med nån just nu. Och i framtiden, avfärda allt som har med valkyrior att göra som om det bara var ett osmakligt påhitt av en kvällstidning. Det är allt, glöm saken för närvarande."

"Glöm?!"

"Just det. Inte för att du kan göra det, men du måste låtsas. Du skulle ha lytt mitt råd från början, jag sa ju att dom skulle vinkla på ditt utseende, förlåt jag borde inte …"

"Jo, det är helt okej. Fast jag är så ovan att uppföra mej som en idiot."

"Du är ingen idiot, Ewa, och det vet du mycket väl. Det är bara det att om mina kära före detta journalistkolleger ger sig fan på att skandalisera nån så blir det så, oemotståndligt och obönhörligt. Du såg ju hur dom knäckte mej och jag borde veta mycket bättre än du. Ändå åkte jag dit. Ingen går säker."

"Ingen går säker?"

"Nej ingen, och det har inte med sant och osant att göra. Det har till exempel med särskilt dyra centiliter rysk vodka eller valkyriabilder att göra. Snygga bilder förresten, jag sa ju att det var det som var den givna vinkeln på dej!"

Han lockade henne att skratta och det lättade på trycket, fick åtminstone smärtan att gå över för stunden.

Tanken med att äta söndagslunch hos Erik var att han och Pierre skulle tala ett par timmar om ett projekt som rörde Sierra Leone, Erik hade plötsligt fått all ledig tid i världen så Pierres försiktiga fråga om lite hjälp hade verkligen varit vältajmad. Ewa tog Nathalie med sig ut i det för en gångs skull vackra vårvädret, fast det borde ha varit vinter.

Nu skulle Pierre och Erik kavla upp ärmarna och börja tala om Afrikas blodsdiamanter. Det var ett perfekt läge, Erik hade redan städat ut sitt tjänsterum på Sveriges Radio, avstått från avskedsfest med chefstal och kvitterat ut en stor penningsumma som tack för att företaget blev av med en kostnad på två ben, före detta stjärna eller ej.

Som det nu var blev deras första planeringsmöte omöjligt. Pierre såg det i Eriks ansikte och han hade själv anat en fara även om han försökt att inte låtsas om det.

Erik sade ingenting när de kramat Nathalie och Ewa farväl utan gick raka vägen ut i köket och hämtade en flaska rödvin ur vinkylen, drog upp den och ställde fram två glas och serverade under tystnad.

De smakade på vinet, nickade åt varandra, fortfarande under tystnad.

"Alors mon frère, vad är det frågan om?" frågade Pierre.

"C'est un grand problème pour tout le monde mais surtout pour toi, vi har tyvärr något annat än blodsdiamanter att tala om just nu. Fan också! Den där storyn om blodsdiamanterna är fullkomligt gigantiskt bra och vi ska förstås göra den förr eller senare. Nej, jag menar vi ska naturligtvis göra den och den här researchen från ditt franska förlag är inte strålande men övertygande och jag kan lätt göra den mycket bättre. Men just nu ..."

"Just nu har vi ett säkerhetsproblem?"

"Ja, utan tvekan. Ewa har just presenterats som det mest angelägna målet för vilken som helst hemmaterrorist eller beväpnad dåre i landet. Har du några vapen hemma?"

"Nej, jag har lovat mej själv att aldrig mer i livet ta ett vapen i min hand, det trodde jag bland annat framgick av det jag har skrivit."

"Men inte om det gäller din fru?"

"Naturligtvis inte, hur får man vapenlicens?"

"Du går in i samma pistolskytteklubb som jag, du skjuter tre guldserier. Det betyder att man ska träffa en femkrona på tjugofem meter och det är inte så lätt. Men om du fixar det så har du en licens."

"Har du?"

"Ja, men mitt behov just nu är ett intet av ditt. Du måste skaffa larm hemma och gallergrindar för ytterdörren och än värre hitta på förklaringar för Ewa om varför allt detta är nödvändigt. Men tro mej, det är det."

"Kvällspressen dömde henne till döden utan att ens fatta det själva?"

"Ungefär så. Drastiskt formulerat, ändå ungefär så. Fast om hon råkar ut för ett attentat är det en jävligt bra story för Kvällspressen som dessutom har dom bästa bilderna på henne."

* * *

Strax före helgen hade man häktat tre somalier på sannolika skäl misstänkta för terroristbrott. Ewa hade inte själv deltagit i förhören eftersom hon varit överlastad av en del rent administrativa uppgifter som hon försummat, men hon hade inte heller uppfattat brottsmisstankarna som särskilt komplicerade. Det gällde ju bara ekonomiskt stöd till terrorism, visserligen ett helt nytt brott, men rent sakligt var sådant lätt att hantera. Antingen hade den misstänkte skickat pengar till otillåten adressat eller också inte.

På ledningsgruppsmötet den måndagsmorgonen, där ingen av de andra cheferna eller deras assistenter gjorde minsta antydan om valkyrior, blev hon ombedd att ta ett rejält nappatag med de där somalierna. Fallet var tydligen krångligare än man först tänkt sig. Björn Dahlin ville ha en föredragning från Ewa redan samma dag klockan 16:00.

Hon hade tänkt säga ett och annat om tabloidjournalistik på mötet, men eftersom ingen annan tog upp ämnet avstod också hon. Tillbaks på sin egen avdelning kallade hon till sig Anders Johnson för att få en första sammanfattning av vad som kunde vara så krångligt med en så enkel brottsrubricering. Anders Johnson såg inte glad ut och han antydde att det hela alls inte var okomplicerat. För det första var de här somalierna svenska medborgare och kunde alltså inte behandlas med de mest förenklade terroristlagarna, det krävdes gammaldags bevis. Han menade förstås inte att det i sig var något att beklaga sig över, det var bara det att den eventuella brottsligheten dolde sig i högar av svårgenomträngliga beslagtagna ekonomiska dokument och förhöraren hamnade då i svårigheter. Eller mer rent ut sagt. Vaffan skulle man egentligen fråga om?

Ewa behövde bara snabbläsa någon timme i utredningsmaterialet för att förstå vad Anders Johnson hade beklagat sig över. Utredningen handlade mycket mer om ekonomisk brottslighet än terrorism. I botten låg en bedrägerihärva som gällde sju privatfinansierade daghem i förorten Kålsta. Det fanns sådana brister i bokföringen att man på goda grunder kunde misstänka bedrägeri och skattebrott. Daghemmen finansierades med offentliga bidrag men driftskostnaderna nådde enligt bokföringen inte ens upp till hälften av bidragssumman.

En mellanskillnad på sju miljoner tycktes ha försvunnit utomlands genom det somaliska systemet med barfotabankverksamhet.

Så långt var åtminstone den första brottsmisstanken enkel, vanlig banal förskingring av allmänna medel. Och det hade ingen automatisk koppling till terrorism även om de misstänkta förskingrarna och skattesmitarna hade sitt ursprung i ett muslimskt land.

Utredningen borde ha varit en uppgift för hennes gamla arbetsplats Ekobrottsmyndigheten snarare än Säkerhetspolisen. Ändå hade von Schüffels särskilda åklagarkammare lyckats vinkla in den krångliga ekonomiska utredningen på terrorism. Det fanns två grunder för det, bortsett från att det var mycket lättare att få somalier häktade för terrorism än för ekonomisk brottslighet.

Vid en husrannsakan för två månader sedan hade man i en lokal som tidigare disponerats av en av de två misstänkta förskingrarna hittat en kartbild utprintad från nätet som visade var konstnären Aron Bilks bodde. Och Bilks hade efter frenetiska ansträngningar lyckats dra på sig minst ett terroristiskt hot. Han hade avbildat Muhammed som en hund och krävt att bilden måste publiceras överallt till försvar för yttrandefriheten. Några tidningar hade hjälpt honom med lanseringen och påstod sig därefter ha blivit dödshotade av muslimer. Konstnären själv hade lyckats sätta fast en kvinna i 70-årsåldern som ringt honom och sagt att hon personligen skulle skära halsen av honom "som ett får" och att hon hade släktingar i al-Qaida. Konstigt nog hade hon villigt upprepat sina hotelser i ett polisförhör och därför fått ett bötesföreläggande.

Denna, som Ewa uppfattade, redan utredda terroristaffär var ena grunden för åklagarnas häktningsframställan. Den andra var påståendet att de misstänkta skulle ha skickat pengar till en organisation i Somalia som gjorde motstånd mot den etiopiska ockupationen av landet.

Ewa hade sorterat dokumentationen i två högar, terroristmisstankarna för sig i en mindre hög och det som rörde ekonomisk brottslighet i en betydligt större hög. Problemet var uppenbart.

Sannolikheten för att man skulle kunna bevisa ekonomiskt fiffel var stor, sju miljoner hade försvunnit spårlöst ur bokföringen. Sannolikheten för att man skulle kunna bevisa terroristbrott föreföll betydligt mindre. Men det var just på de grunderna som de här skojarna hade häktats och det var därför de befann sig hos Säkerhetspolisen och inte hos ekobrottsutredarna där de hörde hemma.

Hon kallade till sig Anders Johnson på nytt och instruerade honom att koncentrera förhören på de misstankar som låg till grund för häktningen, viktigast var frågan om vem som skickat pengar till vem i Somalia. Där fanns ett litet tekniskt problem, men det fick han reda ut med expertisen på terroristroteln. Frågan var vilka av de somaliska organisationer i utredningsmaterialet som räknades som terroristiska. Det var bara sådana penningtransaktioner som stred mot terroristlagstiftningen. Det var den juridiska kärnfrågan.

När hon någon timme senare träffade sin högste chef Björn Dahlin och redogjorde för sina slutsatser, framför allt att de här förskingrarna borde överlämnas till Ekobrottsmyndigheten så fort som möjligt och omhäktas, höll han utan vidare med och hade inte vare sig invändningar eller följdfrågor att komma med. Ändå verkade han klart bekymrad.

Det fanns en helt annan problematik just nu som var betydligt mer brydsam, suckade han, gick bort till sitt skrivbord och lyfte telefonluren.

Tre minuter senare kom en påtagligt nervös ung kollega in och presenterade sig som biträdande chef för den inre spaningen på datasektionen. Han hade en mapp med utprintade bilder från nätet under armen. De satte sig i soffgruppen och Björn Dahlin gjorde bara en stum gest åt den unge medarbetaren som sneglade mot Ewa, harklade sig och drog igång en något svamlig föredragning.

En av de permanenta arbetsuppgifterna på den inre spaningens datasektion var att ständigt patrullera nätet och från gång till annan spela med i den eviga islamistdiskussionen, ungefär som de poliser som satt och spelade äventyrslystna småflickor i jakten på pedofiler.

Så mycket lyckades han förklara på fem minuter, fastän det borde ha tagit högst halva tiden.

Nu var det i alla fall så att gårdagens artiklar i Kvällspressen hade utlöst en ovanligt intensiv aktivitet på de hemsidor som, om man så får säga, tillhörde *the usual suspects*. Aggressionsgraden var avsevärd och ilskan riktade sig inte bara mot Säkerhetspolisen i allmänhet utan mot polisöverintendent Tanguy i synnerhet. Det hade med andra ord uppstått en hotbild.

Ewa avbröt lätt otåligt med en fråga om inte alla de här hemdator-terroristerna var lika väl kända på firman som de var harmlösa idioter.

Mja, riktigt så enkelt var det inte. En del av de här förmågorna hade en inte oäven talang att göra bildkollage och att översätta innehållet till arabiska och engelska, även om engelskan för det mesta såg lite underlig ut. På så vis fick de ibland en betydande spridning över nätet av sina alster. Och sanningen att säga hade deras framställning av Ewa redan efter ett dygn blivit deras största hit sen det där med de danska Muhammedbilderna.

Kort sagt, nu strömmade hotelserna in från bland annat Irak, Pakistan, Saudiarabien, Sudan och Egypten. En sannolik pseudonym som uppträdde som "Hussein al Bagdadi" och påstods representera al-Qaida i Irak hade utlovat en belöning på en miljon dollar för den som mördade den blonda valkyrian från Norden. En påstådd "Abu Hamsa" i London, vilket i och för sig var lite märkligt eftersom åtminstone den verklige Abu Hamsa i London satt inne på åtta år för sina hatpredikningar i moskén i Finsbury Park, uppmanade alla rätttroende i namn av Jihad att statuera ett tydligt exempel när det gällde Ewa.

Detta var bara ett litet axplock. De cyberterrorister man hade på hemmaplan, för det mesta väl identifierade och övervakade tonåringar precis som Ewa förmodat, hade lyckats få igång en internationell kampanj på nätet. De var redan efter ett dygn mer kvantitativt framgångsrika än någonsin tidigare.

Den unge dataspecialisten spred ut ett antal bilder på soffbordet mellan dem. Ewa kunde inte undgå att dra häftigt efter andan. Det var mest bilder på henne själv med arabisk text som hon inte kunde läsa bland eldsflammor, allmän våldspornografi och bilder på halshuggningar, brända lik och fångar med huvor, döda amerikanska marinsoldater som släpades efter fordon eller brända lik som hängde från en bro, förmodligen i Irak.

Problemet rent akut var, sammanfattade datakollegan, att materialet växte exponentiellt timme för timme och snart skulle bli så oöverskådligt att det knappt gick att följa. Ett annat problem var att tidningarna skulle få nys om det hela och sprida det ännu mer.

Ewa kände sig lätt illamående när föredragningen var slut och hon satt ensam med Björn Dahlin. Rädsla var inte den starkaste känslan, hon var ändå polis med ganska omfattande erfarenheter. Och så lätt var det inte att springa ut på stan och mörda någon man bara sett på bild. Men hatet och våldsfantasierna i bildmaterialet hade träffat hårt.

"Vad som redan har genomförts", sade Björn Dahlin efter att under tystnad ha serverat henne kaffe med bara mjölk, "är att du sen någon timme tillbaks har särskilt skyddade personuppgifter och att ert telefonnummer har ändrats och er adress är struken ur alla register. Åtgärden är inte så dum som den kan verka, det är i första hand dom nu tillströmmande entusiasterna som det gäller att skydda dej mot."

"Min arbetsplats är ju tämligen välkänd", ironiserade Ewa, "liksom vår adress."

"Naturligtvis", instämde Björn Dahlin. "Därför kommer du från och med nu att ha personskydd. Vi har ju som du vet en stor och kostnadskrävande avdelning för sånt."

"Dom där som skjuter skadade renar i mulen på Norrlandsvägarna, ska jag ha såna efter mej?"

"Sakligt sett är svaret ja på båda frågorna. Du har sen en timme tillbaks ett permanent livvaktsskydd. Och vad gäller den där skadskjutna renen så tycker jag möjligen att det här inte är rätt läge att skämta. Utgå från att den personal som vi ställer till ditt förfogande kan sitt jobb."

"Okej, jag tar tillbaks. Men det var ingen lysande idé du hade om att jag skulle uppträda som valkyria i Kvällspressen, om du ursäktar."

"Jag ursäktar, men det var inget fel på den där intervjun sånär som på en liten detalj som var omöjlig att förutse."

"Vilken detalj?"

"Den där terroristexperten som dom intervjuade. Han använde olyckligtvis orden sexuell tortyr. Klart omdömeslöst under alla förhållanden, men just den formuleringen har mer än allt annat tänt den internationella brasan, det där med valkyrior vet dom inte vad det är, det hade passerat utan vidare."

"Så vad gör vi nu?" frågade Ewa behärskat. Hon var fortfarande mer förbannad och äcklad än rädd. Björn Dahlin svarade inte förrän efter en lång eftertänksam tystnad. Han ansträngde sig övertydligt att inte visa hur skakad han var.

Att låta Ewa ta tjänstledigt och resa bort på några veckor medan den värsta stormen blåste över var en möjlighet som han hade övervägt. Men två skäl talade mot den åtgärden. För det första var världen liten och nytagna porträttlika bilder på Ewa var för närvarande spridda över hela den lilla världen. Om någon av en slump skulle upptäcka henne på Korsika, bara för att ta ett exempel, så var hennes skydd bortblåst och hon skulle i det ögonblicket vara mycket säkrare hemma. För det andra var det principiellt viktigt att vägra låta sig skrämmas av terrorhot. Alltså var det bästa, förutsatt att hon själv instämde, att hon jobbade som vanligt, men under livvaktsskydd. Journalistkåren skulle helt säkert vara behjälplig när det gällde att målande understryka det där med hennes skyddsvakter.

En sista liten praktisk sak. Hon borde nog från och med nu bära med sig sitt eget tjänstevapen. Och möjligen ägna någon tid åt att öva upp sina färdigheter.

* * *

164

Carl pendlade mellan Sankt Petersburg och Stockholm. Några visumsvårigheter hade han inte, en kodbeteckning i hans permanenta ryska uppehållstillstånd i passet angav att han var två gånger Rysslands Hjälte. Vilket inte var helt korrekt, eftersom Boris Jeltsin kort efter att Sovjetunionen upphörde att existera fick för sig att också utmärkelsen Sovjetunionens Hjälte med automatik hade upphört. Jeltsins tillfälliga lösning på problemet var att snoka upp något från tsartiden som skulle fylla luckan och därför hade Carl och de andra i Operation Dragonfire tilldelats något som hette Sankt Georgskorset. Först något senare hade man kommit på den enkla idén att bara göra om Sovjetunionens Hjälte till Rysslands, liksom man efter mycket hattande fram och tillbaka återtagit den gamla nationalsången, men utan text.

Det var ändå bara en kul grej. Ute på Stenhamra hade han uppfunnit skämtet att bjuda på en macka i Sankt Georgskorsets färger, brödskivor i orange och svart, varannan rand laxkaviar, varannan beluga.

Han hade ännu inte vågat ta kontakt med någon av sina gamla vänner eller arbetskamrater inom den militära underrättelsetjänsten och om de sökt honom hade de förmodligen inte lyckats även om de var spioner med avsevärda resurser att skaffa kunskap. Hans adress i Sankt Petersburg var inte röjd, hans mobiltelefon var kopplad till ett ryskt nät och avlyssnades helt säkert av både den ene och den andre utom den svenska underrättelsetjänsten.

Det som fick honom att dra sig för att ta kontakt var en känsla av osäkerhet. De hade vid en del tillfällen riskerat livet tillsammans, de hade genomfört hemliga operationer som ofta var tekniskt glänsande och lika ofta moraliskt vedervärdiga. Men då hade det alltid funnits en vit slöja av tjänstgöring över det svarta brottet. De hade dödat hundratals människor, ingen kunde veta hur många.

Förmodligen var han galen mot slutet när han dödade de där angivarna, den psykiatriska sakkunskapen var närmast rörande överens på den punkten. Ändå hade gränslinjen varit så tunn att han själv varit oförmögen att se den, om den nu alls fanns. Men det hade han betalat minst en miljon dollar för att få vetenskapligt belagt. Komiskt nog hade han dessutom fått tillbaks alla kostnader från svenska staten för utgifterna att flyga över två professorer i förstaklass från Kalifornien, hysa in dem på Grand Hôtel, äta middag med dem och flyga tillbaks dem efter att de vittnat i domstolen. Och så hade han vunnit rättegången i den meningen att han var skyldig men oskyldig, eller hur man nu skulle tolka det. Skyldig var han inte, för då skulle han ha åkt in i fängelse igen. Det var det som var den stora chanstagningen. Hellre svenskt fängelse än att tvingas bli lönnmördare i Rysslands av Saudiarabien hotade delrepubliker.

Oskyldig var han inte heller, för då skulle han ha fått tillbaks sin militära grad och ett gigantiskt skadestånd för den långa tid han varit berövad sin lön som viceamiral. Men varken pengarna eller de juridiska hårklyverierna spelade någon som helst roll i hans nya liv. Det enda viktiga just nu var att han var fri och kunde börja tänka framåt på resten av livet utan att se ett enda vapen i sin hand på den vägen.

Åke Stålhandske var numera överste och chef för Kustjägarskolan, Luigi Bertoni-Svensson var också överste och operativ chef för den nyinrättade professionella specialstyrkan SSG, så mycket visste han. Båda var som klippta och skurna för sina nya jobb. Åke var gammal kustjägare själv och hade gett sig fan på att hålla sin elitstyrka ren från rashatare och högerextremister. Luigi var liksom de alla specialist på extrema operationer med små grupper och den avdelning han blivit chef för, SSG, verkade snarast vara en utvidgning av vad som en gång varit underrättelsetjänstens enhet för väpnade hemliga insatser. Skillnaden var förmodligen mest byråkratisk, att SSG stod under befäl av både överbefälhavaren och försvarsministern så att ingenting kunde ske snabbt improviserat och i skymundan som förr i världen. Då kunde de ge sig iväg med mycket kort varsel, låta bli att över huvud taget höra av sig under någon tid och sedan bara ringa från en flygplats och säga att hej, jo nu är det så att vår fritagna gisslan sitter på flight si och så och ankommer Stockholm då och då och vi ansluter senare och något mer diskret. Those were the days.

Skitsamma. Två saker hade legat i vägen när han betraktat telefonen och tänkt ringa Åke eller Luigi. Om han, deras chef och vän, verkligen blivit fullständigt galen, var man fortfarande vänner då, med samma lätthet som om någon återhämtat sig efter en lunginflammation eller skottskada? Och det andra, och värre. Om chefen blivit galen av jobbet, vad var man då själv? Och om man nu skulle ta varandra i hand, se varandra i ögonen, var det då en galen vän man såg, dömd eller ej?

Åke hade en gång låtit en smugglare löpa från ett gäng fångar de tagit uppe på Kolahalvön. Nåja, det var inte vilka smugglare som helst, de släpade på en stridsspets till en SS-20, ungefär 400 gånger Hiroshima i sprängkraft. Ordern från såväl den egna som Rysslands regering hade varit kristallklar. Avrätta alla, utplåna alla spår av mänskliga vävnadsrester.

Åke hade brutit mot den ordern och låtit en av de, som det visade sig långt senare, oskyldiga lockfåglarna löpa. Åke var den enda i gruppen som handlat helt rätt, ändå blev de ovänner i ett par år efter den där incidenten.

Nej, han hade inte förmått sig att ringa upp Åke, även om det var en av hans närmaste vänner i livet. De hade lekt med döden tillsammans, så som unga odödliga militärer i vissa elitförband alltid gjort och alltid kommer att göra. Det är klart att man kommer varandra nära. Vänner för livet, som det märkligt nog heter.

Nu kom han för fjärde gången på en månad från Sankt Petersburg till Stockholm. Tog sin hyrbil från Arlanda direkt ut till Stenhamra på Mälaröarna och fortsatte städandet. Huset var stort och hade stått övergivet i mer än tio år, det hade varit bättre om hans förvaltare flyttat in där och tillåtit sig att bo i stor stil än att pietetsfullt stänga dörrarna, hänga vita överdrag över alla möbler och bara överge huset. Råttor och fladdermöss hade åstadkommit en avsevärd miljöförstöring på ett drygt decennium. Bara hjortarna i parken uppförde sig som om ingenting hade hänt, även om den numera största avels-hjorten bara hade varit en årskalv när Carl lämnade Stenhamra, först till ett halvår i fängelse, sedan till tio år i San Diego under annan identitet och till sist ett år på U-1 Jerusalem.

Stenhamra skulle förbli hans svenska fotfäste, det var bättre att tänka fotfäste än hem. Med tanke på att huset hade tjugosex rum och omgavs av stenmurar delvis från medeltiden var det ingen idealisk bostad för en ensam man.

Men någonstans måste han bo i sitt gamla hemland, när han väl var där. Om hotellrum var enda alternativet skulle han föredra att stanna hemma i Sankt Petersburg, för än så länge var lägenheten på Admiralitetskaja det enda som kändes hemma. Där kunde han träningslöpa längs kajerna utan att väcka någon som helst uppmärksamhet. I Stockholm skulle han aldrig kunna ens promenera ifred på gatorna, där skulle han alltid vara ett offentligt föremål.

Men från Admiralitetskaja till Stenhamra var det geografiska avståndet förvånansvärt kort, det tog bara tre timmar från dörr till dörr inklusive taxiresan till Pulkovo och hyrbilsresan från Arlanda. Det var det psykologiska avståndet som kändes stort.

Hur han skulle ordna sitt boende för den närmaste framtiden, eller om det var resten av livet, verkade alltså ganska klart. Vad han skulle göra av livet var ett större frågetecken. Han var ingenting längre. Inte officer, inte skurk eller livstidsfånge, inte hjälte, inte ens efterfrågad. Vad han inte skulle göra var å andra sidan självklart. Aldrig mera.

Vilket inte hindrade att Stenhamra måste rustas upp och att han skulle servera Sankt Georgsmackor som förrätt och fylla upp vinkällaren på nytt. Skjutbanan var redan i stånd, för skjuta måste man. Det var samma sak med den fysiska träningen som han under större delen av livet bara försummat om han varit ute på de operationer som träningen varit till för. Sedan hans civila liv tog sin början för andra och sista gången var skyttet och den fysiska träningen alltför ingrodda vanor för att de skulle gå att bryta och dessutom var det hälsosamt och höll missmodigheten borta.

Självklart var han en träbock när det gällde allt annat än att döda andra människor, vilket han slutat med, eller att ordna en bordsplacering och äta mat vid stora bord med vit linneduk och välja rätt vin, vilka var hans enda användbara talanger i det nya livet. Som han dessutom haft få tillfällen att praktisera.

Och Pierre Tanguy nådde han inte ens till fotknölarna. Det var förunderligt att som Pierre kunna sätta ord på kriget. Själv kunde han på sin höjd skriva rapporter som var lika exakta som adjektivfria. Ytligt sett skulle man kunna tycka att han och Pierre haft samma utgångspunkter. Båda var mycket unga när de rekryterades till en extrem militär verksamhet. Båda hade samma erfarenheter av att se hur bakre rampen på en Hercules fälls ner, den svarta himlen där ute, den röda signalen som övergår i grön och man kastar sig med kamraterna ut i ingenting på väg mot vadsomhelst. Sen hitta målet på marken och slå ut det.

Bara en sån sak. Själv skulle han korthugget säga att det handlade om att hitta målet på marken och slå ut det. Pierre skulle berätta samma sak så att man hörde den kvidande hydrauliken från rampen, kände den kalla luften fladdra i kläderna och kylan komma krypande inpå kroppen när man störtade mot marken och hur man sen konkret dödade människor, inte "slog ut målet". Det var hisnande att läsa Pierres berättelser, allt kände man igen utan att någonsin ha kunnat formulera det själv.

Till råga på allt var Pierre mästerlig på att städa, liksom på att organisera städning. Själv påstod han att det hade med Främlingslegionens traditioner att göra, att det var någonting man ägnade sig åt mer än vapeninsatser under de första åren i legionen och att det satt i för livet, *corvée* kallades det.

Så var det inte på Sjökrigsskolan, kunde man lugnt konstatera. Det var ändå en disciplin som kom väl till pass, se nu var han där igen. "En disciplin som kom väl till pass." Det var han, det var Carl Hamilton. Pierre skulle ha sagt att städning var ... en av livets grundläggande förutsättningar för att förstå våra mänskliga villkor. Det finns dom som har tvånget att städa, det finns dom som har lyxen att städa, det finns dom som inget har att städa. Förmodligen något sådant.

De hade blivit nära vänner på kort tid, just för att de gjort samma saker och under lång tid och just sådana saker som andra människor inte ens kunde föreställa sig. Professor Finkelstein skulle ha sagt att de hade en homosocial gemenskap utöver det vanliga. Vilket bara var den vetenskapliga hjärnskrynklarjargongen för att säga som det var. De var båda fallskärmsjägare med lång krigserfarenhet.

De hade hursomhelst tillbringat mycket tid tillsammans under de senaste två månaderna när Stenhamra sakta återuppstod från sin spökslottstillvaro, även om Pierre bara jobbat halvtid, som han skämtade, eftersom han och Erik Ponti höll på med något afrikanskt bokprojekt tillsammans. Men när Pierre hade varit där så hade deras samtal aldrig tagit slut och dessutom hade Pierre varit en överraskande säker rådgivare när det gällde att återställa vinkällaren i sitt forna skick.

* * *

Ewa såg förväntansfullt fram emot den stora vårfesten ute på Stenhamra. Inte bara för att hon var nyfiken utan mest därför att hon ansåg sig väl förtjänt efter tre veckors orimlig stress. Det var först nu som det onormala livet hade börjat kännas normalt.

Värst var det under de första tio dagarna medan hatkampanjen på nätet accelererade och kvällstidningarna tävlade i att hitta nya groteska exempel på bloddrypande hotelser. Deras förtjusning över att publicera bilder på henne som spindel, skorpion, hund eller porrdansös kunde inte enbart bygga på deras troskyldiga förklaringar att allmänheten har rätt att bli informerad.

Bara att ta sig till jobbet var en mindre militär operation. Säkerhetsvakterna anlände alltid på olika och i förväg uppgjorda klockslag. De spanade av omgivningen och ringde upp till lägenheten när det var dags. Hon stod sedan beredd innanför porten, sprang ut och hoppade in i baksätet på den svarta bilen med mörka rutor i pansarglas innan den ens hunnit stanna. En stund senare tog Pierre Nathalie med sig ner i källaren och via en gång genom grannhusets källare upp på andra sidan kvarteret och så promenerade de iväg till dagis.

Det värsta hade varit att hela tiden ljuga för Nathalie, att hitta på lustiga förklaringar till att man skaffat gallergrindar till ytterdörren, överfallslarm och vapenskåp. Hon och Pierre gjorde vad de förmådde för att hålla illusionen uppe, att allt egentligen var som vanligt och att mamma alls inte var i fara vad man än sade på dagis. De hade ljugit om att det varit så många inbrott i trakten, att det var ovanligt god tillgång på tjuvar så här på vårkanten, att de liksom björnar vaknat upp ur sina iden. Fast den förklaringen bemötte Nathalie mest med indignation. Eftersom mamma var polis så var väl tjuvarna inte så dumma att dom kom hem till oss för då skulle väl mamma bara bura in dom?

Skjutövningarna hade ändå varit helt okej, hon sköt över det polisiära genomsnittet och det var inte helt fel att göra det inför svettiga gamla kommissarier som tvingats ut till Polishögskolans skjutbanor för att behålla rätten att bära tjänstevapen.

Att Pierre också skaffat sig pistol irriterade henne till en början. Inte för att han lovat att aldrig mer hålla i ett vapen, det här var förstås force majeure, utan därför att det var hon som var polisen, inte han. Det roliga med hans manöver för att beväpna sig var å andra sidan att han varit listig. Hade han inkommit med en ansökan till Stockholmspolisens vapenavdelning och hänvisat till familjens säkerhet och sin egen väldokumenterade förmåga i närstrid så hade han blivit svartlistad för tid och evighet. Vapenlicens beviljas icke till den som uppger att han har en eventuell avsikt att skjuta människor.

I stället vaknade hans plötsliga intresse för sportskytte. Inom en vecka bar han en föga sportsmannamässig 9 mm Beretta dold i svanken. Hon hade först tjatat om att han som civilist begick lagbrott om han bar ett dolt vapen och han hade bara ryckt på axlarna och sagt att risken för att han skulle bli kroppsvisiterad av polis ute på stan var obefintlig. Om han å andra sidan olyckligtvis fann anledning att någonsin använda vapnet skulle ingen klaga i efterhand. Och det var förmodligen helt sant.

Alla sådana upphetsade diskussioner lade sig undan för undan och allteftersom tiden gick blev det onormala vardagligt. Efter den första månaden ansåg dessutom hotbildsanalytikerna på firman att man kunde trappa ner något i beredskap. Ewa höll fullständigt med. Allt hon lärt sig om nätterrorister tydde på att det mest rörde sig om tonåringar som satt hemma och lekte med datorn i stället för att göra läxorna. Dessutom fanns det en allmän och gedigen polisiär erfarenhet när det gällde hot. De som hotar avser att hota, att skrämmas på ett sätt som de förmodligen uppfattar som lagligt, en liten men juridiskt säker hämnd. Det var därför som de som åkte fast för olaga hot oftast försvarade sig med att de inte gjort något, bara pratat skit i telefon, eller numera på internet.

Sanningen var förstås att hotet egentligen var över och att firman överbeskyddade henne av den enkla anledningen att man måste visa särskild omsorg om den egna personalen. Och, fast det skulle ingen säga högt, att det skulle vara förargligt om någon blådåre skulle lyckas ge sig på en Säpochef. Därför kunde man inte vara nog försiktig. Ungefär så gick väl resonemanget. Dessutom var de unga spänstiga livvakterna både artiga och försynta.

Följaktligen satt hon och Pierre i den svarta Säpobilen med svarta rutor på väg ut till kalaset på Stenhamra med Nathalie mellan sig i baksätet. Det skulle ha varit en vacker vårkväll, nu när det ändå var vår på riktigt och inte bara misslyckad vinter, och utsikten skulle ha varit bedövande i kvällsljuset ute bland Mälaröarna om det inte vore för det svärtade pansarglaset.

Deras entré blev melodramatisk. Bilen stannade intill en stor svart gallergrind omgiven av fyra meter höga murar med en larmtråd på krönet. En av killarna i framsätet tog upp sin telefon och ringde in. Han mumlade en kort kod som lät som "Cinderella" och knäppte ihop telefonen. De svarta järngrindarna öppnade sig spöklikt långsamt och ljudlöst och de kunde fortsätta in på uppfarten och parkera i raden av småbilar som stod intill huset. Pierre verkade märkligt nöjd med arrangemanget och förklarade att de slitit som djur med att få ordning på all elektronik som hade beckat ihop.

Carl själv kom ut och mötte dem när de parkerat bilen, tog Ewa i hand och kramade om Pierre, vilket verkade något bakvänt. Sedan inledde han en snabb förhandling med livvaktskillarna, ursäktade sig mot Ewa och Pierre och bad dem vänta medan man gjorde upp det praktiska. Alternativ ett var att de återvände in till stan och tog ledigt, eftersom Stenhamra hade ett högklassigt säkerhetsskydd. Alternativ två var att de skulle sköta den yttre bevakningen, vilket alltså var onödigt eftersom elektroniken numera fungerade, hämta mat åt varandra medan de satt där och därefter övernatta en i sänder i ett gästrum som stod till deras förfogande. Han var strikt artig och lät inte ana minsta ironi. Killarna bad om chefens råd. Ewa sade att det mest praktiska nog var att de bara åkte hem och tog ledigt och att man hade telefonkontakt nästa morgon för att planera återfärden. Av deras ålder att döma var de småbarnsföräldrar de också och säkert väl förtjänta av en extra lördagskväll hemma. För säkerhets skull tillade hon att det var en direkt order. De accepterade tacksamt, gjorde skämtsam honnör och startade bilen.

"Om någonting mot all förmodan skulle hända här är såna där bara till besvär, jag har dåliga erfarenheter", muttrade Carl när han svepte Ewa och Pierre med sig uppför stentrapporna till huvudingången.

Det var som att stiga in i en annan värld för Ewa och först nu slog det henne att Carl förstås var överklass på riktigt. Någon hjälpte henne och Pierre av med ytterkläderna i en stor hall med skrovligt grått kalkstensgolv, någon tog hand om deras väskor, någon serverade dem ett glas champagne från en silverbricka när de kom in i en angränsande sal där gästerna stod uppställda längs väggarna som om ingen vågade stå på den gigantiska persiska mattan i mitten. De gick runt, hälsade och kindpussades. Någon kom med en bricka med små snittar.

Ewa insåg att hon borde ha väntat sig någonting i den här stilen.

Pierre hade tillbringat åtskilliga förmiddagar här ute med något som han bara avfärdade som corvée, vilket på normalspråk borde heta städdille. En fransktalande flicka som hette Juliette kom fram till dem, presenterade sig och förklarade att hon hade ansvar för lilla Nathalie såfort middagen började. Pierre tackade henne och skämtade något om att han själv inrett barnkammaren intill deras eget gästrum så att det inte skulle se för germanskt ut.

Ewa tydde sig sedan snabbt till journalistgänget som stod i en klunga för sig, medan Pierre vandrade bort mot den för tillfället ensamme Carl.

"Plötsligt inser man att man är medelklass, jag har faktiskt inte tänkt på det sen jag var barn", sade hon till Erik Ponti för att genast få in samtalet på något annat än hotbilder och säkerhetsfrågor.

"Inte jag heller", svarade han och klingade sitt champagneglas mot hennes. "Och inte nu heller, det är inte huset som gör festen, det är gästerna."

"Eller värden?"

"Jovisst, men värden har faktiskt jeans på sig."

"Det såg jag inte, det verkade inte så."

"Nej, det är just det, han har nämligen italienska jeans, om du ursäktar. Om det är Cerutti eller Armani kan jag inte säga på rak arm, men det är väl det enda dom säljer i Sankt Petersburg numera. Men strunt i det, det går jättebra för mej och Pierre med boken, jag har inte känt sån arbetsglädje på åratal, decennier närmare bestämt."

"Så du är författare numera?"

"Nej, men möjligen författarassistent. Din man och min bäste vän i livet är en sagolik berättare, i dubbel bemärkelse. Det här kommer att bli skitbra."

"Du saknar inte ditt gamla jobb?"

"Jo självklart, jag vaknar ibland klockan fyra på morgonen och tror att jag har ett tidigt morgonskift och har försovit mej. Men bortsett från det, nej det är en befrielse, inga yngre chefer som hela tiden ska sätta mej på plats, inget tjat om opartiskhet."

"Och hur gör man nu?"

"Vad menar du?"

"Ja? Här hos överklassen?"

"Sluta larva dej, du är bland vänner. Hos överklassen hade Carl lett runt dej och presenterat dej högtidligt tillsammans med Pierre, här i medelklassen förväntas vi klara av det själva. Kom!"

Han tog henne skämtsamt sirligt i armen och ledde bort henne mot en liten grupp på fyra okända personer som stod lite för sig själva, ungefär som journalisterna. Det var två män, en vitblond jätte och en mörk man som påminde om lagledaren i Inter och två långa kvinnor, en mörk och en blond, som såg ut som en blandning mellan mannekänger och poliser. När Erik presenterade dem visade det sig att de två blonda hörde ihop, liksom de två mörka.

"Det här är Ewa, min vän och fru till min bäste vän Pierre", inledde Erik obesvärat ritualen. "Och det här är Anna och Maria Cecilia och så har vi överste Åke Stålhandske och överste Luigi Bertoni-Svensson. Gamla arbetskamrater till Carl!"

De tog i hand och sade att det var trevligt att träffas och därefter smet Erik retsamt med en kort kommentar om att de ändå skulle ses senare eftersom han hade Ewa till bordet. Och där stod hon och kom inte på någonting att säga.

Det behövde hon inte eftersom först den blonde jätten på distinkt finlandssvenska började ösa beröm över Pierres bok och den andre med det italienska namnet fyllde i såfort han fick en chans. De hade samma upplevelse av boken som Carl hade berättat om första gången de träffades, att den som själv haft liknande erfarenheter förstås kunde se allt framför sig som på film när man läste, men ändå aldrig hade kunnat föreställa sig att det gick att berätta på det viset.

"Så ni är alltså gamla fallskärmsjägare och arbetskamrater till Carl?" frågade Ewa efter en stund, onödigt förstås men som markering för att få dem att byta ämne.

"Ånej, bättre än så", sade italienaren, "vi är Navy Seals så vi gör det lika gärna under vatten som till lands."

Hans fru himlade menande med ögonen och bytte ett ögonkast med Ewa med den där minen oss kvinnor emellan. Det uppstod en kort pinsam tystnad.

"Jomenvisst är det så", vidtog finlandssvensken när han tycktes inse att här gällde att snabbt släta över och byta spår, "en gång var vi de fyra musketörerna. Men en av oss stupade och så var vi bara tre. En av oss försvann på en lång råddig resa och så var vi bara två. Han är nu tillbaka och vi är tre igen, för att sammanfatta nåt saatans krångligt till nåt enkelt. Luigi och jag är Carls comrades in arms i alla avseenden."

Matsalen måste ha haft en takhöjd på minst åtta meter och det hängde hjortkronor runt väggarna. Till förrätt serverades en randig sandwich med laxrom och något som Ewa antog var rysk kaviar. Men inte vin, utan mineralvatten och små vodkaglas med en ingraverad dubbelörn. Ewa sneglade sig omkring och började äta när Erik gjorde det, det var som om huset, det tunga ekbordet och hela arrangemanget gjorde henne mer besvärad än glad över att vara på kalas. Deras egna middagar var ju så mycket mer latinskt uppsluppna. Här rådde någon sorts germansk ordning, precis som Pierre hade skämtat om.

Carl hade Anna Holt till bordet, den finlandssvenske jätten satt tillsammans med Ingalill, vilket förmodligen var ett litet skämt eftersom Acke Grönroos satt med jättens fru Anna så att den ena finlandssvenska kombinationen bara växlades mot en annan. Den italienske överstelöjtnanten Luigi var placerad bredvid Katarina Bloom från Dagens Eko och allt verkade konstigt genomtänkt.

Erik berättade om husets specialitet som de just åt, Sankt Georgsmackan, han hade själv hjälpt till i köket hela eftermiddagen.

Plötsligt klingade Carl i sitt mineralvattenglas och reste sig upp. Alla tystnade och såg förväntansfullt på honom.

"Kära vänner", började han. "Det är inte fint att hälsa gästerna välkomna i brännvin så jag hoppas att ingen känner sig förolämpad. Men ingen regel utan undantag. Vad ni har i glasen är den i vårt land icke förekommande, men för närvarande den publicistiskt mest dramatiska ryska vodka som finns. Nämligen Kauffman Soft, för vars skull vännen Erik, om jag förstått saken rätt, tvingades avsluta sin långa journalistkarriär. Om han bara låtit mej ta den där krognotan så hade världen sett annorlunda ut och vi hade kanske inte ens suttit här. Tänk på det nu när vi skålar!"

"Ta en rejäl klunk!" väsviskade Erik till Ewa när de höjde glasen.

Det gjorde hon och den slank ner som en smekning, hon som aldrig drack brännvin.

"Var det verkligen på den här vodkan du föll?" frågade hon när hon hämtat sig från förvåningen.

"Ja", sade han. "Det var nog halmstrået som knäckte kamelens rygg, eller snarare droppen som fick bägaren att rinna över. Jag kommer alltid att ha den hemma i kylskåpet, nu när jag fått en säker leverantör i Sankt Petersburg. Och när Pierre och jag är färdiga med boken om blodsdiamanterna ska vi dricka minst en halv flaska."

Den lite stela stämningen runt bordet löstes upp redan vid andra påfyllningen av den ryska supervodkan. Nästa rätt var kronhjortsfilé à la maison med röd bourgogne. Efter några tuggor av det mycket röda men himmelskt goda köttet höll Carl sitt, som han sade "formmässigt korrekta välkomsttal" eftersom man nu kunde skåla i vin. Det han sade var märkligt rörande, märkligt därför att rörande var det sista ord man normalt skulle associera till denne före detta statens mordängel.

Vid detta bord satt en ovanlig konstellation, började han. Fem journalister, fyra militärer, tre poliser, en gymnastiklärare och en marknadschef. Här fanns två av hans livs närmaste vänner som båda fått honom att känna sig som den förlorade sonen när han äntligen vågade ta kontakt med dem, Åke och Luigi. Här fanns nya goda vänner och vänner som kanske bara var till låns och kvällens journalistiska majoritet hade inte varit möjlig på den tiden han alltid betraktade journalister med stor misstänksamhet, såvida man inte kunde ha en direkt operativ nytta av dem. Men nu hade både Acke och Erik haft vett att sluta i tid för att söka sig en mer anständig profession, Erik vid fötterna på allas vår mästare Pierre och Acke ute i Europa för att kunna berätta sådant som aldrig kunde få plats i en Ekosändning fast det var desto viktigare. Men den lånade delen av vänkretsen innehöll ändå tre fortsatt verksamma journalister. Vad Ingalill beträffade var detta problemfritt eftersom hon sysslade med litteratur vilket förstås var fullständigt anständigt. Detta sagt utan någon som helst avsikt att vilja kränka Katarina Bloom och hennes man Jörgen, som ännu inte sökt sig till annat yrke men därför kändes särskilt spännande att lära känna i hans nya liv som just börjat, som när en huggorm ömsar skinn för första gången.

Poliser däremot hade han aldrig haft några problem med, lika lite som någonsin med gymnastiklärare eller marknadschefer på Gucci, han hade till och med varit gift med en polis och därför listigt placerat sig intill ännu en, nämligen Anna!

Och så skålade han välkomna, som han sade, på allvar.

Ewa räknade fort ut att det måste vara den italienske officerens fru som var marknadschef på Gucci – Jösses, förresten! – och finlands-svenskens fru som var gymnastiklärare, jo det såg hon ut som, typisk idrottstjej. Erik bekräftade att hon gissat rätt, men det hade ju inte varit så svårt. Den tredje polisen, Annas högsta chef på Rikskrim, kände hon bara vagt, de hade hälsat någon gång.

Hon blev inte klok på Carl. Hans tal var både roligt ironiska och lite sorgliga, han fick folk att skratta så att det verkade som om han hade humor, men ändå hördes den där mörka undertonen hos honom. Hon kände honom förstås för lite, de hade bara träffats några gånger. Även om det fanns tydliga likheter mellan honom och Pierre, som att båda var officerare och gentlemen på det där självklara sättet, så hade Pierre en helt annan livlighet, en helt annan livsaptit, eller esprit som han själv skulle ha sagt. Hos honom saknades den där mörka underströmmen helt. De var förvånansvärt olika snarare, med tanke på hur likt de tydligen levt i sitt förra yrke. Ändå hade de kommit varandra mycket nära. Det var underligt, för såg man dem tillsammans skulle man aldrig tro att de hade någonting gemensamt. Utom det där.

Det blev till slut ett mycket högljutt kalas med alldeles för mycket vin. Därför serverades också förstärkt frukost först klockan 10:00 nästa morgon med engelskt stuk, bacon, småkorvar, ägg, stekta tomater, champinjoner och allt det andra.

Efter frukosten försvann Pierre, Erik och Carl ut mot hjorthägnet. Anna Holt slog sig ihop med Ewa och Nathalie på en promenad ner mot vattnet, Annas chef Lise hade rest tillbaks tidigt in till stan, något hade visst hänt.

Som vanligt hade de dåligt samvete för att de inställt sin gemensamma träning alldeles för ofta. Anna hade fått mycket byråkrati på halsen sedan hon blev biträdande chef på Rikskrim. Ewa hade sitt eget besvär med den ständiga övervakningen. De fnissade åt möjligheten att springa och stånka i sina löpmaskiner under livvaktsbeskydd från Säpo.

Männen pratade de inte ett ord om, inte journalisterna heller, inte ens de två som lämnat yrket. Den mindre överstens fru, Maria Cecilia, med sin charmiga italienska brytning intresserade dem mest av kvällens middagsgäster. Hon hade sakkunnigt kommenterat Ewas svarta byxdress från Armani och föreslagit ett litet besök hos Gucci där hon säkert skulle kunna ordna någonting till ett bra pris, det sista sagt med en glad blinkning som verkade mycket lovande.

De första vårblommorna hade slagit ut för några veckor sedan och nu lyste det alldeles blått av blåsippor i ekbackarna runt slottet och här och var stod små grupper av nyutslagna vitsippor. Ewa andades djupt i den ljumma vårluften och tänkte att nu är allt över. Nathalie plockade vitsippor som snabbt slokade av värmen från hennes små händer.

* * *

Kidnappningen av femåriga Nathalie Tanguy, dotter till en hög chef på den svenska Säkerhetspolisen, var ytterst professionellt genomförd.

Desto märkligare var det att själva förloppet gått att rekonstruera nästan i detalj. Det berodde mest på en ren slump, den slump som kan vara polisens bäste vän men lika gärna fiende. I det soliga vårvädret hade dagisgruppen där Nathalie ingick tagit regelbundna promenader ner till vattnet nedanför Norr Mälarstrand. De mindre barnen kom vaggande i sina signalfärgade västar hand i hand, de något större barnen gick i en egen grupp med två egna fröknar. Det var änderna som var målet för dessa utflykter, alla större barn hade fått en tilldelning på torrt bröd, rättvist fördelad. Nathalie hade varit ett anonymt barn i en mängd av barn. Det var åtminstone vad Säkerhetspolisens enhet för hotbildsanalyser kommit fram till innan katastrofen var ett faktum.

Slumpen i sammanhanget var att hela händelsen var filmad. En utländsk turist hade stått på själva strandpromenaden och riktat sin videokamera ner mot Stadshuset och inte förrän långt in i förloppet förstått att han möjligen bevittnade ett brott.

Det filmen visade var otvetydigt. Två dagisfröknar satt på en parkbänk nära vattnet med god uppsikt över fem eller sex barn som höll på att mata änder, bara åtta meter ifrån dem.

Från ena hållet på strandpromenaden nalkades ett till synes förälskat par, åtminstone en man och en kvinna i dryga 30-årsåldern. De hade inga särskilda kännetecken, som det heter på polisspråk, vilket betyder att de var vita människor med europeiskt utseende i alldagliga kläder.

Från andra hållet kom samtidigt två män i baseballkepsar och, såvitt man kunde bedöma, ledigt eleganta mockajackor.

De två paren nådde nästan samtidigt fram till dagisfröknarna på parkbänken, det manliga paret först. En av männen vecklade upp en karta, lutade sig fram mot de två kvinnorna och tycktes säga något, kartan skymde förloppet. Det andra paret, mannen och kvinnan, delade nu på sig, mannen gick fram och satte sig på bänken bredvid dagisfröknarna, kvinnan gick lugnt fram till den lilla gruppen av barn, sade någonting som fick Nathalie att komma fram till henne, kvinnan lutade sig ner och sade någonting på nytt som Nathalie tycktes svara på. Någon form av fysisk kontakt inträffade, det såg ut som om kvinnan försiktigt tog barnet i armen.

I nästa ögonblick lyfte hon upp Nathalie i famnen, de tre männen vid parkbänken och kvinnan som bar Nathalie gick utan någon som helst brådska, till synes småpratande, upp mot en parkeringsplats mellan stranden och gatan där två bilar startade. Nathalie föreföll att ha somnat över axeln på kvinnan som plockat upp henne.

I det ögonblicket hade den utländske turisten, som hette Magruder och var från Dallas, Texas, fattat att något underligt var på gång och riktade kameran först mot de två nu livlösa dagisfröknarna på parkbänken, sedan mot de fyra kidnapparna och barnet som han zoomade in just som de steg in i de två väntande bilarna som nu gav sig av märkligt långsamt. Ingen rivstart, ingen panik. Efter utfarten från parkeringsplatsen körde de åt olika håll.

Magruder spelade upp filmen för sig själv några gånger och ansåg sig därefter rätt säker på att han råkat bli vittne till någon form av kidnappning. Men eftersom han var utlänning kunde han inte gärna, förklarade han efteråt något skamset, börja ringa en polis som han inte ens kunde numret till. Dessutom var han osäker på om han först måste slå landsnumret till Sverige på sin mobiltelefon, eftersom han hade ett amerikanskt abonnemang. I stället gick han fram till de två dagisfröknarna på parkbänken som tycktes sova medan barnen under deras nu obefintliga uppsikt obekymrat ägnade sig åt änderna.

Båda kvinnorna på parkbänken var uppenbart medvetslösa. Han försökte väcka dem genom att slå dem lätt över kinderna, men det fungerade inte. Det fungerade inte heller när han slog dem hårdare och nu blev han dessutom upptäckt av de fem barnen som kom fram till honom och började skrika och protestera.

Han sprang nu upp mot gatan på andra sidan parkeringsplatsen, hittade en affär som sålde flaggor och försökte förmå affärsinnehavaren att ringa efter ambulans och polis eftersom han just bevittnat en kidnappning. Först blev han inte trodd, eller om det var rent språkliga problem. Han var tvungen att spela upp sin film två gånger och peka och förklara för att övertyga.

När polisens sambandscentral fick beskedet hade det gått arton mycket dyrbara minuter. Ärendet uppfattades först som ett överfall på två dagisfröknar som inte tycktes visa några livstecken, varför man prioriterade ambulanserna. Det tog ytterligare tjugo minuter för sambandscentralen att förstå vidden av det som skett, att det rörde sig om ett bortrövat barn och att det inte var vilket barn som helst.

Det blev förstås rikslarm och en väldig aktivitet i hela huvudstadsområdet en halvtimme senare. Men av Nathalie och hennes kidnappare fann man inga meningsfulla spår. Inte heller av bilarna de använt sig av trots att de svenska registreringsskyltarna gick att läsa av på Magruder-filmen.

V

ANNA HOLT ARBETADE i kallt raseri och hade sällan om ens
någonsin känt sig så klar i huvudet. Det förvånade henne mer i för-
bigående, men hon gissade att det hade att göra med den speciella
beslutsamhet som utvecklades hos alla poliser när ett brott riktades
mot någon av de egna, snarare än det där med käbblet.

För det hade inte oväntat utbrutit avsevärt käbbel såfort det stod
klart vad som hade hänt. Säkerhetspolisen menade att det här var
deras utredning, eftersom brottet måste sorteras in under deras sär-
skilda kompetens. Stockholms våldsrotel gjorde samma anspråk,
eftersom brottet inträffat i deras distrikt. Förmodligen hade en hel
del dyrbar energi under framför allt de viktiga första tjugofyra tim-
marna drunknat i revirstriderna. Till slut hade rikspolischefen tving-
ats bryta in som någon sorts rugbydomare och peka med hela han-
den.

Resultatet blev att Rikskriminalen fick utredningsuppdraget, där
skulle allt material samlas. Men såväl våldsroteln i Stockholm som
span som Säkerhetspolisen skulle avsätta alla tillgängliga resurser och
låta allt utredningsmaterial gå vidare till biträdande chefen för Riks-
krim, Anna Holt. Hon hade alltså fått det övergripande ansvaret för
att samordna allt arbete. Alla var förbjudna att undanhålla kunskaper
eller spaningsresultat, en order som till och med gällde Säkerhets-
polisen.

En vecka med femton, sexton timmars arbetsdagar hade resulterat
i en utredning som uppvisade en oklanderlig praktisk ordning, för en
gångs skull. Men resultatet var än så länge nedslående eftersom man

inte hade några avgörande spår efter gärningsmännen trots att de ovanligt nog var filmade.

Nu skulle hon sammanfatta den första veckans utredningsresultat punktvis så att till och med de högsta polischeferna, som aldrig varit poliser, skulle kunna förstå. Och dessutom vissa politiker och andra höjdare i samhället. Det var egentligen en typ av sammanfattning som man gjorde för sig själv då och då, eller inom den arbetsgrupp eller kommission där man jobbade. Med jämna mellanrum gällde det att stanna upp och gå igenom vad man egentligen visste och inte visste.

Det var mer ovanligt att sätta sådana arbetsanteckningar på pränt, men det var vad hon hade beordrats till. Rent tekniskt var uppgiften lätt, känslomässigt var den svår eftersom en kopia skulle gå till Ewa. Resultatet var ju magert.

Hon skrev rapporten som det var tillsagt:

Punkt 1 – Vittnesuppgifter.
Dörrknackning i området hade inte gett mer information än man redan fått genom Magruder-filmen. Förhör med de fem dagiskamraterna som befunnit sig intill Nathalie Tanguy när hon rövades bort var intetsägande i tre fall och direkt förbryllande i två. Två av barnen uppgav nämligen att de inte tyckt att någonting var konstigt eftersom det var Nathalies mamma som kom för att hämta henne. Eftersom påståendet var både subjektivt och objektivt orimligt – kvinnan som lyfte upp och förde bort Nathalie uppvisade inga särskilda likheter med polisöverintendent Ewa Tanguy – hade förhörarna lirkat åtskilligt med barnen för att försöka förstå vari missförståndet bestod. Utan framgång.

Bara en av de två förskollärarna, Catherine Johansson, hade gått att förhöra eftersom hennes kollega Jonna Bordlund fortfarande befann sig i koma på Sabbatsbergs intensivvårdsavdelning.

Catherine Johansson hade bestämt uppgett att de två män som kom fram till henne verkade så hyggliga och trevliga bland annat för att de utan tvekan talade "Queen's English", det vill säga sådan engelska som för det första bara kan talas av en infödd engelsman, alltså inte skotte, irländare eller invandrare, och för det andra bara av överklassen. Då Catherine är brittisk medborgare med internatskolebakgrund, hon hette Dornsey innan hon gifte sig med flygkaptenen Andreas Johansson, är det utredarnas uppfattning att hennes observation måste tas på allvar.

Catherine Johansson hävdar vidare att hon skulle kunna rekonstruera utseendet på åtminstone den landsman som först tilltalade henne, bland annat för att hans utseende på något sätt tycktes stämma med hans språk. Han var rödlätt, kortklippt, fräknig, blåa ögon, lätt utstående öron, enligt schablonen lika engelsk till utseendet som till språket, med andra ord. Polisens tecknare arbetar för närvarande på att få fram en bild.

Vad som plötsligt gjorde Catherine djupt medvetslös har hon inget som helst minne av.

Punkt 2 – Toxikologisk rapport.
Resultatet är än så länge intetsägande. Det förefaller sannolikt att de två förskollärarna utsatts för någon form av angrepp med gift. Ingående undersökningar på Sabbatsberg är än så länge resultatlösa. Inga stickmärken har påträffats hos något av de två överfallsoffren, vilket ändå inte utesluter den angreppsmetoden. En annan möjlighet är gasspray, men den medicinska sakkunskapen har ännu inte nått fram till några resultat.

Punkt 3 – Flyktbilarna.
Gärningsmännen avvek från platsen i en grå Saab 9-3, registreringsnummer XOO 116, 2006 års modell och en mörkblå BMW i 500-serien, registreringsnummer ARB 426, 2005 års modell. Ett intressant förhållande är att nummerskyltarna är äkta i den meningen att såväl Saaben som BMW:n existerar med just dessa registreringsskyltar. Ingen av bilarna hade anmälts stulna. Avsevärt arbete har ändå

visat att båda bilarna befann sig på annan plats vid brottstillfället, Saaben i Umeå och BMW:n i Göteborg. Falskskyltningen var därmed ovanligt avancerad eftersom nummerplåtarna inte skulle ha kunnat avslöjas som falska vid en enkel kontroll. Eftersom inga spaningsresultat föreligger trots avsevärda kontrollåtgärder på vägarna ut från Stockholm efter brottstillfället får man förmoda att gärningsmännen kort efter sin flykt bytte till andra likaledes "äkta" nummerskyltar.

Punkt 4 – Fantombilderna.

Magruder-filmen togs på för långt avstånd i förhållande till kamerans kapacitet för att man skall kunna förstora gärningsmännens ansikten till meningsfulla spaningsinstrument. Den bild som polistecknarna arbetar med tillsammans med den fortfarande medtagna Catherine Johansson har sannolikt ett mycket större värde.

Punkt 5 – Nätspaningen.

Säkerhetspolisen som har särskild kompetens för denna del av spaningsinsatsen meddelar att bortrövandet av Nathalie Tanguy har utlöst en omfattande aktivitet på de sajter man kunde förvänta sig, en sorts gruppering av islamistiska propagandastationer. Bortsett från osmakliga applåder och andra uttryck för triumf eller sympatiyttringar och tal om vad som rätteligen bör drabba nordiska valkyrior, föreligger inget material av spaningstekniskt intresse. Inga meddelanden, inga krav. Ingen organisation har tagit på sig ansvaret för kidnappningen. Det finns alltså ännu inget underlag av det här slaget som stödjer hypotesen att det skulle finnas ett islamistiskt hämndmotiv bakom brottet.

Bara tystnad alltså, tänkte Anna Holt när hon skrivit färdigt. Det är oväntat, det stämmer inte. Pedofila ligor som kidnappar barn är knappast en verklig företeelse och att en sådan liga, om den ens existerade, skulle råka ge sig på Nathalie av alla barn är helt osannolikt.

Så många tillfälligheter drabbar inte ens de mest otursförföljda gärningsmän. De blev filmade och de råkade på en landsmaninna bland dagisfröknarna och redan där hopar sig den statistiska högen av osannolikheter.

Återstår bara att betrakta själva förloppet och gissa motiv. Det var en skickligt utförd operation, det framgår av filmen. Sådant kostar pengar, liksom gärningsmän som kommer resande från utlandet. Då finns bara två tänkbara motiv, men det tänker jag inte spekulera om i min sammanfattning, jag slutar där jag är.

Hon gick igenom sin rapport i två varv för att inte lämna efter sig några stavfel eller andra formella brister, läsarna var inte vanliga snutkolleger den här gången. Så mejlade hon över rapporten till listan på sexton tydligen särskilt betrodda makthavare i landet, inklusive en utrikes- och en justitieminister, printade ut ett ex och stoppade det i ett kuvert. Magruder-filmen fanns på ett flertal cd-skivor och hon tog en sådan ur högen och lade den i samma kuvert. Och nu kom något mycket svårare än att vara kall polis. Hon skulle gå hem till Ewa och Pierre och lämna över materialet, dessutom stanna hos Ewa några timmar vilket bortsett från allt annat också det var en beordrad arbetsuppgift.

På väg längs Hantverkargatan tänkte hon förtvivlat på vad hon skulle försöka säga som tröst när ingen tröst fanns. Ewa hade drabbats av något av det absolut värsta en kvinna kan råka ut för och vad säger man då?

Om hon åtminstone haft något hoppingivande spaningsuppslag med sig. Ewa var ju lika mycket polis som hon själv och skulle omedelbart genomskåda allt rundsnack om att vi jobbar på, såna här åker alltid fast, den som ger sig på en snut kommer aldrig undan och allt det andra. Någon hade verkligen gett sig på en snut och som det såg ut nu kommit undan utan att ens lämna några vettiga spår efter sig utom fotavtryck som matchade sportskor i en av de vanligaste priskategorierna, Nike storlek 9 ½ och 10, jäklar det hade hon glömt att ta med i sin sammanfattning. Spelade ändå ingen roll.

Det var Pierre som öppnade dörren och han såg inte ut som hon hade väntat sig. När han kramade om henne kände hon på doften att han var nyrakad och han var klädd i skjorta och slips som om han skulle gå på en bättre middag.

"Ewa ligger i sovrummet, jag är tillbaks om några timmar", viskade han i hennes öra medan han fortfarande höll fast henne.

"Hur mår hon?"

"Inte så bra, det gör ingen av oss. Kan jag få materialet nu genast?" Han höll uppfordrande fram handen, nästan som om han gav henne en order.

"Vad ska du göra med det?"

"Jag ska studera det ruta för ruta med några vänner som jag har stort förtroende för. Var inte formell nu, Ewa har ingen glädje av filmen om jag ska uttrycka saken brutalt och det andra kan du berätta för henne."

Han höll fortfarande fram handen, verkade vara under fullkomlig kontroll. Men hans ögon var alldeles svarta.

* * *

Till och med på rysk teve hade kidnappningen av dottern till en svensk säkerhetspolis varit en om inte stor, så åtminstone medelstor nyhet. Carls första instinkt hade gett honom en impuls att omedelbart kasta sig på ett plan till Stockholm. När han hunnit tänka efter reste han i stället till Moskva för att diskutera saken med razvedkan. Det hade inte gett minsta resultat, även om kollegerna där var överens om hypotesen att det måste röra sig om ett islamistiskt angrepp. Deras försäkringar om att vidarebefordra minsta uppslag eller spår var säkert helt uppriktiga, men det var knappast troligt att kidnapparna hörde hemma i någon organisation som ingick i Rysslands sfär av inflytande eller underrättelseförbindelser. Allt detta borde han ha kunnat räkna ut på förhand, tänkte han på planet till Stockholm. Men det goda med Moskvaresan var ändå känslan av att razvedkan verkligen skulle hjälpa till om det dök upp någon sådan möjlighet. Det var om inte annat en liten tröst.

Han hade förstås hoppats ha något betydligt mer positivt besked med sig från Ryssland när han träffade Pierre och Ewa. Det blev ett mycket dämpat möte, Ewa var alldeles grå i ansiktet, något ovårdad och halvt frånvarande, Pierre var korthuggen och tilltalade honom ungefär som man tilltalar en man som är viceamiral om man själv är överste. Carl lämnade dem uppgiven och ganska fort eftersom det inte var någonting han kunde göra.

I stället ringde han upp Erik Ponti och de tillbringade en dag och en natt tillsammans då de mest famlade efter teorier. Men så länge kidnapparna inte hörde av sig tjänade gissningarna ingenting till, utan tycktes bara förstärka deras känsla av maktlöshet.

Antingen gällde det pengar, det vore det bästa alternativet. Dessvärre det minst troliga. Särskilt när det gått dag efter dag utan minsta tecken eller krav.

Det andra alternativet var det mest troliga och det mest skräckinjagande. Islamistiska terrorister som hämnades på den bild av Ewa som funnits i Kvällspressen var inte intresserade av pengar. Men vad var det då? De hade ju inte dödat Nathalie utan gjort sig stort besvär med att ta henne med sig levande.

Alla försök att fantisera om hur galna kidnappare hämnades på ett femårigt barn blev så vedervärdiga redan vid första försöket att de måste sluta genast.

Det var bara att vänta. Ett enda litet meddelande från kidnapparna, så att de lämnade spår efter sig, innebar att man kunde börja agera, men mot tystnaden fanns ingenting att göra.

Något arbete kunde Erik inte ägna sig åt när allt var väntan. Carl bodde hos honom några dagar medan de gick långa promenader, tillverkade terapeutiskt invecklade måltider och drack vin.

Carl hade en otäckt konkret förklaring till varför han var så personligt engagerad i Pierres dotter, Pierre var ju trots allt en ganska ny vän. Men nu hade han tvingats tillbaks till det som han ägnat mer än ett årtionde för att tränga bort ur minnet. Först hans första fru Eva-Britt, sedan hans andra fru och hans livs kärlek Tessie, och de två barnen, hade mördats av den sicilianska maffian. Mördarna hade naturligtvis i första hand varit ute efter honom själv, men det hade inte gått så bra eftersom han till skillnad från kvinnor och barn kunde försvara sig.

När de skulle döda hans mor under en middag på ett slott i Skåne hade de först, med den överlevande gangsterns ordval, skjutit fel kärring. Men ändå haft sinnesnärvaro nog att ta upp ett klipp från en skvallertidning och inse sitt misstag och därefter prompt skjuta rätt kärring.

När hela hans familj ett par år senare var utplånad hade regeringen haft det goda omdömet att göra honom till chef för Säkerhetspolisen. Om någonting gjort honom galen i såväl lagens som hjärnskrynklarnas mening så var det nog inte så mycket ett eller annat uppdrag i uniform, vilket man av taktiska skäl betonat i rättegången nyligen, utan mer det där personliga. Och när lilla Nathalie rövades bort så var det som om alla de läkta såren revs upp på nytt. Om sådana sår över huvud taget kan läkas.

Det var sent på natten när han nådde den slutsatsen. Erik hade med sina frågor drivit berättelsen längre och längre men nu satt de till slut tysta.

Även om Erik anade att det var fel samtalsämne och fel läge kunde han inte låta bli några funderingar om vilken unik berättelse Carls yrkesliv var, där fanns mycket att säga världen. De skulle kunna göra boken tillsammans såfort jobbet med Pierres bok var färdigt.

Carl reagerade först aggressivt negativt, mest för att han tyckte det var cyniskt, som han sade, att tala om någon som helst framtid just nu när man inte ens visste om Nathalie var död eller levande. Och näst mest, urskuldade han sig, för att han helt enkelt var för berusad. Av historiska skäl hade han obegränsad tillgång till Erik Pontis vinkällare. Den hade en gång varit hans egen, men han donerade den till Erik när han själv måste lämna landet, som han då trodde för alltid.

När han började tala om vinet kunde ingen av dem trots allt dystert allvar hålla tillbaks ett leende eftersom de tänkt samma tanke. Om Eriks journalistkolleger varit till den grad upprörda över att Carl försökt betala tjugofyra centiliter vodka på Hotell Europa, vad hade då hänt om de fått nys om vinkällaren?

Det tog ännu ett onödigt sista glas vin och gick sedan och lade sig och nästa dag var den olidliga väntan över eftersom de skulle få se en film som ännu inte läckt ut till medierna men som Pierre skulle komma över med på eftermiddagen.

Innan Pierre kom höll Carl på att koppla datorn till Eriks stora väggskärm. Medan han mixtrade med sladdar och kopplingar berättade han att det var så det började för hans del, han utbildades i datateknik vid University of California, San Diego. Det hade varit spionens första skola, ganska bra tänkt av hans dåvarande chefer med tanke på att det här var redan på 80-talet. Sedan dess hade förstås teknikutvecklingen rusat iväg och utan de där första grunderna under några år i San Diego hade han aldrig kunnat hänga med.

De väntade ändå med filmen när Pierre kom och började med att läsa Anna Holts sammanfattning. En enda sak fanns att resonera om på förhand, enades de om. Hur kunde två av de andra barnen känna sig så säkra på att det var Nathalies mamma som kom för att hämta henne? Barn var väl vana vid att det då och då kom en förälder för att hämta hem någon av dem tidigare än vanligt, det hände säkert mer eller mindre dagligen. Men om det var fel mamma? Och den falska mammans medbrottslingar talade bevisligen engelska. Hade de hyrt in en skådespelare?

"Nej", sa Pierre. "Terroristen talade franska. Dom andra barnen förstod inte, men dom hade säkert hört Nathalie säga något då och då på franska, för det var nästan alltid jag som hämtade henne och vi talade alltid franska när vi var ensamma."

Slutsatsen verkade fullt logisk, tänkte Erik. En tant kommer fram och talar franska, Nathalie lystrar vänligt, säger något till svar. Terroristen får för säkerhets skull en bekräftelse på att hon är rätt barn. De andra barnen uppfattar det främmande språket som en sorts mamma- eller pappasignal. Pierre har rätt, så gick det till.

"Vi har ändå ett litet problem med den analysen", sade Carl. "Det där med franskan var ett bra trick om det var uttänkt i förväg, vilket det i så fall måste ha varit. Men hur visste terroristerna att Nathalie talar franska?"

"Det är inte svårt att gissa på hennes namn", sade Pierre.

"Dom behövde inte gissa, det stod faktiskt i Kvällspressen", påpekade Erik. "I en av bildtexterna där Ewa och Nathalie sitter vid matbordet sägs att hemma i familjen talar man alltid franska vid middagen."

"Så då har terroristerna i alla fall haft vissa möjligheter att göra research på svenska", konstaterade Carl. "Dom har haft medhjälpare här som kan läsa svenska och antagligen beställa nya nummerplåtar från bilregistret eller hur nu det går till. Vi borde lämna den upplysningen vidare till Anna."

Mer verkade inte finnas att fundera över innan de såg filmen. De körde den två gånger utan kommentarer. Sedan en gång ruta för ruta. Så gjorde de en paus och Erik gick ut i köket och ordnade lite espressokaffe åt dem.

"Okej, jag tror jag vet vad det är vi ser. Men vad tror ni?" inledde Carl som på något självklart sätt hade blivit chef över diskussionen.

"Dom är inte araber, dom är inga smågangstrar, dom gör allting rätt och dom drabbas inte av panik", konstaterade Pierre sammanbitet.

"Dom är militärer?" prövade Erik.

De andra två nickade tyst instämmande.

"Ja, dom är kolleger till Pierre och mej", bekräftade Carl. "Låt oss pröva några förstoringar så ska vi se."

Han klattrade snabbt fram delförstoringar på tangentbordet, en efter en. Men det han vann i förstoring förlorades i skärpa, den amerikanske turisten hade haft en alldeles för billig videokamera. Han försökte på nytt, tycktes söka den idealiska kompromissen och pekade då och då menande ut en detalj för Pierre som nickade instämmande som om de var överens.

"Det där", förklarade Carl för Erik, "du ser det där lilla suddiga svarta strecket som går ner från kinden här, och här! Och här igen! Det är mikrofoner, dom har radiokontakt med varandra och med andra operatörer som finns i närheten eller om nödvändigt på andra sidan jorden. Men helt säkert med varandra."

"Exempelvis dom som sitter i bilarna och väntar", föreslog Erik och kände sig plötsligt något överflödig.

Tanken hade varit att han som journalist med vana att tolka bilder skulle haft något att bidra med. Det var det nog dags att glömma. De andra två smålog bara och nickade åt hans enkla slutsats.

"Men kidnapparna är européer", fortsatte Erik som för att åtminstone ha något att komma med. "Dagisfröken Catherine kan inte gärna ha tagit fel, om man är engelsk med betoning på engelsk och inte något annat brittiskt, som hon själv påpekade, så behövs inte många sekunder för att identifiera nyanserna i ens eget språk."

"Mitt språköra är förstört, jag har mest hört dålig franska i större delen av mitt liv", suckade Pierre. "Men låt oss säga att det är du som sitter där på parkbänken och terroristen talar svenska. Du har två till sju, åtta sekunder på dej. Hör du verkligen att det är den eller den sortens svenska? Det tvivlar jag på."

"Inte jag", sa Carl. "Det är något annat med engelsk engelska, dom har till skillnad från oss kvar ett distinkt klassmärke i språket. Jag har haft en del att göra med britter så jag håller med vårt vittne Catherine. Hon hörde rätt. Det hon hörde var verkligen drottningens engelska. Och vad drar vi för slutsatser av det?"

"Att terroristerna var välartade engelsmän", föreslog Pierre. "Dessutom välartade militärer, officerare alltså, vilket förstås är paradoxalt eftersom dom är förbrytare som överfaller barn och dagisfröknar."

"Jo, men tänk på vad du har sett", sade Carl. "Om du och jag skulle ha organiserat en sån här operation så skulle den ha sett ut ungefär så här. Veckor av förberedelser, spaning mot ett objekt som är strikt övervakat av den inhemska säkerhetstjänsten, det kräver viss organisation för att inte åka fast. Men det hade vi fixat. Ovanpå det kommer hela logistiken. Det där med nummerskyltarna är inte precis snutet ur näsan, det behövs en organisation med operativ erfarenhet."

"Hur kunde dom fixa dom perfekta falska nummerskyltarna?" avbröt Erik.

"Ge mej ett par minuter", sade Carl och vände sig mot tangentbordet.

Mindre än två minuter senare hade han fått upp oändliga löpande rader av bilnummer på skärmen.

"Du ser", sade han. "Sverige är unikt för sin offentlighetsprincip. Välj en Saab, helst långt borta från Stockholm, som stämmer med din egen bil. Här någonstans har dom lämnat spår efter sig men det är väl en sak för Anna och hennes poliser att arbeta med. Dom måste ju ha beställt skyltarna på något lagligt sätt."

"Giftet?" frågade Pierre. "Det måste väl ändå ha varit gift i attacken? Sånt använder väl inte al-Qaida?"

"Nej", instämde Carl. "Sånt använder bara en stat. Ryssarna har en hel cocktailbar med sammansatta preparat som är närmast hopplösa att analysera eller spåra på vanliga sjukhus. Men dom kan vi bortse från. Britter, amerikaner och fransmän har också såna resurser."

"Förlåt en amatör men vad är såna 'resurser' till för i ett militärt sammanhang?" invände Erik för första gången något skeptisk.

Det blev en lång sidodiskussion. Carl gick genast med på att förmågan att immobilisera motståndaren snarare var en polisiär än en militär teknik. Polisen runt om i världen använde vanligtvis instrument som levererade kraftiga elchocker. Ur polisiär synvinkel spelade det ju inte så stor roll om objektet kastades till marken med spastiska konvulsioner och betedde sig konstigt. Men vissa militära förband, särskilt de som skulle arbeta i gisslansituationer, hade behov av en teknik som blixtsnabbt immobiliserade objektet så att omgivningen inte hann reagera.

Så långt in i resonemanget gick det upp en talgdank för Pierre. En gång, berättade han, hade han fört befäl över en styrka från 2e REP som skulle befria gisslan från en skolbuss i Djibouti. Bussen stod ute på flat mark, terroristerna hotade att skjuta skolbarnen inne i bussen om polis eller militär kom närmare än 200 meter. Det fanns två vägar att gå. Den ena var förstås att slå ut terroristerna med en samtidig prickskytteinsats, det var också den metod man till slut valde. Och för övrigt lyckades med.

Men någon hemlighetsfull typ från den militära underrättelsetjänsten hade dykt upp på andra dygnet när man fortfarande låtsasförhandlade i väntan på att trötta ut terroristerna. Killen hade haft med sig en mystisk medicinväska och sagt att han hade preparat som, just det, blixtsnabbt kunde immobilisera kaparna. Problemet var förstås att man måste komma in på nära håll. Därför hade man valt att skjuta dem i huvudet med en samtidig manöver. Så visst, också Frankrike tycktes ha sådana resurser.

"Men inte islamistiska terrorister, väl?" invände Erik som börjat tröttna på sidospåret.

"Nej, knappast", instämde Carl. "Den här typen av preparat är alldeles för besvärliga att hantera, minsta feldosering så dör objektet, en av dagisfröknarna ligger ju fortfarande i koma, förmodligen väger hon under genomsnittet, är anorektiker eller något sånt. Våra engelska gentlemen gjorde sig i alla fall besvär att inte döda henne."

"Du menar att vi *vet* att terroristerna är engelska soldater?" frågade Pierre.

"Ja, det vet vi nog. Till och med engelska elitsoldater", sade Carl.

"*Hur* vet du det?" frågade Pierre.

"Därför att jag har jobbat med såna. Jag minns särskilt en sagolik löjtnant Sykes-Johnson, han stampade hela tiden, gjorde honnör och skrek YES SIR! och höll på så mycket med det där att det nästan kunde ha äventyrat vårt sista tillslag. Men det är ingen tvekan om att han talade drottningens engelska, det är en grej för såna killar."

"Och vilka är såna killar?" frågade Erik.

"Inte många att välja mellan. SAS, Special Air Service, SBS, Special Boat Service, Royal Marines och ett eller annat fallskärmsjägarregemente. Ledsen att konstatera det Pierre, men det var våra kolleger som gav sig på Nathalie."

"Men det är ju orimligt", invände Erik. "Det kan inte gärna ha varit Hennes Majestäts regering som kidnappade Nathalie?"

"Of course not, old sport", sade Carl med ett försök att låta engelsk. "Men av tänkbara alternativ håller jag en slant på att dom kolleger vi ser på bilderna är från SAS, som den oförglömlige Sykes-Johnson. Till skillnad från båtkillarna och fallskärmsjägarna har dom nämligen en och annan kvinna med språkkunskaper i styrkan, eftersom det är SAS mer än andra som förväntas sköta förhandlingar i gisslansituationer i när och fjärran. Och därför har dom också ett antal metoder att immobilisera den dom förhandlar med. Kollegerna vi såg ta Nathalie var från SAS. Men inte ute på Hennes Majestäts uppdrag."

Pierre och Erik utbytte ett kort ögonkast, de var övertygade både av logiken i resonemanget och av att Carl stödde sig på en högst speciell sakkunskap.

Ändå fanns det något svårsmält i tankegången. SAS, Storbritanniens absolut mest hjälteförklarade och dyrkade elitförband ger sig på ett litet barn och kidnappar henne, blir terrorister i stället för terroristbekämpare?

Men bilderna var omöjliga att bortse från, särskilt för Pierre och särskilt sedan Carl trollat fram de suddiga delförstoringar som övertygat honom om att gärningsmännen hade radiokommunikation av militär typ. Det var ändå lika svårt att acceptera som att man skulle kunna hyra in bankrånare eller kidnappare från den svenska hemliga elitstyrkan SSG.

"Det går bevisligen", sade Carl när de vridit och vänt en stund på den till synes omöjliga frågan. "1982 utfördes ett i och för sig misslyckat mordförsök på ledaren för Hizbollah i Beirut, en attack med bilbomber. Mer än hundra människor dog, men inte den av USA åtrådde shejken. I efterhand vet vi att det var två killar från SAS som gjorde det och att det var den saudiarabiska underrättelsetjänsten som hyrt dem."

"Jag minns det där, jag var utrikesreporter då, hämnden för attacken på de amerikanska marinsoldaterna, 280 döda eller något sånt", sade Erik. "Men alla tog för givet att det var israelerna, vad hade Saudiarabien med saken att göra?"

"Tja, dom ville bara göra sina amerikanska allierade en liten tjänst", sade Carl med en axelryckning. "Men strunt i den historien nu."

"Inte alls!" sade Erik. "För här finns faktiskt en bra fråga: Varför ställde SAS-killarna upp på ett jobb för Saudiarabien?"

"Instämmer", sade Pierre. "Det finns ett stort varför som jag inte kommer förbi, du och jag och våra kolleger åker inte runt i världen och kidnappar barn, det är omöjligt!"

"Tyvärr inte", sade Carl. "Två man från SAS dödade ett hundratal civila mitt inne i södra Beirut, det är ett faktum. Det är också ett faktum att SAS är ett av världens mest kända elitförband, alla är välbetalda och extremt säkerhetskollade, månadslönen är 4 000 euro, vilket andra soldater bara kan drömma om. Men pensionsåldern är låg, om man inte avancerat upp till officersgrad före trettiofem så åker man ut, med god pension."

"Och har ett plötsligt behov av att bli legosoldat, det tror jag inte, det stämmer inte", protesterade Erik.

"Nej, en legosoldat tjänar inte så mycket och branschen är dessutom tynande utom i Irak. Men om vi säger så här. Du deltar i den här operationen om du får fem miljoner i förskott och fem miljoner i efterskott. Tio miljoner. Dollar."

Pierre och Erik stirrade tvivlande på Carl som om han skämtat i ett läge där man nog inte borde skämta.

"Man kan alltså köpa SAS-pensionärer för tio miljoner dollar styck", sammanfattade Carl. "Och det finns bara en köpare såvitt jag förstår. Saudiarabien. Jag höftade nämligen inte bara till med en summa, jag nämnde exakt den betalning som de två massmördarna i Beirut fick, från Saudiarabien. Sen kommer vi till frågan om varför någon i Saudiarabien tyckt att det här var väl använda pengar. Men om jag gissat rätt så får vi snart veta svaret."

* * *

Gripandet av den amerikanske medborgaren Charles Hamlon, alias Carl Gustaf Gilbert Hamilton, var enligt ett pressmeddelande från åklagarmyndighetens särskilda avdelning, helt odramatiskt. Herr Hamlon/Hamilton hade hämtats upp av civilklädda poliser utanför en känd journalists bostad i Stockholm.

Åtgärden föranleddes av en europeisk arresteringsorder utfärdad på amerikansk begäran. Den amerikanska riksåklagarmyndigheten krävde att mr Hamlon skulle utlämnas till USA på grund av en anklagelseakt som omfattade brotten landsförräderi och mord på sjömän och officerare i den amerikanska flottan. I avvaktan på att en svensk domstol tog ställning till frågan om utlämning skulle herr Hamlon/Hamilton begäras häktad. Förhandling i häktningsfrågan skulle skyndsamt tas upp i Stockholms tingsrätt.

Under de första timmarna i häktescellen var Carl övertygad om att han verkligen skulle bli utlämnad till USA. Det var svårt att föreställa sig att åklagarmyndigheten skulle ha slagit till med både gripande och häktningsförhandling utan att ha en god prognos. För det var å andra sidan lätt att föreställa sig hur publiciteten såg ut utanför murarna.

Blev han utlämnad till USA anklagad för landsförräderi och mord kunde det bara betyda dödsstraff. Med giftspruta, han förutsatte att det federala dödsstraffet i USA utfördes med den modernaste metoden.

Situationen var på sätt och vis skrattretande med tanke på allt besvär han gjort sig för att bli av med den svenska fängelsedomen som nu snarare framstod som en förlorad räddning. Valet mellan en amerikansk giftspruta och ett tiotal fängelseår, eller hur många år skötsamma svenska livstidsfångar avtjänade, hade varit enkelt.

Liksom det hade varit ett enkelt val mellan Vladimir Putins silkeslena utpressningsförslag att antingen sätta upp en rysk banditstyrka i Centralasien utformad efter amerikansk Contras-modell – eller bli utlämnad till den hämndlystna Bushregimen. Det fanns en ofrånkomlig svart komik i hela situationen.

Döden hade han då och då funderat över i sitt tidigare liv, det var rätt naturligt med tanke på arbetsuppgifterna. Men han hade alltid föreställt sig döden som en kula från pistol eller automatkarbin som snabbt och smärtfritt släckte ljuset. De gånger han blivit skjuten hade han aldrig upplevt någon smärta.

Det vore ett bra sätt att dö, om man nu fick välja. Men fastspänd i en säng inför en förväntansfull publik bakom glasrutan några meter bort, med procedurer och ordergivning och i värsta fall den amerikanska flottans själasörjare – inte så kul, dessutom förnedrande. En exekutionspluton hade definitivt varit att föredra. Med lite tur kanske det ändå blev så eftersom han antagligen skulle ställas inför en militärdomstol och den amerikanska krigsmakten möjligen behållit sina gamla traditioner när det gällde att avrätta förrädare.

Inför en exekutionspluton kunde man åtminstone dö med viss värdighet. Det var omöjligt om man låg nedbäddad och fastspänd i en vit säng och dog långsamt inför nöjda politiker.

Advokaten Leif Alphin ursäktade sig för att han kom lite sent, han hade haft en förhandling i hovrätten i Malmö under dagen. Men han hade ändå inte behövt mer än någon timme för att sätta sig in i saken och försäkrade att det aldrig skulle kunna bli tal om någon utlämning till USA. Att Carl över huvud taget fick sitta inlåst några dagar hade politiska och inte rättsliga förklaringar.

Att Alphin kunde vara så tvärsäker berodde mest på ett telefonsamtal han haft under eftermiddagen med rättschefen på Utrikesdepartementet, de var gamla studiekamrater från Lund.

Formellt var det ju USA:s regering, alltså State Department, som kommit till svenska Utrikesdepartementet med begäran om utlämning. Därmed var ärendet politiskt. Om Utrikesdepartementet utan vidare hade avslagit den amerikanska begäran hade det varit ett fientligt politiskt beslut. Alltså bollade de bara över ärendet till den stackars åklagarmyndigheten i Stockholm som nu skulle förlora saken i Stockholms tingsrätt. Men då var det det svenska domstolsväsendet som stod för det negativa beskedet till USA, inte den svenska regeringen. Utrikesministern slapp på så vis ur knipan och kunde lätt två sina händer med en enkel hänvisning till demokratiska staters oberoende rättsväsen. Och till denna diplomatiskt finurliga manöver fick Carl bidra med ett par dagar i cell. Häktningsförhandlingen nästa dag var bara en formalitet och skulle sluta i antiklimax.

Så blev det.

Överåklagare von Schüffel förbannade sin otur. Han hade verkligen inte gjort sig förtjänt av att bli sittande med den här babyn i famnen. När Utrikesdepartementet skickade över ärendet till honom kunde han inte gärna lägga ner det. Å andra sidan verkade det hopplöst att vinna. Försvarets första invändning var självklar, inget medlemsland i EU fick utlämna misstänkta eller ens förrymda och dömda förbrytare till något land där de riskerade dödsstraff. But the show must go on. Det fanns ingen anledning att kompromissa på den punkten så häktningsförhandlingen måste givetvis genomföras i den stora terroristsalen med hänvisning till de säkerhetsåtgärder som var obligatoriska i de fall de misstänkta eller åtalade var särskilt farliga. Hamiltons farlighet var oomstridd.

Därmed utlöstes en hel kedja av säkerhetsåtgärder. Domstolslokalerna måste bevakas av tungt beväpnade specialpoliser från den Nationella Insatsstyrkan och Hamilton själv måste förses med både fot- och handfängsel. Det skulle åtminstone bli en bildmässigt lyckad start på förhandlingen.

Carl leddes in mellan två män i solglasögon och spräckliga kamouflageuniformer och han tvingades gå framåtlutad med små tomtesteg eftersom fotbojorna var sammanlänkade med handfängslen. Så långt gick showen von Schüffels väg inför den stora sorlande och förväntansfulla journalistpubliken.

Därefter hopade sig motgångarna för von Schüffel. En invändning som han inte hade väntat sig, men som i sak var förödande, kom omedelbart från advokaten Alphin.

Carl Hamilton var icke amerikansk medborgare. Hans amerikanska pass i namnet Hamlon var självklart en utmärkt förfalskning, eftersom det tillverkats av den amerikanska underrättelseorganisationen CIA. Men det var, liksom de amerikanska säkerhets- och underrättelseorganisationernas beredvillighet att under många år skydda Carl Hamilton med en falsk identitet och hemlig vistelseort i Kalifornien, bara att se som gentjänster för tidigare samarbete. Carl hade emellertid aldrig ansökt om amerikanskt medborgarskap utan helt enkelt nöjt sig med sitt falska pass.

Tingsrätten godtog tills vidare dessa invändningar. Därmed föll hela frågan om häktning och utlämning. En svensk medborgare kunde givetvis inte anklagas för landsförräderi i USA. Påståendet om massmord på amerikanska sjömän hade dessutom prövats i FN, som slagit fast att de förluster i materiel och människoliv som den palestinska ubåten U-1 Jerusalem tillfogat den amerikanska flottan var att se som legitima krigshandlingar.

Tjugo minuter senare stod Carl som en fri man på rådhustrappan i en kanonad av kcamerablixtar bredvid sin mycket nöjde advokat. Reportrarna ropade frågor åt honom och han bemödade sig att svara återhållsamt utan att blanda in politik eller försöka skämta bort saken. En del skratt blev det ändå efter hans torrhumoristiska påpekande att han utrustats med hand- och fotfängsel utanför dörren till domstolslokalen, enbart för att förhöja effekten av hans entré. Det var alltså bara inne i domstolslokalen han skulle ha varit farlig och flyktbenägen, inte under hela transporten från häktet, då han förstås hade kunnat lämna sällskapet om han haft sådana avsikter.

* * *

Den morgonen var den jävligaste i Anna Holts långa polisliv. Ingenting hade varit värre och hon mådde fysiskt illa för första gången i jobbet sedan hon som ung poliselev för nästan tjugofem år sen hade bevittnat sin första obduktion. Det här var mycket värre.

Säkerhetspolisen, som hittills skött samarbetet med Rikskrim utan minsta gnissel, hade skickat ner två killar för en skyndsam föredragning om vad dataenheten fiskat upp på nätet under natten. De hade formaterat om resultatet till cd med inflikade kommentarer och översättningar, rent tekniskt ett mycket proffsigt jobb. Den nya sajt man hade funnit kallades *al-Qaida-Jibril* och innehöll något som närmast såg ut som ett reportage om hur man med Guds den Nåderikes hjälp hade lyckats genomföra en underbar hämnd mot den nordiska häxan som plågat de troende med sexuell tortyr och fått oskyldiga troende dömda som terrorister till livstids fängelse. Men nu hade man häxans lilla oskyldiga dotter i tryggt förvar.

Det var sant. Det fanns rörliga bilder med ljud på Nathalie där hon satt på en stor orientalisk matta i ett dunkelt rum med en slöja på huvudet och med ett svagt lite blygt leende sade *Allahu akbar,* Gud är stor, rakt in i kameran.

Det var ingen tvekan om att det var Nathalie.

Efter några koranrecitationer återupptogs speakertexten och berättade att detta lilla barn hade räddats undan en ond mor och skulle nu få en god troendes uppfostran så att hon om kanske nio, tio år när hon hade den rätta åldern inne, kunde bli bortgift och leva tryggt och rent, fjärran från den ogudaktiga ondska hon vuxit upp i.

Därefter följde ett kollage med manipulerade bilder där Ewa framställdes i ömsom karikatyrer, ömsom fotografier som placerade henne bland nakna fångar omgiven av hundar och med piska i handen, originalbilderna måste ha kommit från det irakiska fängelset Abu Ghraib.

Texten fortsatte triumfatoriskt med att håna denna kvinna som i sitt högmod kallat sig "muslimernas skräck" men ändå inte kunnat skydda sitt eget barn från de troendes rättvisa bestraffning och hämnd. Slutligen utlovades en kontinuerlig berättelse om det lilla oskyldiga barnets väg från ormens barm till den underbara förvandling som Gud nu skulle skänka henne.

På Säkerhetspolisen hade man ännu inte hunnit sammanställa en skriftlig analys av materialet och Anna fick därför nöja sig med en preliminär muntlig rapport.

För det första var presentationen ytterst välgjord. Den arabiska texten var kalligraferad med mästarhand, speakertexten talade klassisk ren arabiska utan minsta dialekt eller språkfel. Redigeringen höll en hög professionell standard, som om den hade gjorts på en stor tevestation snarare än i en liten källare någonstans där det mesta av den islamistiska propagandan tycktes komma till. Den som tillverkat materialet måste ha lagt ner stora resurser.

Självklart hade man spårat den plats, eller de två platser rättare sagt, varifrån materialet hade skickats ut på nätet. Den ena servern fanns i Lexington, Kentucky, den andra i Dakar. Lokalen i Lexington hade redan börjat undersökas av FBI, med polismyndigheten i Dakar hade man ännu inte fått någon vettig kontakt. Självklart ägnade dataenheten från och med i natt alla tillgängliga resurser åt att följa den här sajten, analysera den ytterligare och försöka spåra källan rent geografiskt. Med det beskedet drog sig de två unga säkerhetspoliserna tillbaks.

Anna satt som förlamad vid sitt skrivbord. Hon borde antagligen fatta ett antal beslut och sätta folk i arbete men det stod still i huvudet på henne, där fanns bara bilden på Nathalie i slöja när hon försäkrade att Gud är stor. Hur skulle hon kunna berätta det här för Ewa?

Ändå var det just det hon måste göra, dessutom fortare än kvickt. Nästa dag skulle bilden på Nathalie hänga på Kvällspressens löpsedel, kanske alla andra löpsedlar också för den delen, och i värsta fall skulle redan kvällens nyhetsprogram i teve ha glädjen att presentera detta scoop. Journalistjävlar!

Bara en sak var klar. Ewa var just nu viktigare än allt annat, hon måste gå hem till Ewa omedelbart. Nej, hon måste först förklara det hela för sin chef, sen ila till Ewa. Anna tog en av cd-skivorna och gick resolut in till chefen ett tiotal meter längre bort i korridoren, visade upp materialet, redogjorde kort för Säpokillarnas analys och sade att hon praktiskt taget redan var på väg till Ewa med den andra cd:n. För hur obeskrivligt vidrigt det än var att komma med den här nyheten så var det bättre för Ewa att få den från en vän och kollega än från medierna.

Hennes chef Lise, som reagerat på ungefär samma sätt som hon själv på materialet nickade stumt att det var okej, gå bara.

Första biten nedför Hantverkargatan var det som om polisen inom Anna ändå kvicknade till något så att hon kunde börja tänka klart. Det största jobbet man nu höll på med var att försöka spåra de två bilar som kidnapparna använt, vilket förmodligen var hopplöst och under alla förhållanden oändligt tidskrävande och personalkrävande.

Hade nätsajten al-Qaida-Jibril ändrat på förutsättningarna? Ja, nu var första prioriteringen att hitta den plats där Nathalie befann sig rent fysiskt. De sannolikt brittiska gärningsmännen var redan ute ur leken och satt väl och räknade sina pengar någonstans. Det var definitivt fel att lägga allt krut på att hitta dem före Nathalie. För även om man mot förmodan gjorde det, så skulle de inte ange sin uppdragsgivare ens om de verkligen visste vem det var. Vilket inte heller verkade sannolikt. Den som kunde lägga upp miljoner och åter miljoner på en terroristoperation hade förstås en legion av mellanhänder som kunde förmedla såväl uppdraget som pengarna.

Pierre sade sig vara rätt säker på att gärningsmännen var före detta elitsoldater i SAS. De hade redan förmedlat den hypotesen och Magruder-filmen till brittisk polis, som i sin tur överfört ärendet till MI 5. Det var bättre att britterna skötte jakten på själva gärningsmännen. En hel del personal som jobbade med det hopplösa bilspåret kunde man från och med nu sätta på andra arbetsuppgifter utan minsta dåligt samvete.

Dessutom var det förmodligen brittiska och inte svenska bilar kidnapparna hade använt sig av. Eller?

Hon prövade snabbt hypotesen. Varken BMW eller Saab är ovanliga eller iögonfallande bilar i England, Storbritannien rättade hon sig.

Om kidnapparligan bestod av britter och de kom till Sverige i början av turistsäsongen i vanliga europeiska bilar med äkta brittiska nummerskyltar? Och så skaffade de fram svenska nummerskyltar som passade till respektive bilmärke. Och när själva kidnappningen var genomförd så plockade de bara av de svenska nummerskyltarna och passerade alla poliskontroller som icke misstänkta britter. Ungefär så?

I så fall fanns det en bättre arbetsuppgift för alla de kolleger som satt och kollade alibin för landets bestånd av Saabar och BMW:ar av vissa årsmodeller och färger. Hur tillverkas svenska nummerskyltar, hur beställer man dem och var? Och hur blev det i så fall med det lilla skattemärket? Om gärningsmännen gjort sig besvär att skaffa fram äkta svenska nummerskyltar så måste det finnas byråkratiska spår efter den operationen och sånt borde inte vara alltför svårt att hitta.

Den lilla våg av uppmuntran hon fått av idén om nummerskyltar sjönk ihop ju närmare Ewas port hon kom. Vadihelvete skulle hon säga? Rättare sagt, hur skulle hon säga det? Det finns en god nyhet, Nathalie lever, mår efter omständigheterna väl och kidnapparna har inte för avsikt att döda henne. Det finns en dålig nyhet, hon är fånge hos muslimska galningar som tänker behålla henne för alltid.

Sakligt sett var det här de enda besked hon kunde komma med och hon skulle göra det bättre än medierna. Men hur säger man sånt till en mamma?

Hon rättade sig genast. Det var inte det som var frågan. På den tiden hon satt i radiobil och var polisinspektör hade hon bland annat tvingats framföra dödsbud till anhöriga till mordoffer och förolyckade. Hon hade rutin. Det första är att man inte säger det i dörren, man måste få komma in. Sen skall de anhöriga sitta ner, då sätter man sig själv och så säger man det utan omsvep. En kvart senare när stödpersonerna anlänt till de gråtande och chockade sitter man själv i bilen igen och andas ut med en påse från McDonald's i knät.

Men nu gällde det hennes bästa vän och dessutom en kollega. Det var liksom inte läge att be Ewa sätta sig ner först, eftersom hon också kunde rutinerna.

Hela det tankemaskineri som arbetat så kallt och smart när hon gick första biten nedför Hantverkargatan och kom på det där med nummerskyltarna, kärvade ihop när hon vek av mot Norr Mälarstrand.

Det var Pierre som öppnade och han såg genast i hennes ansikte att hon inte kom med glädjebesked.

"Nathalie lever, vi har henne på bild, men hon är fånge någonstans hos muslimska terrorister", hasplade Anna ur sig mitt i deras vänskapskram. "Du måste hämta Ewa."

Han nickade stumt, visade märkligt nog ingen avläsbar reaktion, pekade på soffgruppen i vardagsrummet medan han själv fortsatte mot sovrummet.

Anna tyckte att hon fick vänta olidligt länge. I hennes handväska brände cd-skivan.

När Ewa kom ut stödd på Pierre var hon inte samma Ewa. Ögonen var igensvullna och röda, håret hängde i feta testar och hon var svettblank i ansiktet, nickade mot Anna och försökte med ett svagt leende. Pierre ville leda henne mot soffan, men hon stretade emot, slog armarna i kors över bröstet och lutade sig mot den mindre bokhyllan intill gången mot sovrum och badrum.

"Kom och sätt dej, Ewa, det jag har att säga är viktigt", försökte Anna.

"Nej! Nej! Nej!" viskade Ewa hest. "Jag vill inte sätta mej, säg det nu!"

"Sätt dej ner, Ewa", sade Anna och svalde. "Nathalie lever men hon är i en gisslansituation."

Ewa ryckte till och såg upp som om hon fått en adrenalinkick och gick snabbt fram till soffan och satte sig, svepte undan håret som hängde ner över ansiktet och såg Anna stint i ögonen.

"Berätta allt, säg som det är!" närmast beordrade hon. "Jag är hennes mamma så jag har rätt att veta nästan allt, men jag är också polis och då har jag verkligen rätt att veta allt!"

* * *

Två dagar senare såg det ut som ett tivoli nedanför huset. På parkeringsutrymmet mellan gatan och Riddarfjärden stod sändarbussar från CNN och BBC såväl som franska och tyska och samtliga skandinaviska tevestationer. Polis hade spärrat av platsen så att tivolit inte skulle välla ut i gatan och hindra trafiken. Vid avspärrningen stod stjärnreportrar på rad och gjorde ståuppor med ryggen mot huset på andra sidan gatan.

Det lilla söta barnet Nathalie som kidnappats av islamister, dotter till en stenhård säkerhetspolis som kallades Valkyrian av sina arbetskamrater och också såg ut som en sådan, var från och med nu en världsstory. Redan på andra dagen var mediernas satsning fullt i klass med de resurser man avsatt när det gällde en lika söt och nästan lika gammal engelsk flicka som hade mördats eller inte mördats av sina föräldrar i Portugal.

Det var omöjligt att säga vilken barnstory som var bäst ur rent professionell synvinkel. Fallet Madeleine hade haft den stora kittlande förtjänsten att mamma och pappa kanske var mördarna, fast de till och med lyckats mobilisera påven och samlat in miljoner till stöd. Det var en klar fempoängare på en femgradig skala.

Men Nathalie var tillfångatagen av al-Qaida, skulle omvändas till muslim och tvångsgiftas med en arab vid fjorton eller femton års ålder, allt illustrativt berättat på internet, och hennes mor var säkerhetspolis och hennes far en berömd författare som dessutom var före detta fallskärmsjägare i Främlingslegionen.

Det var också en internationell fempoängare.

Då och då lyckades journalister ta sig in genom ytterporten och stod snart och ropade ekonomiska förslag genom brevlådan. I början hade Pierre begått misstaget att öppna dörren för att köra bort dem, men då hade han bara blivit filmad och fått en skur av frågor och nya ekonomiska förslag över sig. Som att bli nerpissad, påstod han.

De var under belägring.

Carl och Pierre organiserade reträtten under strikt militära former med hjälp av Erik Ponti som extra chaufför och en bil från Säkerhetspolisens livvaktsskydd som avledande distraktion. De smet samma väg som Pierre använt för att smuggla Nathalie till dagis, genom källargångarna. Ordningspolisen hade kommenderats ut för att täcka reträtten genom att stänga in alla journalistfordon på parkeringsplatsen där de gjorde sina ståuppor en gång i timmen.

Operationen gick urverksmässigt perfekt. Mindre än en timme senare satt de alla ute på Stenhamra bakom bokstavligen höga murar och elektroniskt skydd. Säpos livvaktsenhet rapporterade att ingen förföljt dem.

Carl avrapporterade skämtsamt att alla förråd var fyllda och att Stenhamra hade resurser för en lång belägring och så angav han ett klockslag då mat skulle finnas till hämtning i köket och bad gästerna installera sig i lugn och ro. Det gällde även Ewas livvakter.

Annas bidrag till operationen hade varit att ligga hundra meter bakom de två flyktbilarna på väg mot Stenhamra för att via telefon meddela om de var förföljda. I så fall skulle hon plocka fram blåljuset, stoppa förföljarna och ingående kontrollera körkort och att de verkligen hade den föreskrivna varningstriangeln i bakluckan. Men ingenting sådant hände, journalisterna var effektivt avhängda.

"Vi måste börja leva ett liv, vi måste slåss, Ewa", sade hon när hon lade armarna om Ewas axlar och ledde upp henne till ett av badrummen. "Och förlåt om jag säger det rent ut, men du måste duscha och tvätta håret. Tänk på att Nathalie lever, tänk på att dom där dårarna säger att dom ska behålla henne i åratal, alltså kommer vi att ta dom!"

Det var inte precis läge för att ha någon gemensam middag, gästerna gjorde som Carl bett dem göra, hämtade mat i köket och bar med den upp till sina rum, utom livvakterna som föredrog att äta på plats. Ewa gick och lade sig tidigt och Anna följde med henne.

När det blivit lugnt i huset hämtade Carl Erik och Pierre och tog dem med sig till herrummet på nedre botten där han hällde upp tre glas konjak.

"Förr i världen spelade man kort och gjorde affärer i såna här rum, talade allvar och var enbart män", ironiserade Carl när han serverade dem.

"Som nu?" föreslog Erik.

"Just det, nu är det allvar", instämde Carl.

"Var är hon, tror du?" frågade Pierre.

"Som du såg på bilderna, hon är i ett hem eller palats med stora resurser, den där mattan hon sitter på är en antik Isfahan i kolossalformat, minst en miljon euro. Det stämmer ganska väl med tanken att vi har att göra med någon som har råd att leka terrorist i stor stil."

"Och var finns han?" fortsatte Pierre.

"Jag kan förstås bara gissa. Pakistan eller Saudiarabien, Jemen möjligen. Knappast Afghanistan eller Sudan, där finns nog inte såna hus och såna mattor."

"Men Dubai, Bahrein eller Abu Dhabi?" föreslog Erik.

"Jo, där finns sådana hus och sådana mattor", medgav Carl. "Men det känns fel av säkerhetsskäl. De är så små begränsade platser och pakistanska och filippinska slavarbetare överallt, i vartenda hushåll. Och Nathalie är förstås på teve överallt i arabvärlden också, det skulle aldrig gå att bevara hemligheten i ett litet shejkdöme. Men nu är det ju så att kidnapparna har börjat lämna spår efter sig och då är det i praktiken en tidsfråga innan vi vet."

"Men både spåret till Lexington och Senegal slutade i ingenting", invände Erik försiktigt.

"Spelar ingen roll, ju fler gånger dom upprepar det där tricket, desto fler kommunikationer och elektroniska spår och gudskelov, ja det får man ju säga i det här sammanhanget, har dom bundit sig för fortlöpande rapporter. Jag utgår från att någon som är på vår sida redan nu vet var hon är."

"Men för helvete, Carl, vad är det du säger!" utbrast Pierre som nu för första gången visade upp en liten spricka i sin kallt kontrollerade fasad. "Vem fan skulle redan nu kunna veta var hon är?"

"NSA, National Security Agency, vet nog. Och när dom vet kommer deras vänner att få del av kunskapen, enligt dom gamla reglerna åtminstone. Hade jag fortfarande suttit i ledningen för svensk underrättelsetjänst hade jag gjort en formell begäran om assistans."

"Med all respekt för NSA, jag har dåliga erfarenheter om man säger så, men att stjäla Sveriges Radios mejltrafik är väl jämförelsevis enkelt. Men hur skulle dom kunna avlyssna en okänd gärningsman?" protesterade Erik. Han hade börjat reta sig på Carls lugna tvärsäkerhet.

"Därför att dom exempelvis har avlyssnat varenda jäkla saudisk prins sen 1996", svarade Carl vaksamt, han hade inte kunnat undgå att märka Eriks skepsis. "Det är ett välkänt faktum i våra kretsar. Inte för att jag vet eller ens förstår hur dom gör det, dom har väl lagt några avlyssningssatelliter över landet, kanske har dom avlyssningsstationer på marken också i sina baser, men dom gör det. Alla vet det. Och har man total koll på vad alla dom här prinsarna talar med varandra om, då vet man väldigt mycket. Det är prinsarna som har pengarna, det är dom som finansierar nästan all islamistisk terrorism i världen, från talibaner till Hamas. Det måste ha blivit mycket snack på deras satellittelefoner vid det här laget."

"Och hur skulle vi kunna klämma ur NSA den här dyrbara kunskapen?" frågade Pierre.

Det fanns en okänd politisk faktor, det var sant. Enligt den gamla ordning som Carl hade arbetat i skulle gången vara rätt enkel. NSA skulle vidarebefordra sina observationer till västerländska allierade. När Nathalie var lokaliserad så var det frågan om att välja metod för att få hem henne, antingen med diplomatiska påtryckningar eller våld. Hade Nathalie varit amerikansk eller brittisk medborgare hade diplomatin kunnat backas upp med avsevärda latenta hot om våld. Om inte det hjälpte så blev det öppna hot om våld och om inte det hjälpte så skulle en amerikansk president inte ens tveka att genomföra en landstigningsoperation med US Marines i stor skala. Men enligt Carls erfarenheter ägnade de svenska diplomaterna sig bara åt något de kallade tyst diplomati, vilket i realiteten var ingenting. Vid enstaka tillfällen hade han och den dåvarande operativa avdelningen av underrättelsetjänsten befriat fångna svenskar med våld, till politikernas oförställda överraskning. Fastän politikerna förstås alltid varit snabba att hoppa upp på triumfvagnen. Hur det fungerade nuförtiden visste han inte. Men specialstyrkan SSG stod tydligen under noggrann politisk kontroll, och det bådade ju inte gott.

"Du har faktiskt fel på en väsentlig punkt i ditt resonemang", sade Pierre efter att ha lyssnat länge med uttryckslöst ansikte. "Nathalie är fransk medborgare, hon har som dom flesta av oss ärvt medborgarskapet efter sin far."

"Det var nog den här stundens gladaste nyhet", log Carl. "Det förändrar faktiskt spelreglerna."

"Om du Carl, kan tala om för mej var hon hålls fången", sade Pierre och gjorde en djup inandning. "Så hämtar jag henne. Jag har ett dussin gamla vänner, en del fortfarande i tjänst, en del pensionärer, men jag kan få ihop en pluton. Vi är fallskärmsjägare. Kommer vi ovanifrån på natten så tar vi i stort sett vilket som helst mål."

"Ja, det tror jag", sade Carl. "Har man mörkret och överraskningseffekten på sin sida så räcker en pluton långt, längre än svensk tyst diplomati åtminstone. A la bonne heure eller vad ni grodätare säger..."

"Det säger vi *inte!*" retades Erik.

"Okej, men i alla fall", fortsatte Carl. "Den där plutonen får du sköta själv, Pierre, men jag ska ta reda på var Nathalie finns. Jag kommer att använda allt i min makt, använda alla mina gamla spionkontakter från vänner och fiender. Men jag ska hitta henne! Resten får bli din sak."

VI

HAN PROMENERADE UPPFÖR Pall Mall, lite regnfrisk luft kunde inte skada efter den obekväma resan, europeisk förstaklass med tåg var inte längre någon njutning som förr i världen. Först hade han flugit till Edinburgh med billighetsflyg och sista minuten-biljett, suttit inklämd mellan ett fyllo och en mamma med skrikande barn som omöjliggjort all sömn.

Tågbiljetten därifrån till London hade han, liksom flygbiljetten, betalat kontant, allt detta besvär bara för att amerikanerna inte skulle kunna spåra hans rörelser förrän det var försent. Ville de ha honom utlämnad från Sverige som förrädare och mördare ansåg de sig självklart ha rätt att själva gripa honom varhelst han befann sig i världen.

Just därför hade Sir Geoffrey varit påfallande kryptisk när han bestämde tid och plats för mötet, de hade ju talat i telefon:

"Vi satsar väl på din favorit, gamle gosse? Det där skotska krubbet, du vet. Vanliga stället, vanlig tid om det passar?"

Hans "favorit" hade varit en oätlig skotsk paj med potatismos, rovor och brun sås som dolde innehåll av kaninkött och han hade hämnats genom att bjuda tillbaks på Waterside Inn, "grodätarstället" som Sir Geoffrey något misstänksamt karaktäriserat Englands bästa restaurang.

Den gången hade de haft ett utmärkt samarbete och trots en del oväntade komplikationer på slutet hade allting ändå rett ut sig till det bästa. Åtminstone för Sir Geoffrey som, när alla döda var undanskaffade, snart kunde foga förkortningen DSO till sitt efternamn, Distinguished Service Order.

Huset såg fortfarande ut som om ingenting förändrats sedan 1830 och när han lämnade ifrån sig portföljen hos vaktmästaren fick han för sig att det var samme man som för femton år sedan. Eller om det bara var det att en viss typ av engelsmän alltid såg ut och lät på samma sätt.

"Lord Hamilton, förmodar jag?" hälsade den förbindlige klubbsekreteraren och ledde in honom i matsalen och fram till ett avsides bord som fortfarande var Sir Geoffreys stambord. Ingenting hade förändrats i matsalen heller, längs ena långväggen satt en rad sura gubbar vid sina enkelbord i mahogny med The Times uppfälld i ett särskilt ställ framför sig, som en skärm mot omvärlden. Det var ett sätt att slippa andra gäster, ett annat var att sätta sig vid det stora ovala idegransbordet i mitten, som var reserverat enbart för klubbmedlemmar. På The Travellers' Club hade tiden stått stilla och någonting annat var inte att vänta. Reglerna om särskilda garanterat kvinnofria zoner var helt säkert fortfarande i kraft, han såg åtminstone inte en enda kvinna.

Medan han väntade sneglade han på matsedeln, fylld av onda aningar. Mycket riktigt, bland dagens tre rätter kände han igen Sir Geoffreys oförglömliga favoriträtt: *Chieftain O' the Puddin' race wi' Bashed Neeps and Champit Tatties*. Sir Geoffrey skulle förmodligen slå till direkt. Alternativen var någon sorts rökt stuvad kolja florentine eller stekta korvar från Northumberland. Men vinlistan var fortfarande oklanderlig.

"Well, well, well Carl, det var verkligen inte igår, hur är det med dej *old sport*?" hälsade Sir Geoffrey när han kom jäktande. "Lite sen, lessen, den förbaskade trafiken du vet."

När Carl rest sig skakade de hand och mönstrade varandra, hos ingen av dem hade de femton åren passerat spårlöst.

De satte sig och studerade varsin matsedel eftersom en kypare redan var på väg, bestämde sig snabbt, men den här gången envisades inte Sir Geoffrey med att också hans gäst skulle tvinga i sig rovmoset med brun sås. Carl valde i stället korvarna och bad om en flaska

213

hygglig Pomerol innan Sir Geoffrey hann beställa husets vanliga rödtjut. Så långt hade i alla fall allting gått bra.

"Jaha ja, Carl, det är faktiskt jädrans fint att träffa dej igen, det vill jag gärna ha sagt innan vi kommer till sak. Jag var ju ny chef på företaget när vi sågs första gången, det var förresten rätt kul om du kommer ihåg? Mer än så vid närmare eftertanke, jag skulle säga jättehoppsan."

"Jag vet, åtminstone kul i efterhand", medgav Carl. "Bara det att Angus Hamilton visade sig vara den ende hertigen i hela jäkla Skottland som inte körde med kilt på middagarna."

"Men du bjöd verkligen på en fin entré", myste Sir Geoffrey. "Där stod vi alla i smoking och nerför trappan kommer hedersgästen i kjol och full ornat, lätt överklädd skulle man kunna säga."

"Jag kan försäkra att det där var roligare för dej än för mej, Geoff. Men Hans Nåd hade ju åtminstone den goda smaken att springa upp på sina rum och rissla om så att vi i alla fall blev två som hade 'kjol' som du säger. Och någon timme senare gick jag intet ont anande i din fälla."

"Det var ingen fälla, Carl! Verkligen inte! Jag hade bara ett vänligt förslag."

"Jag vet, ett sånt där förslag som man knappast säger nej till. Hursomhelst så lyckades vi rätt väl med den där operationen."

"Jag kunde inte instämma mer. Du gjorde mej och Hennes Majestät en del ovärderliga tjänster, det kan inte nog understrykas. Jag vill ha det sagt innan du ber mej om en eller annan liten gentjänst, för det är väl därför du har kommit hit?"

"Naturligtvis, Geoff. Men vi tar det om en stund."

Maten hade just kommit in på bordet och den vedervärdiga röra som Sir Geoffrey nu kastade sig över såg precis ut som Carl mindes den medan hans korvar med urkokta grönsaker visade sig vara ett betydligt mer harmlöst val. Vinet var dessutom lagom ungt för att göra sig till korv.

Sir Geoffrey hade åldrats mer än han själv, åtminstone till det yttre, och det var inte så konstigt, han hade ett stillasittande jobb. När de träffades första gången var Geoff en man i sina bästa år som just fått prestigejobbet att bli chef för MI 6, vilket i brittisk tradition var ett steg i karriären som ledde spikrakt mot något ännu finare och därefter House of Lords. Men eftersom han fortfarande satt kvar på sin post så måste han ha skött sig för bra för att sparkas vidare uppåt. Det var möjligen ett gott tecken. Ett annat var att de fullt klart kände sig avspänt tillfreds i varandras sällskap, två gamla spionchefer som bara hade goda erfarenheter av varandra och dessutom hade Sir Geoffrey varit nära vän till Carls gamle chef DG. Det var alltså inget fel på förutsättningarna när Carl snart skulle tvingas presentera själva ärendet.

Drygt halvvägs in i maten lade Sir Geoffrey ner kniv och gaffel, torkade sig om munnen, flyttade sitt vinglas närmare och slog ut med händerna i en talande gest som betydde att nu var det dags.

Carl gick rakt på sak. Det gällde kidnappningshistorian nyligen med den femåriga dottern till en svensk säkerhetspolis. Kort tid efter att hon rövats bort visades hon upp på nätet som en sorts islamistisk trofé. Hon hölls alltså permanent fången någonstans.

Kidnapparna som utfört själva operationen i Stockholm var med viss sannolikhet extraknäckande specialister från Special Air Service, eller möjligen tidiga pensionärer från samma exklusiva sällskap.

Men det var inte alls det saken gällde. Att kidnapparna var britter struntade Carl fullkomligt i, det enda viktiga var att hitta flickan. Och där kom den formellt besvärliga biten.

Det här var närmast en privatsak, han var god vän till båda föräldrarna och han hade lovat dem att göra sitt yttersta för att lokalisera den plats där deras dotter hölls fången. Det följande operativa ansvaret skulle övertas av flickans far som faktiskt var ovanligt lämpad för sådana uppgifter. Eller rättare sagt, mer lämpad än vad någon far i motsvarande läge någonsin varit, eftersom han var nyligen avgången överste och chef för Främlingslegionens andra fallskärmsjägarregemente på Korsika. Så fort flickan lokaliserats fanns alltså en ovanligt god möjlighet till ett snabbt och resolut ingripande utan någon före-gående "tyst diplomati" eller annat sabotage från politikerna.

Det var den enda tjänsten han ville be om, att hitta flickan. Ar-betshypotesen var nämligen att hon hölls fången i Saudiarabien eller Pakistan.

Ingen europeisk underrättelsetjänst hade lika långvariga och varma förbindelser med de amerikanska kusinerna som MI 6. Själv skulle Carl aldrig få ut minsta kunskap från exempelvis NSA, i all synnerhet inte numera när han tvärtom riskerade att ha amerikanska arresteringsteam i hälarna. Den svenska militära underrättelsetjän-sten hade hyggligt goda, men knappast intima kontakter med ameri-kanerna. Och där fanns ytterligare en komplikation. Om hans gamla svenska kolleger, med oväntat välvillig hjälp från de amerikanska vännerna, verkligen fick flickans position så var det osannolikt att de skulle lämna ut den till någon annan än den politiska ledningen i landet och definitivt inte till någon privatperson.

Det Carl hoppades var att Sir Geoffrey inte skulle känna sig lika hämmad när det gällde den typen av indiskretion. Åt den sista ironin log Sir Geoffrey klart road.

Men nu hade Carl spelat sina kort och tystnaden sänkte sig över bordet medan Sir Geoffrey under stigande allvar tog sig en funderare.

"Jag har några frågor", sade han efter en olidligt lång tystnad. "Jag har själv sett dom här internetbilderna på flickan, vidrig historia. Men världen är full av civila kidnappade, är det här väldigt viktigt för dej?"

"Ja Geoff, jag tror att jag helt ärligt kan säga dej att ingenting är viktigare för mej just nu. Du skulle göra mej en enorm tjänst."

"Jag förstår. Very well, då har jag några precisa frågor", fortsatte Sir Geoffrey, nu plötsligt dödligt allvarlig, hans skämtsamma jargong var borta. "För det första, hur säker är du på att kidnapparna var britter?"

"På att dom var britter helt säker, på att dom var elitsoldater helt säker, på att dom var SAS tämligen säker."

"För det andra, hypotesen är alltså att hjärnan bakom operationen finns i Saudiarabien?"

"Korrekt."

"Och vad bygger den hypotesen på?"

"Ekonomiska omständigheter. Att hyra in folk från SAS eller motsvarande går enligt den enda taxa vi känner till på tio miljoner dollar per man."

"Du tänker på dom där två killarna från SAS som skämde ut sig i Beirut 82 eller när det var. Dom som skulle klippa ledaren för Hizbollah? Förskräcklig historia förresten."

"Helt rätt. Och på bilderna på nätet ser man att flickan sitter på en matta från Isfahan till ett värde av kanske en halv miljon pund, propagandamaterialet håller högsta professionella klass och hela operationen skriker av gränslösa ekonomiska resurser. Alltså Saudiarabien."

Sir Geoffrey nickade tyst instämmande men tog sig ändå en ny lång tyst tankepaus. Carl avvaktade.

"Well gamle gosse, om du har rätt, vilket jag tror", började han långsamt och för första gången i samtalet något plågad, "så har vi alltså något tusental perversa saudiska prinsar att välja mellan. Påminner om nålen i höstacken, märkligt nog."

"NSA har avlyssnat alla dom där skämtfigurerna sen åttiotalet nån gång", invände Carl snabbt. "Desto enklare eftersom dom alla lär använda enbart satellittelefoner. NSA antingen vet, eller kan ta reda på, vem av dom som är vår man."

"Det tror jag också du har rätt i", suckade Sir Geoffrey. "Det är det där prinsgänget som finansierar nittio procent av all islamistisk terrorism, det är vi ju överens om i spionfamiljen så att säga. Men anledningen till att vi ockuperat Irak och Afghanistan i stället för rätteligen Saudiarabien är dej väl inte helt obekant."

Där fanns den stora stötestenen. Sir Geoffrey berättade närmast tankspritt att han just läst de tjugofem, trettio sidor i den amerikanska kongressens rapport om 11 september som George W Bush hade hemligstämplat. Vilket inte var så konstigt eftersom det avsnittet berörde olika saudiarabiers roll när det gällde finansiering av terrorism. Flera av de prinsar som räknades upp i det föga smickrande sammanhanget hade dessutom mångåriga affärsförbindelser med både George W Bush själv och hans far. Och nu när George W Bush mer eller mindre desperat skulle försöka det som alla amerikanska presidenter försökte på sluttampen av sin ämbetsperiod, att putsa upp sitt eftermäle med fred i Mellanöstern, så ville han nog inte ha något problem med sina saudiska vänner. Det gjorde i sin tur att de amerikanska kollegerna i underrättelsesamarbetet hade blivit märkligt restriktiva just när det gällde information om Saudiarabien. En ofrånkomlig konsekvens av detta rent faktiska förhållande var att det till och med för MI 6 blev svårt att få den typ av information som Carl var ute efter. Det behövdes i så fall mycket starka skäl.

Nej, en liten kidnappad femårig EU-medborgare var inte tillräckligt starka skäl. Om det kunde man tycka både det ena och det andra, men så var det. Nathalie, som flickan tydligen hette, vägde inte tungt i världspolitiken.

Men det fanns ett annat skäl, det där som Carl sagt att han betraktade som fullständigt oviktigt. Det Sir Geoffrey nu påpekade var ingenting personligt kritiskt, det ville han verkligen understryka. Det var bara ren business.

Om Carl kunde skaffa fram bevis för att kidnapparna var från SAS, eller att de över huvud taget var Hennes Majestäts undersåtar, så skulle ärendet få den allra högsta prioritet för MI 6. Då skulle det rätt mycket till för att de amerikanska kollegerna skulle vägra att hjälpa till, högsta prioritet var högsta prioritet.

Sir Geoffrey såg menande på klockan och Carl nickade att han hade förstått, både att tiden tickade och att den information han sökte inte var gratis, och att de snart måste skiljas. Han bad om en sista tjänst, att Sir Geoffrey skulle ordna ett möte åt honom i Paris så fort som möjligt med deras gamle kollega Louis Trapet.

Sir Geoffrey höjde förvånat på ögonbrynen, försäkrade att det skulle han förstås fixa, men vännen Louis var ju pensionerad sedan flera år?

Jovisst, medgav Carl. Men det var inte Trapets exekutiva makt han var ute efter, den var som sagt borta med pensionen, utan hans kunskap om fransk beslutsordning, lagar och annat liknande besvär när det gällde en fritagningsoperation.

Sir Geoffrey nickade och log glatt åt alla deras gemensamma bekymmer med "lagar och annat liknande besvär", lovade att ordna saken omgående, såg på klockan på nytt och konstaterade att han faktiskt hade lite tid över och kunde köra Carl till hotellet.

Sir Geoffrey Hunt, snart Lord Hunt, hade kvar sin gröna Bentley och hotellet The Connaught uppe i Mayfair hade naturligtvis inte heller förändrats på femton år.

När han kom in på sitt rum, ett rum som såg ut precis som han mindes det, antingen var det verkligen samma rum eller så var The Connaught som Travellers' Club så engelskt att ingenting kunde ändras, kände han missmodet komma krypande. Det drog från fönstren, regnet smattrade mot rutorna, den falska elektriska brasan flammade oföränderligt i en kakelugnsöppning och tiden stod stilla.

Han spände av sig den svartbladiga kniv han haft fäst på vänster underarm och kastade den med avsmak ner i en av de storblommiga fåtöljerna. Kniven hade varit det enda användbara han hittat i sitt numera ödsliga vapenskåp på Stenhamra och det var mest som av gammal vana han tagit den med sig när han skulle resa ut på jobb. För så var det, vad han än lovat sig själv. Han hade rest ut på jobb igen, det som aldrig någonsin mer skulle kunna hända.

Det var en annan sak om det gällde att hitta Nathalie, försvarade han sig genast mot sig själv. Det var sant som han sagt till Sir Geoffrey, det var viktigare än allt annat.

Så fort han urskuldat sig med den tanken blev det omöjligt att värja sig mot bilden av Johanna Louise. Han sparkade av sig skorna och lade sig med händerna knäppta bakom nacken i den bulliga engelska soffan. Johanna Louise blev sex år gammal, obetydligt äldre än Nathalie, han hade just överrumplat henne med att vrida loss en vickande framtand och nu såg han henne tydligt när hon först häpnade, tänkte börja gråta men ångrade sig eftersom hon blev så nyfiken på tanden och ville hålla i den.

Hennes mördare var två bröder från Palermo, Gino och Frank Terranova, som fortfarande satt av sina livstidsstraff i Sverige. Förvånansvärt brutala och förvånansvärt påhittiga. De hade väntat på Eva-Britt när hon kom till daghemmet Ekorren och sedan i den smala gränden inne i Gamla stan krossat båda två mot en vägg med sin stulna Dodge-van.

Märkligt nog var hans egna tilltänkta mördare också bröder, Alberto och Fredo Ginastera. Minnet var klart som i en inspelad film, han kunde fortfarande repetera scenen moment för moment.

Han kom ut på trappan till regeringsbyggnaden Rosenbad, omgiven av sina två skyddsvakter, eftersom Säkerhetspolisen just då påstod att palestinier av någon anledning var ute efter att döda honom. Han såg upp mot trappan till Konstakademin, en ingrodd reflex, det var den idealiska platsen som han själv skulle ha valt. Sicilianarna reste sig och drog sina vapen ur varsin ryggsäck, han dödade den till vänster med två skott genom hals och huvud, han kunde fortfarande se träffarna framför sig. En rhododendronbuske skymde skottlinjen mot den andre och han måste flytta sig något innan han kunde skjuta och det var därför han blev träffad med tre skott. Alla tre träffarna satt i hans högra sida, i låret, genom tarmarna, genom översta yttre lungspetsen. Hans skyddsvakter gav samtidigt eld mot oklara mål i omgivningen och lyckades skadskjuta en gammal dam i benet medan han själv vacklade tillbaks upp till statsministern, blodade ner den heltäckande mattan och svimmade och där tog minnesbilderna tvärt slut.

Allt detta som han ägnat så många år att jaga bort ur minnet. Rollen som den excentriske men förmögne datanörden med hästsvans utanför San Diego hade varit till god hjälp, han hade med tiden verkligen lyckats leva sig in i föreställningen att han var en högst civil man som bara ägnade sig åt aktiespekulationer, fysisk träning och välgörenhet, Charles Hamlon. Nu var den illusionen borta.

Tillbaks i ungefär samma soffa och möjligtvis samma hotellrum var det förstås omöjligt att hindra minnesbilderna från att komma tillbaka, senast han låg här och väntade hade hans skottskador knappt läkt.

Allt gick igen, hans långa flykt från sig själv tog slut just i det här hotellrummet. Han var ute på jobb igen. Men antagligen sämre, långsammare och rentav mer trögtänkt än på den tiden.

För hur skulle han egentligen ha använt kniven här i London? Det hela var för ogenomtänkt. Risken att bli utlämnad till USA var säkert större här i Storbritannien än i alla andra EU-länder. Och själv fanns han lika säkert på någon lista över *ten most wanted* och USA ansåg sig ha jurisdiktion över hela världen och därmed sheriffer, till och med frilansande privatpersoner, ute på jakt. *Dead or alive.* Och med prispengar för den som fångade honom. Så var deras regler efter 11 september.

Men här på The Connaught var det inte en kniv som var hans beskydd utan Sir Geoffrey. För om man skulle uttrycka saken som Sir Geoffrey själv förmodligen skulle ha formulerat den så *vore det utomordentligt jädrans genant* om en vän som så väl tjänat Hennes Majestäts regering skulle buntas ihop av några amrisar mitt i London.

Och om man skulle försöka se det hela mer praktiskt? Två män approcherar honom plötsligt när han kommer fridfullt promenerande genom Hyde Park. En av dem visar någon sorts legitimation, mannen intill honom visar en pistol.

De vill inte skjuta honom mitt i London, det skulle leda till diplomatiskt trassel. Alltså är deras beväpning bara till för att övertala honom. Hans kniv omöjliggör deras operation.

Det var väl så han tänkt, reflexer från ett annat liv i en annan tid. Det kändes som att vara ute på jobb fastän han inte var det. Han var en privatperson, inte underrättelseofficer från en vänskapligt sinnad nation, han stod inte över lagen längre.

Men formalia spelade en mindre roll, för just nu fanns bara en enda sak som var viktigare än allt annat, att hitta Nathalie. Det var bara att vänta på Sir Geoffreys officiella eller inofficiella hjälp med den saken. Dessutom måste han vänta på besked med det där andra han bett om, att arrangera ett möte med Louis Trapet i Paris. Instruktioner om klockslag och logistik skulle levereras med sedvanlig diskretion till conciergen på The Connaught. Om en timme, eller om två dygn, det var bara att vänta.

* * *

Det var inget fel på polisutredningen, utom att arbetet inte gett något som helst konkret resultat. Som det såg ut hittills hade de fyra gärningsmännen försvunnit spårlöst i sina två bilar när de lämnade brottsplatsen vid stranden nedanför Norr Mälarstrand.

Anna Holt upplevde det som närmast spöklikt. Inget brott i landet hade fått lika stort utrymme i medierna, även de internationella medierna, sedan mordet på Olof Palme. Magruder-filmen var släppt sedan länge och vevades gång på gång i all världens television och gjorde sin upphovsman stormrik, precis som han tjatat om när han till och med engagerade ett par advokater för att få tillbaks filmen.

Fantombilden på den parodiskt engelske gärningsmannen föreföll mycket välgjord och publicerades i alla större medier. Fyra man jobbade enbart med att sortera de tips som strömmade in sedan Pierre Tanguy ställt en miljon kronor i tipspengar till polisens förfogande. Hittills hade inte en enda utbetalning kunnat motiveras.

Utseendet på den tecknade bilden var såpass speciellt att ingen som såg ut som han skulle ha kunnat undgå att hamna i tipsfloden om han levde i ett litet land som Sverige. Bilden publicerades nästan lika mycket i brittiska medier, eftersom den svenska polisen bedömde att han var engelsman, men medierna i Storbritannien hade samfällt vägrat att förmedla misstanken att han skulle tillhöra något av landets militära elitförband. Man ansåg tydligen att den insinuationen var lika förolämpande som orimlig och dessutom fanns det enligt Erik Ponti en del stränga brittiska lagar när det gällde att förtala den egna försvarsmakten. Och de brittiska tidningarna hade mer än nog med sina problem till följd av alla stämningar för olika slag av skvallerskandaler. Det var synd. Anna trodde sig veta att det fanns uppåt 60 miljoner invånare i Storbritannien och man fick väl anta att rätt många då såg typiskt "engelska" ut som mannen på fantombilden. Men hade pressen vågat skriva att mannen på bilden var engelsman *och* elitsoldat så hade kretsen av misstänkta krympt miljonfalt. Så där fick man hoppas på samarbetet mellan Säkerhetspolisen och MI 5, men hittills hade inte heller det gett något resultat.

Det var inte så lätt för Anna att hålla sig kall. Hon var organisatoriskt den centralt ansvariga i utredningsarbetet och hade till uppgift att dagligen och systematiskt ordna allt material från Säkerhetspolisen och de andra enheterna, placera det i det datoriserade utredningsprogram som alla skulle ha likvärdig tillgång till. Rutinerna hade fungerat väl och det förekom inte minsta gnäll från kollegerna om den saken, däremot i pressen. Alla förståsigpåare från kriminologer till kolumnister, ledarskribenter och politiker visste bättre och talade om en ny utredningsskandal av samma slag som efter mordet på Olof Palme. Det var påfrestande, men det gick att stå emot just därför att det verkligen var ordning och reda i arbetet, det var ändå den fasta grund man måste stå på.

Ett kort tag hade förstås alla inblandade satt sitt hopp till DSDA, Den Stora Detektiven Allmänheten, som när den inte dränkte polisen i tusentals dårtips och angiverier mot egna ovänner påfallande ofta levererade det avgörande tipset. Men när det hoppet falnade var det bara att gå tillbaks och fråga sig vad man kunde förbättra i de arbetsinsatser man redan lämnat bakom sig.

Anna hade bestämt sig för att gå över hela bilspåret på nytt. Det var vid sidan av fantombilden av en av gärningsmännen det enda konkreta man hade från själva brottsplatsen.

De två bilarnas registreringsskyltar stämde med en Saab i Västerbotten och en BMW i Göteborg och till en början hade kollegerna där lagt ner ett stort arbete på att slå fast att ingen av dessa bilar hade kunnat vara i närheten av Stockholm vid tiden för brottet.

Den nya kontroll som Anna begärt gav ett lika nedslående och möjligen mysteriöst resultat. Sedan trängselskatterna infördes registrerades varenda bil som körde in i eller ut ur Stockholm. Vägverket sparade de dataregistrerade uppgifterna någon månad och polisen kunde efter vissa byråkratiska turer ta del av materialet. Resultatet var intressant, fast till ingen större nytta. Ingen av de två bilarna hade passerat vare sig ut ur eller in i Stockholm en månad före eller två veckor efter brottet.

De hade alltså falskskyltats efter att de passerade avgiftskontrollen in i stan och skyltats om innan de lämnade stan. Det var välplanerat, gärningsmännen var inga dumskallar.

Såvitt man kunde se på Magruder-filmen såg nummerskyltarna alldeles äkta ut. Men filmen hade inte tillräckligt hög upplösning för att man av filmbilderna skulle kunna få ett intryck av hur dessa nummerskyltar sett ut på nära håll, exempelvis inför ett tränat polisöga.

Om kidnapparna nu tänkt så långt och gjort sig så mycket besvär för att få fram "äkta" falska nummerskyltar måste man anta att de inte lämnat de små detaljerna åt sidan. Deras nummerskyltar skulle ha övertygat även på nära håll, vilket hade varit Annas grundidé när hon satte folk på att kolla upp hela den byråkratiska gången när man beställde nya nummerskyltar. Det verkade som ett gott uppslag eftersom det självklart fanns en väloljad apparat för nummerskyltar, liksom allting är väloljat i Europa om det gäller just bilar.

Man ansöker hos Trafiksäkerhetsverkets särskilda beställningsavdelning, men måste då uppge en nummerserie från registreringsbeviset som i regel förvaras i bilens handskfack. Inom några dagar får man sina nya skyltar på posten till sin hemortsadress och så är det bara att kvittera ut dem.

Det visade sig att ingen hade beställt de nya nummerskyltarna, det var ett faktum. Och det fanns ingen praktisk möjlighet att en sådan beställning skulle ha försvunnit ur statens datorer. Så där tog det spåret slut.

Hur gör man då för att tillverka förfalskningar? En idé hade varit att skyltarna kunde ha tillverkats i Litauen, eftersom litauiska skyltar har samma utseende som svenska. Två man hade skickats till Litauen för att undersöka den möjligheten, men kommit tillbaks med det inte särskilt ologiska beskedet att eftersom litauerna importerat den svenska tekniken hade de också importerat den svenska byråkratiska ordningen, det hade varit en så kallad paketlösning. Särskilt för utlänningar borde det ha varit ännu svårare att kringgå säkerhetssystemet i Litauen än i Sverige.

Återstod själva tillverkningen. Alla svenska bilskyltar tillverkades på ett och samma ställe, ett företag som hette SMC och låg ute i Danderyd. Där arbetade sammanlagt tio, tolv personer, men bara sex sysslade med själva fabrikationen.

Det hade först verkat som ett möjligt uppslag, att det skulle gå att köpa nya nummerskyltar svart bara man betalade rätt eller råkade ha rätt kontakt.

Den möjligheten hade staten behagat överväga noga med tanke på riskerna ur ett rent brottspreventivt perspektiv.

Tillverkningen var datoriserad, ingen skylt kunde framställas utan att finnas i det legala beställningssystemet. De sex man som arbetade med själva produktionen var säkerhetskontrollerade och loggades ut och in som om de arbetade i en guldgruva. Det föreföll omöjligt att någon av dem skulle ha kunnat sälja nummerskyltar vid sidan av.

Anna hade fått listan på de anställda och kollat den mot person- och belastningsregistret. Mycket riktigt. De var oförvitliga medborgare och hade inte begått andra försyndelser än hon själv.

Tanken hade varit god. Mysteriet med de till synes äkta nummerskyltarna kvarstod. Så länge det var ett mysterium måste man ändå lösa det på något sätt. Det var kanske inte så mycket att hoppas på att tillverkningen i Litauen gick till på annat sätt än i Sverige. Också den processen hade väl ingått i paketlösningen. Men varje liten möjlighet att spåra nummerskyltarna måste tas till vara, till och med sådant som verkade dödfött från början.

Hon var uttröttad och tänkte inte längre klart och skulle packa ihop för dagen och åka hem, eller rättare sagt ut till Stenhamra där hon och Ewa och säkerhetsvakterna för tillfället bodde för sig själva eftersom värden var ute i Europa någonstans för att, om hon förstått saken rätt, engagera olika spionorganisationer i jakten på Nathalie. Och Pierre var i Frankrike för att mobilisera någon sorts styrka för en fritagningsoperation.

Anna var inte säker på att de två männens verksamheter kunde leda till något positivt, ur hennes polisperspektiv verkade det alltför bakvänt att börja planera en fritagning innan man ens fått tag på gärningsmännen. Men tvärsäker kunde hon inte känna sig och framför allt inte som Ewa avfärdade männen med att den ene var ute och spionerade och den andre ute för att träffa lumparkompisar. Fast Ewa var i total obalans, vilket var alltför lätt att förstå, och mådde säkert än mer illa av att inte jobba utan bara gå och vänta hela dagarna.

Det var en stund av missmod när hon ordnade sitt skrivbord och släckte ner datorn. När telefonen ringde övervägde hon att inte svara, men insåg att hon ännu inte kopplat om den och lyfte trött upp luren.

Det var ett högst oväntat samtal, från Länstrafikgruppens enhet som sysslade med att bekämpa hastighetsöverträdelser runt Stockholms utfartsleder och alltför ofta satte fast kolleger på väg hem från jobbet. Hennes dåliga humör gjorde sitt till och hon fick anstränga sig för att inte verka snäsigt överlägsen.

Efter tio sekunder insåg hon att det kunde vara frågan om ett genombrott. Hon bad mycket hövligt de två kollegerna att åka raka vägen till Kungsholmen, anmäla sig i vakten och bli eskorterade till hennes rum.

Helvete! tänkte hon. En gissning som gick hem för en gångs skull? Och poliser som gör vad man ber dem göra även om det verkar besvärligt och löjligt?

Pulsen hade stigit märkbart, det kändes. Hon gick ut i korridoren, skickade ner en av datakillarna att ta emot besöket i vakten och ställde sig själv att göra kaffe. Det var länge sen sist, en kvinnlig chefsperson på Rikskrim kokade inte kaffe åt underlydande män, allra minst trafikpoliser.

De två kollegerna från Länstrafikgruppen verkade något tagna av att vandra in i chefskorridoren på Rikskrim, fast de ansträngde sig att inte visa det. Anna ansträngde sig i sin tur för att ta emot dem så kollegialt vänligt hon bara förmådde i sitt utarbetade tillstånd.

I stora genomskinliga plastpåsar bar en av dem, han som var polisinspektör och chef för sin något yngre kollega, två nummerskyltar som han försiktigt placerade på hennes skrivbord.

"Vi har bara tagit i dom med handskar och la dom direkt i plastpåsarna", försäkrade han allvarligt.

Anna lutade sig ner på armbågarna och stirrade som förhäxad på nummerskyltarna.

"För det första", sade hon, "har ni gjort ett väldigt bra jobb, det här är vårt första konkreta resultat på länge. För det andra, är det här vad det ser ut att vara, äkta svenska nummerskyltar?"

Jo, såvitt de kunde se var det äkta vara. Allt var som det skulle, till och med ett litet tillverkningsnummer på baksidan och utrymmet för skattemärket, ramen runt skylten, materialet, allt.

Hon bad dem sitta ner, serverade dem kaffe och försäkrade att om de nu alla hade varit amerikaner eller engelsmän så hade de båda fått en medalj och därefter en färgmarkering att bära över vänster bröstficka, ungefär som militärerna. Men som det nu var fick det bara bli kaffe. Och så bad hon dem berätta allt, fast de förstås måste göra en skriftlig rapport senare alldeles oavsett vad annat arbete de hade för sig, från och med nu och tills den saken var klar jobbade de enbart för henne och fanns det någon chef någonstans som hon måste lugna ner så kunde hon göra det genast.

Det fanns det. De skulle ha avslutat sitt pass och inställt sig på enheten ute i Solna för en kvart sen så det var kanske inte helt fel om det gick att få lite back up?

Anna ignorerade det där med "back up", gick tillbaks till sitt skrivbord och lyfte telefonluren och begärde att bli kopplad till chefen för Länstrafikgruppen. Samtalet tog en minut.

"Okej grabbar", sade hon när hon lagt på luren och gick över till det alldeles för småttiga kaffebordet där alldeles för stora björnar satt i alldeles för små möbler. "Berätta allt!"

Det var en heroisk historia, Anna tyckte verkligen det. Länstrafikgruppen hade som alla andra fått en cirkulärskrivelse med begäran att om möjligt undersöka alla tänkbara papperskorgar och soptunnor längs utfartsvägarna från Stockholm för att lokalisera slängda nummerskyltar med två särskilt angivna registreringsnummer.

Polisinspektör Krok och polisman Wold hade tagit uppgiften på allvar, fastän deras kolleger fnyst och menat att poliser inte var några jävla renhållningsarbetare. De hade nog letat i mer än hundra soptunnor längs utfartsvägarna, många av dem rätt överfulla eftersom soptömningen var lite gles, besparingsåtgärder antagligen, så här alldeles i början på turistsäsongen.

På en parkeringsplats i närheten av Kungens kurva på E 4:an söderut hade de sett ett hörn av den ena nummerskylten sticka ut ur botten på en överfull svart sopsäck när de öppnade plåtskåpet runt säckstället. De hade lyft ut hela säcken, tagit på sig handskar och skurit isär den så försiktigt som möjligt för att inte sabba materialet. De hade förstås känt igen bilnumret direkt och sen var det bara att lägga skyltarna i varsin beslagspåse och, nåja, återställa ordningen. Det vill säga, de hade hämtat en egen sopsäck och tagit med sig hela skiten, den låg nu nere i bakluckan om det skulle vara av intresse. Men nummerskyltarna hade legat längst ner. Så om gärningsmännen passat på att slänga fler grejor ifrån sig så fanns dom alltså kvar. I bakluckan, som sagt.

För första gången på flera veckor kände Anna något av den där plötsliga optimismen som kunde komma mitt i vilken som helst hopplös utredning. Dessutom var hon imponerad av kollegerna från Länstrafikgruppen, eller om det bara var så att de kollegiala fördomarna hade kommit på skam.

Det var en tanke hon hade lanserat i ledningsgruppen, att så fort de falska nummerskyltarna gjort tjänst så måste de bytas ut. Bevisligen hade de inte heller synbarligen lämnat Stockholm efter kidnappningen på Norr Mälarstrand.

Om gärningsmännen alltså tagit sig förbi alla avgiftskamerorna på väg ut ur stan med sina äkta registreringsnummer så borde de ha gjort sig av med de falska nummerskyltarna vid första bästa tillfälle. De var bevismaterial, ingenting man ville ha i bilen på flykt undan förföljande polis. Första bästa soptunna föreföll som en logisk lösning på det problemet.

Chansningen hade gått hem, tack vare två trafikpoliser av alla. Och nummerskyltarnas yta var perfekt slät, som gjord för fingeravtryck. Äntligen kunde hon komma hem till Ewa med en god nyhet.

* * *

Det första var dofterna, den oemotståndliga känslan av att ha kommit hem, särskilt om man som nu landade i sydöstlig vind som svepte över bergen och kullarna ner mot Calvi.

Det andra var den speciella känslan att resa med ett plan från Marseille när det inte var turistsäsong. Kom man den vägen så här års hade åtminstone hälften av passagerarna på ett eller annat sätt anknytning till legionen. Permittenter på väg tillbaks som man kände igen på deras röda ögon och att de reste i sina uniformsbyxor, denna underliga regel. Eller snaggade unga män, nya rekryter som inte kunde dölja sin upphetsning över att ha blivit uttagna till provtjänstgöring hos de bästa av de bästa. Han hälsade på en del underbefäl och underofficerare som han kände igen, diskret som man gjorde när man reste civilt.

En av de snaggade gröngölingarna hade börjat gruffa med honom om utrymmet på bagagehyllan vilket först hade lett till häpen kort tystnad i planet och sedan till tre framrusande underofficerare som han i en annan tid och ett annat sinnestillstånd kanske inte hade stoppat som han gjorde nu. Det räckte med att bara hålla upp handen och de tvärstannade. Gröngölingen var inte dummare än att han snabbt kände av läget och bad om ursäkt.

I en annan tid och annan sinnesstämning hade han säkert sagt ett eller annat drastiskt eller hotfullt. Nu log han bara och pekade med handen att den unge kollegan skulle ta platsen närmast fönstret.

Det var det tredje. Han hade förmått pressa fram ett leende för första gången på mycket länge.

Nej, det var förstås inte sant, han hade försökt le hos Bertrand Lavasse i Quimper eller i Nantes hos Michel Paravoli eller hos Jean-Louis i Riom utanför Clermont-Ferrand, liksom i Valence hos Jean-Marie Courvelle. För att inte tala om hur det var när han träffade de andra edsvurna i vinodlingarna utanför Aubagne. Men det hade ju varit *en famille*.

Ingen av grabbarna hade sagt nej, eden lämnade inte utrymme för det, eden var precist klar och kompromisslös: *Du räddade mitt liv kamrat, jag svär att göra detsamma för dig eller det du ber mig om i stället.*

Ingen av dem han träffat hittills hade ifrågasatt det hedervärda i hans begäran, skulle bara fattas. Det gäller min dotter. Hon är kidnappad av muslimska extremister. Om vi lokaliserar henne vill jag ha din hjälp med en fritagningsoperation.

Vilken edsvuren legionär skulle kunna säga nej till en sådan begäran?

Ändå hade han förlorat två av sina tilltänkta medlemmar i plutonen. Det var självklart inte så att de hade sagt nej, eller ens gjort min av att överväga det alternativet.

En av dem, Jean-Louis, hade blivit någon sorts ostbonde ute på landsbygden i Auvergne. Det var alldeles utmärkt på sitt sätt, han hade sökt sig till någonting annat än det som var underofficerarnas vanliga erbjudande, en liten vingård utanför Aubagne där allt legionens vin producerades. Men den avgörande skillnaden mellan Jean-Louis och de flesta av kamraterna var inte valet av kor och ostproduktion på en bergssluttning i Auvergne i stället för vin i Provence. Det var Yvette, hans dotter som var i samma ålder som Nathalie.

När korna var mjölkade för kvällen, Yvette och hennes mamma Gaëla dragit sig undan för bön vid sängkanten och läggning, hämtade Jean-Louis resolut en flaska hembränt plommonbrännvin, drog ut korken med tänderna som legionärsseden var och serverade dem varsitt rejält dricksglas på det grovhuggna köksbordet.

De drack under allvarlig tystnad.

"En sak ska ni veta, överste", sade Jean-Louis när tystnaden började bli lång. "Jag har haft en del mardrömmar om den här stunden, att någon som ni, någon som jag svurit eden inför verkligen skulle komma en vacker kväll. Jag var helt säker på att jag skulle säga nej, vanära eller inte. Så var det. Men inte om det gäller er dotter, överste."

"Jag vet, *Adjudant-chef* Rousse, jag vet precis", svarade Pierre. "Jag har förstås tänkt samma sak. Och nu har jag träffat Yvette."

Det var ett avsiktligt tvetydigt svar, han ville inte ha någon diskussion, ingen omvänd övertalning, inte där och inte just då när han fortfarande kunde känna doften av lilla Yvette, hon hade suttit en stund i hans knä.

Pierre kunde inte heller besvara några frågor om hur krävande insatsen skulle bli, för det visste han ingenting om. Ifall en pluton fallskärmsjägare från 2e REP skulle storma en villa i Auvergne så var det en enkel och helt ofarlig operation. I nordvästra Pakistan bland horder av talibaner var det en helt annan sak.

Han sade att han skulle lämna besked senare när han visste mer och resten av natten talade de gamla minnen som de hade alldeles för många av det slaget som man inte kunde tala med andra om.

I bilen mellan flygplatsen och regementet i Calvi var han fortfarande osäker på hur mycket han egentligen skulle säga till sin efterträdare vid den självklara artighetslunchen på tu man hand.

Michel Dubois hade varit hans ställföreträdare i fem år när han själv var regementschef, de kände varandra väl och de hade stridit i samma förband under många år. Det var både ett problem och ett hopp. Michel var en av de edsvurna på hans lista.

Men om det nu fanns ett moraliskt problem när det gällde att be den lycklige ostbonden och stolte fadern till Yvette att riskera livet för en annan mans dotter, så fanns liknande dubier när det gällde Michel.

Säg, kamrat, skulle du kunna låna mej stridsutrustning för en pluton och ett transportplan, inte nödvändigtvis en C 130, vi klarar oss bra med ett Transall C 160, ja och så förstås ammunition och navigationsutrustning?

Deras vänskap gick tillbaks trettio år i tiden, första gången de gick i strid tillsammans var operationen mot Kolwezi i Kongo, Michel var plutonchef och helt färsk som löjtnant.

Mer än tretusen Katangarebeller hade kommit in från Angola, de kallade sig Front National de Libération du Congo och var utbildade och utrustade av Kuba. De tog hela gruvstaden Kolwezi i södra delen av landet, massakrerade tusentals människor och höll sedan hela den vita gruvkolonin som gisslan. Den kongolesiska regeringen hade försökt lösa problemet på det enda sättet som stod till buds, med att luftlandsätta sitt enda fallskärmsjägarregemente. Men de kongolesiska kollegerna måste haft maximal otur, eller oskicklighet, vid själva landningen. De damp ner i fullt dagsljus mitt i rebellernas största läger utanför stan och de flesta av dem var döda innan de tog mark. När den kongolesiska regeringen begärde hjälp från Frankrike och inte från USA satsade president Valéry Giscard d'Estaing allt på ett kort och skickade iväg hela 2e REP, bara huskatten och kökspersonalen var kvar i Calvi när planen hade lyft.

De vann snabbt, befriade gisslan och var på väg hem inom tre veckor. De hade klarat sig undan med ett tiotal förluster. Michel Dubois hade kunnat vara en av dem. Det var inne i planet på sista flygsträckan hem från den egna basen Fort Lamy i Tchad till Calvi som Michel svor eden för Pierre. Det var nästan på dagen trettio år sedan.

När han gick över den välbekanta kaserngården tillsammans med regementschefens adjutant möttes han av uppmuntrande tillrop från nästan alla som var på väg till eller från lunchen.

"Säg bara var hon är överste, så kommer vi på stört!"

"Ge aldrig upp överste, ni har hela 2e REP bakom er!"

"Ring såfort ni vet var hon är överste, så hoppar vi in i planen!"

Nästan hälften av alla ansikten han mötte var bekanta eller rentav välbekanta fastän han varit borta i det civila i fem år vid det här laget. Och oavsett om legionärerna han mötte eller passerade kände honom så kände de alla Nathalie. Hon var den genomgående största nyheten i alla franska medier, han hade sett hennes bild på förstasidorna i allt från små lokaltidningar uppe i lilla Quimper eller utanför Clermont-Ferrand, till de stora tidningarna och i de teverutor han då och då passerat på flygplatser eller i tågkorridorer. Legionärernas spontana solidaritet verkade fullkomligt äkta, det fyllde honom plötsligt med en kanske lika omotiverad som känslomässig optimism. Men det fick honom också att inse att det inte skulle vara någon mening med allmänt rundsnack när han träffade Michel, eftersom ingen här på 2e REP trodde att han var ute på någon allmän turistresa.

Michel gick dessutom fullkomligt rakt på sak när de träffades vid det väntande lunchbordet. De hann knappt omfamna varandra och sätta sig innan han frågade om Nathalie var lokaliserad och om det fanns någon plan.

Han måste säga som det var, att arbetet med att lokalisera hans dotter ännu inte gett resultat, men att det fanns gott hopp, och att planen helt enkelt var att hämta hem henne med frivilliga legionärer som svurit eden inför honom.

Michel skrattade till, ursäktade sig fort och skakade eftertänksamt på huvudet.

"Du vet, kamrat, om jag skulle ställa upp hela regementet här ute på gården och fråga om det fanns några frivilliga, så skulle 800 man ta ett samtidigt steg framåt. Grabbarna tar det här personligt. Jag menar det gör jag också, men du och jag är ju vänner sen trettio år."

"Jo i dagarna är det faktiskt precis trettio år sen Kongo, du vet. Men att alla dom andra grabbarna ... hur kommer det sig?"

"Ja, hur ska jag säga? Det är som en personlig förolämpning mot var och en av oss. Om dom satans terroristerna ger sig på amerikaner eller engelsmän så är det väl lite halvjävligt. Men ger dom sig på legionen, eller någon av våra fruar eller döttrar, så har dom utmanat oss på liv och död. *Legio patria nostra*, legionen är vårt fosterland. Ungefär så. Och du kom för att fråga mej om jag kunde hjälpa till på något sätt?"

"Ja, det var just det som jag undrade hur jag skulle kunna klämma fram. Men det var ju inte så svårt, jag måste säga att jag känner mej både rörd och uppmuntrad."

"Mm, med all rätt. Men vet du, om du kommit med någon annan fråga så här trettio år efter eden hade jag inte varit, för att uttrycka saken försiktigt, lika benägen. Jag skulle nog ha dragit mej ur min skyldighet. Men inte om det gäller din dotter."

Michel hade redan hunnit vrida och vända åtskilliga varv på problemet och han hade börjat diskutera med sina närmaste stabsofficerare såfort Pierre ringt och lite vagt sagt att han skulle titta förbi. Det var aldrig någon tvekan om vad saken gällde, det behövde man bara kasta ett hastigt öga på tevenyheterna för att förstå.

Men för att gå rakt på svårigheterna. För det första var Nathalie ännu inte lokaliserad. Om man förutsatte att det skulle ske förr eller senare så var det inte enbart en operativ fråga vad man kunde eller inte kunde göra. Eller rättare sagt, rent operativt kunde 2e REP slå till på vilken punkt som helst på hela jordklotet, logistiken fanns liksom allt det andra rent praktiska. Några tekniska hinder fanns inte.

Det var däremot en politisk fråga vad man kunde eller inte kunde göra. Om den franska republikens president gav anfallsordern så var det en sak, förmodligen en lätt sak. Men om inte?

Då återstod bara möjligheten att organisera en illegal frivillig aktion och det var inte direkt okomplicerat. Alla som deltog riskerade såväl sparken som fängelse. Som regementschef skulle Michel inte vilja beordra sina män att begå brott och han antog att Pierre själv skulle ha resonerat på samma sätt i samma läge.

Men han kunde se mellan fingrarna med både det ena och det andra så på ett eller annat sätt skulle man hämta hem Nathalie. För just det, ansåg han, var vad han hade gått ed på där i planet mellan Fort Lamy och Calvi när de var på väg hem från operationen i Kongo.

Annas missmodiga trötthet var som bortblåst när hon släppte loss den civila polisbilens alla hästkrafter på väg ut mot Mälaröarna och Stenhamra, ändå hade hon jobbat över i två timmar. Något annat hade ändå inte varit möjligt, för självklart måste hon vara med vid den tekniska rotelns första preliminära undersökning av nummerskyltarna och sopsäcken. Äntligen kunde hon komma ut till Ewa med lite goda nyheter. Inte så lite heller, det var verkligen över förväntan.

Den glatta ytan på de nytillverkade nummerskyltarna hade levererat ett resultat långt över förväntan. Där fanns två högertummar från olika personer, plus fyra fingrar på den ena skylten och tre på den andra, också från olika personer. Redan det var en god fångst. Men i sopsäcken hade man dessutom hittat ett par paket engelska cigarretter av märket Benson & Hedges med utländska skattemärken och där återfanns inte bara en av tummarna från nummerskyltarna, utan ytterligare en tumme. Man hade alltså minst tre personer. Förmodligen fler eftersom de flyende kidnapparna hade passat på att städa sin bil när de ändå skulle göra sig av med nummerskyltarna. Ett stort antal fimpar från filtercigarretter av märket Benson & Hedges skulle bergsäkert leverera DNA från minst en person. Troligen bättre än så, resonerade Anna. Nuförtiden var det ovanligt att folk rökte i bilar och det var inte särskilt troligt att bara en av gärningsmännen skulle ha tillåtit sig att stinka ner för andra.

Eftersom kidnapparna städat bilen så kunde det dessutom finnas både det ena och det andra bland soporna i botten på sopsäcken, teknikerna var bara i början på ett långt jobb.

Anna hade kört på rekordtid ut till Stenhamra och det började skymma, hon och Ewa skulle nog hoppa över sin obligatoriska träningsrunda eller gymplåga före maten. Hon trummade otåligt med fingrarna mot ratten medan elektroniken granskade henne utanför Stenhamras järngrindar innan hon nådigt släpptes in.

Ewa var inte inne i huset, Anna hittade henne med en filt omkring sig och med hopkurade axlar nere på en av bryggbänkarna vid vattnet. Hon verkade inte reagera när Anna kom, trots att hon ringt i förväg och berättat att hon visserligen var sen men kom med goda nyheter.

Fast Ewa var ju själv polis och förstod mycket väl att "goda nyheter" inte var den enda nyhet hon ville ha och att "goda nyheter" dessutom, i ett läge där de famlat så länge i blindo, kunde betyda vilken struntsak som helst.

"Ewa, vännen min, lyssna nu noga", sade Anna när hon försiktigt satte sig ned intill väninnan och slog ena armen om axlarna på henne. "Vi har ett genombrott, det är sant!"

Ewa ryckte till, som om hon plötsligt tog sig ur sin apati, och såg stint på Anna.

"Berätta allt genast!" befallde hon.

Anna skärpte sig som inför en större föredragning och gick systematiskt och snabbt igenom det nya läget och sammanfattade med slutsatsen att man hade minst tre gärningsmäns fingeravtryck och DNA från minst en. Fingeravtrycken fanns inte i det svenska registret, men annat var ju inte att vänta. Det fanns nu ytterligare indikationer på att gärningsmännen var britter, fingeravtrycken hade redan gått ut på Interpol. Jakten hade äntligen kommit igång på allvar.

Det såg ut som om Ewa växte lite, som om hon plötsligt blev större under sin filt när Anna var färdig med sin rapport.

"Det är ändå en sak som verkar lite underlig med dom här lovande fynden", sade Ewa när de gick upp mot huset för att laga sin försenade middag. "Jag menar, det verkade ju som om vi hade att göra med nån sorts brottsliga snillen. Deras arrangemang med bilarna var perfekt, själva tillslaget perfekt. Flykten ut ur stan hundraprocentig. Och när allt det är klart så är dom vänliga nog att deponera ett helt paket med både fingeravtryck och DNA. Stämmer verkligen det här?"

Anna hade prövat samma tankegång, att allt var för bra för att vara sant, i åtskilliga varv. Första invändningen hade varit att fingeravtrycken på nummerskyltarna kunde vara helt ovidkommande, att någon helt oskyldig person som skulle slänga sopor i en nästan tom sopsäck till sin förvåning såg några nummerskyltar ligga där, fingrade lite på dem och insåg att de var oanvändbara för alla utom ägaren till rätt bil.

Men det fanns två starka motargument till det resonemanget, menade Anna. För det första var kidnappningen på Norr Mälarstrand enormt uppslagen i alla medier och de efterlysta bilnumren upprepades ständigt och överallt. Det krävdes en enastående fårskallighet hos den som i det läget hittade skyltarna utan att lägga ihop ett och ett. Men viktigare än så, eller faktiskt avgörande. En av de tummar som fanns på skyltarna fanns också på det engelska cigarrettpaketet och till det fanns ingen alternativ förklaring. Samma person som tagit i cigarrettpaketet hade tagit i en av de två nummerskyltarna.

Ewa funderade tyst en stund och tycktes ha godkänt resonemanget när hon nickade eftertänksamt på väg in i huset.

"Men i alla fall, det är något underligt", envisades hon när de plockade med renskav och frusna kantareller i det stora eleganta köket. "Å ena sidan snillen, å andra sidan idioter, hur går det ihop?"

Anna som haft längre tid på sig för att hitta invändningar eller svagheter i den goda nyheten hade grubblat över samma problem utan att hitta en riktigt bra förklaring.

Men det var förstås möjligt att de var yrkesskadade på något sätt och förutsatte att varenda förbrytare, åtminstone de smarta förbrytarna, hade allt klart för sig när det gällde brottets ABC, inte lämna fingeravtryck, inte lämna fimpar eller äppelskrott eller ens snus, inte använda sin mobiltelefon på fel plats.

Ändå hände det titt som tätt, särskilt det där med mobiltelefonerna var tydligen svårt att lära sig.

Och skulle man se objektivt på riskerna när gärningsmännen kommit så långt från brottsplatsen som till soptunnorna ute vid den där parkeringsplatsen på E 4:an, så var de faktiskt försvinnande små. Det fanns inga vittnen på platsen, det fick man självklart utgå från. De stannar ett par minuter och slänger lite grejor i soporna och kör vidare. De vet att de inte är förföljda.

Hade det inte varit för den osannolika kombinationen av två ovanligt nitiska trafikpoliser och extrem otur, att sopsäcken var trasig så att en av nummerskyltarna stack ut i botten, så hade man inte kommit över det här lovande spåret. För inte tänkte de två visserligen berömvärda kollegerna vid trafikenheten att de skulle ha vänt upp och ned på varje sopsäck och rotat i den. De nöjde sig väl med att titta efter. Hade sopsäcken varit hel hade de inte sett skyltarna.

Och just nu var det många morrande kolleger som på allvar kommenderats ut att rota i sopsäckar runt huvudstadens utfarter. Men chanserna för ett nytt liknande fynd måste man nog betrakta som små.

Ewa gick ner i vinkällaren och hämtade en flaska rödvin och skämtade om att de ju måste fira det första genombrottet. Det var ett hälsotecken, tänkte Anna, att Ewa tycktes vara på väg att ta sig ur sin apati.

Men efter middagen kom det svåra som Anna dragit sig för att berätta. Det fanns nya bilder ute på nätet som visade Nathalie. Hennes kidnappare hade använt sig av samma metoder som tidigare, fraktat en hel inspelning till någon annan plats än de själva befann sig och skickat ut den på nätet som ett helt nytt paket från en helt ny server. Den här gången från Islamabad i Pakistan.

Anna hade med sig en dvd med den del av materialet som visade de nya bilderna. Ja, hon hade sett bilderna själv och hon tyckte uppriktigt att Ewa skulle se dem, varför tänkte hon förklara efteråt.

Under spänd tystnad gick de in till det stora bibliotekets tevehörna och medan Ewa satte sig ner, andades djupt några gånger och knöt nävarna mixtrade Anna med fjärrkontrollen.

Nathalie lekte för sig själv på den stora mattan i blått och beige, det såg ut som om hon hade några små kameler i tyg eller läder som hon radade upp i en liten karavan.

Hon såg upp mot kameran. Någon verkade tilltala henne, men det var bortklippt. Hon visade antydan till ett litet leende och så sade hon något på arabiska som fick Ewa att stålsätta sig för att inte skrika rakt ut när översättningen kom i en engelsk textremsa:

"Tack Barmhärtige Allah för att Du räddat mej!"

Hon tycktes få beröm, också det bortklippt i så fall, och log på nytt.

Anna stängde resolut av bildskärmen.

"Lyssna nu och tänk Ewa, försök att tänka klart som om du var polis och det här var någon annans dotter", sade Anna beslutsamt. "Det här är goda nyheter."

"Är du inte riktigt klok!" skrek Ewa med tårarna rinnande nerför kinderna, hon hade försökt hålla igen men det var omöjligt.

"Jag ber dej Ewa, försök tänka som en snut. I vanliga fall med kidnappade barn är det dom hundra första timmarna som är viktigast för liv eller död. Det här är inte vanliga fall, dom här kidnapparna tänker på lång sikt. Det ger oss mer tid och vi är dom redan på spåret. Dom behandlar Nathalie väl, pysslar om henne och tröstar henne och säger att mamma kommer snart. Hon har antagligen en fransktalande nanny som har till enda jobb att vara snäll och få henne på gott humör. Läget är mycket mycket bättre än i vanliga fall, inse det!"

Ewa tog en djup klunk ur vinglaset som hon haft med sig från köket, böjde sig framåt som av magsmärtor och dunkade sina knytnävar mot pannan. Hon skrek inte, men hon kved.

Så rätade hon plötsligt upp sig, tog ett djupt andetag och torkade tårarna och såg mer beslutsam än förkrossad ut.

"Jag har tänkt på en annan sak", sade hon. "Jag borde börja jobba igen, den här skonsamma ledigheten är rena tortyren. Och jo, du har alldeles rätt. Men det är inte alltid så lätt att tänka som en snut."

Hon pressade fram ett småleende när hon sade det sista. Anna gick fram till henne och de omfamnade varandra hårt och länge.

VII

CARL HADE TAGIT för givet att Hôtel Georges V i Paris hade ungefär samma funktion för fransk underrättelsetjänst som The Connaught hade för brittisk, det ställe där man inkvarterade sina gäster, åtminstone gäster över en viss social eller militär grad. Det kunde ha blivit ett dödligt misstag. De amerikanska terroristjägarna hittade honom där inom tre timmar. För första gången i sitt liv tvingades han smita från en hotellnota, men det var det minsta problemet i sammanhanget.

Louis Trapet hade övertalat honom att checka ut såfort som möjligt och tillbringa kvällen och natten i hans privata bostad ute i Rambouillet, en bil skulle plocka upp honom på avtalad tid, de vanliga procedurerna, i ett gathörn några kvarter bort. Han skulle bara hämta bagaget på sitt för stora och ödsliga hotellrum, det påminde på sätt och vis om rummet på The Connaught fast givetvis utan några falska brasor, betala och ta sig ner i tunnelbanan för att skaka av sig eventuella förföljare. Som förr i världen, klassikern som man inte längre kunde genomföra i det extremt kameraövervakade London, åtminstone inte om det var säkerhetstjänsten eller polisen man ville undvika. Hur det var i Paris visste han inte, men han hade inte heller något otalt med fransk polis eller säkerhetspolis. Och det var en helt annan sak om man bara hade några privatpraktiserande amerikaner efter sig. Allt detta var en sorts ABC, för säkerhets skull, Louis Trapet hade bestämt undanbett sig ovälkommet besök av amerikaner i sitt eget hem, därför procedurerna.

När Carl steg in på sitt hotellrum för att börja packa ihop sitt bagage var det inte ens ABC. Det såg snarare ut som någon enklare film från 1950-talet. Det satt en man i kostym i en av de bulliga fåtöljerna i fransk barockstil och mörkröd sammet och riktade en Smith & Wesson i antingen kaliber 357 magnum eller 38 special mot honom.

"Gomiddag, mr Hamlon, vi ska nu ta det jävligt lugnt och sen ska vi ta en liten biltur", sade den kostymklädde som för att ytterligare förstärka intrycket av filmisk overklighet. Hans accent var otvetydigt mellanvästern.

Carl trodde först inte att det var sant, det verkade som om killen var ensam. Var det ett practical joke eller hade de inte gjort sin läxa, trodde de att han var någon mild skrivbordsman som det bara var att hämta in som vilken som helst förskingrande revisor? Som det nu var fanns det en uppenbar risk att bara en av dem skulle komma levande ur rummet.

"Jag förstår, eller tror åtminstone att jag förstår", svarade han efter en lång tvekan och drog försiktigt igen dörren efter sig, öppnade sitt kavajslag så att det framgick att han var obeväpnad och höjde sedan händerna till hälften för att markera att han gav upp.

"Har ni någonting emot att jag packar mitt lilla bagage innan vi går, sir?" frågade han.

Mannen i fåtöljen som såg rätt kraftfull ut och var åtminstone tio år yngre än han själv pekade med revolverpipan mot den stora dubbelsängen med överkast i grönmurrig brokad. Där stod redan hans resväska.

"Allt är packat. Utom kniven förstås", sade amerikanen. "Och nu tar vi det lilla lugna, va? Vi har vänner som väntar i lobbyn."

"Absolut", svarade Carl. "Vi kan inte gärna bloda ner ett så här fint hotell."

Han vände sig om med armarna fortfarande halvt höjda, hörde hur den andre hämtade resväskan vid sängen där parketten knarrade och därefter de nästan ljudlösa stegen över den tjocka mattan.

När han kände revolvermynningen mot sin rygg blev han först osäker. Driver de ändå med mej? var hans första tanke.

Hans nästa tanke var att han måste undvika att döda mannen.

Två timmar senare ute i Louis Trapets trivsamma muromgärdade villa i Rambouillet fick han sina farhågor om Hôtel Georges V bekräftade. Det skulle ha varit ett av de franska kollegernas minst troliga val av hotell för en gäst som krävde diskretion. Vännen Geoffrey hade helt enkelt valt hotellet efter egen smak, kanske för att det förefoll uppkallat efter en engelsk kung.

Det blev en lång natt och en kväll som inte oväntat började med en måltid av ungefär det slag som Sir Geoffrey skulle ha kvidit över att behöva sätta i sig på grund av sin närmast psykotiskt kluvna inställning till fransmän, å ena sidan löjliga figurer, å andra sidan befäl över världens bästa mat och dryck. Det finns ting som en gentleman inte gärna kan förneka.

Också Louis Trapet hade åldrats och såg nu ut som den gamle skådespelaren Jean Gabin, var änkling och hade en hushållerska av betryggande klassiskt franskt snitt. Och ett bistert livvaktsteam som skulle ha fått godkänt till och med av Pierre.

Reträtten från Rambouillet organiserade hans värd senare på natten, eller om det var mycket tidigt på morgonen, efter konstens alla regler. Två av livvakterna körde honom i bil i ett enda långt svep till Bryssel, medan han sov i baksätet, och släppte av honom på flygplatsen.

Det spelade ingen roll att CIA hade tillskansat sig total kontroll över all västvärldens flygpassagerare. Från Bryssel gick det ett direktflyg till Stockholm inom en halvtimme och hans bagage var inte större än att han kunde ta med det som handbagage, hans kniv var ju konfiskerad. När han betalade sin biljett, den här gången med kreditkort eftersom han ändå spårades i samma ögonblick som datorerna tog in hans namn på passagerarlistan, var det tjugofem minuter till avgång. De skulle aldrig hinna fram.

Och om han hade en amerikansk mottagningskommitté väntande på Arlanda så var han ändå på hemmaplan och kunde i stort sett lagligen döda dem i samma ögonblick de viftade med något vapen.

De tio minuter han hade på sig medan han väntade på ombord-stigningen i Bryssel ägnade han åt att ringa frenetiskt från sin mobil-telefon, nu när det inte längre innebar några risker. Han fick tag på Erik Ponti och bad honom ordna middagen till kvällen på Stenham-ra, han talade med Ewa och sade att han kom hem med goda nyhe-ter, hon lät lugnare och mer samlad än han väntat sig, han fick inte tag på Pierre men lämnade meddelande. Till sin förvåning blev han omedelbart kopplad till chefen för den svenska militära underrättel-setjänsten via högkvarterets växel. Samtalet blev kort, formellt, men artigt utan någon underliggande ton av fientlighet. Jo, faktiskt skulle det kunna passa bra med ett kort personligt besök redan i eftermid-dag. Konstigt, men bra.

I vanliga fall sov han alltid på flyg, även om det som nu var en kort flygning mitt på dagen. Men dels var han utsvulten, det hade blivit många timmar med bara vin efter den utsökta måltiden hos Louis Trapet. Dels fanns det alldeles för mycket att summera.

Först Sir Geoffrey Hunt. Eventuella informationer om Nathalies geografiska position hade ett pris. De skulle helst betalas med upp-gifter om de brittiska militära specialister som utfört kidnappningen.

Det var inte mycket att säga om, det var reguljär business, det finns ingen gratis lunch ens på The Travellers' Club. Sir Geoffrey hade gett honom vilka informationer som helst, nåja nästan, på den tiden de inte bara var vänner utan dessutom formellt allierade i tjänsten. Numera var de bara vänner och före detta kolleger. Skulle Sir Geoffrey lämna ut känslig information åt en civilist behövde han ett formellt skäl, en utbytesaffär. Det var hans nödvändiga försvar och han ville inte snubbla på de sista trappstegen upp till House of Lords.

Enkelt. Geoff ville kunna säga att privatpersonen ifråga gav Hen-nes Majestäts tjänst avgörande kunskaper. Och vi betalade tillbaks med någonting relativt oviktigt, platsen där en bortrövad barnunge från Sverige råkade befinna sig enligt vad vi erfarit. Dessutom bör man kanske i all diskretion erinra om att privatpersonen ifråga erhållit Distinguished Service Order för att tidigare ha erbjudit Hennes Majestät synnerliga tjänster.

Så långt allt i sin ordning. Han själv skulle ha resonerat på samma sätt om det varit ombytta roller.

Delvis var man då tillbaks på ruta ett. Det hade blivit viktigt att få tag på dem som utfört själva bortrövandet av Nathalie, ett problem som Carl i förstone hade betraktat som slöseri med tid. Men inte nu, när det blev betalningsmedel för den avgörande informationen.

Därmed fanns en märklig förbindelse mellan polisintendent Anna Holt, adress Kungsholmen i Stockholm, och George W Bush, adress Vita huset i Washington D.C.

Anna måste hitta spåret till Saudiarabien. George W Bush hade ett rakt motsatt intresse.

Hon och hennes poliskolleger måste få slag på kidnapparna på Norr Mälarstrand, teorin om att de var brittiska före detta, eller än bättre fortfarande verksamma, militära specialister måste visa sig vara riktig. Och ovanpå det borde han själv på något inte alltför invecklat sätt lyckas få Sir Geoffrey att tro, eller åtminstone vilja tro, att det var han, och inte den reguljära Stockholmspolisen, som skaffat fram uppgifterna.

Maskirovka, tänkte han. Det där var bara en vanlig rysk maskirovka, det ordnar sig. Exempelvis övertala Anna om att läcka informationen till mej aningen, bara aningen, tidigare än hon skickar den officiellt till MI 5 via Säkerhetspolisen, så har Sir Geoffrey och jag till nöds uppfyllt det kravet. Eller kanske ännu enklare och lättare för Anna att svälja: bara sända samma information till Sir Geoffrey som till de andra, men med en liten hälsning från vännen Carl. Även om Sir Geoffrey genomskådade den typen av trick skulle han för gammal vänskaps skull låta sig bedragas.

Få fast kidnapparna alltså. Det där som Sir Geoffrey ironiserat över att Carl betraktade som "oviktigt". Det var tvärtom, kidnapparna var biljetten till Nathalie. Om det gick vägen skulle inte ens George W Bush kunna hindra NSA från att hjälpa sina brittiska allierade att städa upp i den här lilla terroristaffären. Det var en hederssak spioner emellan, oavsett vad politiker kunde tänkas ha för åsikter om saken.

Så långt var han halvvägs i summeringen och där avbröts han av lunch. I vanliga fall skulle han ha sovit djupt. I vanliga fall skulle han heller aldrig ha druckit vin till lunchen. Men det här var inte vanliga fall, det fanns ännu ett analytiskt problem att tänka igenom.

Louis Trapet var en sällsynt man. Han hade varit med sedan verksamheten kallades Deuxième Bureau, via SDEC till nuvarande STE, och det var inte svårt att förstå att han och DG varit nära vänner. Förutom att de var samma generation tänkte de lika, de var den gamla stammens fixare, fullkomligt överens om DG:s gamla sentens att det är en avsevärd skillnad mellan Guds lag och människans förordningar. Ingenting av detta hade förstås varit möjligt, DG skulle inte ha blivit hans vän och själv skulle Carl inte ha kunnat utbyta en enda vettig tanke med den gamle franske räven om det inte vore för att han faktiskt talade en alldeles utmärkt engelska. Ovanligt för fransmän i hans generation, men han hade visst börjat sin karriär som språkvetare och extraknäckande översättare på Deuxième Bureau.

Den gamle kollegan hade inte direkt oväntat haft hejdlöst roligt när han fick höra historien om det bisarra amerikanska försöket att infånga Carl på Hôtel Georges V. Ingen normal operatör på fältet skulle någonsin gå upp bakifrån mot en kollega med *Tridents* meritlista och köra upp revolvern i ryggen på honom. Det kunde bara sluta på ett sätt.

Enligt Louis Trapet fanns det två tänkbara förklaringar. Den minst troliga var att de försökt provocera ett flyktförsök för att få sin hämnd utan besvärliga rättegångar.

Det var en alltför riskfylld plan, man kunde ju inte förutse vad som skulle hända med den kollega som skulle spela idiotrollen, i värsta fall skulle han riskera livet. Förresten, vad hände med honom?

Carl kunde omedelbart komma med lugnande besked. Han hade lämnat den amerikanske kollegan bunden och munkavlad på sängen innan han tog personalhissen ner till köket och smet ut. Dessvärre hade han varit tvungen att använda rummets eleganta draperier och snoddar för ändamålet, men det kunde man väl sätta upp på den försenade räkningen.

Beskedet gjorde Louis Trapet mer munter än lättad. Han fick anstränga sig för att bli allvarlig när han fortsatte med den mest troliga förklaringen till den amerikanska insatsen, att det hade med den mänskliga fåfängan att göra.

Det fanns en fransk sedelärande historia på just det temat. En gång på den jämförelsevis närmast idylliska terrorismens tid befann sig den efterlyste men måttligt berömde Ramirez Ilitj Sanchez i Paris. Han var misstänkt för ett eller annat småmord, inte något märkvärdigare än så. Säkerhetstjänsten DST fick nys om hans tillfälliga bostad och historien hade både för DST, Monsieur Sanchez själv och världen sett helt annorlunda ut om man bara gjort det självklara, att skicka in en grupp gorillor från specialpolisen i gömstället för att paketera den efterlyste.

I stället fick högste chefen för DST för sig att det var dags att lämna skrivbordet för en hjältemodig insats på fältet, plockade fram sitt dammiga tjänstevapen och tog någon av sina biträdande chefer med sig. Eftersom den senare överlevde visste man i detalj vad som hänt.

De både säkerhetspoliserna knackade på dörren och Monsieur Sanchez öppnade och visade sig omedelbart artigt förstående för de två polismännens uppdrag. Han bad dem sitta ned medan han hämtade sina toalettartiklar, eftersom han antog att han kanske måste finna sig i att sitta anhållen några dagar. Franska poliser är inte vana vid att efterlysta förbrytare uppträder så belevat. De två idioterna till kolleger satte sig alltså i varsin fåtölj nedan Monsieur Sanchez gick ut i badrummet. Men han hade inte en tandborste i handen när han kom tillbaks, utan en 9 mm Glock. Så dog den förrförre chefen för DST och begravdes en vecka senare med alla tänkbara hedersbetygelser och i en kista svept i trikoloren.

Eftersom Monsieur Sanchez nu dödat en högt uppsatt europeisk säkerhetspolis och skadskjutit hans biträdande chef så var han inte längre någon dussinterrorist. Nu blev han den världsberömde "Schakalen" som under en följd av år tillskrevs i stort sett vartenda terrordåd i västvärlden. Det tog miserabelt lång tid innan man fick tag på den jäkeln och kunde bura in honom som den franska statens gäst där han skulle förbli för överskådlig framtid. Så mycket enklare det blivit för alla parter om man låtit vanliga säkerhetsstyrkor ta honom redan vid första tillfället. I stället fick man utstå en mer än tioårigt utdragen terroristkarriär och allt detta elände bara för den mänskliga fåfängans skull, chefen som skulle spela hjälte.

Det var en trist förklaring men egentligen den enda troliga, menade Louis Trapet. Fånen i Carls hotellrum var säkert någon högre säkerhetschef på amerikanska ambassaden som sett en chans till pluspoäng och medalj.

Mannen var i alla fall från CIA, bekräftade Carl och höll upp den legitimationshandling han konfiskerat. Ett lustigt sammanträffande var att han hette Charles McCain, samma efternamn som republikanernas presidentkandidat. Gud förbjude att det var frågan om far och son, då skulle amerikanerna bli hysteriska. Om de inte lyckades tysta ner historien så skulle det väl blir mycket väsen i den franska pressen?

Louis Trapet verkade klart bekymrad när han reste sig och gick in i sitt intilliggande arbetsrum och slog på datorn. Han kom tillbaks efter några minuter och meddelade korthugget att Monsieur Charles McCain var en av två biträdande stationschefer på den amerikanska ambassadens underrättelsesektion. Historien hade alltså upprepat sig.

Detta om detta. Vad gällde operationen att hämta hem lilla Nathalie så hängde till en början allting på den pompöse vännen i London. Carls antagande att fransk underrättelsetjänst skulle få mycket svårt att pressa information ur NSA var helt riktigt, trots att flickan var fransk medborgare.

Om detta avgörande första steg kunde genomföras med Sir Geoffreys benägna hjälp, om man väl fick Nathalies exakta position så var resten enkelt, åtminstone i teorin. Inga terrorister i världen skulle stå emot en anfallsstyrka från 2e REP. Så långt var allt självklart. Louis Trapet hade dessutom det största förtroende för hennes far, överste Tanguy. De hade faktiskt haft med varandra att göra.

Den gången gällde det en fritagningsoperation i Djibouti, ett gäng terrorister som höll en buss full med skolbarn som gisslan. 2e REP och underrättelsetjänstens operativa sektion kommenderades till platsen av president Mitterrand. Det blev ändå Tanguy och hans mannar som mycket resolut, och elegant måste man medge, löste problemet. Han var väl värd sin hederslegion.

Det militärt taktiska skulle fungera. Den okända faktorn var den nye presidenten Sarkozy, för hittills hade han bara uttalat sig allmänt avståndstagande, han var emot terrorism och så vidare, men inte bundit sig vid eller ens hotat med några som helst insatser. Det kunde förstås bero på att man ännu så länge inte visste var medborgare Nathalie befann sig, men lite mera stake hade man kunnat vänta sig från presidenten, affären tog ändå ett väldigt utrymme i medierna och sådant brukar sätta fart på politiker.

I just det här sammanhanget kanske det var synd att inte Ségolène Royal vunnit presidentvalet. *Madame la Présidente* hade inte kunnat undgå att göra fransk politik av saken, hon var ju själv mor.

Nå, nu gällde det alltså Sarkozy. Eftersom han var ett okänt kort så vore det kanske för riskfyllt att blanda in honom på ett för tidigt stadium. Däremot kunde man snabbt beröva presidenten hans handlingsfrihet. Det fanns metoder för sådant som närmast var fransk standard. Det gick ut på att till en början hålla presidenten ovetande, så att han hade möjlighet att förneka allt ansvar om operationen gick åt helsike.

Det betydde att överste Tanguy och hans mannar måste ge sig iväg på en tekniskt sett illegal operation. Om de misslyckades, togs till fånga eller dödades, så kunde det förklaras med en desperat fars yttersta åtgärd. Ingen skada skedd.

Om operationen däremot lyckades så skulle det bli en helt annan sak. Då gällde det att omedelbart – och nu handlade det om minuter, alltså bokstavligen talat omedelbart – kommunicera resultatet till Louis Trapet. Då kunde han ringa presidenten och framföra den glada nyheten och ytterligare några minuter senare skulle det privata terroristdådet ha adlats till en högst officiell insats på order från republikens president.

Så måste det rent praktiska upplägget se ut. Självklart behövdes en viss framförhållning. När det började dra ihop sig måste Louis Trapet inta en viss beredskap, lokalisera presidenten och meddela att han *kanske* skulle behöva nå presidenten varsomhelst och närsomhelst de närmaste dagarna – i en fråga av yttersta vikt för nationen. Det skulle fungera.

Precis så skulle DG ha resonerat och lagt upp planen, precis så skulle förresten han själv också ha lagt upp det på den tiden han förfogade över underrättelsetjänstens operativa insatsstyrka. Det var vid närmare eftertanke faktiskt just så det hade gått till vid några tillfällen. Politiker var lika ovilliga att flagga igång en fritagningsoperation som de var snabba att ansluta sig när det blev dags att fira triumfen.

Planet var på väg ner och Carl kände hur hans puls ökade. Amerikanerna hade ungefär tre timmar gammal kunskap om varifrån han flög och vart han var på väg. I datorernas värld kan ingen gömma sig som en fisk i det stora stimmet, den som har en larmkod fäst vid sitt namn åker upp på vakthavandes dataskärm i Langley mindre än tio sekunder efter incheckningen.

Men att försöka kidnappa honom på Arlanda? Han prövade tanken för tredje eller fjärde gången. Under tumult och vapenhot försöka få över honom till den ände av flygplatsen där USA-planen väntade?

Nej och åter nej. Det var inte de juridiska och diplomatiska komplikationerna som låg i vägen för ett sådant försök, USA hade egen jurisdiktion i hela världen, åtminstone enligt förhärskande ideologi i Vita huset. Men de praktiska bestyren borde lägga hinder i vägen. Skottlossning på Arlanda, civila förluster och i värsta fall mördad svensk – han skulle ju aldrig låta sig ledas ombord levande på något USA-plan.

Nej, det var för mycket, åtminstone om man försökte se kallt logiskt på problemet. Å andra sidan hade incidenten på hotellrummet i Paris inte visat på någon större förmåga att tänka kallt och logiskt. Ingen väntade på honom när han steg ur gångtunneln från planet. Få svenskar tycktes känna igen honom trots att hans maskering var minimal, glasögon och ett nyanlagt grått skägg av samma typ han använt sig av i Sankt Petersburg.

Ingen mottagningskommitté i bagagehallen eller i tullfiltret, inte heller vid taxikön. Och därmed borde faran vara över tills vidare. Då hade det alltså lönat sig att flyga från Bryssel, tåg på nytt hade varit tålamodsprövande på gränsen till rent lidande.

I taxin på väg in mot högkvarteret där den militära underrättelsetjänsten fortfarande hade sin ledningscentral försökte han formulera frågor till kollegerna eller till sina efterträdare rättare sagt. Han kunde inte veta hur de såg på honom, som en före detta kollega eller som någon sorts psykfall, som en hedervärd medborgare som hade rätt att ställa frågor eller som en civilist som över huvud taget inte fick fråga en enda sak som angick försvarets allra hemligaste verksamhetsområden. Det var omöjligt att gissa på förhand, men det kostade inte så mycket att försöka.

Det var en konstig känsla att gå in genom portarna på den gamla arbetsplatsen, anmäla sig i vakten, avtvingas legitimation och få en besöksbricka med sträng tillsägelse att den skulle fästas på visst sätt och "vara fullt synlig vid varje tillfälle". Det senare lät som en klumpig översättning från engelska.

Det var fredagseftermiddag och en strid ström av folk som jäktade förbi honom där han satt och väntade i de fortfarande ljusblå tygfåtöljerna intill utgången. Nästan ingen verkade lägga märke till honom och det var ett överraskande gott betyg åt hans obetydliga maskering. De få som ändå kände igen honom reagerade desto synligare, en major i flygvapnet höll på att gå med huvudet före rakt in i svängdörrarna.

En värnpliktig korpral kom ner för att hämta honom, sträckte upp sig, gjorde en något anspänd honnör och anhöll om att få eskortera amiralen. Skönt att åtminstone slippa bli kallad herr Hamilton, tänkte han.

Hela ledningsgruppen väntade i det gamla chefsrummet som nu förvandlats till en sorts sammanträdeslokal, en generalmajor och två brigadgeneraler, alla lustigt nog klädda i uniform. De skulle kanske iväg på något officiellt ärende senare.

De hälsade hjärtligt och bara aningen högtidligt, betraktade honom tydligen inte som någon galning åtminstone. När de bjöd på kaffe skämtade han om att hans gamla arbetsplats tydligen erövrats av armén, på hans tid hade ju hela ledningsgruppen bestått av marinofficerare. En av de biträdande cheferna svarade med ett lika ansträngt skämt om att man numera hade fast mark under fötterna. Men rundsnacket dog fort ut. De såg avvaktande på honom, förstod mycket väl att han inte bara kommit på artighetsvisit, så det var lika bra att köra igång.

"Jo, så här är det", började han. "Pierre Tanguy är en av mina nära vänner och jag försöker hjälpa honom att lokalisera dottern, ja ni kan förstås hela historien. Min gissning är att dom som har störst möjligheter att lokalisera henne är våra amerikanska kolleger, särskilt NSA. Därför min första fråga. Har vi fått någon hjälp från det hållet?"

Stämningen i rummet kändes aningen ansträngd. Han borde kanske ha framfört saken mjukare, inte talat till dem som en överordnad. Det gick några sekunder där det enda som hördes var en sked som rörde om i en kaffekopp.

Han fick en del om inte direkt motvilliga så ändå försiktigt inlindade svar i det följande tröga samtalet. Han uppfattade ändå kollegerna som välvilligt tillmötesgående, de hade strängt taget kunnat kasta ut honom såfort han visat att han faktiskt var ute efter hemligstämplad information. Å andra sidan kanske det skulle ha känts lite väl genant att börja vifta med hemligstämplar inför någon som tillbringat mer än ett decennium på jobbet. Det blev en försiktig, fortfarande artig, men försiktig balansgång. Efter tjugo minuter reste han sig och tackade, tog i hand, möttes av några lättade leenden och lät sig eskorteras ut av korpralen.

Nere i vakten kallades han tillbaks med ett argt rytande när han var nästan framme vid utgången. Han hade glömt att lämna tillbaks sin besöksbricka.

* * *

Erik Ponti höll god fart ut mot Mälaröarna med bakluckan full av plastpåsar från Östermalms saluhall. Inom loppet av någon timme hade först Carl och sedan Pierre ringt honom och snarare beordrat än bett om proviantering inför kvällen eftersom båda var på väg hem. De lät båda som om de var på mycket gott humör.

Det var ingen tvekan om att de förberedde och planerade en fritagningsaktion och att de gjorde det med dödligt allvar. Det var inte som Ewa och Anna lite sarkastiskt föreslagit någon sorts desperata terapisysslor för att de skulle få känna sig manligt nyttiga, även om det var svårt att sätta sig in i vad de rent konkret förberedde och hur de tänkte. Det var ett obestridligt faktum att båda två, särskilt Carl, bevisligen genomfört den typen av operationer.

Men hur kunde man arbeta med en sådan planläggning utan att veta var målet fanns? Åtminstone för en journalist verkade den arbetsordningen något bakvänd, som om man skulle börja förbereda en intervju utan att veta på vilket språk och med vem. Nej förresten, det var nog en lika orättvis som omöjlig jämförelse. Pierre och Carl var minst lika professionella på sitt område som han på sitt eget. Det kanske var en fråga om effektivitet och att vinna tid. Om han förstått det hela rätt sysslade Pierre med att sätta samman en anfallsstyrka och Carl med att bygga upp en sorts politisk komplott och framför allt en metod att ta fram den avgörande informationen om var Nathalie befann sig. I samma ögonblick de hade lokaliserat målet kunde de sätta igång operationen i stället för att först då börja med de rent praktiska förberedelserna. Det var sannerligen inte jämförbart med journalistik, det var ett krigsspel enligt regler som bara sådana män som Pierre och Carl förstod.

Och kunde han själv bara bidra som kalfaktor, kock och medieanalytiker så var det ändå gott nog, åtminstone en liten hjälp.

Han skulle försöka övertala Ewa att ställa upp i en eller ett par intervjuer för fransk television. Historien om Nathalie höll på att dö ute i medierna på grund av ren bränslebrist. De klasar av tevejournalister som häckat utanför Norr Mälarstrand hade sedan länge packat ihop och rest hem. Därmed minskade den politiska temperaturen i affären Nathalie så att både franska och svenska politiker blev mindre pressade att anstränga sig för hennes skull. Den svenske utrikesministern hade exempelvis börjat antyda att det kanske i första hand var Frankrikes ansvar att befria Nathalie ur den vidriga fångenskapen, eftersom hon var fransk medborgare. Även om den svenska regeringen, förstås, uppmärksamt följde utvecklingen och ägnade sig åt sådan tyst diplomati som man inte kunde redogöra offentligt för, och så vidare.

Vad Ewa borde göra var enkelt att se. Hon skulle i fransk television vädja till president Nicolas Sarkozy och framhäva honom som sitt enda hopp eftersom svenska myndigheter tycktes ha tappat intresset och ville skjuta ansvaret ifrån sig.

I Frankrike hade tusentals demonstranter krävt att regeringen måste ta itu på allvar med den colombianska Farcgerillan som höll miljöpartisten Ingrid Betancourt fången sedan 2002. Bland demonstranterna i Paris fanns såväl Argentinas president Cristina Kirchner som Frankrikes första dam Carla Bruni Sarkozy. Men det hade också funnits bilder på Nathalie på flera plakat i demonstrationen.

Det var förstås en idé. Ewa skulle i första hand vädja till Carla Bruni Sarkozy i sina teveintervjuer. Det var nog smartare. Han skulle skriva ner några formuleringar åt henne.

Sedan var det en helt annan sak att förmå Ewa att ställa upp, hon drabbades av förståeliga skäl närmast av panik vid tanken på fler erfarenheter av journalister. Den där olycksaliga intervjun i Kvällspressen var ju upphovet till katastrofen.

På något sätt måste han ändå lyckas övertala henne. Frankrikes stöd var viktigare än allt annat om fritagningsoperationen verkligen blev av, det borde vem som helst kunna förstå. Om Ewa vädjade direkt till den franska presidenthustrun skulle hon i sin tur, när kollegerna kom rusande med sina mikrofoner, inte säga annat än att hon helhjärtat stod på samma sida som Nathalies mor och att hennes man självklart delade hennes känslor. Och därefter skulle presidenten tvingas instämma offentligt, vad annat kunde han göra?

Det kunde visa sig oerhört viktigt och det var säkert inte svårt att förklara för Ewa. Det skulle inte bli en lätt, men en nödvändig övertalningsoperation.

Matlagningen var ett både enklare och roligare jobb. Han hade med sig levande havskräftor till förrätten och när en svettig och hålögd Ewa öppnade ytterdörren för honom och genast sprang tillbaks ner till Anna i gymmet intog han köket och började sin kocktjänst.

Medan han fortfarande stod och klöv de sprattlande havskräftorna kom Carl hem och anslöt sig snart till arbetet med en flaska vitt vin, oljade ugnsformen för havskräftorna och dukade medan han kortfattat och närmast muntert berättade om sin resa, klarade av det amerikanska försöket att infånga honom på Hôtel Georges V på trettio sekunder och ägnade fem minuter åt en gammal fransk spionchefs idéer om hur man skulle tvinga president Sarkozy att såväl hålla god min som att ställa upp med allt vad Frankrike förmådde.

Sedan landade han i kärnfrågan. Man var tillbaka på ruta ett. Man måste hitta kidnapparna, de måste visa sig vara britter, helst brittiska elitsoldater, och det var den informationen som skulle betala för Nathalies adress. Alltså låg avgörandet för närvarande hos Anna Holt och hennes folk på Rikskrim.

Just när han formulerat den slutsatsen kom Anna in i köket med en frottéhandduk om huvudet, röd i ansiktet och fortfarande svettig. Hon kramade om Erik och tog mer avmätt Carl i hand, ursäktade sig med att hon måste gå och blåsa håret och sade att hon hade en del framsteg att berätta om innan hon försvann på nytt.

Fem minuter senare anlände Pierre i taxi från Arlanda, också han vid påtagligt gott humör och frågade var han kunde hitta Ewa, och Erik föreslog duschen nere i källaren utanför gymmet.

En timme senare satt de alla till bords och Ewa verkade samlad och i god balans för första gången sedan katastrofen inträffat. Kanske var det Carls och Pierres optimism som påverkade henne. Inte för att hon trodde, eller vågade tro, att de skulle kunna förverkliga sina sanslösa planer utan bara för att de visade sådan märklig tillförsikt.

Vid havskräftorna och det vita Bordeauxvinet talade man bara om mat och vin kring bordet och Erik fick beröm för sin blandning av vitlök, persilja, majonnäs, vitt vin och olivolja till havskräftorna.

Pierre hjälpte sedan till med att anrätta kalvköttet till saltimbocca medan Carl gick på expedition till vinkällaren och på begäran hämtade några flaskor Barolo som han nonchalant kastade in i mikron för att få rumstempererade.

När de kommit en bit in i varmrätten blev det oundvikligen dags för Anna att börja berätta och sammanfatta läget i utredningen.

Den andra dagisfröken Jonna Bordlund hade vaknat upp ur sin koma och skulle kunna leva vidare utan några särskilda men av de skador som förgiftningen medfört. Den toxikologiska analysen var fortfarande osäker, läkarna förklarade det med att giftattacken, som förmodligen genomförts med någon form av spray, hade innehållit en hel cocktail av gifter, de flesta biologiska som på något sätt konsumerades av kroppen, ungefär som insulin. Det var ändå inte så viktigt, mer väsentligt var att hon inte hade några som helst minnesbilder av vad som hänt och annat var kanske inte heller att vänta.

Det just nu avgörande var att man helt enkelt måste få tag på den som levererat de falska nummerskyltarna. Det borde gå. Det fanns bara ett företag som tillverkade sådana, det fanns bara sex man att välja mellan. Alla var oförvitliga medborgare, men ändå måste det vara någon av dem.

Carl frågade fundersamt om Anna hade kollat upp de sex männens eventuella värnplikt och det hade hon. Märkligt nog hade bara en av dem gjort lumpen, men så var det väl numera. Och han hade legat tio månader vid Ingenjörstrupperna i Södertälje.

"Stryk den från listan", sade Carl plötsligt än mer tankfull. "Han är det inte. Finns namnen på dom där killarna i datorerna här ute?"

Så var det förstås. Anna hade överfört allt utredningsmaterial till Ewa via mejl, det vill säga, till Carls datorer på Stenhamra.

Plötsligt reste sig Carl efter att ha suttit tyst en stund, ursäktade sig och mumlade något om att han hade ett samtal att ringa. Han blev borta en kvart medan de andra något undrande försökte fortsätta samtalet som om ingenting hade hänt.

En fråga var till exempel hur så påtagligt förslagna förbrytare kunde genomföra en i allt övrigt lysande attack men ändå lämna fingeravtryck och DNA efter sig. Både Ewa och Anna menade att det var något som de själva som snutar hade svårt att förstå.

"Men det har inte jag", sade Pierre. "Förklaringen är nog rätt enkel, dom är inte vanliga förbrytare. Dom är militärer. Och jag tror nog att Carl skulle hålla med mej om det här, för många operationer har jag genomfört i mitt liv utan att ha en tanke på vare sig DNA eller fingeravtryck. Det beror på att det vi gör är lagligt även om det inte skulle vara det för civilister. Vi behöver aldrig räkna med risken att få poliser efter oss, eller hur Carl?"

Carl hade just kommit tillbaks in i köket och Pierre beskrev snabbt problemet.

"Nej, naturligtvis", sade Carl. "Vi begår inte brott, vi genomför militära operationer, våra fingeravtryck är fullkomligt ointressanta. Men nu vet jag vem av de återstående fem männen på Annas lista på det där nummerskyltsföretaget som är vår man."

"Hur vet du plötsligt det?" frågade Anna skeptiskt.

"Jag talade med en gammal god vän som numera råkar vara operativ chef för den hemliga specialstyrkan SSG, en gång var vi i samma grupp på underrättelsetjänsten, Luigi alltså."

"Och han visste? Det är tydligen ingen hejd på vad privatspanare nuförtiden kan räkna ut. Visste han vem som mördat Palme också?"

muttrade Anna med misstro målad över hela ansiktet.

Det blev pinsamt tyst runt bordet när Carl försiktigt drog ut stolen och satte sig, Anna ångrade sig redan. Carl drack lite vin och ställde långsamt ner glaset i tystnaden.

"Jag ber om ursäkt, Carl", sade Anna. "Men det är min snutuppfostran, jag är allergisk mot att sitta och babbla om en utredning med en massa tekniskt sett utomstående, det här är ju en något märklig situation. Men förlåt i alla fall. Berätta i stället!"

"Det som slog mej", började Carl med en nick mot Anna som betydde att han utan vidare accepterade hennes ursäkt, "var att fem av sex friska sunda män utan brottsligt förflutet och allt det där skulle ha sluppit ifrån lumpen. Men nu är det så här, att alla som finns med i vår specialstyrka SSG får sin militära bakgrund struken ur alla register, vi ska gubevars vara lika hemliga och märkvärdiga som alla andra, exempelvis britterna. Låt oss nu kalla honom X till att börja med. Luigi, som varit hans chef i Afghanistan, minns honom mycket väl. Han är fallskärmsjägare i grunden, en av de bästa som någonsin gått ut från utbildningen i Karlsborg, det var därför han hamnade i SSG. Numera löjtnanten i reserven X låg i en förläggning utanför Kabul som SSG delade med ... just det, Special Air Service, Hennes Majestäts bästa. Det var 2002, det första större internationella uppdrag vi skickade ut SSG på. Svenskar och britter kom väl överens, de hade bland annat en gemensam improviserad pub som de kallade The Golden Boar, förmodligen för att skämta med den muslimska omgivningen."

"Vad heter löjtnant X?" frågade Anna kallt.

"Det tänker jag inte säga förrän vi har diskuterat igenom ett visst problem", svarade Carl och serverade alla runt bordet en skvätt vin ur den sista flaskan.

Problemet var att han och Luigi skulle vilja tala med löjtnanten innan polisen gjorde det. Luigi och han själv var rätt överens om hur det hela måste ha gått till. Löjtnant X blir god vän med några killar från SAS. Några år senare tar de kontakt med honom och säger att de behöver hjälp med en operation mot terrorister i Stockholm. Så långt ingenting konstigt, brittiska terroristjägare har slagit till förr på svensk mark, reglerna är numera mycket flytande när det gäller allt som har med terroristjakten att göra. Löjtnant X har alla skäl i världen att svälja den historien.

När han senare får klart för sig att han har blivit lurad, att han medverkat till ett brott som kan ge honom livstids fängelse så drabbas han av panik och anger inte sig själv för polisen eftersom han betraktar sig som oskyldig. Vilket ju kan vara sant, åtminstone i moralisk mening.

"Men om det ligger till på det viset så riskerar han på sin höjd ett bötesstraff för mygel på jobbet", avbröt Ewa.

"Jo, det är förstås möjligt", sade Carl. "Men det vet du Ewa, eftersom du är jurist. Jag visste det inte och jag tror nog att löjtnanten lider av samma juridiska obildning som jag själv. Han har rent faktiskt medverkat till grovt människorov, heter det så i juridiska termer? Han har sett vad som hände med Nathalie och han mår nog inte särskilt bra och tänker inte särskilt klart."

"Okej, det köper jag", sa Anna Holt. "Men låt oss då förfan hämta in honom och klämma ur honom historien och på slutet rentav trösta honom med att han inte riskerar något straff bara han hjälper oss. Vad är problemet?"

"Problemet är Nathalie", sade Carl. "Om jag och Luigi, hans förre chef, får ta ett snack med löjtnanten innan polisen gör det så kan vi antagligen övertala honom att ge oss namn på kollegerna från SAS, nu vet vi ju att det verkligen handlar om just SAS. Men om ni tar honom först så, rätta mej om jag har fel, så blir han ju anhållen av en åklagare, eller hur?"

"Absolut!" svarade Ewa och Anna samtidigt.

"Ja", fortsatte Carl. "Och då tror jag inte att åklagaren kommer att tycka att det är en bra idé att några militärer kommer på besök för att tala med den anhållne i enrum. Och om jag ska få reda på var Nathalie finns så måste jag få honom att ange sina brittiska uppdragsgivare först. Det är den informationen jag ska sälja till MI 6. I gengäld får jag den avgörande upplysningen. Sen hämtar Pierre och hans män hem henne. Kan vi komma runt dom här formella frågorna?"

Ewa och Anna inledde en diskussion fylld av polisiära och juridiska termer som de tre männen runt köksbordet inte riktigt begrep.

Men de kom snabbt fram till en metod för att runda åklagaren. Så här kunde man göra. Man plockade in löjtnant X på förhör och tog hans fingeravtryck. Då var han ännu inte anhållen, alltså behövde ingen åklagare vara inblandad. Så länge det inte fanns en klart misstänkt person var Anna i praktiken förundersökningsledare. Beslutet var hennes.

Där uppstod en liten tidslucka i proceduren. Medan fingeravtrycken undersöktes var löjtnanten frihetsberövad men ännu inte anhållen. Anna ansvarade för honom och kunde bevilja besök av Luigi och Carl. De kunde få ungefär en halvtimme på sig.

"Jamen det var väl ändå en utmärkt lösning på problemet", sade Carl. "Hans namn är Patrik Wärnstrand. Men när ni hämtar in honom, tänk på två saker. Han mår antagligen inte så bra. Och han är lika farlig som Pierre eller jag själv. När Luigi och jag kommer på besök måste han vara vid liv och i stånd att tala med sina överordnade. Ge oss bara tjugo minuter med honom i enrum så har vi kommit en bra bit på väg för att hitta Nathalie."

* * *

Han förbannade sin dumhet. Det hade han gjort många gånger på sista tiden. Han skulle ha gått självmant till polisen och nu var det för sent.

Det hade varit vilken som helst vanlig dag i maskinhallen, jobbet flöt på, det var fint väder och på eftermiddagen skulle han och Lisa och ungarna åka ut till svärföräldrarnas sommarställe, elda löv, äta sill och dricka brännvin. Det var livet, det normala livet som om ingenting hade hänt, så som han inbillat sig att resten av livet skulle se ut. Som om ingenting hade hänt.

Hela maskinhallen invaderades plötsligt av svartklädda och maskerade poliser med 9 mm pistoler riktade mot honom från alla håll, de dumma jävlarna höll förstås pistolerna med tvåhandsfattning och det såg ut som om det var på film, lika overkligt. De vrålade alla på en gång i munnen på varandra och det gick ut på att han skulle lägga sig ner på golvet och breda ut armar och ben medan arbetskamraterna snabbt skyfflades ut ur lokalerna.

Och nu satt han här bakom pansarglas, intill en dörr utan handtag och med blålila färg på alla fingertopparna. De visste, de hade kommit på det. Annars skulle de inte ha slagit till med sådan kraft, annars skulle de inte ha gått direkt på hans fingeravtryck. De måste ha hittat ... vadå? Nummerskyltarna, det var väl ändå inte möjligt?

Livet var hursomhelst förstört. Emma och Sixten skulle växa upp utan sin pappa, Lisa skulle ta ut skilsmässa när hon fick veta, hon hade talat plågsamt mycket om det förfärliga med lilla Nathalie i terroristernas våld, hon skulle aldrig fixa att hennes man hade varit en av förövarna.

Förövare? Var det det han var? Ja, det gick ju inte att komma undan, blåst eller inte så var han en av förövarna. Ungefär lika vidrigt som om han åkt fast som pedofil våldtäktsman. Livet var slut, dom verkade så säkra på sin sak, han skulle få livstid och vadfan hade han egentligen kunnat göra annorlunda? Ringa Säkerhetspolisen och kolla om det var något brittiskt tillslag mot terrorister på gång i Stockholm? De skulle ändå aldrig ha sagt något. Egentligen borde han ta livet av sig.

Lisa hade ställt som villkor innan de fick barn att han tog ett civilt jobb och lämnade SSG, tillbaks till verkstan alltså. Det var ingen orimlig kvinnlig ståndpunkt. Dels skulle han kunna vara hemma och leva som en normal far i ett normalt familjeliv, dels skulle han inte längre riskera livet. Det hade inte varit mycket att snacka om, det var rent och skärt förnuft. Dessutom var förmanslönen på verkstan bättre än på SSG.

När det rasslade av nycklar i dörren väntade han sig att triumferande snutar skulle komma in och säga haha, fingeravtrycken stämde! I stället var det bara en plit som stack in huvudet och sade att du har besök. Först frös han till is när de två kom in, sedan ställde han sig blixtsnabbt upp i givakt.

"Lediga, löjtnant Wärnstrand! Var så god och sitt!" kommenderade överste Luigi Bertoni-Svensson, drog ut en stol åt Hamilton – det var jävlarimej Hamilton! – och åt sig själv.

De satte sig ned. Tio sekunders tystnad, tio mycket långa sekunder.

"Nu är det så här, Wärnstrand", sade Luigi släpigt, nästan vänligt, "att ljuga det kan du göra för polisen om du vill. Men inte för oss. Vi vill hämta hem flickan, det är vad vi förbereder. Och då behöver vi din hjälp, är det uppfattat?"

"Svar ja, överste!"

"Bra. Ja, jag presenterade inte amiral Hamilton, men jag utgick från att du kände igen honom. Amiralen har en ledningsfunktion i den kommande fritagningen. Han har några frågor."

"Just det, nu har vi lite drygt tjugo minuter på oss", sade Carl. "Sedan stängs fönstret för vår del och du blir oåtkomlig i klorna på en åklagare. Vi måste använda tiden väl. Överste Bertoni-Svensson och jag själv har en god uppfattning om hur det gick till när du hamnade i det här eländet. Men vi vill inte lägga några ord i munnen på dej. Var nu så god och berätta med egna ord. På högst tio minuter!"

Patrik Wärnstrand drog djupt efter andan. Varje tanke på att ljuga var som bortblåst. Framför honom satt de två officerare och kolleger som han utan tvekan höll högst av alla, dels hans förre chef och dels Hamilton, självaste Hamilton som tydligen skulle leda en fritagningsoperation. Han skulle inte ens behöva tio minuter för att berätta hur det gick till.

Under hans redogörelse satt de två höjdarna med uttryckslösa ansikten, det gick inte att utläsa om de trodde honom eller inte, men de avbröt honom aldrig.

"Det där var mycket bra. Logiskt, och åtminstone jag tror på dej", sade Luigi när löjtnantens redogörelse var klar. "Och för övrigt, det var precis så vi trodde att det låg till. I din situation hade jag förmodligen själv gått på det hela. Men amiralen har ytterligare några frågor."

"Om ni har frågor, amiral Hamilton, kommer jag att besvara dom efter bästa förmåga!" svarade han blixtsnabbt.

"Utmärkt", sade Carl. "För det första. När du insåg att du hade blivit blåst av dina brittiska kolleger, varför gick du inte till polisen?"

"Därför att jag hade varit med om att kidnappa ett barn, därför att jag insåg att jag skulle få livstids fängelse för nåt som jag egentligen inte var skyldig till, amiral!"

"Och sen, när du fick veta att flickan satt som någon sorts jakttrofé fångad av arabiska terrorister, för det kan du ju inte ha undgått att observera, hur tänkte du då?"

"Att skadan inte längre gick att reparera, att jag var helt maktlös."

"Förklara närmare!"

"Ja, dom hade alltså sålt henne till arabiska terrorister och säkert fått bra betalt. Men jag utgick från att dom inte själva visste vem köparen var. Och en av dom ringde till mej och varnade mej, sa att jag skulle åka in på livstid om jag inte höll käften och det var jag ju själv redan övertygad om."

"Fick du betalt?" frågade Carl med en trött grimas.

"Erbjudande som jag inte accepterade, amiral!"

"Jag förstår. Då är vi framme vid det avgörande", fortsatte Carl.

I det ögonblicket öppnades dörren och Anna Holt dök upp, visade ett tecken åt Carl som alla i rummet såg och som inte gärna kunde missförstås, tummen upp.

"Nu är jag rädd att tiden är ute, han kommer att anhållas", sade hon.

"Ge oss bara två minuter till!" svarade Carl och Anna stängde till synes motvilligt dörren när hon drog sig undan.

"Kort om tid som du hör, löjtnant Wärnstrand", sade Carl. "Dom har hittat några av nummerskyltarna, dom har dina fingeravtryck, du kommer att anhållas misstänkt för grovt människorov. Så nu gäller det. Här, skriv ner namnen på dom du känner till av de brittiska kollegerna!"

Han sköt över en liten svart anteckningsbok och en reservoarpenna. Löjtnanten började omedelbart skriva och sköt sedan tillbaks anteckningsboken över bordet mellan dem.

"Kan bara två namn, amiral! Kapten David Gerald Airey och löjtnant Harold Finley."

"Det var dom som genomförde operationen?"

"Det var vad dom sa till mej, jag litade på dom, vi kände varandra."

"Från Afghanistan?"

"Ja, vi låg i samma förläggning i åtta månader."

"Du var god vän med kaptenen David Gerald Airey, beskriv honom!"

"Mycket engelsk typ, det är han som är på fantombilden, förstår inte hur ingen kunnat känna igen honom. Fin familj av något slag, tror jag. Adlig men fattig som han brukade skoja om."

"Adlig men fattig, måste vara fruktansvärt", sade Carl med uttryckslöst ansikte som om det inte ens vore ironi. "Det här är alldeles utmärkt, löjtnant Wärnstrand. Nu har jag ett glädjande besked och en vädjan att komma med."

Det glädjande beskedet måste i god psykologisk ordning komma först. Det var att om historien var sann, vilket allt talade för, så var det inte längre tal om något livstidsstraff, möjligtvis böter eller villkorlig dom. Har man blivit blåst så har man. Visserligen förargligt, men bättre än livstids fängelse.

Därefter en vädjan, men först lite sockrad.

"Hör på nu, löjtnant!" fortsatte Carl med en hastig blick på klockan. "Du ska begära advokaten Leif Alphin som din offentliga försvarare, jag känner honom, han trollade i alla fall bort ett livstidsstraff för mej, jag ska informera honom noga i förväg. Och sen till min vädjan. Det har att göra med att vi måste vinna tid inför fritagningsoperationen. Du blir anhållen om några minuter, inlåst och avstängd från världen. Skulle du kunna vara så vänlig att hålla käften i ett par dagar, vägra att berätta den här historien innan du talat med din advokat och så vidare. Det ändrar inget i sak för din del, men det ger oss dyrbar tid som vi behöver. Överste Bertoni-Svensson kommer att tala med din fru och säkert lugna henne. Kan vi arbeta så?"

"Självklart, amiral!"

"Tack. Då skiljs våra vägar tills vidare, du har gett oss ovärderlig hjälp."

"Anhåller om att ställa fråga, amiral!"

"Varsågod, löjtnant!"

"Om ni behöver en frivillig till fritagningen så skulle det vara fantastiskt om jag kunde få delta, amiral!"

De hade alla rest sig upp och skulle ta avsked. Nycklar skramlade utanför dörren. Carl tänkte efter utan att röra en min, de andra två såg spänt på honom.

"Det var ett både intressant och förståeligt erbjudande", sade han till slut. "Men jag är rädd att det inte blir så lätt. Först och främst måste du vara på fri fot, men det kanske hinner ordna sig, jag ska som sagt tala med advokaten Alphin redan idag. Men sen kommer nog operationen genomföras på franska. Hursomhelst tar jag ditt förslag på allvar, lycka till med det juridiska!"

Han sträckte fram handen för ett kort hårt handslag och gick sedan fort ut ur rummet med Luigi efter sig.

"Så du ska alltså ut och flyga igen?" undrade Luigi roat när de kom ner på gatan och började sin promenad upp mot Högkvarteret på Östermalm.

"Inte alls", sade Carl. "Jag kommer inte att ha med själva operationen att göra, det blir en helt fransk affär och förresten är min franska närmast obefintlig. Min funktion är bara att få ihop det underrättelseunderlag som behövs. Och så förstås koka ihop en del politiska intriger. Men annars ... nej, det är färdigfluget för min del."

De hade bestämt i förväg att de skulle gå hela vägen upp till Högkvarteret för att kunna analysera resultatet av mötet med Wärnstrand ifred.

De trodde på hans berättelse, för det första. Och för det andra, om någon man tidigare känt som en officer och gentleman från Special Air Service kommer och ber om lite operativ hjälp så är det självklart att man ställer upp.

För vem vid sina sinnens fulla bruk skulle kunna föreställa sig att en insatsstyrka från SAS var ute för att assistera den islamistiska terrorismen genom att kidnappa ett barn? Det vore en fullständigt vettlös tanke. Det vore som om det skulle gå att köpa upp en grupp från dem själva, från SSG till exempel. I förstone fullkomligt otänkbart.

Ändå fullt möjligt, om det genomfördes med saudiska oljedollar. Ingen av deras egna fallskärmsjägare skulle väl gå att köpa för, säg en miljon dollar. Åtminstone inte om det gällde att kidnappa barn. Men tio miljoner dollar? All logik och all moral slogs sönder och samman av sådana enorma penningsummor som dessa saudiska prinsar obesvärat kunde kasta upp på bordet.

Alla spelregler hade i grunden förändrats, menade Carl. Om de fortfarande hade jobbat kvar inom underrättelsetjänsten hade de fått ta sig en rejäl funderare över hur den nya verkligheten skulle förstås. Medan säkerhetstjänsterna i Europa satte in all kraft på att bugga förortsmoskéer, telefonavlyssna unga nyfrälsta skönandar eller svärmare som sade sig ha skådat ljuset från Usama bin Ladin, eller hålla tjog av tjänstemän igång för att följa dessa unga virrpannors dataspelande och surfande på nätet, så hade man i själva verket att göra med en fiende som hade den närmast ofattbara förmågan att göra terrorister av Europas elitsoldater. Det var ett nattsvart perspektiv. Om terrorismen blev en allmänt utbredd hobby bland Saudiarabiens femtusen prinsar, ungefär som när de spelade på hästar eller kamelkapplöpningar eller köpte jaktfalkar, så skulle 11 september snart kunna betraktas som blott och bart en blygsam start på vägen mot inferno. Och eftersom Saudiarabien var USA:s närmaste allierade i Mellanöstern så hade prinsarna fri lejd.

Luigi hade artigt lyssnat på Carls politiska utläggningar men markerat att han inte hade något att tillägga. Så hade det varit också på den tiden de jobbade tillsammans, men då hade Carl varit hans överordnade. Numera kunde Luigi lättare markera sitt ointresse genom att plötsligt byta samtalsämne.

"Jag tänker på den där fritagningsoperationen som ni håller på med", sade han. "Vad är det som säger att det måste vara en fransk operation med frivilliga? Flickan är ju dotter till en svensk säkerhetspolis, kunde det inte lika gärna vara en svensk angelägenhet?"

"Okej, vi byter väl ämne då", suckade Carl demonstrativt. "Nej, det tror jag uppriktigt sagt inte. Jag menar, på den tiden jag var operativ chef på OP 5 så hade det kanske legat nära till hands att vi ryckte ut såfort vi hade målet lokaliserat, visst. Vi gjorde som bekant sånt ibland för att vi hade en helt annan handlingsfrihet. Men den såg politikerna till att ta bort. Underrättelsetjänsten har inte längre några operativa funktioner av det slaget, om jag förstått saken rätt. Numera är det väl du och dina mannar som ska kommenderas ut?"

Jo, så var det rent formellt, bekräftade Luigi plötsligt något reserverad. SSG hade de tekniska resurserna, dessutom i betydligt större omfattning än vad underrättelsetjänsten hade kunnat disponera på den gamla goda tiden. Teoretiskt fanns allt, inklusive transportkapacitet runt halva världen. Det skulle gå alldeles utmärkt att till exempel organisera en luftlandsättning av det slag som han antog att Carl och vännen Pierre satt och filade på. Rent praktiskt inga problem.

Däremot hade man förlorat smidighet eftersom beslutsordningen för SSG:s insatser ledde upp till regeringen, vilket alltså betydde politik, vilket i sin tur betydde offentlighet, debatt och demokrati i största allmänhet. Med andra ord. Små och ad hoc-organiserade hemliga operationer var numera praktiskt taget omöjliga att få till. SSG användes enbart för det som kallades fredsbevarande insatser i internationella konflikthärdar, Afghanistan, Kongo, för närvarande Darfur. Det som hade varit möjligt på OP 5:s tid var inte längre möjligt, att exempelvis sticka iväg, befria gisslan, eliminera terroristerna, flyga hem dem och ringa politikerna på hemvägen och berätta vad som hade hänt.

Det var logiskt men dystert, tyckte Carl. Systemet kallades för demokrati och hade utan tvekan vissa rent operativa nackdelar. Å andra sidan var väl nationen knappast mindre demokratisk på den gamla goda tiden när de hade kunnat göra den typen av ännu inte sanktionerade blixtutryckningar. Bara man vann applåderade politikerna så gärna, men nu ville de vara med och besluta från början och därmed ta risker för egen del. Så att de hellre sade nej än ja.

Förresten skiljde sig Frankrike inte så mycket från Sverige. Planen för fritagningsoperationen av Nathalie var helt i linje med vad de själva skulle ha sysslat med innan den politiska kontrollen tog över. Om de vann skulle de i god tid tipsa Frankrikes president om att det kanske kunde vara klokt att låtsas som om det var Frankrike och inte några överåriga frivilliga fallskärmsjägare som vunnit slaget.

SSG skulle aldrig kunna komma i fråga, enades de om. Utrikesministern måste få lägga sig i, statsministern måste ta det fulla ansvaret. Och de i sin tur kunde inte gå bakom ryggen på försvarsministern, som var en gammal värnpliktsvägrare, märkligt nog. Eventuellt skulle politikerna läcka ut planerna i förväg så att de måste backa ur. Mer fanns tyvärr inte att säga om den saken.

Nu var det Carls tur att abrupt byta ämne. Han ville veta mer om den där Wärnstrand och vad de haft för sig i Afghanistan tillsammans med gentlemännen från Special Air Service. Bortsett från att han tydligen låtit sig luras i ett läge där också Carl själv och Luigi kunde ha låtit sig luras, hur var han?

Först och främst var hans meritlista strålande, berättade Luigi. Genomgående högsta betyg under hela sin utbildningstid, ett lugnt och bra befäl i strid, två utmärkelser för tapperhet, en av de fem, sex säkraste fallskärmshopparna i landet när det gällde precision, arbetade några veckor då och då som mycket uppskattad instruktör på Fallskärmsjägarskolan i Karlsborg.

Att han av familjeskäl slutade på stridande förband var inte mycket att säga om. Som närmaste operative chef hade Luigi inte gärna sökt upp hans fru, sett henne allvarligt i ögonen och sagt att kära fru Wärnstrand, jag skulle önska att er man fortsatte att för sämre lön än på nummerskyltsverkstan riskera livet ute i världen sex månader åt gången på hemliga operationer som jag tyvärr inte kan berätta något om.

Sådant kan man helt enkelt inte säga. Det var bara att gå till sig själv. Maria Cecilia ville ha barn innan det blev för sent och då ville hon inte att barnens far skulle befinna sig i Darfur, Kongo eller Afghanistan i en omgivning där majoriteten av dem som skulle beskyddas eller befrias faktiskt ville, och ibland försökte, döda barnens far. Sådant gick inte att säga emot. Dessutom höll politikerna på att lägga ner försvaret. Förmodligen skulle Luigi sluta inom det närmaste året, antingen söka sig tillbaks till underrättelsetjänsten eller flytta till Italien. Maria Cecilia kunde inte för evigt stanna kvar som Guccis marknadschef i Stockholm. Så såg livet ut för honom själv, så ock för löjtnant Wärnstrand. End of story.

Carl hade inga invändningar. Det fanns ingenting i det Luigi sagt som stred mot hans egna erfarenheter eller slutsatser. Och själv hade han definitivt dödat för sista gången.

"Och vad hade ni för er i Afghanistan?" frågade han när de gått tysta en stund, något tagna av att båda kunna se slutet på det som gjort dem mer intensivt levande än något annat i livet, tiden när de alltid riskerade att dö.

"Det är förstås hemligt så det kan jag inte berätta för dej, dessvärre", svarade Luigi med perfekt maskhållning.

Carl gick inte på det, svarade bara med ett snett leende.

"Det var i början av truppinsatsen i Afghanistan 2002", fortsatte Luigi. "Facktermen för det vi sysslade med runt Kabul är *aggressive patrolling*. Målsättningen var att jobba preventivt mot all form av insurgens i själva huvudstaden, det ansågs särskilt viktigt i början av den västerländska insatsen."

"Det var värst", sade Carl. "Förskönande omskrivningar kallas sånt där i den civila världen. Ni var alltså ute på nån sorts råttjakt på nätterna. Tillsammans med Special Air Service. Du behöver inte säga mer, jag tror jag förstår. Men Wärnstrand skötte sig?"

"Jadå, det var där han fick en av sina utmärkelser. Och sen kan man väl rent allmänt säga att det är en välsignelse att journalisterna aldrig fick veta något om vad vi höll på med, min högste chef löper för närvarande gatlopp i medierna som jag antar att du har sett. Det är nånting om en kongoles som förhördes brutalt av fransmän i samma basläger där vi var förlagda, skenavrättning och vad dom ylar om. Jag var inte där men efter vad jag har hört skötte sig grabbarna så bra att överbefälhavaren fick hederslegionen efteråt. Fast inte heller han var där."

Carl skrattade till.

"Jag förstår nog piken fast den var fin", sade han.

"Det var verkligen ingen pik, jag snackade om ÖB."

"Just det, han som inte var där. Jag tänker av någon anledning på London. Du gjorde hela jobbet, jag kom dit på slutet bara för att mörda en kvinna. Du fick nöja dej med Military Cross, jag fick en DSO eftersom jag var högre i grad. Så är det. Minns du London?"

"Jag har förträngt det där i många år", svarade Luigi tydligt avvisande.

Carl ångrade att han tagit upp ämnet, det var helt onödigt, han hade egentligen bara velat skämta om överbefälhavarens franska utmärkelse som, möjligen, förhindrat en alltför ingående utredning av det som kallades tortyrskandalen i medierna.

De var nästan framme vid Högkvarteret och där skulle de gå åt olika håll. Något positivt måste han ju säga som avslutning, tänkte Carl. Han tackade för hjälpen med Wärnstrand, försäkrade att det kunde bli biljetten till Nathalies hemresa och lovade att bjuda på stor fest på Stenhamra för att fira hennes hemkomst. Luigi sade inget, gjorde en skämtsam honnör och gick.

Tio minuter senare satt Carl i ett väntrum utanför en av de biträdande chefernas rum uppe på underrättelsetjänsten. Märkligt nog var det hans eget gamla tjänsterum, det gav en svindlande känsla av att tiden gått runt ett helt varv. Han var tillbaks, snart skulle den vildsint rökande Samuel Ulfsson komma jäktande nedför korridoren och slita in honom i rummet intill där en förgrymmad DG satt och väntade på förklaringar som skulle bli svåra att åstadkomma.

De nuvarande kollegerna var mer formella i stilen, visade det sig. De godtog förstås hans begäran, ett konfidentiellt meddelande till chefen för MI 6 är ett konfidentiellt meddelande till chefen för MI 6. Dessutom skulle de själva få en kopia, så om inte annat borde nyfikenheten övertrumfa formalia.

Ringa kunde han inte gärna göra, lika lite som att mejla från sitt hem. Den officiella krypterade förbindelselinjen mellan svensk och brittisk underrättelsetjänst var det enda säkra sättet.

Krypteringsprogrammet fungerade som förut, han behövde ingen hjälp med det tekniska när han snabbt skrev sitt meddelande.

Käre gamle vän,

Det var som jag misstänkte. Kidnappningsaktionen leddes av två officerare vid Special Air Service. De är kapten David Gerald Airey och löjtnant Harold Finley. På goda grunder får man anta att de ännu inte identifierade gärningsmännen rekryterats ur samma krets. Om några dagar kommer jag, av skäl som Du säkert inser, att vidarebefordra den här informationen till svensk polis, som i sin tur kommer att förmedla den till Dina kära kusiner på MI 5. Fingeravtryck och DNA från flera personer kommer i samma paket, jag utgår från att det kommer att leda till att hela den brittiska ligan kan håvas in. Fantombilden föreställer för övrigt just kapten Airey, sägs vara mycket lik.

Jag förutsätter att Du finner ett mindre officiellt sätt att sända mig den returtjänst som vore mer värdefull än allt annat för mig. Svensk militär underrättelsetjänst har tagit del av det här meddelandet.

Din vän Carl

VIII

DET VAR EN OVÄNTAD lättnad att vara tillbaks på jobbet. Men att det var bättre för den mentala hälsan än att hela dagarna gå omkring ensam ute på Stenhamra och hantera ångesten sade redan sunda förnuftet. Och inte blev det så mycket bättre på kvällarna när hon måste lyssna på grabbarnas ibland barnsliga och vilda planer. Hela hennes inre var ett enda stort tomrum efter Nathalie, hon såg henne, hon hörde henne, kände hennes doft och smala lilla rygg i varje ögonblick. I Pierres inre tycktes bara finnas transportflygplan, fallskärmar och gamla kompisar från legionen.

Det var självklart orättvist att se det så, Pierre talade på sitt sätt inte om någonting annat än Nathalie, den där militärjargongen var kanske bara hans sätt att skydda sig, att inte bryta ihop, att vara man eller rättare sagt överste i legionen. För det var ju vad han var med samma självklarhet som hon var snut.

Om man försökte tänka logiskt gick allt att förstå, rentav acceptera. Men sedan svepte känslorna bort all logik. Nathalie, Nathalie, Nathalie, fånge hos trollen.

Det hon gruvat sig mest för när det gällde jobbet var undvikande blickar eller medlidande, som om hon skulle behöva gå omkring i en bubbla av osynligt isoleringsmaterial.

Hela måndagsförmiddagen stängde hon in sig på sitt rum och läste förhörsprotokoll. Det enda uppdrag som förhörsavdelningen hade för närvarande gällde en liten nazistliga som åkt dit på olaga vapeninnehav och innehav av diverse tämligen potent sprängmedel, förberedelse till sabotage eller allmänfarlig ödeläggelse med andra ord.

Hennes medarbetare Johnson och Erlandsson hade gjort ett hyggligt habilt jobb med de tre små ljushuvudena, men protokollen visade på någon sorts beröringsskräck för det rent politiska, de hade behandlat killarna som om de var vilket bus som helst. Ändå fanns "Den Nationella Befrielsefrontens" samtliga programskrifter i beslagsmaterialet. Det hade fullt klart med motivbilden att göra, fast Johnson och Erlandsson nöjt sig med att sätta dit nassarna på det rent faktiska, deras fingeravtryck på stulna militärvapen, sprängmedel och annat.

Givetvis hade de inte kommit någon vart med att fråga om de medbrottslingar som hjälpt till att fixa fram vapnen. Nazister hade säkerligen samma inställning till golande som motorcykelgäng och andra organiserade brottslingar. De visste redan att de skulle hamna i fängelse. De visste också att det första som skulle hända där var att de måste presentera sin förundersökning för det så kallade Förtroenderådet. Och om det då fanns minsta belägg för att de golat ner någon annan så hade de en svår tid framför sig. Minst sagt.

Ewa plöjde snabbt igenom de beslagtagna nazistiska programtexterna och fastän hon läste med stigande intresse fick hon då och då avbryta sig och börja om. Hon fick dåligt samvete för att hon ens för några minuter kunde tänka på något annat än det enda som var viktigt. Ändå kunde hon inte hejda sig från att känna en viss arbetsglädje över att hon upptäckt en helt ny möjlighet. Och så måste hon stanna upp igen med dåligt samvete och börja om. Nathalie, Nathalie, Nathalie.

Hon hade kallat Johnson och Erlandsson till möte på sitt rum strax efter lunch. Hon kunde inte låta bli att småle när hon såg dem, det kanske verkade konstigt. Men det var oundvikligt när de kom in klädda på exakt samma sätt, jeans, tweedkavaj och svart skjorta öppen i halsen. Hennes ofrivilligt vänliga uppsyn tycktes göra dem mer förlägna än de redan var.

"Vi är jätteglada att ha dej tillbaks ... och att du ser så ... stark ut med hänsyn till ... ja ...", sa Johnson.

"Vi hörde att Rikskrim har ett nytt genombrott på gång, åtminstone går det rykten om det", försökte Erlandsson trösta och såg ner i golvet.

"Det stämmer, sitt ner är ni snälla", svarade Ewa. "Rikskrim kommer idag vid tretiden få fram namnen på några av gärningsmännen", fortsatte hon med en sarkasm som de andra två inte tycktes lägga märke till. Den där jävla Hamilton hade blåst Anna på ett 48 timmar långt försprång, tänkte hon. Vad nu det skulle tjäna till.

"Men tack för er omtanke", sade hon. "Meningen är förstås att jag ska försöka leva normalt och det betyder förhöra buset. Och nu ska vi göra det, alla tre, ni två har redan lagt grunden."

De såg förvånat på henne. Antagligen ansåg de att de gjort betydligt mer än att bara lägga en grund, men de var å andra sidan mer renodlat snutar än jurister och tyckte väl att saken var klar. Och i den gamla världen skulle det också ha varit klart.

Tjugo minuter senare satt de inför ett närmast parodiskt litet praktarsle, Führer Joakim Nilsén, påstådd ledare för Den Nationella Befrielsefronten, 24 år, tatuerad med ett hakkors i sin renrakade nacke.

"Nämen vafan det är ju du!" utbrast han när Ewa läst in förhörsformalia och därmed också sagt sitt namn och sin grad. "Det måste vara för jävligt alltså, att få såna där arabterrorister på halsen."

"Ja, det kan man lugnt säga", svarade Ewa lent.

Kollegerna Johnson och Erlandsson satt avspänt tillbakalutade på varsin sida om henne och bara njöt liksom på förhand. För någonting hade tydligen deras chef kommit på. Killarna satt ju redan på ett par år, så frågan var förstås vad som fanns att tillägga.

"Är det du som har skrivit det här programmet?" frågade Ewa och höll upp ett litet häfte i luften och förklarade in i mikrofonen att det var det politiska manifestet för Den Nationella Befrielsefronten hon presenterade.

"Nja, en del", svarade nazisten undrande. "Vi är flera som har hjälpts åt. Men vi har väl föfan tryckfrihet i vårt land, så länge det är vårt. Det kan väl inte vara ett brott att skriva?"

"Naturligtvis inte", sade Ewa och log något tillgjort. "Du har rätt på båda punkterna. Jag bara undrar om du står för det som du och dom andra har skrivit här?"

"Självklart. Vi är en motståndsrörelse, vi är stolta över vad vi står för."

"Vit makt?"

"Absolut! Du såg ju själv vad som hände med din dotter."

Ewa bet ihop men skärpte sig snabbt.

"Och det skulle inte ha hänt med vit makt i landet menar du?"

"Nä, inte om det var verklig vit makt. Vi står för skydd av kvinnor och barn."

"Men då måste ni först ta makten från ZOG, den sionistiska ockupationsregeringen?"

"Ja, och det är ju vad som står där!"

"Allt som står i det här programmet ställer du upp på?"

"Självklart!"

"Som att det inledande stadiet till maktövertagande är en period av arisk terror för att sätta skräck i ZOG?"

"Ja!"

"Som att sabotage mot civila institutioner är ett medel för att sätta skräck i motståndarna?"

"Just det!"

"Som att väpnad makt är det enda som, jag citerar, 'svinen i ZOG kan förstå och därefter antingen ta till vapen i en strid som de är dömda att förlora eller också förgöras av de ariska stormtrupperna' slut citat. Står du för det?"

"Ja, jag har ju själv varit med om att skriva programmet."

"Och det var alltså därför ni beväpnade er, den saken är ju redan fastställd, men det var alltså därför?"

"Ja, vafan vi skulle ju aldrig kunna göra väpnat maktövertagande utan vapen."

"Eller först sätta skräck i samhället så att alla förstår att ni menar allvar?"

"Ja, såklart."

"Då är det härmed min skyldighet att delge dej misstanke om terroristbrott. Du borde nog ta upp den saken med din advokat såfort som möjligt. Terroristbrottet väger nämligen mycket tyngre än det där andra ni är misstänkta för. Förhöret avslutas klockan 14:43 och bandspelaren har vid inget tillfälle varit avstängd."

* * *

Carl kände alltid en instinktiv motvilja när han skulle sticka in handen bakom mässingsluckan på brevlådan. Den var inmurad i en mer än metertjock stenmur, den hade en inbyggd detektor för metall som kunde läsas av innan man öppnade luckan. Det skulle kanske ha behövts en rörelsedetektor också, men då hade det blivit krångel när brevbäraren lassade in dagens post. Giftormar, intressanta små spindlar, en svarta änkan har ett förvånansvärt oskyldigt utseende trots att hon är dödlig, han hade en del sådana fobier.

För närvarande var han mestadels ensam, Ewa och Pierre hade på försök flyttat hem till Norr Mälarstrand, Erik Ponti satt på Kungliga Biblioteket och läste om Sierra Leone eftersom han, som han själv urskuldade sig, måste ha något jobb att koncentrera sig på för att inte bli tokig.

Posten var i regel lätt att sortera eftersom de brev som kom från både kända och mindre kända medieföretag hade stora reliefbokstäver i färg tryckta på kuverten. Erbjudandet var oftast detsamma, intervju om ditt eller datt. En manlig porrtidning hade visserligen avvikit något från mönstret, med erbjudandet om en miljon för en nakenbild.

Förfrågningar från medierna buntade han ihop med reklamen och slängde utan att öppna. Resten var räkningar.

Just den här dagen fick han ett brev som han aldrig skulle glömma, det var nära att försvinna i en bunt med direktreklam, ett anonymt men elegant litet kuvert i linnepapper där han titulerades Lord

Hamilton med tjock bläckskrift. Pulsen steg när han slet upp kuvertet. Det var ett brev från Sir Geoffrey:

Käre vän,

Det har ibland slagit mej som något udda att sådana som Du och jag ägnar ett enormt besvär åt att förstå hur vi ska kunna kommunicera med varandra utan att någon jäkel tjyvlyssnar. Mejlen är numera som vi båda vet detsamma som att skicka kopia till somliga allierade, och telefonen ska vi bara inte tala om. Men ett litet handskrivet och, som Du säkert förstår, icke diariefört brev framstår i jämförelse som smått genialt. Tankeväckande.

Ditt konkreta och väl underbyggda meddelande har varit till stor nytta och om det inte i sammanhanget föreföll som ett olämpligt ordval skulle jag säga till stor förnöjsamhet. Som Du vet är det alltid ganska kul att komma före konkurrenterna. Stort tack.

Mannen Du söker är Hans Kunglig Höghet Prins Sultan bin Abdul Aziz al-Saud, känd bland annat för sin lätt bisarra hobby att bygga kopior av berömda hus, Versailles, Vita huset och sånt där. Emellertid håller han franska medborgaren Nathalie Tanguy på ett av sina mer excentriska fritidshus, Qasr Salah al-Din, Saladinborgen alltså. Lär vara uppfört i medeltida stil, åtminstone utvändigt. Positionen är 3122 nord och 3903 öst.

Önskar Dig och Dina vänner god jakt!

Vännen Geoff

PS. Ring mej för att bestämma nästa lunchträff som en bekräftelse på att Du har mottagit meddelandet.

Carl sprintade upp i huset och in i biblioteket och slog upp en atlas. Lättnaden fyllde honom som en varm ström inombords. Målet låg nästan perfekt. Välkommen hem lilla Nathalie, tänkte han, sedan gick han bort till skrivbordet och satte sig ned med papper, penna och linjal och började räkna.

Den angivna positionen låg i nordvästra hörnet av Saudiarabien, överkomligt nära den jordanska gränsen i ett till synes totalt öde ökenområde som heter Al Harrah. Om man flög in via jordanskt område skulle man bara behöva kränka saudiskt luftrum i tio minuter, det var strålande. Såvitt han kunde förstå låg inga saudiska eller amerikanska flygbaser i närheten, det var nästan för bra för att vara sant. Första ledet i operationen, att ta sig till platsen, var nästan retfullt enkelt. Andra ledet, att ta sig därifrån genom 200 kilometer sandöken i sommarhettan, var mer komplicerat. Det krävde en hel del eftertanke.

Han satt en stund som i feber och mätte avstånd och ställde upp olika alternativ innan han plötsligt fick dåligt samvete, grep efter telefonen och ringde först Pierre, sedan Sir Geoffrey.

* * *

Ewa var fylld av obehag och onda aningar inför intervjuerna med de franska tevebolagen. Det var återigen det där med känslorna mot logiken. Erik hade bearbetat henne i två kvällar och två halva nätter för att övertyga henne om att det faktiskt var frågan om ett viktigt led i ansträngningarna att få hem Nathalie, vilket hon till slut hade accepterat. Med logiken vill säga. Vilket ändå inte gjorde saken mindre obehaglig.

Sedan hade han ägnat en kväll och en halv natt till någon sorts medieträning, för säkerhets skull på franska.

Det viktigaste, enligt Erik, var att hon fick med det där om en vädjan och förhoppning att Madame Carla Bruni Sarkozy skulle stödja henne. Och hon skulle utan tvekan få chansen att säga det, varje intervjuare skulle förr eller senare ställa en fråga om vad hon hoppades, vad hon trodde om framtiden eller något i den stilen och då var det bara att drämma till med presidentens fru.

De mer besvärliga men tyvärr ofrånkomliga frågorna skulle enligt Erik handla om hur det "kändes" att se sin lilla dotter i huvudduk sitta och rabbla koranverser och tacksägelser till Allah för sin underbara räddning.

Om Ewa då började gråta, så var det i och för sig utmärkt, försäkrade Erik. Det påståendet gjorde henne förstås förbannad men när hon mitt i sitt vredesmod upptäckte att hon faktiskt skällde ut sin mans bäste vän på franska och att det flöt på fullkomligt obehindrat, tog komiken över och de kunde gå vidare till nästa svårighet.

Först och främst handlade det då om "Valkyrian", vilket hon skulle avfärda som en uppfinning av en svensk boulevardtidning. Det var för övrigt inte fel om hon kunde få med något om att hon alls inte "krossat" några muslimer utan att hennes förhör från förra året, det arbete som föranlett det där påhittet om "Valkyrian", tvärtom visade att flera av de misstänkta borde ha frikänts. Men att det hysteriska läge som hela Europa befann sig i när det gällde frågor om islamistisk terrorism i hög grad försvagade rättssäkerheten.

Det var inte säkert att sådana uttalanden skulle redigeras in i själva sändningen, det kunde anses för perifert, för seriöst eller för kontroversiellt. Men om det kom med så gav det ett intellektuellt och sansat intryck som borde vara rätt tilltalande för en fransk tevepublik.

Den sista svårigheten, enligt Eriks sakkunskap, var det där om det usla svenska polisarbetet, jämförelserna med utredningen av mordet på Olof Palme. Sådant var å ena sidan ofrånkomligt.

Å andra sidan hade hon ett trumfkort, hon kunde säga att polisarbetet varit svårt eftersom det rörde sig om ovanligt förslagna kidnappare, men att hennes kolleger på såväl Säkerhetspolisen som kriminalpolisen redan identifierat ett par av kidnapparna och att det bara var en tidsfråga innan de skulle gripas.

För så var det väl? I så fall en nyhet och sådant älskar alla journalister.

Jo, så var det, instämde Ewa. Nu hade det visserligen gått mer än 48 timmar sedan Säkerhetspolisen vidarebefordrat namnen på de två misstänkta SAS-officerarna till kollegerna på MI 5 och ännu hade inget gripande genomförts. Fast det sade inte så mycket, det fanns en mängd tänkbara skäl till att det dröjde. En eller ett par av de misstänkta kunde befinna sig utomlands, badande ömsom i Medelhavet, ömsom i sina miljoner. Eller så jobbade man på att få fram identiteten på fler av dem för att kunna plocka in så många som möjligt samtidigt. Exempelvis kvinnan som var med, hon som lyfte upp Nathalie på Magruder-filmen. Om man kunde få bekräftat att hon tillhörde tolkavdelningen inom den där militära specialstyrkan, och att det var franska hon talade, så fanns det förmodligen inte alltför många att välja mellan. Ett par dagars dröjsmål var ingenting oroande. Om Ewa fått motsvarande arbetsuppgifter med hjälp av information från brittiska kolleger skulle det också ha dröjt några dagar innan tillslaget kom. Så visst, när den där förargliga frågan om hennes usla kolleger dök upp så kunde hon med gott samvete svara rätt offensivt.

Intervjuerna skulle genomföras i en följd på Säkerhetspolisens pressavdelning. Den första intervjun med den kommersiella franska tevekanalen gick som på den räls Erik redan lagt ut hemma i soffan. Det enda som retade henne lite var att reportern pressade henne så länge med att tala om de förfärliga internetbilderna på Nathalie att hon faktiskt inte kunde hålla tårarna borta. Ändå hade hon sinnesnärvaro nog, nu när hennes gråt var ett lika förargligt som ofrånkomligt faktum, att med tårarna strömmande nedför kinderna framföra sin vädjan om stöd från Madame Sarkozy. För det fick hon beröm, det var kanon, försäkrade de franska journalisterna.

När hon sminkades om för intervjun med den andra kanalen bestämde hon sig ändå för att försöka hålla tårarna borta. Hon var inget våp, hon var en chefsperson på Säkerhetspolisen.

Den andra franska intervjun med den, enligt Erik, mer seriösa kanalen lunkade till en början på ungefär som den första, med den skillnaden att reportern den här gången var kvinna och att hon ägnade mer uppmärksamhet åt Ewas kritik mot det tillstånd av minskad rättssäkerhet som präglade hela Europa.

Men när reportern kom in på frågan om det resultatlösa svenska polisarbetet hann Ewa inte så långt i sin väl förberedda förtroendeförklaring innan en producent med mobiltelefon i handen kom fram och avbröt intervjun, han verkade mycket upphetsad.

"Madame!" sade han. "Engelsk polis har just gripit fyra av kidnapparna som tog er dotter, det är i alla fall vad dom säger på BBC!"

Från det ögonblicket och åtskilliga timmar framåt var allt kaos. Ewa avbröt intervjun och sprang upp från pressrummet till ledningsgruppens kommunikationscentral där en grupp kolleger redan hade flockats kring en monitor som visade BBC World. De berättade i munnen på varandra vad som hade hänt.

BBC:s kommentatorer talade om den största skandal som drabbat den brittiska försvarsmakten på hundra år. Det var exempellöst att officerare i en elitstyrka som Special Air Service, *Her Majesty's finest*, skulle ha gett sig i lag med islamistiska terrorister. Ett par av dem var dessutom mycket välkända, deras anförare kapten David Gerald Airey hade ur drottningens hand erhållit såväl Military Cross som självaste Victoriakorset.

Förutom de fyra redan gripna var ytterligare fyra personer efterlysta, men såväl New Scotland Yard som MI 5 vägrade att lämna ut deras identiteter eller ens bekräfta att de också var professionella brittiska elitsoldater.

Ingenting var hittills känt om någon av de fyra som gripits gjort några medgivanden eller lämnat någon upplysning om vem som nu hade den kidnappade flickan i sitt våld.

Och så repriserades hela bakgrundshistorien med Kvällspressens bilder på Ewa.

Därefter intervjuades en chefsperson på MI 5 som oblygt tog åt sig äran för att ha spårat upp de misstänkta, trots att det till slut visat sig nödvändigt att bedriva spaningsarbetet inom de mest oväntade av kretsar. Enligt anonyma uppgifter till BBC hade tipset om gärningsmännen i själva verket kommit från den mer hemlighetsfulla brittiska underrättelsetjänsten MI 6.

Nu fanns ingen återvändo, menade hennes högste chef Björn Dahlin som också hade sällat sig till sällskapet runt monitorerna. Det måste bli en snabbt improviserad presskonferens och han vädjade till Ewa att ställa upp. Annars skulle de bara få en outhärdlig belägring på halsen, ansåg han.

Och Ewa som hoppats att allt skulle vara avklarat med två franska intervjuer mer eller mindre i lönndom, förblindades bokstavligen när hon en timme senare steg in i den stora samlingssalen i polishuset och besköts med tusentals fotoblixtar. En enda sak hade hon bestämt sig för. Det var inte någon MI hit eller MI dit som hade gjort jobbet, det var det egna polisarbetet under ledning av Rikskrim och polisintendent Anna Holt. Namnet på de två ledarna för kidnappningen hade gått från Säkerhetspolisen till MI 5 för tre dagar sedan. Det måste bli sagt.

Och sedan var det underligt nog en hel del som inte kunde bli sagt. Exempelvis att Pierre och Carl visste exakt var Nathalie befann sig och vem av de femtusen prinsarna i Saudiarabien som höll henne som sin privata fånge och jakttrofé. Pierre hade tvingat henne att svära på att inte röja den hemligheten. Då skulle allt förstöras, hade han och Carl försäkrat henne i mun på varandra. Då skulle politikerna blanda sig i saken och det var detsamma som att riskera livet på Nathalie.

När hon satt där och besvarade strömmen av mer eller mindre enfaldiga frågor ("Hur känns det?") blandat med omöjliga frågor ("Vad betyder det här för kriget mot terrorismen?") fick hon en stark upplevelse av dröm och overklighet, som om hon hörde sin egen röst inspelad. Eftersom hon var förblindad av alla kcamerablixtar såg hon bara Nathalie framför sig och insåg att hon skulle få tillbringa kvällen helt ensam, om inte Anna hade tid att göra henne sällskap. Pierre hade kastat sig iväg till Korsika. Carl hade också fått bråttom iväg, vad han nu hade för sig. Det var inte klokt, men ingenting var ju riktigt klokt.

* * *

"Herr ministerpresident, jag är utomordentligt tacksam för att ni har tagit er tid att ta emot mig", inledde Carl hovsamt. Han hade fått sitta och vänta i ett överdekorerat förmak som såg ut som man kunde

vänta sig, guldmöbler stoppade med rött siden, marmorgolv med
grälla intarsiamönster, åtta meter upp till keruberna och änglarna i
takmålningen, fyra meter höga vita dubbeldörrar in till makten, två
beväpnade vakter med stenansikten, the works. Men det var hit han
måste komma med sina böner, här i Vita huset fanns nu makten i
Ryssland, inte längre i Kreml.

"Jag beklagar att ni har fått vänta, herr kamrat amiral", svarade
Vladimir Putin närmast ironiskt. "Men vill ni träffa mej är det en
självklarhet, sist vi sågs personligen hade jag nöjet att dekorera er som
Rysslands Hjälte."

"Ni är alltför vänlig, herr ministerpresident", svarade Carl dröj-
ande. Han var osäker på om det var han eller den nye statsministern
som först skulle komma till saken. Det ryska protokollet var hopplöst
att lära sig.

"Nej, det är naturligtvis självklart eftersom jag fått en mycket en-
trägen propå från era gamla vänner på razvedkan om att jag borde ta
emot er, kamrat amiral. Och man måste anta att en sådan framställan
implicerar deras önskemål om att också gå er till mötes i vissa kon-
kreta angelägenheter, inte sant?" rabblade Putin tonlöst. Det före-
ställde den ryska varianten på cool stil.

"Kamraterna på razvedkan uttryckte en viss entusiasm för mitt
projekt, herr ministerpresident", svarade Carl, fortfarande avvak-
tande. Putin lekte någon sorts katt-och-råttalek, det var bara att
dansa med.

"Men det ni konkret ber mig att sanktionera är ett både farligt och
komplicerat spel, kamrat amiral. Det är inte heller billigt, särskilt inte
det där med satellittjänsterna, men ändå tvekar ni inte att komma
hit, att se mej i ögonen och be om allt detta?"

"Korrekt, herr ministerpresident."

Pengar handlar det inte om, tänkte Carl. Men han vill ha betalt,
frågan är hur.

"Vet ni, kamrat amiral", fortsatte Putin i samma tunga formella
tonfall men med en blick som glimmade till av humor, "vad jag skul-

le ha sagt i den här komplicerade och svåra situationen om jag varit amerikansk president?"

"Ja, herr ministerpresident, det vågar jag påstå", svarade Carl snabbt och lite tonlöst som om han härmade Putins stil, "då skulle ni ha sagt, ordagrant, *what's in it for me*, vad tjänar jag på det här?"

Putin sprack upp i ett brett leende. Det var som Carl hade trott, vanlig rysk politisk teater. Det verkade rätt lovande.

"Mycket bra, kamrat amiral", fortsatte Putin, nu helt öppet road av situationen. "Vill ni då vara så god att svara på den intrikata frågan?"

Carl kände sig lättad. Det här borde gå bra. Putin var som vilken som helst gammal rysk kollega när man skrapade lite presidentiell pompa och ståt av honom, en tjekist som förmodligen fortfarande tänkte som en tjekist. Och det pris han frågade om gällde sannerligen inte vare sig rubler eller dollar. Han ville ha en politisk värdering noga uppdelad i både debit- och kreditskålen.

"Jag ska vara fullkomligt uppriktig och öppenhjärtig", började Carl med ett djärvt skämt med den gamla sovjetiska politiska formeln som betydde att man vrålgrälade. Men det gick hem, Putin skrattade gott och blinkade roat åt honom.

"Det låter lovande, kamrat amiral, ge mej alltså er politiska värdering av projektet. Och glöm inte det där amerikanska om ... *what is in it for me*, hette det så?"

"Korrekt, herr ministerpresident", log Carl tillbaks. "Och för att fortsätta med ännu en amerikansk metafor tror jag mej kunna påstå att ni befinner er i en *win-win situation.*"

Och så var äntligen preludierna över. Nu gällde det att göra en snabb, precis och fullständigt osentimental värdering av Operation Nathalie.

Carl skisserade först det sämsta alternativet. Med rysk teknisk hjälp attackerar en frivillig fransk styrka en degenererad saudiarabisk prins i ett av hans sagoslott för att befria ett barn som prinsen håller som sin slav. Operationen misslyckas, styrkan tas till fånga eller dödas. Och det är nu det visar sig att den delvis är utrustad med rysk materiel.

Det vill säga, det visar sig sannolikt inte alls. Det mest troliga om operationen skulle slå fel vore att ingenting kom ut. Den saudiska regeringen skulle sannerligen inte ha något intresse av avslöjandet att en av de högst uppsatta medlemmarna i det saudiska kungahuset höll tillfångatagna europeiska barn.

Och om det ändå kom ut så var Rysslands inblandning inget att skämmas för, ingen politisk belastning, tvärtom. Vem kan kritisera ett försök att befria ett tillfångataget barn, som dessutom utnyttjas i den mest vidriga terroristpropaganda?

Så långt det minst positiva, men föralldel också det minst sannolika alternativet.

Över därmed till det både mer angenäma och mer sannolika alternativet. Operationen blir en framgång. Barnet återbördas i triumf till sin mor och till sitt hemland. Publiciteten världen över blir fullkomligt enorm.

Saudiarabien drabbas av ett hårt politiskt nederlag. Avslöjandet de råkar ut för visar att det är kungahuset som står för terrorismen. Det politiska bakslaget drabbar USA lika hårt, eftersom det är USA som backar upp det saudiska kungahuset och därmed stödjer den terrorism man säger sig ligga i krig mot. Den saudisk-amerikanska förbindelsen skadas allvarligt, särskilt med tanke på att nästkommande president i USA, även om det blir en republikan, kommer att göra allt vad han kan för att distansera sig från företrädarens dalt med terroristprinsarna.

Och vilka blir hjältarna i denna goda historia? Först och främst de djärva frivilliga som med flickans far i spetsen befriade henne. Det är ofrånkomligt och dessutom rättvist.

Därefter kommer den franske presidenten, som givetvis tar åt sig äran om operationen lyckas.

Därefter kommer Ryssland, vars hjälp med bland annat satellitspaning och radioförbindelser var avgörande för framgången.

Carl stannade där. Hans intuition sade honom att Putin hört tillräckligt många långa föredragningar från alltför nervösa underlydande för att uppskatta en kort, koncis och lite fräck redogörelse. Det var ändå svårt att avläsa Putins reaktion. Han hade vänt sig bort i sin stora snurrstol i vitt läder och satt dessutom på ett litet podium så att den som besökte honom blev kortare redan när han kom in i rummet, och ännu mindre när han satte sig på den demonstrativt småttiga vita stolen framför det enorma blankpolerade och tomma skrivbordet.

Det verkade som om Putin hittat något fel, han hade en rynka i pannan. Frågan var vad.

"Jag kan bara se en lite osäker detalj, men ingen oviktig sådan, i er framställning, kamrat amiral", sade han när han med plötslig beslutsamhet vred runt fåtöljen och riktade blicken rakt mot Carl. "Kan ni själv se den lilla svagheten i ert scenario, kamrat amiral? Den lilla lilla svagheten?"

"Naturligtvis inte, herr ministerpresident", svarade Carl utan att tveka. "Det var min mening att göra en fullständigt uppriktig framställning."

Det var rätt svar, det visste han. Det var Putins privilegium att vara den smartaste av de två. Det såg fortfarande lovande ut.

"Jo, ni förstår kamrat amiral, det är visserligen lite lustigt, men i alla fall. Er tilltro till den västerländska pressens generositet mot det ryska bidraget till denna framgång, om vi nu räknar på framgångsscenariot, förefaller mej överdrivet optimistisk. De västerländska medierna kommer inte att ge oss betalt efter förtjänst för vårt viktiga bidrag. Håller ni med mej eller är jag bara för ryskt misstänksam?"

"Inte alls, herr ministerpresident, er anmärkning är skarpsynt och relevant. Men jag gjorde ju en avsiktligt kort beskrivning av operationens förlopp. Om jag med er tillåtelse kompletterar med några upplysningar så tror jag bilden klarnar."

Det gällde att gå som på utspridda äggskal, en praktisk övning som de nog båda hade varit med om i början av sina spionkarriärer.

Putins anmärkning var förstås högst klarsynt, Moskva var inte precis den första platsen där de västerländska medierna skulle börja jaga upp hjältar, så långt var det rätt.

Men nu var det så, förklarade Carl, att konteramiral Mouna al Husseini också skulle delta i operationen, också hon Rysslands Hjälte som bekant. I efterhand skulle hon inte tveka att berömma den ryska insatsen i projektet, det skulle förresten gå utmärkt att bjuda henne till Moskva. Han själv skulle inte heller, även om hans roll var mer bakom scenen, missa några tillfällen att upplysa de västerländska medierna om den ovärderliga ryska hjälpen.

Putin tänkte en stund innan han sprack upp i ett brett och fräckt leende.

"Då har jag ett förslag, kamrat amiral!" sade han och lutade sig beslutsamt framåt över skrivbordet.

"Jag lyssnar, herr ministerpresident!"

"Självaste Madame Terror, den palestinska frihetshjältinnan som med avancerad teknisk hjälp från Ryssland åtminstone för någon tid lyckades vända maktspelet i Mellanöstern uppochned, det gläder mej. Ni var förresten båda till stor glädje, vi fick en rättvis del av framgången, tycker ni inte kamrat amiral?"

"Självklart, herr ministerpresident! U-1 Jerusalem var faktiskt en ryskbyggd ubåt, halva besättningen var rysk."

"Och ni båda gjorde en del bejublade framträdanden här hemma, men bara inför en sluten militär publik, eller inför Duman när jag dekorerade er."

"Jag minns detta med mycket varma känslor, herr ministerpresident", svarade Carl avvaktande. Putin hade någon sorts villkor på gång, det syntes i hans skärpta blick.

"Om vi då tar till oss hypotesen", fortsatte Putin långsamt, "att vi ger er den assistans ni ber om, att operationen därför blir lättare att genomföra, att ni således vinner framgång, att det därefter blir dags att fördela triumfen. Detta är vår utgångspunkt, inte sant kamrat amiral?"

"Självklart, herr ministerpresident, detta måste vara den enda utgångspunkten!" svarade Carl överentusiastiskt som om det snart var dags att ropa ryskt HURA!

"Gott, då har jag en blygsam förfrågan till er, kamrat amiral", fortsatte Putin godmodigt, nästan retfullt. Carl kände att krisen var över, det skulle gå vägen och nu kom bara priset han måste betala.

Putin dröjde en stund, såg Carl i ögonen och försökte få honom att börja skratta genom att se överdrivet misstänksam ut. Det var ett märkligt spel. Carl blev plötsligt osäker och fick för sig att Putin nu skulle komma tillbaks till idén att upprätta förband av kontraterrorister i Centralasien. Det priset var för högt.

"Efter framgången är ni och Madame Terror välkomna som mina officiella gäster här i Moskva", sade Putin. "Jag antar att ni accepterar min inbjudan, kamrat amiral?"

"Utan ringaste tvekan, herr ministerpresident!" svarade Carl lättad.

"Jag antar vidare att ni är klar över vad det innebär rent praktiskt, alltså *officiella* gäster, inte hemliga gäster."

"Ja, herr ministerpresident. Jag kan till exempel föreställa mej en eller annan presskonferens, rentav något framträdande i pratshowerna i teve framåt aftonen", svarade Carl utan att längre lyckas hålla kvar sin seriösa mask.

Fy fan! tänkte han. Men det får det vara värt.

Putin reste sig överraskande snabbt, tog ett par steg till kanten av sitt lilla podium och räckte fram handen. De skrattade öppet och lättat när de skakade hand.

"*Deal*, som amerikanerna säger!" sade Putin.

Lycklig var ett ord han inte tänkt på många år, det var försvunnet ur hans vokabulär, något som inte fanns. Nu kom ordet plötsligt tillbaka.

Det var en het junikväll i Moskva, luften var fylld av vita tussar som såg ut som snö från blommande träd som han glömt bort namnet på. Han promenerade långsamt förbi Kreml på väg mot Hotel Metropol. Här och var unga omslingrade par, den ljusa kvällen censurerade allt det dolska hot som fanns i den permanenta oredan bland alla byggnadsställningar och stängsel kring gatubyggena. Liksom i Sankt Petersburg föreföll de flesta bilarna i den täta trafiken att vara västerländska.

Han hade självklart klätt upp sig med slips, mörk kostym och den lilla hjältemarkeringen på vänster kavajslag som visade att han inte var vem som helst och ändå varken affärsman eller gangster. Nu lättade han på slipsen och kastade kavajen över ena axeln.

Jo, på något sätt kände han lycka fast han inte kunde beskriva det. Även utan Putins hjälp skulle det ha gått att hämta hem Nathalie. Men nu hade möjligheterna till framgång blivit så stora att risken för misslyckande knappt ens föreföll beräkningsbar. Kommendör Ovjetchin skulle dessutom bli hans sambandsman på razvedkan, det kunde inte bli bättre. En rysk spaningssatellit, nej det var det ryska ordet, en *spionsatellit* manövrerades just i detta ögonblick in över en viss punkt i nordvästra Saudiarabien. Nedräkningen hade börjat.

Därför lycklig? Ja, kanske så enkelt. Det var en summering han hade gjort förut, detta att en enda sak hade varit av bestående värde i hela hans tidigare yrkesliv. Han hade lyckats få hem en del landsmän tagna som gisslan utomlands.

Ingenting annat hade varit värt priset för insatsen. Libyen hade aldrig fått ordning på sin stulna stridsspets från en SS-20, amerikanerna hade förr eller senare upptäckt vad som behövde upptäckas och slagit ut målet från luften. De sovjetiska undervattensstationerna i Stockholms skärgård hade avvecklats tyst och diskret, i och med de kommande politiska förändringar som man inte haft en aning om när man beslöt att döda hela besättningen där nere. Den västtyska terrorismen hade också självdött efter några år, den slutgiltiga lösning han deltagit i var inte det minsta avgörande. Och så vidare.

Allt detta mördande som heter något annat på militärt språk, exempelvis verkningseld, hade varit utan mening och därmed utan moraliskt berättigande. Fast det var sådant man bara kunde veta efteråt, i värsta fall flera år efteråt.

En enda sak hade haft ett värde som bestod. Och ingenting hade någonsin känts bättre än att kunna säga till andra människor: "Sitt still! Det är över! Vi är specialtrupper som har kommit för att ta med er hem!"

Operation Nathalie skulle lyckas. Det underlag han nu kunde förse Pierre med, och den extra utrustningen som kamrat och vän Ovjetchin från och med nu hade fullmakt att förse honom med, innebar så gott som garanti. I bästa fall om tio dagar, i sämsta fall om en månad. Han utgick från att Mouna skulle ställa upp för att få till det sista avgörande momentet i planen, alla såväl mänskliga som politiska skäl talade för det. Dessutom var palestinierna skyldiga honom en tjänst.

Nathalie skulle snart vara hemma hos mamma och pappa. Det var därför han för första gången på en evighet fått associationer till ordet lycklig. Dessutom kunde han slappna av, han gick på säker mark.

För om det fanns någon plats på jorden där amerikanerna verkligen skulle dra sig inför ett försök att ta honom till fånga så var det i Moskva. Putin skulle bli vansinnig, därmed skulle också hans papegoja, den nye presidenten Medvedev, bli vansinnig och det politiska priset var för högt. Och snart kom en ny administration i Washington med starkt behov att fjärma sig från så mycket som möjligt, stort som smått, som Bushadministrationen stått för. Själv tillhörde han helt säkert det som var smått, men huvudsaken var att det snart var över.

Han tog det som ett lustigt omen att Hotel Metropol hade en libanesisk vecka med speciellt inbjudna kockar från Beirut. Där slöts cirkeln för de senaste åren på ett nästan litterärt symboliskt vis, nej det kanske Pierre kunde ha sagt, själv skulle han inte göra sig till med sådant.

Men ändå. Om inte Mouna mot alla odds fått tag på honom i La Jolla utanför San Diego – herregud vilken överraskning förresten! – så hade han levt där än som den filantropiske mr Hamlon. Ett halvtannat hundratal amerikanska ubåtsmän och lika många israeler hade för den delen också levt och andats som han själv, utan ringaste tanke på att Gud eller Djävulen plötsligt skulle vända upp deras nummer i sin lek med döden och slumpen.

Han hade serverat en libanesisk måltid åt dem, han hade till och med libanesiskt vin i sin källare där i den vita villan som han på något märkligt sätt raderat ur sitt minne.

Där vid alla rätterna i de små skålarna, det de båda kanske ätit till leda men nu åt mer för den symboliska innebörden än för den kulinariska sensationen, hade hon berättat om projekt U-1 Jerusalem. Om han mindes rätt hade hon gett honom ett dygns betänketid.

Hur hade han tänkt innan han sade ja?

Det var någonting om att valet stod mellan att leva tjugo eller trettio år till i hästsvans som den excentriske nörden Hamlon. Eller att leva ett enda år som Carl Hamilton och *göra skillnad,* som amerikanerna sade. Så såg den logiska ekvationen ut.

Men känslorna som han aldrig låtsades om spelade förstås in, nu om inte förr så var det väl dags att erkänna det. Det var inte vem som helst som kom och bad om hjälp.

Jovisst stödde han den palestinska frihetskampen och hade gjort ända sedan han gick i gymnasiet. Men om representanten för denna frihetskamp varit en av de vanliga höjdarna runt Arafat som föredrog att dricka whisky till maten och hade bråttom med sitt ärende för att han skulle ut på något "viktigt möte" senare på natten, så hade principerna inte vägt särskilt tungt, frihetskamp eller inte. Men det var hon som kom, den mest beundransvärda kvinna han någonsin träffat, Eva-Britt och Tessie inräknade.

Det kändes skamligt att erkänna, men så var det förstås. Han hade älskat dem båda men inte beundrat dem som han beundrade Mouna. Det var omöjligt, Mouna var en undantagsmänniska. Också ett suspekt ord. Enklare uttryckt var hon ett superproffs, det lät inte lika konstigt.

Han beställde en hel libanesisk måltid till 20:30 och en halv flaska champagne till klockan 20:05 och betonade att han med sina precisa klockslag menade precisa klockslag.

Det var riskfritt. Mouna var med i brödraskapet – kunde man säga det om en kvinna? – *sub rosae*, spionerna som alltid kom på exakt klockslag.

Han hängde in sin kostym i garderoben, duschade och klädde om till den vanliga ryskt avspända stilen med jeans, skjorta öppen i halsen och kavaj. När han var klar var klockan tio i åtta. Han blev genast rastlös, gick ut i badrummet, krängde av sig skjortan och rakade sig.

Satt tre minuter med märkligt hög puls i en av de breda italienska fåtöljerna och väntade, trummade med fingrarna.

Han räknade ner sekunderna, sedan gick han fram till dörren. Det klingade och han öppnade.

Först kände han inte igen henne, mörkt rött hår, elegant halsduk från Hermès, rökfärgade glasögon, blå kontaktlinser, pistagefärgad dräkt och av längden att döma mycket höga klackar.

Hon sade ingenting utan bara omfamnade honom och fick tiden att stå märkligt stilla. Han tänkte först att det verkligen var så, att tiden hade stannat, sedan fick han en bild framför ögonen av isflak som plötsligt satte sig i rörelse så att man kunde se blått vatten i sprickorna. Han blev rädd, eller om det var besvärad, och försökte milt ta sig loss.

”Nej”, sade hon och höll honom fast ytterligare några ögonblick. Någonting mer rörde sig i hans bottenfrusna inre.

”Så!” sade hon, tog av sig glasögonen och kysste honom lätt på båda kinderna. ”Long time, no see, tack för senast!”

Han visade in henne i rummet och hon gick förbi sittgruppen och ut i badrummet och kom tillbaka nästan genast, nu med sina vanliga svartbruna ögon.

”Du vet det där med det onda ögat”, fnissade hon när hon satte sig i soffan, ”det onda ögat är alltid blått, jag tror inte på det men jag antar att andra gör det, särskilt de israeliska agenterna på flygplatsen i Damaskus. I alla fall, fint att se dej igen.”

”Fint att se dej också och hur har du det på jobbet i Damaskus?” konverserade han fåraktigt, hon hade mycket väl kunnat skratta bort frågan som en lätt parodi på meningslös konversation.

"Jovars, det är jämna plågor som man säger", svarade hon oengagerat. "Det värsta är förstås att jag måste gå omkring med en massa svart tyg runt kroppen, lätt framåtlutad och undergiven om jag är ute på stan."

"Ja, det passar ju inte dej särskilt väl. Men du har kvar dina operativa funktioner, det är du som bestämmer i Damaskus?" frågade han.

"Jotack, jag har makten kvar. Och du vill alltså att jag ska ställa PLO:s underrättelsetjänsts operativa funktioner till ditt förfogande", fortsatte hon med en utdragen suck.

"Jatack", svarade han osäkert. "Jag behöver utan tvekan assistans från Jihaz ar-Razed. Det gäller en fritagningsoperation, en liten fransk flicka, fem år gammal och ..."

"Jag känner till historien", avbröt hon. "Vi har försökt räkna ut vem av dom där idioterna som har tagit henne, men det är lite för många att välja mellan tycks det", fortsatte hon mer affärsmässigt. "Vi utgår från att hon finns i Saudiarabien, inte i Pakistan."

"Det är alldeles rätt", sa Carl. "Hon finns hos en kunglig höghet prins Sultan bin Abdul Aziz al-Saud. På en fantasiborg i nordvästra Saudiarabien som kallas Qasr Salah al-Din."

"Kan du upprepa namnet på den där prinsen?" frågade hon. "Jag blandar ihop dom hela tiden."

Han tittade ner i sina anteckningar efter namnet men avbröts av en diskret plingsignal på dörren. Det var den förbannade champagnen, just nu kändes den fullständigt fel. Han reste sig med en urskuldande min och gick ut till dörren, motade bort kyparen med en femdollarsedel och försökte sedan smuggla in flaskan i minibaren bakom hennes rygg.

"Champagne?" undrade hon med höjda ögonbryn. "Har du något särskilt att fira?"

"Sen kanske", mumlade han generat. "Jo alltså, den prins som är vårt mål heter Sultan bin Abdul Aziz al-Saud, brorson till kung Abdullah, känd för den egenartade hobbyn att bygga repliker på berömda byggnader, lär bland annat ha ett exemplar av Vita huset, alltså Vita huset i Washington D.C., inte det här i Moskva, ett exemplar av Versailles och en kopia av Omarmoskén i Jerusalem i halv skala. Säger det dej något?"

Det gjorde det tydligen, hon hade hajat till och nickade sedan beslutsamt och hennes oväntat låga eller reserverade humör tycktes försvinna i en handvändning.

"Ja, sannerligen", bekräftade hon. "Om vi inom PLO skulle ranka våra värsta fiender så kommer den här prinsen nära toppen på listan, strax efter George W Bush, om du förstår vad jag menar."

"Nej, men berätta!"

Det gjorde hon gärna, det här var verkligen en fiende hon ville åt. Nu fanns det visserligen flera tjog med parasiterande saudiska prinsar som öste pengar till olika terrorprojekt, moskébyggen i Indonesien eller forna Jugoslavien, eller koranskolor i Pakistan, talibaner i Afghanistan och allt det andra. Det var deras perfida sätt att uppfylla islams bud om allmosor till de fattiga och förmodligen trodde de sig på den vägen kunna köpa till och med en plats i paradiset, helst med egen swimmingpool. Systemet fungerade i deras föreställningsvärld ungefär som den gamla kristna avlaten. Men eftersom deras avlat måste pusslas ihop med den saudiska wahabismen så dög ju inte vilken som helst välgörenhet. För religiösa pluspoäng krävdes att man finansierade de mest hatiska, de mest intoleranta och de mest galna. PLO var givetvis diskvalificerat, inte tillräckligt renlärigt, bland annat därför att man vägrade att ställa upp på tesen att alla judar och alla kristna, och till och med alla shiamuslimer, måste dö. Det var en av grundpelarna i wahabiternas tro.

När det gällde Hans Kunglig Höghet prins Sultan var han ur palestinskt perspektiv en av de absolut värsta, eftersom han var den enskilt störste bidragsgivaren till galningarna i Hamas, det kunde handla om uppemot femtio miljoner dollar vissa år. Kort sagt försökte han skapa en palestinsk talibanrörelse och dystert nog måste man erkänna att han var på god väg. Ett krav han ställt i samband med sin senaste penningtransaktion var att Hamas måste införa religiös polis i Gaza och förbjuda skolgång för flickor. Det första hade han fått igenom, inte det andra.

Hans anspråk på renlärighet och fromhet framstod för övrigt som fullkomligt groteska mot bakgrund av hans enorma konto för europeiska prostituerade kvinnor, hans spritorgier i London, Paris och New York. Dessutom poserade han gärna i kändispress och skvallerteve där han visade upp sitt enorma överflöd, bland annat några av de där löjliga kopiorna på berömda hus och ...

Här var Carl på väg att avbryta henne, men hon höll bara leende upp handen till stopptecken och fortsatte berättelsen.

Och just det! Hon mindes särskilt tevebilder från Al Jazeera som skildrade den anspråksfulla borgen döpt efter självaste Saladin (Ja! Hon skulle naturligtvis försöka skaffa fram några sådana reportage!) och om det var någonting araber borde vara allergiska mot så var det prinsar eller presidenter som började jämföra sig med Saladin. Saddam Hussein var den ivrigaste posören i den branschen under senare år.

Vid något tillfälle hade PLO:s operationsavdelning på fullt allvar diskuterat möjligheten att eliminera Hans Kunglig Höghet. Men man hade skrinlagt planerna på grund av den uppenbara risken för backlash. Även PLO måste ta hänsyn till hotet att göra hela det saudiska kungahuset till sina fiender. Man kunde inte ge sig på honom utan en godtagbar anledning, alltså en bättre anledning än att han med sitt enorma ekonomiska bidrag till Hamas splittrade det palestinska folket och omöjliggjorde en fredsuppgörelse med Israel.

Så hade det sett ut. Tills nu, i detta ögonblick. Det var verkligen ett märkligt sammanträffande.

"Ni behövde alltså en casus belli", konstaterade Carl. "Är det det jag råkade komma med, rentav på silverbricka?"

"Ja", sade hon med ett trött leende. "Tur eller Guds försyn, vad vet jag, men det var vad du just kom med. Så vad vill du att vi ska göra, utom att möjligen döda Hans Kunglig Höghet?"

När Carl ivrigt lutade sig fram för att redogöra för de preliminära planerna för attacken mot Qasr Salah al-Din plingade det på dörren igen, med lika dålig tajming som förra gången.

Mouna såg förvånad ut, närmast ogillande, när den luxuöst överdrivna libanesiska måltiden rullades in och kyparna började öppna ett par vinflaskor, Carl förbannade tyst sin dåliga planering.

"Så du tänkte dej att redan åtta timmars bortovaro från Damaskus skulle få mej att längta hem till middag?" frågade hon sötsurt och svepte nonchalant i sig en klick hoummus med en bit pitabröd.

"Njae", mumlade han generat. "Jag bara tänkte att ... ja, du vet när vi träffades i San Diego. När du övertalade mej att gå in för en säker död för den palestinska saken, dessutom i en ubåt. Det var en fin måltid, tyckte åtminstone jag."

"Det tyckte jag också", medgav hon mer försonligt. "Sen dog vi inte, vann inte, och förlorade inte, det blev det gamla vanliga."

De försjönk en stund i gamla minnen som nästan genomgående tycktes ha det gemensamt att det som till en början verkade som en framgång nästan alltid vittrade bort något år senare. Som Gaza. De hade befriat Gaza så länge de kunde hota med militär övermakt till sjöss. När den var bortförhandlad bombade israelerna på nytt flygplatsen, förstörde hamnen, stängde av bränsleimporten och förbjöd all palestinsk sjöfart, till och med fisket. Och det oavsett alla ståtliga FN-resolutioner.

"Hur länge sen var det du sköt mej?" frågade Carl skämtsamt, som för att byta om inte ämne så åtminstone tonfall.

"Ja herregud, när var det jag sköt dej?" undrade Mouna och låtsades tänka efter. "Få se, jag var tjugotvå år, det måste ha varit 1987. Men håll med om att du blev väl skjuten?"

"Jadå, jag har inga som helst klagomål, jag har aldrig blivit så hänsynsfullt skjuten", medgav Carl.

Och så dog samtalet om gamla minnen tyst och diskret. De åt en stund under tankfull tystnad.

"Jag blev väldigt glad när jag fick ditt meddelande om att vi måste träffas på tu man hand därför att du hade något viktigt att tala om", sade hon. "Men du kunde åtminstone ha antytt något om ärendets natur, tycker jag."

"Jo, men nu är vi i alla fall här", sade Carl. "När vi nu genomför den här operationen, vill ni då att vi dödar prins Sultan?"

"Ja, det är nog ingen dum idé", funderade hon. "Särskilt inte om det sker i samband med att vi intar den där borgen, för det lär ju inte ske utan en del kollaterala skador. Dom där prinsarna har alltid en pakistansk livvaktsstyrka på sina slott."

"Jag har en bättre idé", invände Carl. "Vi ska ju ändå transportera ett levande barn därifrån. Vi tar prinsen med i bagaget. Sen överlämnar vi honom till de brittiska myndigheterna."

"Varför det?"

"Därför att dom har en sorts århundradets rättegång på väg mot soldaterna från Special Air Service som Hans Kunglig Höghet behagade hyra. Överlämnar vi anstiftaren till britterna så måste dom stoppa in honom i samma rättegång. Tänk dej själv!"

Mouna tänkte efter och sakta spred sig ett nöjt leende över hela hennes ansikte.

"Det är alldeles förträffligt, vilken grej!" instämde hon. "En av de värsta parasitprinsarna i en offentlig europeisk rättegång om terrorism. Wow!"

"Just det, wow! Men vi går händelserna i förväg, eller hur?"

"Naturligtvis, men det är ju inte första gången. Berätta om upplägget!" uppmanade hon skärpt och för första gången helt intresserad av det Carl hade att säga.

Ungefär tolv man, influgna antagligen från Korsika, skulle ta borgen från luften, givetvis nattetid, inledde Carl.

Det fanns en landningsbana alldeles intill borgen, den enda kommunikationen till platsen förutom kamel eller fyrhjulsdrivna fordon. De vägar som hade byggts för själva byggets skull hade raserats för att återställa öknens serena ödslighet tycktes det. Resterna av vägbyggena syntes fortfarande från luften.

Attacken skulle synkroniseras med ett av prinsens besök, för då kunde man ju lifta med hans privata plan hem.

Mouna hade genast en invändning. Hur skulle man veta när värden var på plats? Sådana där prinsar hade verkligen inte några regelbundna vanor, de flög vart som helst när som helst i sin egen flygplansflotta.

Carl pekade rakt upp mot rummets tak. Mouna förstod inte.

"Konstant satellitövervakning", förklarade han nöjt.

"Rysk satellit utgår jag från", sade hon. "Eftersom det andra alternativet inte lär stå oss till buds. George W Bush kommer att bli vansinnig om vi kniper en av hans kompisar och dumpar honom på en rättegång i Europa!"

"Det gör inte saken sämre."

"Nej, verkligen inte. Men ryska spionsatelliter är inte gratis, vad måste vi betala för den tjänsten?" frågade hon misstänksamt.

"Ingenting vi inte har råd med, jag kommer till det senare. Låt mej först berätta vad jag hoppas du ska kunna hjälpa till med."

"Ja gärna, gör det!"

"Du ska transportera en ovanligt väl inbäddad journalist till platsen. På kamel. Från jordanskt territorium."

"Jag ska göra vad för något!"

"Jo, du hörde rätt. Det har du gjort med mej en gång vill jag minnas och då var sträckan tre gånger så lång som den blir nu."

"Vad ska vi med journalisten till?"

Carl svarade inte först utan valde att ge henne en lång uttryckslös blick, så att hon till slut log och ryckte på axlarna.

"Det var så sant", sade hon. "Jag hade så när glömt våra kära inbäddade journalister ombord på U-1 Jerusalem. Samma idé den här gången?"

"Ja, samma idé. Om vi inte haft det där medieövertaget ombord hade vi nog inte överlevt. Samma sak nu. När borgen är säkrad så kallar vi in journalisten och så får hela världen veta och då lär saudierna inte kunna bomba stället till evig glömska. Ungefär så."

"Men varför kamel nu igen?" suckade Mouna.

"Därför att ingen av er kan ta er fram i fallskärm på natten. Därför att ni ska finnas i närheten och kallas in per radio om allt går bra. Annars får ni diskret vända tillbaks samma väg ni kom."

"Jag förstår, det låter klokt. Jag antar att det är en pålitlig journalist?"

"Jadå, jag har ofta använt mej av honom och han har alltid levererat. Men av säkerhetsskäl vet han ännu inte om sitt kommande intressanta uppdrag. Det tricket gick ju väldigt bra förra gången."

Mouna skrattade plötsligt högt och lade handen för munnen men drabbades av en ny attack. Det dröjde innan hon kunde förklara det roliga.

Det var inte att de hade lurat ett teveteam från Al Jazeera ombord på ubåten och sedan helt enkelt shanghajat dem. Det kunde ursäktas, också av journalisterna själva, eftersom de betalades högt med monopol på världens för en tid mest intressanta story. De blev världsberömda och rika. Dessutom var det ju tuffa tjejer med skinn på näsan.

Nej, det vansinnigt roliga var att stå där nere och se de två kvinnorna trassla sig nedför lejdaren iförda kortkorta läderkjolar och skor med tio centimeters klack. Extra kul var det om man förstod deras saftiga, skabrösa och svavelosande eder under det nästan omöjliga klätternumret.

Fast deras insats hade sedan räddat livet på alla ombord, där var hon böjd att hålla med Carl i hans lakoniska slutsats. Journalistik kan helt säkert döda. Men också motsatsen visade sig fullt möjlig den där gången.

Nåväl, hon hade som sagt haft med sig ovana kamelryttare förr och rider man bara för en god sak brukar det ordna sig med skavsåren.

Carl tog fram några kartor och gick över den preliminära planen på nytt, diskuterade kort hur de skulle kunna ordna ett cover åt journalisten i Jordanien och vid vilket turistmål han plötsligt skulle försvinna medan någon annan körde hans hyrbil tillbaks till Amman.

Resten var mest teknik, olika typer av radiosändare och vilken krypteringsmetod man skulle använda för sina kommunikationer, en ungefärlig tidsplan och annat som var lika nödvändigt som rutinmässigt. Mouna var sitt vanliga jag, de planerade en operation som de gjort så många gånger förut och Carl hade kommit över sina olustkänslor för hennes konstiga reaktioner i början av deras möte.

Hotellpersonal städade ut resterna av deras måltid och Carl övervägde om han plötsligt skulle erinra sig champagneflaskan i minibaren. Men han hade en underlig känsla av att det fortfarande skulle vara fel.

"Och när ses vi nästa gång, du och jag?" frågade hon som i förbigående och samlade ihop sina anteckningar, rev sönder dem och gick ut i badrummet för att bränna dem i handfatet och spola ner askan.

"Vi ses när det hela är över. Här i Moskva", sade han när hon kom tillbaks in i rummet och sträckte sig efter sin handväska utan att sätta sig.

"Va?" sade hon. "Här i Moskva, jag trodde du bodde i Sankt Petersburg?"

"Jo, men det var det där med betalningen som jag sa att jag skulle vänta med att förklara. Betalningen för vissa tjänster som spionsatellit, sprängämnen, mörkerseendeutrustning, radiokommunikation och lite annat smått och gott ... är att du och jag kommer till Moskva och talar vänligt om Putin och det fredsälskande ryska folkets bidrag till den lilla flickans underbara räddning. Beklagar, men det var priset."

Mouna svarade inte, skakade bara uppgivet på huvudet, gick fram mot honom och gav honom en sval kyss på kinden och fortsatte mot dörren. Han skyndade efter och öppnade för henne. Hon vände sig inte om när hon gick bort mot hissarna, han stängde dörren så tyst han förmådde.

Han gick bort till minibaren, öppnade den och stirrade fientligt på champagneflaskan. Tog två flaskor Jack Daniels och gick och satte sig i den stora tomma soffan.

Har kände sig oförklarligt vemodig, underlig till mods. På väg hem från Vita huset hade till och med olika associationer kring ordet lycklig farit genom hans huvud. Det var bortblåst, nu var det bara den vanliga melankolin. Det fanns något sorgligt, inte något pinsamt etikettsmässigt klumpigt eller så, utan sorgligt med den där champagnen. Han kunde inte komma på vad, men känslan var stark.

IX

EWA HADE STÅTT UT två dagar ensam hemma på Norr Mälarstrand, sedan hade hon flyttat tillbaks ut till Stenhamra. Det var möjligen något självsvåldigt eftersom varken värden eller Pierre var hemma, och hon hade mer eller mindre tvingat Anna att följa med.

Sedan kidnapparna greps i London hade journalistbelägringen utanför hennes och Pierres bostad börjat om. När ytterligare två personer greps i Frankrike och Australien, varav den ena tycktes vara den kvinna som var först med att rent fysiskt lägga händerna på Nathalie, så ökade det journalistiska trycket ännu mer.

Det är möjligt att hon hade kunnat stå ut med det, noga räknat hade det visat sig omöjligt att "aldrig mer ha med journalister att göra", hon hade till och med suttit på presskonferens.

Det outhärdliga var något annat. Det var Nathalies rum. De hade inte rört någonting där inne, utom att Pierre säkert hade dammsugit. Det hade varit hans tur att läsa godnattsaga och boken om hur Babar och Céleste gifte sig låg framme och uppslagen på hennes nattduksbord bredvid den stora rosa väckarklockan. I hennes säng satt gosedjuren och väntade, med Babar och Céleste på hedersplatsen i mitten på det ljusblå överkastet. Det var som en besvärjelse. När Nathalie kom hem skulle hela familjen börja om precis där man blivit avbrutna och det var pappas tur att läsa kvällssaga och då var det på franska.

Men det var också en olidligt smärtsam syn. Hon drogs oemotståndligt till rummet, kunde inte låta bli att gå in och smeka med handen över kudden, luta sig ner och andas in dotterns doft, lyfta upp boken och pröva att läsa den franska texten mumlande för sig själv. Det gick inte att låta bli, ändå var det outhärdligt, det kändes som om hennes bröstkorg trycktes samman från båda håll och hon fick en panikkänsla av att inte kunna andas.

Stenhamra var neutral mark.

Hon åkte från jobbet en timme tidigare än vanligt. Förhören med de tre nazisterna som sakligt sett erkänt sig skyldiga till terrorism, vilket innebar fördubblade straff, var färdiga. Det var upp till åklagaren att bestämma om de var terrorister eller bara kriminella nazister.

I övrigt fanns för närvarande inga anhållna eller häktade att förhöra på Säkerhetspolisen. De tre långtidshäktade somalierna utreddes på någon av Säkerhetspolisens mer politiska avdelningar, men det hade trots månader av arbete inte gett underlag för nya förhör. Terrorister var de tydligen ändå. Ewa ägnade sig några timmar åt administration innan hon tröttnade och ringde efter säkerhetsvakterna för transport ut till Stenhamra.

Två av hennes medarbetare hade rest över till London för att delta i förhören med de sex hittills infångade militärerna som fått njuta så kort tid av sin nyförvärvade rikedom. Om hon kom ihåg rätt erbjöd brittisk lagstiftning en del möjligheter att få reducerat straff om man samarbetade, ungefär som i USA. Och det fanns bara en avgörande punkt för sådant samarbete. De måste ange sin uppdragsgivare, mannen som höll Nathalie fången. Prins Sultan och vad det nu var han hette. Pervers djävel. Men en pervers djävel med 700 miljoner i statliga fickpengar varje år.

Precis som Anna hoppades hon att någon eller några av de brittiska soldaterna skulle kunna namnge den där sultanen så att Nathalie kunde komma hem i någon sorts god laglig ordning. Medan Pierre och Carl hoppades på motsatsen. De påstod att det var för att de trodde att Nathalies liv skulle sväva i fara i samma ögonblick som hennes verklige kidnappare namngavs, att han då hellre skulle göra sig av med beviset än att tappa ansiktet och att han i det valet skulle ha hela Saudiarabien bakom sig. Åtminstone den kungliga familjen som hade all makt.

Ibland trodde hon på dem. Ibland fick hon för sig att de bara var barnsliga och hellre ville ut på spännande äventyr som när de var unga, än att de ville se Nathalie komma hem tillsammans med någonting så osexigt tråkigt som en kvinnlig brittisk polis och med en ny docka i handen. Beroende på hur hennes humör svängde trodde hon än det ena, än det andra.

Pierre hade varit borta några dagar på Korsika och var nu på hemväg. När han ringde för att meddela när planet skulle landa verkade han lite nedslagen. Precis som vid förra vändan var också Carl på ingång. Han hade tydligen varit i Ryssland igen, vad nu det kunde ha med Nathalie att göra. Fast det var ändå vad han påstod. Förmodligen hade någon av dem, eller rentav båda, precis som förra gången, ringt till Erik Ponti och skickat iväg honom på en expedition till saluhallen.

Hennes antaganden visade sig förstås helt riktiga. De två militärerna var förutsägbara som vaktparaden, de kom med tjugo minuters mellanrum.

Sedan hände ändå något som hon inte kunnat föreställa sig i sin vildaste fantasi, något som gjorde henne andlös, sedan djupt gripen, sedan förtvivlad och lycklig samtidigt.

Carl rensade hela köksbordet från all dukning och gick ut till sitt bagage och hämtade en meterlång papprulle. Han sade ingenting, tecknade bara åt dem att komma närmare.

Så rullade han ut några gigantiska och knivskarpa fotografier på köksbordet och tyngde ner dem med olika föremål i hörnorna.

"Det här", sade han och pekade, "är Qasr Salah al-Din och här bor Nathalie för tillfället. Den här stora fyrkanten är den yttre borggården. Den här rektangeln i söder är den inre borggården. Titta noga där!"

Han hade pekat mot ett hörn av den inre borggården. Det syntes tydligt att det var människor där nere.

Ewa stirrade på bilden och som om det inte var av hennes egen vilja så styrdes ändå pekfingret mot en liten gestalt med ljus slöja.

302

"En modersinstinkt är inte att ta fel på", sade Carl. "Du har alldeles rätt, det där är faktiskt Nathalie. Hon är ute och leker med någon sorts barnsköterska. Jag har delförstoringarna här."

Han drog upp nya fotografier i samma kolossalformat, men nu kornigare och med mycket större förstoring. Han sorterade upp dem i en kronologisk sekvens, pekade tyst, mumlade någonting om vinkällaren och lämnade dem ensamma med Nathalie.

För visst var det väl hon? I början av sekvensen gungade hon i en gungställning intill bassängen med springbrunnarna på den muromgärdade innergården. Hon tycktes trassla in sig i sin vita slöja och kastade den ifrån sig. Mot hennes långa svarta dräkt såg man att hennes hårfärg stämde, brunt hår borde få den nyansen i svartvitt. En nanny med svarta kläder, också hon med slöja, skyndade fram. Det tycktes bli bråk. Det såg ut som om de grälade när Nathalie vägrade ta på sig slöjan. På de sista bilderna blev hon släpad i handen in i en port på ena långsidan av innergården, på andra sidan bassängen.

"Ser du?" sa Pierre. "Hon käftar emot, det är väl ändå ett gott tecken?"

Tårarna rann nedför hans kinder, det var första gången han hade gråtit, åtminstone så att Ewa hade sett det.

Äntligen, tänkte hon och omfamnade honom häftigt, äntligen gråter han, äntligen är vi nästan tillsammans igen alla tre.

"Hämta hem henne Pierre, gör det!" viskade hon i hans öra samtidigt som hon grep efter en rulle hushållspapper för att torka sina kinder.

* * *

Erik Ponti tog sitt kalfaktorsjobb med gott humör. På nytt hade Örnen I landat bara tjugo minuter före Örnen II och så hade de båda ringt och bett honom ordna middagen. Det gjorde han förstås gärna och det var dessutom en psykologiskt intressant uppgift, svårare än om det bara skulle bullas upp till kalas. För det var inte precis läge för några italienska fyrarättersmiddagar eller något i den klassiska franska stilen. Sådan mat kunde inte bli god så länge Nathalie var borta.

Å andra sidan fick man inte klä sig i säck och aska, blodpudding och ärtor med fläsk hade varit lika opassande som ankleverterrin med en riesling från Clos St. Hune. Men moules marinières föreföll helt okej och det varma sommarvädret inbjöd till lite grillat fläskkött (man kunde ändå smyghöja festfaktorn med vinvalet, men det var Carls sak).

Efter middagen plockade han och Pierre ihop till diskmaskinen, Carl serverade rosévin med isbitar framför teven när alla samlade sig för nionyheterna. Erik hade av gammal svårutrotlig vana lyssnat på Ekot i en diskret öronsnäcka medan han och Pierre städade upp efter middagen, så han visste redan vad som skulle komma.

Nathalie hade tillfälligt förlorat förstaplatsen i nyhetsvärderingen, eftersom en annan liten flicka hade kidnappats och mördats, försvunnen bara några hundra meter innan hon skulle ha kommit hem. Mördaren tycktes vara en känd sexualdåre som tidigare åkt fast för liknande brott.

När Nathalie dök upp med sin återkommande vinjett där man såg en suddig bild av en numera gripen kvinna som lyfte upp henne i famnen fanns det verkligen nya uppgifter.

The Thames Valley Police hade gripit ytterligare personer i den brittiska kidnapparligan, man var nu uppe i åtta och en talesman för polisen menade att det sannolikt var en komplett samling.

Några av de häktade hade gjort vissa medgivanden, som det hette, och pekat ut en ökänd internationell vapenhandlare vid namn Alisalim ul-Haq som den som kommit med beställningen av kidnappningsjobbet och också ombesörjt utbetalningarna till ligans konton i Lichtenstein.

Alisalim ul-Haq var pakistanier och vistades för närvarade inte i någon enda av sina många lyxbostäder i Florida, Marbella, Västindien eller Sardinien, eftersom alla dessa adresser hade utsatts för synkroniserade polisrazzior kort efter att hans namn dök upp på Interpols lista över de tio mest efterlysta i världen. Man förmodade att han fanns i Pakistan, som inte hade några som helst utlämningsavtal med vare sig Europa eller USA.

Han porträtterades kort som kolossalt rik, en förmögenhet han byggt upp i huvudsak genom att förse alla stridande parter i alla afrikanska inbördeskrig med ungefär samma vapen. Han påstods ha intima förbindelser, därmed också beskydd, från den pakistanska säkerhetstjänsten ISI. Vilket i sin tur innebar att han hade kopplingar till den talibanska terrorismen. Spåren efter den kidnappade Nathalie ledde nu mot Pakistan eller Afghanistan, konkluderade tevekommentatorerna.

"Det här är alldeles utmärkt!" konstaterade Carl. "Nu får dom där tysta diplomaterna börja jobba med Pakistan, det kommer att hålla dom sysselsatta så att dom inte springer i vägen för oss. Erik!"

Han reste sig från soffan, pekade på Eriks vinglas, lyfte upp sitt eget och gjorde en gest bort mot den stängda biblioteksdörren.

"Några ord i enrum!" beordrade han.

Erik kände sig som en korpral i flottan som just fått en order av en amiral, vilket också var det rent faktiska läget.

Carl stängde dörren efter dem, höjde sitt vinglas till en kort skål och sjönk ner i en av de stora knarrande engelska läderfåtöljerna. Erik satte sig mitt emot.

"Jag har ett nytt jobb åt dej", började Carl som om det gällde något litet arrangemang med provianteringen. "Förmodligen blir det det viktigaste jobb du gjort i ditt liv, åtminstone det farligaste. Till en början ska du omedelbart ansöka om att få intervjua prinsessan Majda av Jordanien. Hon är nämligen svenska, från Södertälje, född Margareta Lund, gift med en kusin till kung Abdullah av Jordanien."

Erik sade ingenting även om han förstod att meningen nu var att han skulle bryta ut i vilda frågor eller protester. I stället väntade han ut Carl.

"Hur bra är du på att rida kamel?" frågade Carl närmast som i förbigående.

"Mina erfarenheter inskränker sig till ungefär tio genanta minuter utanför pyramiderna i Giza och en timme på väg mot Petra i Jordanien", svarade Erik reserverat. Han ville fortfarande inte leka med.

"Okej", suckade Carl som nu insåg att hans hurtiga upplägg inte gick hem. "Korten på bordet alltså. Du ska vara vår inbäddade reporter. Du utgår från Jordanien, kameltransport under betryggande beskydd fram till målet. Om Pierre och hans mannar lyckas ta borgen så kallar dom in dej och dina följeslagare per radio och då har du några livsviktiga timmar framför dej för att skildra fritagningen, med bilder på Nathalie glad och pigg, bilder på franska fallskärmsjägare och en tillfångatagen och ilsken saudisk prins. Det är, mycket kortfattat, uppdraget. Frågor?"

"Jovars", log Erik. "Inbäddad reporter alltså, fast på den goda sidan?"

"Svar ja."

"Som när ni jobbade med ubåten? Sensationell publicitet i avgörande ögonblick garanterar initiativet och förlamar motståndarens möjlighet att slå tillbaks? Förlåt om jag gör mej lustig över militärspråk, men ungefär så ser tanken ut?"

"Svar ja."

"Och vem kommer att vara mitt höga beskydd under kamelritten?"

"En nära vän till mej, mycket nära vän, Mouna al Husseini, även internationellt känd som Madame Terror."

"Det var som fan!"

"Korrekt."

"Vad är det jag ska förbereda?"

"Det finns bredband på stället, allt du rapporterar i text och bild måste gå den vägen, men jag förutsätter att du också har med dej en satellittelefon för att ringa till så många radiostationer du hinner. Du måste skaffa kamerautrustning som är kompatibel med internetsystemet och bredband, du måste förbereda kontakter med fransk radio och television, italiensk dito, brittisk och förstås svensk. Gärna Al

Jazeera för gammal vänskaps skull, dom säljer dessutom sitt material vidare till amerikanerna, men detta i mån av tid. Tanken är att du tillverkar ett reportage i gryningstimmarna, sedan sänder det på alla lämpliga språk till alla lämpliga mottagare du hinner med. Ett frilansknäck som heter duga, du är väl frilans numera?"

"Svar ja. Du lockar mej med ett världsscoop."

"Naturligtvis. Det finns ingenting att hålla inne med, ingen censur så att säga, men vi behöver absolut en entusiastisk journalist på vår sida. Jag tror det kan vara avgörande den här gången också. Svårigheten är inte att bekämpa målet, inta borgen och befria Nathalie, svårigheten är att komma därifrån och då måste medierna pigga upp den franske presidenten så att den, naturligtvis, illegala raiden blir officiellt sanktionerad. Jag är säker på att du ser logiken."

"Jadå. När reser jag?"

"Nu. Det vill säga såfort som möjligt. I morgon köper du filmutrustning om du inte redan har tillräckligt med grejor, så gör vi upp senare, tveka inte för några utgifter, skaffa det du behöver och det förstår du bättre än jag. Ansök om en intervju med prinsessan Majda, när du fått den beviljad får du automatiskt inresevisum på flygplatsen i Amman. Du tar in på Hotell Intercontinental och genomför intervjun. Och sen är du med i laget."

"Intercontinental har jag bott på förut, det gjorde alla journalister förr i världen åtminstone. Men sen? Hur kontaktar jag ...?"

"Oroa dej inte. Hon hittar dej. Jordanien är nästan hennes hemmaplan."

Som om allting var avklarat och alla problem lösta reste sig Carl och rullade ut några stora fotografier borta vid skrivbordet, plockade fram två läslampor och ett gigantiskt gammaldags förstoringsglas och vinkade till sig Erik.

Så här såg alltså målet ut rakt uppifrån. Erik hade aldrig sett bilder från en spionsatellit förut, för det antog han genast att det måste vara frågan om. Det där med att kunna fotografera en golfboll föreföll visserligen inte helt sant, men bilderna var makalöst skarpa. Man kunde se linjerna efter varje större sten i borgbygget, det såg ut som en anläggning från 1200-talet, liksom vaktposterna i de sex höga tornen runt murarna. Två man i varje torn med en tung kulspruta mellan sig. Det mest häpnadsväckande var ändå en liten flicka med ljus slöja på den inre av de två borggårdarna. Någon hade med röd spritpenna dragit en cirkel runt henne. Carl pekade tyst och räckte över förstoringsglaset.

"Är det hon?" frågade Erik och drog efter andan, det var en svindlande bild. Carl nickade stumt.

"Ja, det är hon, ingen tvekan", sade han efter en stund. "Det finns hundratals liknande bilder vid det här laget. Hon vistas utomhus två gånger om dagen, kommer alltid ut från samma port i byggnaden, där!"

Han pekade ut platsen.

"Så nu är det bara en tidsfråga?"

"Ja, nu har klockan sen länge börjat ticka", bekräftade Carl. "Vill du be Pierre komma in till mej?"

"Visst, men förlåt en amatör. Är det ett svårt eller ett lätt mål för ett fallskärmsjägarförband? Kan ni ta dom där vakterna på en gång?"

"Inte jag, det här är Pierres operation. Men där jag kommer från, Navy Seals, så skulle vi ha sagt att det här målet *is just a walk in the park*. Klockan tre eller fyra på morgonen, helt mörkt, Pierre och hans mannar har mörkerseende och kommer ljudlöst uppifrån. Inga problem. Svårigheten är att komma därifrån och det är då du kommer in i bilden."

Erik tog sitt vinglas och släntrade ut till de andra, han kände sig närmast vimmelkantig. Han försökte föreställa sig att det var så här lugnt och enkelt det alltid gått till. Kartor, funderingar i ett bibliotek, några order hit och dit och sen iväg. Kunde det vara så enkelt, vad hade han missat?

Och om han skulle skriva Hamiltons memoarer, en möjlighet som ärligt talat inte blev mindre om han deltog i den här "operationen" på det enkla och självklara sättet att bara vara ovanligt rätt journalist på rätt plats vid rätt tidpunkt, så skulle det vara en fantastisk upplevelse att gå tillbaks till alla Hamiltons stora insatser och skildra just den här typen av stämningar.

"Och så bad jag journalisten komma in i biblioteket. Han visste att vi höll på att förbereda en fritagning, men inte mycket mer än så. När jag först bad honom förbereda en intervju med den jordanska prinsessan Majda såg han på mej som om jag kanske inte riktigt hade hans journalistiska prioriteringar klara för mej. Men snart förstod han att det bara var ett cover och vad som stod på spel." Typ?

När Erik gått ut och stängt dörren efter sig skämdes Carl över sitt dumt käcka sätt att presentera Eriks bidrag till operationen, det hade bara verkat fånigt, han kände det själv, han hade kunnat vara mer allvarlig och gått rakt på sak i stället. Hade han levt för många år som enstöring där borta i San Diego? Tappat den sociala fingertoppskänslan eller blivit amerikaniserad utan att vara amerikan? Mötet med Mouna lämnade också en konstig stämning efter sig. Den där jävla champagnen till exempel.

Huvudsaken var ändå att Erik var ombord. Han var tillräckligt orädd, han var i gott fysiskt skick, han begrep det politiska spelet, hade de rätta kontakterna och de nödvändiga språken. Det var just nu det enda avgörande, inte vad Erik tyckte om en före detta spion.

När Pierre kom in och stängde dörren efter sig såg han överraskande bekymrad ut. Det var svårt att förstå, här låg ju målet serverat, det internationellt gällande spåret till Pakistan var grundligt fel och det var alldeles perfekt. Prins Sultan visste inte att hans tid höll på att rinna ut. Så vad var problemet?

Målet, menade Pierre. Sex bevakningstorn måste tas samtidigt som man oskadliggjorde tolv pakistanska vaktposter, två i varje torn. Operationen hängde helt och hållet på det inledande momentet. Larm och vilt skjutande i natten på en så stor anläggning skulle sluta med elände.

Jovisst, men målen var inte särskilt svåra. Carl hade mätt ytan på golven i de sex vakttornen. Det var hundra kvadratmeter. På varje modern övning måste fallskärmsjägare kunna landa på fem kvadratmeter för godkänt.

Sant, medgav Pierre. Men det var just det som var problemet. Han hade tolv man som skulle ställa upp. Som måste ställa upp.

Han berättade först varför, historien om traditionen inom legionen att den som räddar en kamrats liv har rätt att begära en tjänst av motsvarande dignitet, kanske till och med en olaglig tjänst.

Pierre hade varit legionär i fyrtio år och därför hade han tolv fortfarande stridsdugliga män på sin lista. Men de två äldsta var fallskärmsjägare från den tiden man använde runda skärmar och lämpades ur planen som någon sorts varor och i bästa fall damp ner hundra meter från avsedd plats.

De två skulle inte klara uppgiften att landa uppe i ett torn på hundra kvadratmeter och samtidigt slå ut två vaktposter.

Carl funderade en stund och invände att man gott och väl skulle kunna tänka sig att sätta in bara en man mot två av tornen. Under de sista tio meterna ner före landningen borde man med ena handen kunna döda de två vakterna vid kulsprutan och med andra handen styra landningen?

Jo, teoretiskt fullt möjligt, medgav Pierre. Men en stor risk. Och återigen, om det inledande momentet misslyckades och det slogs larm, hur många motståndare hade man då på halsen?

Mellan trettiosex och fyrtio, gissade Carl. Den ryska satellitcentralen hade nu haft borgen under tio dagars kontinuerlig bevakning. Eftersom det alltid satt två man vid varje kulspruta i tornen så måste garnisonen gå i treskift, ungefär som på en ubåt. Det blev trettiosex, plus några reserver för sjukledighet och andra hinder.

Jo, Pierre hade gjort ungefär samma kalkyl. Men ett tjugotal överlevande pakistanier med en förmodligen hygglig militär utbildning, annars skulle de väl inte ha fått dessa välbetalda jobb, som börjar springa runt och skjuta med sina automatkarbiner väcker blixtsnabbt alla i hela borgen. Vad händer då med Nathalie?

Carl föreslog att de två som inte kunde landa uppe i tornen skulle ta flygplatsen åttahundra meter från borgen, nere i en sänka.

Flygplatsen hade självklart någon form av bevakning och dessutom radioförbindelser med omgivningen, under alla förhållanden måste den radion tystas. Två man med mörkerseende och tysta vapen borde kunna ta den positionen, det var bara tjugo meter barack och ett litet flygledartorn. Det problemet hade funnits oavsett om två man i truppen saknade kvalifikationer för en precisionslandning. Alltså måste två av vakttornen tas av en ensam man, det var väl bara att välja mellan de yngsta och de bästa?

Jo, medgav Pierre. Så var det förstås. Men det var ändå ett stort risktagande. Han ville komma hem med Nathalie och överlämna henne i mammas famn, inte dö tappert och begravas svept i trikoloren.

Vad gällde den taktiska logiken i Operation Nathalie fanns plötsligt inte mer att säga. Det fanns ingen oenighet mellan dem, allt den ene såg, såg den andre.

Carl ville vinna lite tid och frågade om han kunde bjuda på något mer. Pierre skakade energiskt på huvudet.

Den där djävla champagnen igen, tänkte Carl, reste sig och gick bort till skrivbordet och betraktade det stora spionfotografiet av Qasr Salah al-Din. Han började bolla med det tunga förstoringsglaset, singlade upp det i luften och fångade det i handtaget. Gjorde om det med ett högre kast och fler rotationer, och fångade det i handtaget. Upprepade det en tredje gång med ett kast nästan ända upp till taket. Och fångade det i handtaget på nytt. Han lade försiktigt ner det över den stora satellitbilden och vände sig om.

"Jag vet inte om du kan förstå det här, Pierre", sade han. "Inte ens du som har skrivit om sådana som du och jag på ett sätt som ingen har skrivit om oss. Men det här har blivit personligt för mej också, jag vill se dej överlämna Nathalie i Ewas armar, jag har levt som besatt med den tanken i månader nu. Det har förstås att göra med mina egna mördade barn, man behöver inte vara kalifornisk huvudkrympare för att inse det. Men i alla fall. Jag lovade mej själv och den Gud jag inte tror på att aldrig någonsin mer döda en människa. Det är det mest hedervärda, på ett sätt, men också det tyngsta löfte jag någonsin formulerat. Det skulle alltid stå fast. Men inte om det gäller din dotter. Jag kommer med, oroa dej inte, jag kan landa på hundra kvadratmeter. Och jag kan skaffa fram en till som kan det."

* * *

Patrik Wärnstrand kände sig som en fåne och det var en klar förbättring. När han anhölls som misstänkt för grovt människorov så hade han framställts som en grobian och hänsynslös brottsling i alla medier, nästan som en sorts pedofil våldtäktsman.

Nu hade han upphöjts till fåne, dessutom en arbetslös fåne, anklagad för tjänstefel och stöld på jobbet. Inget mer. Advokaten Alphin hade försäkrat honom att han skulle komma undan med böter och ett skadestånd.

Det hade förstås underlättat att David Gerald Airey och hans medhjälpare åkte fast så snabbt i England, de hade haft vänligheten att förklara att deras svenske medhjälpare bara var en nyttig idiot som självklart inte kunde ha anat att de var ute efter att kidnappa ett barn åt terrorister.

Friheten var mycket bättre än minst tio års fängelse, det var lätt att se. Men genast efter att advokaten Alphin kommit med glädjebeskedet, att åklagarna hade lagt ner förundersökningen om det grova brottet, och att han skulle bli fri om några timmar, så började han skämmas vid tanken på att ha blivit fåne. Han bad sin advokat om hjälp att hålla pressen borta, att hitta ett sätt att låta honom smita ut någon sorts bakväg.

Det visade sig vara en närmast omöjlig begäran, såvida inte polisen hjälpte till och tog ner honom i polishusets källare och körde hem honom i en civil spanarbil med svarta rutor. Det ville polisen sällan hjälpa till med, såvida det inte gällde knarkmisstänkta kvinnliga artister.

Han hade redan fått mängder med påstötningar om intervjuer från svenska medier och anbud från brittiska medier om våldsamma summor för ensamrätt på berättelsen om David Gerald Airey.

Hans advokat hade sagt att det inte var så lätt att hålla medierna borta i ett demokratiskt samhälle och föreföll dessutom själv inte direkt ointresserad av att träffa journalister. Han hade ändå lovat att han skulle se vad han kunde göra och att han skulle ringa några samtal. Det lät mer som undanflykter än som löfte om någon konkret åtgärd.

Det var det inte. När han skulle släppas och stod och kvitterade ut sina personliga tillhörigheter inklusive livrem och skosnören kom advokaten fram till honom i oväntat sällskap, överste Luigi Bertoni-Svensson, dessutom klädd i uniform från den gröna kustjägarbaskern högst upp, via uniformsbröstets rader av släpspännen som vittnade om minst sagt omfattande internationell erfarenhet, ner till de blankputsade kängorna i stället för svarta lågskor. Det som imponerade mest på Patrik Wärnstrand var det guldblänkande emblemet för SEAL-styrkorna, en örn med ankare och pilar i sina klor.

"Löjtnant Wärnstrand!"

"Ja, överste!" svarade han och sträckte genast upp sig.

"Nu gör vi så här. Vi går rakt ut till lejonhopen, du behöver inte säga någonting, låt mej och advokaten sköta snacket. Är det uppfattat!"

"Ja, överste!"

Och så var det inte mer med det. Han gick mellan sin advokat och översten i en lång gallerförsedd gång ut till en larmande flock av journalister där kamerorna började blixtra redan på tjugo meters håll.

De trängde sig ut mitt i hopen. Advokaten sade att hans klient var glad över att alla missförstånd hade klarats ut.

Överste Bertoni-Svensson sade att även han själv skulle ha gått på samma trick som Patrik Wärnstrand, eftersom det var så ytterst osannolikt. Samt att löjtnant Wärnstrand hade ett oförbrukat förtroende inom Sveriges särskilda insatsstyrka SSG, som nu gärna skulle ta tillbaks honom i tjänst, ifall hans civila arbetsgivare envisades med att ge honom sparken.

Och så var det över. De steg in i en svart bil från Högkvarteret, körde några hundra meter och släppte av advokaten och sedan raka vägen mot hem, fru och barn.

Villan ute i Enskede var också belägrad av journalister men översten hade vänligheten att upprepa ungefär vad han sagt utanför häktet och bad sedan att de skulle få bli lämnade ifred.

Det blev det visserligen lite si och så med. När han kramade sina barn hängde pressfotografer i äppelträden i ett snöfall av blommor som föll i drivor efter deras härjningar.

Hans fru Lisa bjöd översten på kaffe, han hade Emma och Sixten på vardera knät och känslan av fåne började släppa. De försökte att tala om vardagligheter som att åka ut på landet och fiska strömming. Sedan small det plötsligt.

"Det är så här, fru Wärnstrand", sade översten mycket vänligt och med huvudet inkännande på sned, "att jag måste be att få låna er man för någon timme eller så. Han är hemma till middag så det är ingen fara på taket. Men inom SSG har vi ett mycket stort förtroende för löjtnant Wärnstrand och tills vidare erbjuder vi honom jobb, med löneförhöjning. Det är ingenting riskfyllt kanske jag ska tillägga, men viktigt. Så om ni ursäktar?"

Hans fru hade sett lika förvånad ut som man kunde tänka sig över fånens plötsliga befordran, förmodligen såg han likadan ut själv men hon hade ögonen på översten och såg inte att hennes man var lika ovetande som hon om det nya erbjudandet.

I bilen på väg från Enskede satt de tysta ganska länge innan han vågade fråga om det där var sant.

"På sätt och vis", sade Luigi. "Sant är att mitt förtroende för dej är obrutet, jag har tänkt mycket på hur jag själv skulle ha gjort i din situation. Och kommit fram till att jag också skulle ha torskat. Special Air Service gör bara bra saker, ungefär som vi själva, eller hur?"

Han svarade inte, han skämdes fortfarande över att han trots alla godtagbara ursäkter varit en nyttig idiot. Och det hade lett till att en liten femårig överstedotter nu satt i klorna på arabiska terrorister. Det var tungt och skulle aldrig kunna bli något annat än tungt.

"Vart är vi på väg?" frågade han efter en lång tystnad.

"Till Mälaröarna", svarade Luigi korthugget. "Du ska få träffa en person som du redan har träffat och han kommer att ge dej ett erbjudande som du inte kommer att säga nej till."

"Hamilton?" föreslog Patrik Wärnstrand efter en lång ångestfylld tystnad.

Luigi bara nickade.

"Och sen lägger jag mej inte i vad som händer", fortsatte han. "Allt det där jag sa om återanställning på SSG var lögn, det kan du glömma. Jag har begått tillräckligt med tjänstefel redan som det är och jag har ingen som helst aning om vad ni kommer att tala om. Är det uppfattat?"

"Det är uppfattat, överste!"

"Bra. Mitt tips är ändå att du kommer att säga ja."

* * *

De tänkte verkligen sprätta upp pojkarna, rensa dem som fiskar för att få ut de nedsvalda diamanterna. Själv hade han inte auktoritet nog att stoppa det hela, i alla fall försökte han inte. Hade inte Pierre Tanguy kommit runt hörnet till administrationsbyggnaden i precis det ögonblicket så hade det varit försent.

Michel Dubois hade en del mardrömmar, det hade alla legionärer med lång tjänstgöring i Afrikas mer eller mindre okända småkrig. Men den här var den värsta, den enda som bet sig fast år efter år.

I efterhand var det förstås lika overkligt som obegripligt. Men det var ett faktum som inte gick att komma ifrån. Mycket snart efter ankomsten till slavlägren och diamantfälten i Sierra Leone hade de förlorat sin mänsklighet, blivit djuriska. Det enda man kunde förklara den förvandlingen med var synerna som mötte dem i lägret, den flera meter höga likstapeln där gamarna lyfte som ett moln jättelika flugor, de utmärglade kropparna, de ruttnande liken av slavar som spikats upp hängande nedför trädstammarna runt lägret, högen med av-huggna händer.

Att de inte tog några fångar låg närmast i sakens natur, de dödade alla vuxna män utan undantag och oavsett om de fortfarande var be-väpnade och gjorde motstånd eller om de kastat ifrån sig sina Kalash-nikov och kom emot dem med armarna sträckta över huvudet. De brände de döda på samma bål, slavar och slavdrivare tillsammans och skyfflade ner resterna i en enda stor massgrav.

Till en början tänkte de inte på barnen som kilade undan som skrämda råttor åt alla håll. Men en av sergeanterna i tredje kompani-et fann sex pojkar inne på huvudkontoret som hade övergetts i myck-et stor hast när anfallet kom. Det hade på något märkligt vis sett ut som om han tog små pojkar på bar gärning med händerna nedstuck-na i en syltburk, berättade han senare.

Men det var inte sylt eller marmelad de satt och proppade i sig, det var rådiamanter. Det var oklart hur länge de varit ostörda i den mål-tiden och ingen kunde ens gissa hur många miljoners värde som tömts i de små utspända barnmagarna. Den första tanken att bara sprätta upp dem föreföll nästan normal.

Pierre hade alltså i sista ögonblicket upptäckt vad som höll på att ske och fick omedelbart stopp på det och såg till att de sex barnen lås-tes in på ett kontorsrum med förseglade fönster. Där skulle de få sitta tills de skitit ut alla sina diamanter, sedan skulle de skickas hem. Det var åtminstone ursprungsplanen, men den fungerade inte.

Skit fanns det snart en hel del av i den plåthink man ställt in till dem, fast inga diamanter och förklaringen kunde bara vara en. Poj-karna pillade desperat fram stenarna ur avföringen och åt upp dem på nytt. Det tog två dagar att få ordning på problemet och så skick-ade man hem dem längs den slingrande gyttjiga vägen där bara fyr-hjulsdrivna fordon kunde kämpa sig fram i den röda sörjan. Det var strax efter regntiden.

Om någon av pojkarna ändå lyckats få med sig en liten sten i magen, som han i så fall ätit upp för åtminstone tredje gången, så var han värd den. Framför allt var de värda livet som Pierre räddat åt dem.

Michel Dubois hade ofta frågat sig hur mardrömmen skulle ha sett ut om Pierre kommit försent runt den där husknuten. Det hade i så fall varit han själv, Michel Dubois, major på 2e REP, som för evigt haft ansvaret inbränt i sitt samvete. Det hade verkligen varit ett förmörkande minne och tänkte man mer på saken så borde hans tacksamhetsskuld vara större för detta än för det där i Kongo många år tidigare. Den gången råkade Pierre dyka upp med två tungt beväpnade kompanier i absolut sista ögonblicket. Men det var ändå normalt, det var normalt att man räddade livet på varandra om man fick chansen att göra det, liksom det var normalt att man alltid såg till att få med sig sina döda och sårade hem. Det där vid diamantfälten i Sierra Leone var inte normalt.

Och nu närmade sig avgörandets stund. Han satt och väntade på Pierre uppe på deras lilla favoritkrog i citadellet med utsikt över solnedgången i havet. Det fanns inga andra legionärer i närheten, grabbar på permission sökte sig till mindre stillsamma ställen och helt andra nöjen nere i Calvis centrum eller längs stränderna.

Genast när Pierre kom måste han få ett rakt och konkret besked, allt annat vore respektlöst, det vore omöjligt att först sitta och välja mellan vildsvinsgrytan och grillade skaldjur och låtsas vara två veteraner från legionen som träffats för att tala gamla minnen. Pierre måste få beskedet omedelbart.

Än en gång tänkte han igenom vilka risker han tog för egen del, bortsett från att få avsked två år före sin pension. Skulle han förlora sin pension i och med avskedet?

Möjligt, men ingen tillräckligt tung invändning, åtminstone inte om han tog Pierres löfte på allvar. Alla som hjälpte till med Operation Nathalie skulle kompenseras för eventuella kostnader. Pierre hade tydligen tjänat stora summor på sin bok. Det var han väl värd, det var en fantastisk berättelse om sådant som ingen kunnat berätta om tidigare. Varför historien om blodsdiamanterna i Sierra Leone varit så kortfattad var inte gott att veta. Själv hade han oroligt bläddrat upp den först av allt när han läst innehållsförteckningen. Men historien om pojkarna som åt rådiamanter var inte med. Kanske var det av hänsyn till vännen som varit alltför nära att dra på sig en livslång skuld.

Nej, det fanns ingen återvändo. Hans skuld till Pierre Tanguy var alldeles för stor, det fick bära eller brista, han måste ställa upp med allt vad han förmådde och helst lite till. Det måste också bli det första han sade när de snart skulle ses här vid bordet, deras gamla stambord.

Han tog fram sin lilla anteckningsbok med svarta vaxpärmar och gick på nytt igenom sina invändningar och korrigeringar.

Målet var lätt att ta. När han sett de satellitbilder Pierre haft med sig blev han både lättad och glad, den där borgen fick det att närmast vattnas i munnen på en gammal fallskärmsjägare.

Det var på den förutsättningen hela planen hängde, man måste ju vinna för att sedan i efterhand få alla tjänstefel strukna. Men det fanns svårigheter som inte var så enkla att komma förbi.

Som regementschef kunde han självklart förse Pierres lilla frivilligstyrka med ett eget Transallplan och ett par piloter, så långt inga problem. Men det vore närmast dåraktigt att låta gruppen träna sitt anfall här på regementet i Calvi, det skulle vara alltför uppenbart vad saken gällde, alla visste ju vad som hänt med Pierres dotter. Och om planerna läckte ut så var allt förstört.

Djibouti var lösningen. Han var inte säker på hur Pierre skulle ta den nyheten men han var säker på att det skulle bli bäst. Djibouti var just nu mer eller mindre kaotiskt på grund av den omfattande piratjakt som inletts i havsområdet mellan Jemen och Somalia. Flygdivisionen där nere hade förstärkts, det reguljära franska arméregementet hade också förstärkts och det skulle verka fullkomligt rimligt om också legionens regemente där nere fick en mystisk förstärkning av en specialstyrka som förberedde någon hemlig operation. Och hans kollega på 13e Demi-Brigade de la Légion Étrangère i Djibouti skulle inte tvivla på den visserligen något diffusa instruktionen från 2e REP i Calvi.

De skulle få en egen barack på legionens område och de skulle få sköta sig själva med sitt eget plan, ingen skulle upptäcka bluffen i första taget och en natt skulle de lyfta och försvinna. Det var allt. Det borde fungera.

Och det som kunde verka alltför mystiskt och skapa alltför många rykten i Calvi, att ett ryskt Antonovplan plötsligt landade med lådor med hemlig utrustning, skulle passa perfekt i bilden av specialstyrkans verksamhet i Djibouti.

Nej, det fanns ingen återvändo, ingen halvhjärtad tveksamhet heller. Bära eller brista, nu gällde det att satsa allt.

När Pierre kom och de tog varandra i hand verkade han full av tillförsikt och blev inte det minsta förvånad över att få det positiva beskedet.

De satt kvar till långt efter att de sista gästerna tackat för sig och gick över planen igen och igen. De såg förstås ut som två gamla veteraner som talade gamla minnen från legionen. Det fanns en viss humor i det.

X

HETTAN VAR OUTHÄRDLIG. Bara en gång tidigare i livet hade han varit med om något liknande, tre dagar i Bagdad för många år sedan när han var utrikesreporter. Det var i mitten av juli, alltså ungefär samma årstid som nu, och temperaturen låg mellan +50 och +53 och när man steg ut från en bil eller ett hotell var upplevelsen hela tiden densamma: det här är inte sant, det är helt enkelt inte möjligt, ingen kan ha kommit på den befängda idén att låta vår civilisation födas i den här temperaturen, babylonerna kan inte ha varit riktigt kloka.

Men där i Bagdad kunde man hela tiden fly in i luftkonditionerade hus eller bilar. Här ute i öknen fanns inte den möjligheten, timme ut och timme in samma obönhörliga sol på en fullständigt molnfri himmel.

Kyla gick att behärska, till och med extrem kyla. Det hade han lärt sig både i Sibirien och uppe i norra Kanada, bland inuiterna. Man kunde skydda sig med rätt sorts skinnkläder även om det var ner mot -60, men mot hettan fanns inte motsvarande möjlighet och han fick hela tiden bekämpa sina impulser att kasta av sig de tjocka svarta sjok av tyg som täckte honom; han föreställde nämligen kvinna och hade hela ansiktet täckt av blått tyg som han knappt såg igenom.

Som kvinna kunde han inte gärna slita av sig kläderna, det var klart. Men som nordeuropé hade han en föreställning om hetta som något man bekämpade med nakenhet, som sommarens brungrillade asfaltsarbetare längs vägarna. Det var förmodligen rent vansinne. För om nu beduinerna kommit fram till den här klädstilen efter några tusen års liv i öknarna så kunde man inte gärna betvivla deras empiriska förnuft. Mycket kläder innebar skydd mot hetta, även om han kände sig som en kåldolme i en ugn.

Ett mentalt skydd var att försöka vakendrömma, att i den gungande sövande rörelsen låta fantasin flyta bort bland minnen och idéer och ge sig hän som i en sorts rus. Det hade kunnat fungera om inte de rent fysiska smärtorna drog åt andra hållet, hur han än försökte ändra ställning fick han ont.

Det fanns en tid kring 70-talet när kamelsadlar var populära dekorationer i vänsterintellektuella hem, utspridda som små pallar runt ett lågt bord i mässing där man drack vin eller rökte hasch och diskuterade politik. Men då hade han aldrig tänkt tanken att tillbringa tre fyra dagar på en sådan helvetisk anordning, dessutom i ständig rörelse.

Mouna, den verkliga kvinnan som red framför honom och dessutom bogserade hans kamel, verkade fullkomligt oberörd, liksom männen. Det kunde inte förklaras genetiskt, Mouna var sannerligen ingen beduin även om hennes utstyrsel och klädsel säkert var ytterst trovärdig. Också hon hade hela ansiktet täckt och de red sist, efter männen.

De hade haft påtagligt roligt när de klädde honom i kvinnokläder men han hade utan vidare accepterat förklaringen. Risken att de skulle möta en saudisk patrull var visserligen mycket liten, men eftersom saudiska poliser eller soldater aldrig skulle nedlåta sig till att tilltala en kvinna så behövde han i ett sådant läge inte öppna munnen och därmed röja sig.

Mouna kunde härma beduinernas dialekt, påstod hon. Dessutom hade hon en AK 47 fastspänd vid ena låret, hon hade förklarat närmast i förbigående att det var otänkbart för hennes del att hamna levande i saudiska klor. Han hade varit för trött och plågad när hon sade det, i första kvällens nattläger, för att komma sig för att fråga om saken. Om han kom ihåg skulle han göra det i kväll.

Det sved i ögonen och han hade fått små irriterande skavsår i ögonvinklarna av att hela tiden gnida undan svetten med knogarna och så rann ny svett ner i de växande såren med ny smärta som nästan var på väg ikapp ridsåren.

Intervjun med prinsessan Majda av Jordanien hade blivit långt över förväntan och han skämdes över att den aldrig skulle sändas någonstans, att den bara var ett bedrägeri för att få upp honom i kamelsadeln. Det var egentligen en bra story och han hade inte försökt jäkta igenom den fortast möjligt, trots att den bara var hans ursäkt för att kunna ta sig fort in i landet.

Han hade bett Ekoredaktionen att per mejl intyga att han var en journalist av betydelse och så vidare och dessutom en av Ekoredaktionens veteraner. Det hade kostat honom en del sarkastiska kommentarer om vad vissa frilansare tydligen menade att man borde syssla med. Ekoredaktionen var vanligtvis alldeles för fin för prinsessintervjuer, en uppfattning han för övrigt alltid delat.

Ändå var det inget fel på hennes story. Hon hade träffat sin blivande man, prins Raad, inte på en nattklubb utan i Cambridge. Hon var hans enda hustru, de hade fem barn och ett antal barnbarn, som han glömt bort namnen på, och de hade varit gifta sedan sommaren 1963. Hennes son Mired var Jordaniens FN-ambassadör och hon var en av grundarna och eldsjälarna bakom Al-Hussein Society som drev omfattande hjälp och välgörenhet för handikappade människor i Jordanien. Det fanns inte ett ont ord att säga om henne och hon skyggade inte för politiska frågor, verkade tvärtom mer intresserad när hon fick röra sig ut på andra ämnesområden än dem som vanligtvis intresserade journalister. Som prinsessa träffade hon ju mest journalister från skvallerpressen.

Det som överraskat honom mest var hennes frispråkighet när det gällde den saudiska kungafamiljen, som hon visade sitt helt öppna förakt, med den reservationen att det rörde ting som hon möjligen kunde säga på svenska, men av diplomatiska skäl knappast kunde beröra på engelska eller arabiska.

Hennes familj, det Hashemitiska kungahuset, hade en både direkt och dramatisk koppling till huset Saud.

När de saudiska beduinerna plundrade Mecka och Medina 1932 så fördrev de också de heliga städernas väktare, sharifen al-Husseini. Hans familj var besläktad med Profeten och hade innehaft det politiska ledarskapet i de heliga städerna i mer än 600 år.

USA hade varit snabba att erkänna det saudiska "kungahuset", som genast efter plundringen av de heliga städerna utropade sig till kungar av ett rike de uppkallade efter sig själva. Överenskommelsen mellan USA och de saudiska rövarbanden var enkel och konkret, eftersom oljan upptäcktes samma år. USA erbjöd den värnlösa staten sitt militära beskydd, mot betalning i olja.

Där skulle familjen al-Husseini kanske ha försvunnit ur historien. Om inte Churchill kommit på den ljusa idén att man kunde göra kungar av dem också, i de nyligen påhittade länderna Irak och Jordanien, som ingick i den brittiska intressesfären. Så en av bröderna al Husseini – Feisal – fick bli kung i Irak och den andre – Abdullah – kung i Jordanien. Båda mördades senare av extremister eller revolutionärer.

Så Margareta Lind från Södertälje, student på den halvklassiska linjen i Södertälje Högre Allmänna Läroverk, numera prinsessan Majda av Jordanien, hade goda skäl att hata saudierna lika mycket som Mouna.

Han tappade tråden av att den svidande salta svetten på nytt rann ner i ögongiporna, hette det ögongiporna eller började han tappa tankeförmågan? Sved som eld gjorde det i alla fall. Och ändan kändes som ett enda stort blåmärke, liksom knälederna, man måste sitta med ena eller andra knäet i vinkel över sadeln, det fanns inga stigbyglar som på en häst.

Något tålde han att skrattas åt, men också att hedras. Varifrån i litteraturen mindes han de raderna? Strunt samma, men de stämde rätt väl på honom själv just nu.

Han hade lämnat journalistiken, fått nog. Möjligen handlade det om att han blivit sårad av allt förlöjligande som kulminerade i det där lynchmötet på Publicistklubben. Men han hade i alla fall lämnat journalistiken för att bli halvförfattare, tjäna pengar och ägna mer tid åt jakt och natur eller vad han nu hade för vaga planer. Ädlare än så var det i alla fall inte.

Och här satt han ändå på reportageuppdrag. På en kamel i 50 graders hetta. Dessutom som inbäddad reporter, ett släkte han hånat med viss framgång. En ledarskribent på Kvällspressen for till Irak och bäddade in sig bland ockupationssoldaterna. Kom tillbaks och skrev glödande inlägg om nödvändigheten av fortsatt amerikansk ockupation och förklarade att det var irakiernas eget fel att de måste vara ockuperade eftersom de inte skötte sig väl under befrielsen.

Psykologin var lika elementär som enkel att förstå. Sitter man i en Black Hawk-helikopter så tycker man illa om dem där nere som vill skjuta ner helikoptern, men man tycker inte illa om sina medpassagerare. Det är grundidén med inbäddad journalistik. Och den fungerar utmärkt i helikopter, eller som för närvarande på kamel.

De närmade sig den kritiska punkten. Det var en bilväg de skulle ta sig över, mitt ute i öknen inne på saudiskt område flera mil från den jordanska gränsen.

Den saudiska regimen hade en viss sentimental förståelse för de beduinstammar som tillhörde de besegrade, och som fortfarande måste försörja sig på en tynande business som smugglare, eftersom rånarrazzior inte längre var tillåtna – den affärsidé som gjort beduinstammen Saud till den mäktigaste i världshistorien. Men då och då grep saudiska poliser ändå beduiner, tog ifrån dem deras smuggelgods eller tvingade dem att köpa sig fria.

Det var praktiskt taget den enda risken på deras expedition och om det inträffade så var det när de skulle korsa landsvägen mellan Kaf och at-Turayf. Det var då han skulle hålla tyst och med sänkt huvud försöka se ut som kvinna. Det var då Mouna skulle ha handen på sin automatkarbin under sina svarta tygsjok medan männen längre fram förhandlade om dollarpriset för att få fortsätta.

Var de väl över landsvägen var faran över. Enligt Mouna var saudiska soldater eller poliser extremt lata och föredrog alltid att patrullera på jämn asfalt och spela förbjuden musik inne i sina luftkonditionerade Hummer-jeepar.

De hade skrattat åt hans förslag att de kunde korsa landsvägen på natten, det var ju fullmåne och patrullbilarnas ljus syntes på flera kilometer.

På natten var det ännu mer osäkert för då var det amerikanerna som vaktade Saudiarabien från rymden eller från högflygande spaningsplan och ett litet band beduiner som rörde sig på natten var därför mycket mer iögonenfallande än på dagen.

Vad höll han egentligen på med? Inbäddad var han onekligen, både bildligt och bokstavligt. Skenintervju med prinsessa hade han genomfört och dessutom försenat deras avfärd.

Margareta, som han skämtsamt kallade henne när de varit ensamma – hon hade inte alls tagit illa upp, han sa Your Royal Highness när andra var närvarande och de talade engelska – hade sagt att han absolut måste följa med henne och några av barnbarnen på en dagsutflykt ner till Petra.

Den överdådiga gästfrihet som kungafamiljen visat honom, den oväntade respekt han fått för den svenska prinsessan, det orimliga i att avvisa en sådan gästfrihet hade bara kunnat leda till jatack, gärna.

Petra var visserligen ett utsökt turistmål, en fantastisk stad inne i en klippravin, inhuggen hus för hus direkt i den röda sandstenen, en stad som varit omöjlig att inta ända tills romarna hittade vattenförsörjningen. Visst.

Men att lämna det beskedet till Mounas folk på Hotel Intercontinental kändes inte så bra. Sorry, men jag åker på utflykt en extra dag. Måste se Petra.

Meningen var i stället att han skulle ta sin hyrbil och köra mot den saudiska gränsen för att stanna vid borgruinen Qasr al-Azraq och titta på fantastiska hellenistiska mosaiker. Vilket han alltså gjorde, 24 timmar försenad.

Qasr al-Azraq låg några mil in från huvudvägen i ett område av stenöken. Han körde förbi ett beduinläger med en liten skämtsam svensk vimpel ovanpå ett av de svarta tälten, klarade av museibesöket och drog ut på tiden så att han var en av de sista turisterna som lämnade anläggningen och kunde köra tillbaks till beduinlägret som var hans slutstation.

En av de palestinska männen kom fram till hans parkerade bil, drog av sig sina beduinkläder, byltade ihop dem och räckte över dem till honom, hade jeans och amerikanska loafers, vit skjorta öppen i halsen och bling-bling under maskeradkläderna och sträckte bara leende ut handen efter bilnycklarna.

"Den ska till Avis på flygplatsen? Finns det några schyssta cd?" var det enda mannen frågade innan han hoppade in i bilen, startade och försvann i ett dammoln.

Där stod han med ett klädbylte i ena handen, sitt bagage i andra handen, då Mouna småleende kom emot honom, med västerländska kläder under sin vida kaftan.

Hon hade inte haft några som helst invändningar mot att han försenade dem med en extra utflykt med prinsessan. Tvärtom menade hon att sådana improvisationer ibland var nödvändiga. De hade försökt bygga upp ett trovärdigt cover åt honom. Nu var det trovärdigt och han kunde till nöds beskrivas som vän till kungafamiljen. Det var alldeles utmärkt och de var ändå inte i tidsnöd.

Hon hade en radiosändare med en display som hon kontrollerade en gång i timmen. Till och med på kamelen hade hon den med sig. Han visste så mycket som att den var rysk, att det handlade om kodad trafik och att det förmodligen var Carl som var kontakten i andra änden.

Allt var förstås overkligt mitt i det högst konkreta fysiska lidandet. De var verkligen på väg, i Mounas ögon fanns inte minsta spår av tveksamhet, de var på väg för att erövra en arabisk borg i natten, mitt inne i öknen. Själv riskerade han möjligen livet för att han befann sig på en kamel och inte i en Black Hawk.

Hans magmuskler skrek av träningsvärk, det var med magmusklerna man måste parera den gungande rörelsen från den förbannade passgångaren under honom, inte undra på att de kallades för öknens skepp. Det hade inte att göra med den stora tomma yta där de tog sig fram, utan med att de gungade som skepp.

Men om, fantiserade han och försökte genom att blunda hårt trycka bort den svidande svetten ur ögonen i stället för att gnida sig med knogarna, men om det lyckas?

Då var han ensam reporter på platsen för ett äventyr i Indiana Jones-klassen. Ur Carls och Mounas synvinkel var hans närvaro en strikt operativ fråga, men ur journalistisk synvinkel var det guld i både bildligt och bokstavligt hänseende. Det var en världsstory.

Under sin tid som utrikesreporter hade han ibland varit ute på samma jobb som vänner, bekanta och kolleger från amerikanska medier. Det hade hänt att samma story som gett honom sex minuter i Ekot renderat amerikanerna världsberömmelse och prestigepriser. Men nu var han ensam, inte en amerikan i närheten.

Varför hade Carl med alla sina kontakter valt honom och inte någon från CNN? Inte för gammal vänskaps skull, för Carl fanns ingen gammal vänskap när det gällde en rent militär insats, bara praktiska överväganden.

Antagligen var det för att han talade flera språk, därför att han var europé och *inte* amerikan. Så enkelt som så. En CNN-reporter hade kunnat få sin story stoppad av outgrundliga skäl, eller snarare patriotiska skäl, låt vara att det i så fall var en missriktad patriotism eftersom den amerikanska allmänheten knappast kände samma omsorg om Saudiarabien som George W Bush. Men reportage och intervjuer från en världshändelse som publicerades samtidigt på italienska, franska och svenska skulle aldrig kunna stoppas. Engelska också förresten, BBC skulle vara minst sagt angelägna att få beskriva fortsättningen på deras egen jätteskandal med brittiska elitsoldater i en saudisk terrorprins tjänst. Så enkelt var det väl. Carl hade bara plockat fram den journalist som passade bäst, inte ur någon professionell synvinkel, utan bara ur politisk och språklig.

Det var förstås rätt tänkt. Men det betydde också att han inte drömde, det här var verklighet. Ögonsmärtorna som blev allt mer olidliga, ridsåren som blödde och varade sig var lika mycket verklighet som den stora planen. Det var ändå omöjligt att förstå. Han var nu femton mil från Nathalie och kanske bara en vecka från att vara hemma, liksom hon.

Eller också var han fem timmar från ett saudiskt fängelse.

Mouna hade varit kallt saklig. Enligt henne var det högst tio procents risk att de skulle åka fast. För henne betydde det tortyr om de tog henne levande, särskilt sådan tortyr som saudierna och deras inhyrda specialister med särskild förtjusning praktiserade på kvinnor, inklusive allt han kunde föreställa sig och mycket han inte kunde föreställa sig. För honom, med sin journalistlegitimation, sitt svenska medborgarskap, vita hudfärg och inhemska berömmelse, betydde det allt från 50 offentliga piskrapp i Riyadh på Chop-Chop-torget till tre år i fängelse medan så kallad tyst diplomati pågick. Men riskerna för ett sådant misslyckande var som sagt mindre än tio procent enligt hennes bedömning.

De red in i den sjunkande solen och temperaturen föll. När de stannade för att slå läger för natten var de sedan länge över den asfalterade bilvägen och de hade försökt välja så stenig terräng som möjligt vid sidan av den slätare sandöknen. Kamelerna var missnöjda och råmade i protest, de föredrog sandöken och ogillade att tvingas ut över vassa stenar. Men vägvalet hade den fördelen att saudiska soldater tyckte att det skumpade för mycket i stenterräng och inte gärna skulle besvära sig med att förfölja några gudsfördömda beduiner om det var obekvämt.

De var förbi det värsta, försäkrade Mouna när hon kom fram till honom, tvingade ner hans kamel på knä och hjälpte honom att stiga av som om han varit en kvinna på riktigt. Benen vek sig under honom.

Beduinerna spände upp de svarta ylletälten, tände eldar och gick runt med fyllda lädersäckar med vatten. Vattnet var förvånansvärt svalt, han drack i häftiga klunkar. Nu när han hade tältduk ovanför sig slet han av sig alla lager av kvinnokläder tills han låg i T-shirt och khakibyxor med bara ångande fötter och försökte somna eller drömma för att kunna förtränga kroppens alla små och stora blödande smärtor.

* * *

Det var sant att det bästa hon kunde göra var att försöka arbeta som vanligt, det kändes bättre att vara på jobbet än att tillbringa dagarna i ensamhet ute på Stenhamra. Där ute gick inte en sekund utan bilden på näthinnan av hur Nathalie satt på den stora blå och ljusgula mattan och sade förfärliga saker på arabiska som hon inte själv förstod. Det hade kommit en nyredigerad version där Nathalie med oskuldsfull min, också lite glad över att hon klarade av uppgiften, citerade några koranverser som handlade om det heliga kriget mot islams fiender. Och som särskilt illasinnat exempel på sådan fiende presenterades därefter hennes mor, den ökända häxan från det kalla Norden.

Nej, det var bättre för sinnesfriden att försöka jobba även om beskäftigheten runt henne ibland blev lite påfrestande, som alla självutnämnda experter på hur man bör organisera sin vardag om ens dotter är kidnappad av islamistiska terrorister.

Men det hade varit bättre om hon fått syssla med det normala arbetet, att förhöra misstänkta. Det var det hon bäst kunde koncentrera sig på, försjunka i upp till tjugo minuter åt gången innan hon såg Nathalie framför sig och tappade tråden.

I stället hade hon nu kommenderats till att föreläsa för en grupp människor med utomordentligt opålitlig uppsyn, eller om hon nu bara drabbats av fördomar när hon hörde vad för en sorts församling de var, Kriminaljournalisternas Klubb.

Säkerhetspolisen hade förstärkts med en ny ledningsfunktion, en presschef vid namn Lars Jakobsson som rekryterats på en meritlista som föreföll Ewa uppseendeväckande mager när det gällde erfarenhet av medier och avslutats med en tjänst som informatör på Migrationsverket. Följaktligen med uppgift att förklara för medierna att myndigheterna alltid gjorde rätt när de kastade ut politiska flyktingar, att det inte förekom några krigshandlingar i Irak och liknande ting.

Under det föregående året hade han bara kallats pressekreterare och hade såvitt Ewa förstod sysslat med "mediaträning" av sådana chefer som riskerade att behöva uttala sig för journalister. Själv hade hon vänligt men bestämt avböjt sådana lektioner eftersom hon ansåg sig ha betydligt mer kvalificerad expertis på nära håll bland vännerna.

Sedan han befordrats till "presschef" satt Lars Jakobsson med i ledningsgruppen och hade ibland egenartade synpunkter på hur deras rent operativa insatser skulle kunna anpassas bättre till det rådande medieklimatet, vad nu det var för ett klimat.

Mer aktiv hade han i alla fall blivit och hans senaste projekt var alltså en föreläsningsserie för sådana journalister som kunde förväntas vara särskilt lojala med Säkerhetspolisen, vilket i första hand tycktes vara ledarskribenter i regeringspressen och så dessa kriminaljournalister.

En stor del av ledningsgruppen beordrades till föreläsningssalen och Ewa slapp inte ifrån trots att hon försökte slingra sig undan med att hon för egen del bara sysslade med förhör och därför inte hade något särskilt att säga ur säkerhetspolisiärt perspektiv. Förhör var bara förhör.

Hennes chef Björn Dahlin hade ändå inte gett sig och hon misstänkte att det mer var hennes person som skulle intressera journalisterna än det hon hade att säga om förhör. Hon var ju numera, som någon mumlat inte alltför välvilligt, den enda kändisen på Säkerhetspolisen, världskändis till och med. Det var ett lika cyniskt som obehagligt skämt, om det nu var ett skämt, när man betänkte vad som i så fall var grunden för det kändisskapet.

Hon hade lytt order, tagit fram det föredrag hon då och då hållit på Polishögskolan och dragit igenom det utan något särskilt engagemang. Där fanns ingenting nytt eller sensationellt, västerländsk polis arbetade efter ungefär samma teoretiska program, som förkortades PEACE på engelska men i tur och ordning stod för fem olika faser, planering, förberedelse, kontaktskapande, fri berättelse med frågor, avslutning och utvärdering.

Kring den grundstommen fanns naturligtvis mängder med varianter. Kontaktskapande med Hells Angels var något annat än med dagisfröknar misstänkta för förskingring. Fri berättelse förutsatte att man lyckats just med kontaktskapandet. Planering och utvärdering hörde samman eftersom de två momenten inledde och slöt cirkeln innan man började om vid ett senare tillfälle. Och så vidare. De tjugofem kriminaljournalisterna verkade måttligt intresserade och det var ingenting att säga om tyckte Ewa, eftersom känslorna var ömsesidiga.

Fast frågestunden gick inte att komma ifrån och journalisterna började först fiska efter nyheter om Nathalie och fick då bara korta avvisande svar. Sedan ville de veta om islamistiska terrorister var särskilt svåra att förhöra och Ewa surnade till rejält eftersom de uppenbart var ute efter "Valkyrian" och tanken att islamister vore särskilt känsliga för "sexuell tortyr".

Möjligen var det för att hon inte var i balans som hon nu gjorde en onödigt vågad utläggning om skillnaden mellan en grupp nazister och en grupp påstådda somaliska terrorister som hon nyligen förhört, för det kunde knappast vara någon hemlighet. Det var allmänt bekant att dessa personer satt häktade i huset.

Märkligt nog, ironiserade Ewa, hade nazisterna gladeligen, närmast med stolthet, erkänt att de var terrorister i lagens mening, att deras illegala innehav av vapen och sprängmedel absolut måste sättas i samband med deras politiska program, exempelvis att med hjälp av terror sätta skräck i det av ZOG dominerade och förtryckta vita samhället.

Medan å andra sidan de tre somalierna erkänt allt i sak, men vägrat gå med på att de skulle vara någon sorts terrorister. De hade skickat hem pengar till släkt i Somalia, de hade också skickat pengar till en motståndsrörelse som bekämpade den etiopiska ockupationen.

Och där tog, i båda fallen, förhörarnas uppgift slut. Vad som hände därefter kunde inte påverkas av några förhör utan var snarare en politisk, eller i bästa fall en rättspolitisk prövning av åklagarna och Säkerhetspolisens analytiker.

Vilket i det här fallet lett till att nazisterna friades från misstanken om terroristbrott, mot sitt erkännande. Och somalierna omhäktades som terrorister, mot sitt nekande.

Den sötsura kommentaren fick kriminaljournalisterna att sätta sig upp från sitt dessförinnan halvsovande tillstånd och plötsligt börja ställa raka och bestämda frågor. Ansåg Ewa att det varit fel av åklagarna att fria nazisterna från misstanken om terrorism? Och vad var i så fall den straffrättsliga skillnaden för deras del?

Hon svarade att hon som jurist inte kunde förstå hur man kunde undgå att åtala för terroristbrott som var både bevisat och erkänt. Och att skillnaden i det konkreta fallet innebar, mellan tummen och pekfingret, fyra års fängelse i stället för åtta år.

Naturligtvis fick hon motsvarande fråga om de häktade somalierna. Var de alltså inte terrorister?

Nu tvingade sig Ewa att bli mer försiktig. Såvitt hon kunde bedöma, reserverade hon sig, hade somalierna inte gjort några medgivanden alls åt det hållet och i förhören hade det inte funnits någon konkret bevisning att konfrontera dem med. Vad som därefter återstod var bara politiska bedömningar vars juridiska relevans var ytterst diskutabel.

Där gick hon för långt. Det förstod hon när hon såg de tjugofem häpet stirrande kriminaljournalisterna framför sig.

Och sedan tog det hus i helsike. Nästa morgons ledningsgruppsmöte dominerades av ämnet *damage control,* Björn Dahlin använde just det engelska uttrycket som såvitt Ewa visste snarare var militärt än polisiärt och fick henne att tänka på Pierre, Carl och Nathalie.

Hade det varit vilka journalister som helst som suttit där och hört en av cheferna på Säkerhetspolisen ta avstånd från firmans egna arbetsresultat så hade det blivit ett herrans liv i medierna. De olyckliga formuleringarna hade inte heller framförts av vem som helst utan, om Ewa ursäktade, den i särklass medialt mest framträdande av dem alla. Så frågan var nu hur skadorna skulle kunna förhindras eller repareras.

Presschefen Jakobsson var klart uppmuntrad av att för första gången stå i centrum för allas intresse på ett ledningsgruppsmöte. Men han hade använt natten väl, påstod han. De flesta kriminaljournalisterna hade haft stor förståelse för betydelsen av att man hade ett gott förhållande till varandra, alltså att den som skrev något olämpligt kunde få svårt att få tillgång till information i framtiden. De hade också accepterat att föredragsserien inte var någon allmän offentlig information som skulle citeras, utan en orientering off the record. Ville de ha specifika intervjuuttalanden från polisöverintendent Ewa Tanguy eller någon annan på firman så fick de i så fall ringa ett särskilt samtal i ämnet, fast med en betydande risk att få standardsvaret inga kommentarer.

Där slutade han. Och allas blickar riktades mot Ewa och hon nickade stumt att ordern var uppfattad.

Efter mötet kallades hon in till Björn Dahlin ungefär som en skolflicka som skulle skällas ut av rektor, vilket i sig var förnedrande. Ändå var det värsta att hon plötsligt föll i gråt.

Till en början hade hon valt att försvara sig. Den allmänna yttrandefriheten i landet omfattade även poliser, till och med polischefer och till och med chefer på Säkerhetspolisen. Hon hade nämligen inte röjt någon som helst hemlig information, nazisterna var redan åtalade för olaga vapeninnehav och deras förhörsprotokoll var offentlig handling. Somalierna hade ingående avhandlats i regeringspressen, hon hade inte lagt till någon okänd information.

Men Björn Dahlin gav inte med sig.

"Det åligger likväl inte våra högsta och dessutom högprofilerade befattningshavare att öppet polemisera mot åklagarsidan", sade han snörpigt.

"Jag fick en direkt fråga. Vad skulle du själv ha svarat? Jag antar att du är lika frågande som jag till att nazister inte kan bli terrorister i lagens mening ens om dom erkänner?" attackerade hon tillbaks.

"Du har en poäng när det gäller juridiken, som före detta åklagare är jag lika förbryllad som du. Men det är alltså inte din poäng som är poängen. Det finns mer än tillräckligt med folk där ute, inte minst i massmedia, som vill misstänkliggöra polis och åklagare när det gäller bekämpandet av terrorism."

"Anklagar du mej för förräderi?"

"Men snälla Ewa ... "

Det var där det brast för henne. Plötsligt började hon gråta ohejdat, det gick inte att stoppa, tårarna strömmade och hon vek sig framåt.

Det blev inte bättre av att han genast reste sig, kom fram och valhänt försökte klappa om henne och trösta.

Hon hade drabbats av någon sorts kortslutning mellan vreden mot sin chef och sorgen och rädslan som rörde Nathalie. Det kändes som ett svek mot Nathalie att sitta och gräla om struntsaker på jobbet och dessutom helhjärtat engagera sig i struntsakerna. Än mer förnedrande var det att bli omklappad och tröstad och behandlad som lilla gumman, även om han hade vett att inte använda just de orden. Han bad om ursäkt, han sade att han förstod henne, behandlade henne alltså som icke tillräknelig kvinna och det förstärkte hennes gråt med en skopa ursinne.

Han föreslog att hon skulle åka hem och hon nickade tyst och försökte torka tårarna.

Men hon började gråta på nytt när killarna från livvaktsskyddet tysta och försynta körde henne hem. De kunde ju inte förstå varför hon grät när hon inte ens själv riktigt förstod det, de kunde bara som alla andra behandla henne som en av sorg och lidande tokig kvinna, inte som en av deras högsta chefer.

Hon skulle inte bryta samman!

Det var också det första hon sa när hon ringde Anna.

"Jag har inte brutit samman. Men jag gråter och det är för jävligt och jag behöver dig."

Anna kom ut till Stenhamra bara någon timme senare. Då var Ewa redan bättre till mods och hade förberett en middag som hon kallade snutmiddag à la semester på Cypern som bestod av friterade bläckfiskringar till förrätt och friterade bläckfiskringar till huvudrätt med två sorters sås och vitt vin. Pierre hade lämnat en ansenlig laddning middagar för två, med såser och allt i frysen, och förstås en militäriskt prudentlig förteckning över vilka viner som skulle drickas till vad och var de fanns i vinkällaren; idag skulle de tydligen dricka rad 57 fack nummer 16 och 17, som var från Sicilien. Deras snutmiddagar var inte längre vad de brukade vara, pizza med vilket som helst rödtjut. Nya män i livet, nya vanor.

Anna föredrog att skratta mer än beskärma sig när hon hörde om Ewas elände med att först bli desavouerad av en liten misslyckad journalist och "presschef" på ledningsgruppsmöte och därefter kallas in för skäll hos chefen.

Det komiska var de där tjugofem kriminaljournalisterna, jäklar vilka nötpåsar, Erik och Acke Grönroos skulle skratta ihjäl sig när de hörde historien. Att inte publicera ett uttalande från Sveriges just nu mest kända säkerhetspolis om att rättvisan dels skonade nazister, dels förberedde justitiemord på somalier hade de båda betraktat som ofattbart på gränsen till journalistiskt högförräderi. Men nu var det ju det där med den underförstådda överenskommelsen med Säkerhetspolisen: snälla journalister som hjälper oss får bra nyheter, elaka journalister som publicerar olämpliga sanningar stängs av.

"Pactum turpe, kallade romarna sånt", sade Ewa roat, hon såg verkligen road ut av Annas föraktfulla förklaringar.

"Va?" sade Anna.

"Nesligt avtal", förklarade Ewa. "Vi skulle behöva lite mer av den romerska rätten på Säkerhetspolisen."

De åt på papptallrikar ute på terrassen mot sjön för att få in den rätta känslan av snutar på semester på Cypern. Kvällen var varm, de lät gasvärmarna stå släckta och tysta. Vinet både kylde och värmde dem.

Anna och hennes medarbetare på Rikskrim hade lämnat fallet Nathalie ifrån sig. Det var Säkerhetspolisens sak att sköta resten, som mest handlade om förhandlingar med Utrikesdepartementet om utlämning av den försvunne pakistanske vapenhandlaren och kontakterna med brittiska myndigheter. Anna hade återgått till utredningen av ett dubbelmord på två små barn i Arboga och mordförsök på deras mamma. Förmodligen var det en tysk före detta flickvän till barnens styvfar som var gärningsman, men den lokala polisen hade schabblat med DNA-bevisningen. Det skulle nog reda ut sig.

Ewa fällde några drastiska kommentarer kring UD-tjänstemännens försäkringar att deras tysta diplomati arbetade för högtryck, vilket dock aldrig kunde visa sig konkret, eftersom det då inte hade varit tyst diplomati.

Spåret till Pakistan var ändå fel. I en papprulle i köket låg fortfarande några stora spionsatellitbilder där man kunde se Nathalie. I en öken i Saudiarabien, inte i Pakistan och inte i Afghanistan.

Där tog deras försök till lättvindigt samtal slut. Tanken på bilderna där inne i köket var för överväldigande.

"Vad är det senaste du hört från Pierre?" frågade Anna.

"Han är i Djibouti, tydligen tillsammans med sina grabbar", svarade Ewa lågt.

"Var ligger det?"

"I södra delen av Röda havet, en gammal fransk koloni men Frankrike har fortfarande trupper där. Om jag förstått Pierres prat mellan raderna är det fyra timmars flygväg mot Na... mot målet, som han säger."

"Och var är Carl och Erik?"

"Fortfarande om jag förstått rätt ... han ringer från sin mobiltelefon och tycks förutsätta att hela världen lyssnar på den. Men, ja i alla fall så tror jag att Carl är i Ryssland och Erik på en kamel någonstans."

"Måste vara konstiga telefonsamtal."

"Mm. Men ändå inte, Pierre låter så optimistisk, nästan som om saken var klar. Igår sa han någonting om att han hade det rätt körigt, men att vi kanske kunde ses till helgen. Han sa inte hela familjen till helgen, men det var väl ändå det han menade. Det är så overkligt."

Anna nickade men sade inget. För visst var det overkligt. Privatspanarna, som hon råkat kalla dem och fortfarande hade dåligt samvete för, låg hästlängder före all världens polismyndigheter, så var det aldrig i verkligheten. Men den här gången var det ett faktum och beviset för det låg i en papprulle inne i köket. Dessutom hade *privatspanarna* tvingat två poliser att begå tjänstefel. För så var det ju också, om man skulle vara noga med formalia, vilket poliser vanligtvis skulle vara. Både Anna och Ewa visste att polisens gällande spår till Pakistan var fel och ändå förteg de den avgörande informationen. Det var inte klokt.

"Nathalie hade ändå en väldig tur", sade Anna när de suttit tyst grubblande en lång stund.

"Nu är jag inte helt säker på att jag förstår vad du menar", sade Ewa vasst.

"Jodå, tänk efter. En femårig flicka som kidnappas av superproffs och överlämnas till synnerligen resursstarka terrorister, hur stor chans har hon? Ungefär som en Pepsi Cola i, ja du vet. Men Nathalie är inte vilken femåring som helst, hennes mamma är säkerhetspolis, hennes pappa är överste i, om jag förstått saken rätt, världens tuffaste fallskärmsjägarförband. Och en ny vän i familjen råkar vara gammal mästerspion, eller hur man nu ska beskriva Carl. Hon kanske verkligen är hemma till helgen och det får man kalla tur i oturen om inte annat."

"Tyst, säg inte så", viskade Ewa. "Även om det är sant, säg inte så."

* * *

Carl hade tillbringat de senaste fem nätterna i ett litet övernattningsrum för vakthavande chefer ute på razvedkan i en glåmig förort till Moskva. Han och Aleksander Ovjetchin hade arbetat hårt och drivit bildanalytikerna framför sig som ryska pråmdragare. Förmodligen hade de redan på tredje dygnet mättat sina behov av operativt nyttig information, men de var båda något av perfektionister och ville ständigt veta mer. Som till exempel det där med de stora tältdukarna som spändes över vakttornen dagtid, vilket inte var att undra på, monitorerna som var kopplade till satelliten visade på en temperatur kring +50 grader på dagarna. Det skulle fan sitta vaktpost åtta timmar i den temperaturen. Men på nätterna tog man undan de stora tyghindren, vilket var en välsignelse för de inkommande fallskärmsjägarna – att landa i ett stort brandsegel hade inte varit så bra.

Eller upplysningen att ingen enda människa rörde sig över vare sig den stora yttergården eller innergården mellan klockan tio på kvällen och sex på morgonen. Dygn efter dygn, samma sak. Kunde bara betyda larm. Alla portar var låsta, all öppen gårdsyta var rörelselarmad fram till klockan 0600. Förfärligt om man inte hade vetat om det, desto bättre när man väl visste. De sex stora bestyckade amerikanska stridsjeeparna som stod parkerade på yttergården var alltså ofarliga mitt i natten.

Borgens ena kortsida, med den magnifika ytterporten, tjänade som förläggning åt den pakistanska vaktstyrkan. Där någonstans, förmodligen på bottenvåningen, hade de sin kasern. Man måste avsätta en tillräckligt stor styrka för att ta kasernen senast en minut efter landning.

Prins Sultan hade ett eget *haram*, förbjudet område för alla utom hans gäster och kvinnor och några utvalda tjänare, i den del av anläggningen som omslöts av den inre borggården. Där fanns också Nathalie, hon vistades aldrig på den yttre borggården. Den slutsatsen stämde dessutom väl med de tevebilder och reportage ur någon arabiskspråkig kändistidning som Mouna skickat med kurir till Moskva. De hade kunnat rita upp en ganska god bild över hur det såg ut inne i den förbjudna sektionen, till och med rummet med den gigantiska mattan från Isfahan fanns på bild i kändisreportaget. En märklig underrättelsemiss för övrigt. Skulle ingen enda kollega i något enda vänskapligt eller fientligt land ha kunnat studera kändispress för att jämföra med de bilder som fanns på nätet?

Spioner läser tydligen alldeles för lite nuförtiden, annat var det på gamla KGB:s tid, försäkrade Aleksander. Jävlar vad dom läste!

Det intressantaste operativa problemet var att förstå hur prins Sultan själv ankom och avreste från sitt Saladinpalats. Det fanns inget mönster, ingen som helst regelbundenhet i hans rörelseschema, men han hade ju många liknande byggen och dessutom kunde han och hans flygplansflotta lika gärna ge sig iväg till Kentucky för att titta på någon hästkapplöpning som att sticka till London, Marbella eller Paris eller till något av de andra ökenslotten.

De hade följt hans plan på väg att landa just i Kentucky och lyssnat på radiotrafiken. Det var rätt komiskt, för det råkade bli en kvinnlig flygledare som svarade på planets anrop när de kom in, givetvis utanför alla schemaläggningar, bara saudier hade rätt till sådant i USA, liksom de var befriade från tull- och passkontroller.

Den kvinnliga flygledaren i tornet på Louisvilles flygplats hade bett dem lägga sig i vänteläge. De hade svarat att de var saudier och för det första inte talade med kvinnliga flygledare. Och för det andra att de redan var på inflygning och inte tänkte vänta.

Kort panik utbröt i flygledartornet där man först måste tvinga en American Airlines Boeing 737 från Chicago att avbryta sin landning, sedan få fram en manlig flygledare som kunde ta över och få ned det saudiska planet utan katastrof. Hela konversationen kom in med perfekt hörbarhet i högtalarna när Carl och Aleksander satt och följde förloppet på andra sidan jorden.

"Det gläder mej att den mannen snart har sett sin sista hästkapplöpning", kommenterade Aleksander ryskt lakoniskt.

Men nu hade de bestämt att de var färdiga, någon gång måste det beslutet tas, det fanns mer än nog av överskottsinformation och nu gällde det bara att gå in i operationens slutfas.

Sista kvällen i Moskva hade Carl flyttat tillbaks till Hotel Metropol och bjöd där Aleksander på avskedsmiddag. De hade än en gång gjort ett bra jobb tillsammans och den här kvällen var champagne definitivt rätt. Möjligen hade det dessutom varit mer humoristiskt med en libanesisk måltid med Aleksander än det varit med Mouna. Men den libanesiska veckan var sedan länge förbi, det fick bli det gamla vanliga för rysk fest, den bästa vodkan och den bästa kaviaren.

"Säg mej om du får, min käre vän amiral", sade Aleksander när rummet var städat efter deras korta men intensiva fest, de själva tämligen berusade av den förrädiskt milda lyxvodkan och avskedet närmade sig. "Jag förstår ju att vi arbetar för en god sak, jag vill verkligen se den där lilla flickan komma hem till mamma, jag vill verkligen se den där reaktionäre prinsen i fängelse. Bra, det är alltså en god sak. Men?"

"Men vadå?" log Carl eftersom han redan förutsett den mycket ryska fråga som skulle komma.

"Varför hjälper vi till så mycket? Vi är ju inte inblandade, jo jag menar det är ju just vad vi är. Men varför?"

"Politik", sade Carl. "I min del av världen hade man sagt pengar, här hemma hos Moder Ryssland är det politik som bestämmer och har alltid varit."

"Det får du allt förklara närmare, min käre vän amiral", sade Aleksander brydd och samtidigt generad för det han inte kunde hålla sig från att begära. "Det är ändå vårt avsked, kan vi inte dricka en skvätt till?"

Carl reste sig genast och gick till telefonen, beställde upp en flaska vit Bourgogne, en halvflaska vodka och mer is till silverkylaren.

"Spelar ingen roll om jag är bakfull i morgon, jag ska bara flyga långt och jag sover alltid på flyg", ursäktade han sig när han satte sig.

"På ett Antonovplan är jag rädd att du inte får så mycket sömn, kamrat", invände Aleksander nästan sorgset. "Det dånar utav helvete där inne."

"Jag vet, därför har man hörselskydd", sade Carl. "Och så var det det där med politik?"

"Ja? Jag själv är ju marinofficer och såna ska helst hålla sig borta från all politik. Så jag förstår inte vår i och för sig godhjärtade uppställning. Du gick inte till den lilla björnen utan till den stora?"

Den lilla björnen på rysk slang var den nye presidenten eftersom hans efternamn hade ordet björn i sig. Följaktligen var den stora björnen Vladimir Putin, före detta president, numera formellt degraderad till premiärminister och partiledare för det enda, om inte det enda tillåtna så ändå det totalt dominerande partiet.

"Självklart", sa Carl. "Självklart gick jag till den stora björnen. Jag vet vad du tror om Vladimir Vladimirovitj, han är ju tjekist. Tjekister är fantasilösa jäklar som tjyvlyssnar på poeter och protestsångare. Men politik kan dom. När dom fortfarande bedrev politiskt spionage i mitt hemland ville dom till exempel undersöka allt vad bondepartiets ungdomsförbund skulle kunna tänkas besluta på sin kommande kongress, något som vi infödingar gav fullständigt fan i. Han är kvar i den traditionen, allt är politik, ingen detalj oviktig."

"Jag kanske redan är full, men jag förstår inte, kamrat amiral", suckade Aleksander.

"Se! Nu är du där igen, Aleksander, och börjar kalla mej kamrat amiral. Tänk på att vi är vänner för livet, säger du till varandra och att du själv just befordrats. Jo, vi hade en lyckad affärsuppgörelse. Jag fick din och razvedkans hjälp, en del nyttig utrustning som du själv gjort upp leveranslistorna för och en ytterst praktisk transportlösning."

"Och vad fick vi, jag menar den stora björnen, i gengäld?"

"Allt som skadar Saudiarabien är bra för alla andra, utom för George W Bush och hans regim i Washington. Och skada Saudiarabien kommer vi garanterat att göra. Om vi misslyckas med operationens slutfas, grips eller dödas, så lär inte den västerländska eller numera ens den ryska pressen tiga om orsakerna. Satellitbilderna på flickan kommer att publiceras på stora björnens order, berättelsen om några av oss som martyrer för en god sak kommer inte att lämna ett öga torrt ens i USA. Även om vi förlorar vinner vi alltså och då vinner Ryssland också."

"Och om ni vinner så vinner vi ännu mer, det ingår i kalkylen hoppas jag?"

341

"Självklart. Då ses vi på nytt här i Moskva, när jag är färdig med alla teveprogram där jag tackat det fredsälskande ryska folket och berömt Putin."

"Det ser jag fram emot, alltså att vi ses igen här i Moskva. Skål för det!"

* * *

Dånet från Antonovmotorerna var betydligt mer uthärdligt än Carl hade väntat sig och det berodde på en ren tankelapsus. Han hade föreställt sig någon av de äldre modellerna som var som en propellerdriven Hercules där inte bara motorljudet utan också vibrationerna störde nattsömnen. Men de nya Antonovplanen var jetdrivna, dessutom fanns det gott om sovplats långt fram i planet, ren business class jämfört med det han var van vid från förr.

Business class var det också på ett annat och mer ryskt byråkratiskt sätt. Flygplatschefen på den militära Djersinkaflygplatsen utanför Moskva hade vägrat planet starttillstånd med mindre än att Carl skrev på en förbindelse att han personligen skulle stå för bränslekostnaden Moskva-Djibouti tur och retur. Hans förhandlingsläge hade varit svagt. Flygplatschefen hade å andra sidan varit övermåttan smart om han trodde sig kunna komma åt en inte så liten mellanskillnad i bränslekostnader. För om operationen lyckades skulle affären lätt kunna omförhandlas när han blev Putins propagandaåsna i Moskva. Och om han blev dödad i Saudiarabien slapp han också betala.

Han hade sovit i åtta timmar och de befann sig redan i internationellt luftrum ovanför Röda havet. Den stora bluffen närmade sig.

Om man ska smuggla in vapen och sprängämnen, ammunition och annan mer känslig militär utrustning i ett land i Mellanöstern eller Afrika så vore möjligen kamel normalt att föredra för själva transporten. Här kom han i stället, ensam passagerare i super business class med två stora lådor som dock såg mycket små ut i det väldiga transportutrymmet akterut. Det var en så grandios och fräck vapensmuggling att den omöjligt kunde misslyckas, Pierre hade blivit stormförtjust i idén.

Det var ungefär en halvtimme kvar innan de skulle börja gå ned för landning. Carl tog sig en promenad akterut, kollade att ingenting hade hänt med lastens förtöjningar och rabblade igenom allt på nytt, detalj för detalj. Nej, han kunde fortfarande inte komma på något förbiseende, allt fanns med. Aleksander och han själv hade ju också övervakat lastningen. Snart skulle jultomten landa.

Han gick fram till piloterna i cockpit, de två som inte satt vid spakarna reste sig omedelbart och gjorde honnör. Han hade bytt om från civila kläder till kamouflageuniform med de svenska jägarsoldaternas basker och väl synliga gradbeteckningar och sådant provocerar till givakt och honnör. Det var säkert den mest uppseendeväckande klädsel någon vapensmugglare använt på länge.

Piloterna visade honom var han skulle sitta, räckte över ett headset och slog på frekvensen så att han kunde anropa tornet i Djibouti, han tackade med en nick.

"Djibouti Djibouti! Inkommande Antonov, Operation Épervier III, anhåller om landningstillstånd!"

"Välkomna Operation Épervier III! Ni kommer i rätt tid, landningsbanan är för närvarande tom, landningstillstånd beviljas!" svarade en röst på engelska med tydlig fransk brytning.

Så följde en del kurskorrigeringar och snart lyste landningsbanans rader av ljus där nere intill ett mörkt hav. Det tunga planet landade utan minsta duns eller gummiskrik från däcken.

De fick instruktion att taxa planet bort mot en av sidobanorna och stanna så långt från tornet och den civila delen av flygplatsen som möjligt, vilket antingen var ett gott tecken eller ett dåligt, beroende på vad som väntade där borta i mörkret. En militärpolisstyrka? Eller Pierre och hans folk?

Carl stod på rampen när den fälldes ned, såg att det var Pierre och hans mannar men också en del personer som han uppfattade som militärpoliser som väntade där ute. En lastbil var på väg att backa fram. Carl anlade stenansikte och hälsade först med honnör mot Pierre, sedan mot militärpoliserna och deras befäl. Det sätt de blixtsnabbt och stelt hälsade tillbaka signalerade att faran var över. Så artiga var inte fransmän om de misstänkte vapensmuggling, det kunde han åtminstone aldrig tro.

Pierre visade ingen särskild glädje över att se honom, det ingick förstås också i teatern, utan började ge olika order om hur lastbilen med främlingslegionens emblem på sidodörrarna skulle backa in i planet för att man skulle kunna ta hand om lasten där inne i mörkret. Det dröjde bara några minuter och sedan körde de med eskort från militärpolisen före och efter lasten ut från flygbasen medan Antonovplanet tungt taxade ut och vände för att lyfta på nytt.

Pierre och Carl satt tysta en stund i baksätet på en jeep som kördes av en av deras egna legionärer. De var för tagna av framgången för att kunna säga något på en stund, det som skedde var oerhört i all sin enkelhet. De hade till och med poliseskort.

"Det verkar som om den här idén med att använda ryskt transportflyg gick hem över förväntan?" frågade Carl mer för att bryta tystnaden än för att få den självklara bekräftelsen, han hade ju ögon att se med.

Pierre nickade förtjust och berättade sedan kort om förloppet. Så länge den "hemliga frivilligstyrkan" bara tränat och hållit sig för sig själva i en egen barack var det ingen som vare sig brydde sig om dem eller hade tid med dem, alla hade händerna fulla med den pågående operationen mot piraterna där ute och det var rätt rörigt.

När Pierre meddelade sina överstekolleger på det franska regementet och på legionens regemente att operationen nu hade kodbeteckningen Épervier, att man väntade en hemlig last med ryska flygvapnets transporttjänst direkt till Djibouti och att absolut ingenting fick komma ut blev hans kolleger lika imponerade som behjälpliga. En hemlig militär last direkt från Moskva med så att säga högst officiell avsändare kunde inte tyda på någonting annat än ett mycket stort och ovanligt projekt som på grund av det ryska samarbetet dessutom var topphemligt.

Det var förresten en mäktig syn att se det väldiga ryska planet komma precis på utsatt tid, det var illusionen som blev verklighet. Ingen skulle nu fråga något, ingen skulle störa dem innan det var dags.

"Vad betyder épervier?" frågade Carl. "Simsalabim?"

"Nästan", skrattade Pierre. "Bokstavligen betyder det sparvhök, men som framgår av beteckningen Épervier III har legionen haft två tidigare operationer med samma kod, men då var det i Tchad. Min tanke var att det skulle ge en känsla av officiell stämpel, något som många automatiskt skulle känna igen, särskilt kollegerna på vårt eget regemente."

"På ryska har vi hela tiden kallat den Operation Natalja", sade Carl. "Hur sköter sig svensken som jag lurade på dej?"

"Utmärkt, verkligen utmärkt. En förstklassig hoppare. Han skulle rentav ha en chans att bli antagen på 2e REP!" sade Pierre.

XI

FÖR PATRIK WÄRNSTRAND var livet kaotiskt, men militärt väl-ordnat. Att han bara någon vecka efter att ha släppts ur häktet med svansen mellan benen, fånen som hjälpt till att kidnappa en överste-dotter, skulle befinna sig bland franska fallskärmsjägare i ett olidligt hett och fuktigt klimat var lika otroligt som välsignat.

För det blev precis som hans före detta chef hade sagt när han släppte av honom ute hos Hamilton. Han skulle få ett förslag han inte kunde säga nej till. Hamilton hade varit mycket direkt och de hann knappt ta i hand och sätta sig innan han lade fram saken.

"Vi förbereder en fritagningsoperation av Nathalie Tanguy, vi har lokaliserat målet och har goda möjligheter. Men vi är en man kort. Händelsevis en fallskärmsjägare. Du får betalt för dina utlägg. Efter-åt är du helt fri att berätta historien för vem du vill. Jag utgår från att du ställer upp."

Samtalet var över på mindre än fem minuter. Två dagar senare satt han på ett plan till Calvi och sedan en vecka befann han sig här i en afrikansk ångbastu som hette Djibouti.

Det hade aldrig funnits någon tvekan, aldrig något val. Eftersom han inte skulle kunnat se sig själv i spegeln om han tackat nej till chansen till upprättelse. Det svåra hade varit familjen.

Hans fru trodde honom inte när han försäkrade att han inte var ute på något farligt, men ändå väldigt väldigt viktigt. Det gick inte ihop. Ingenting kunde vara både viktigt och störthemligt så att man inte ens fick tala med sina närmaste om det, och samtidigt ofarligt.

Han hade tillåtelse att säga var han var när han ringde hem, på en fransk militärbas i Djibouti i Afrika, men inte mer. Det var inte så konstigt att hans fru fick onda aningar av Afrika. 2003 var han nere på en Operation Artemis, också tillsammans med fransmän. Och då hade han svävat i livsfara tillsammans med en grupp andra fallskärmsjägare när deras AK 5:or samtidigt drabbades av eldavbrott så att de inte kunde försvara sig mot de anfallande upprorsmännen. Det hade varit nära ögat och det visste hon. För när han väl lämnat jobbet på SSG hade det gått lättare att berätta en del som var sant i stället för de gamla vanliga fraserna. Så nu satt hon där med någon sorts facit i handen när han ringde och försäkrade att allt var lugnt.

Det var ändå inget att göra åt, han måste vara med på det här jobbet. Måste.

Deras barack hade sett ut som skit, låg avsides inne på regementsområdet och verkade mest vara ett nedlagt förråd. Men då visade de franska hårdingarna sin första förvånande egenskap. De var ena jävlar på att städa och snygga till. Nu var alla trasiga fönster lagade, luftkonditioneringen fungerade perfekt och det fanns inte så mycket som ett dammkorn på golvet. Nästa sak som förvånade honom var att dessa något överåriga och överviktiga gamla krigare var högst kompetenta i luften och vid landningen. När han kommenterat den saken för överste Tanguy hade han fått den enkla förklaringen att det dels handlade om män som varit bland de allra bästa och dels att den som anföll från luften tillsammans med 2e REP aldrig var på väg ner mot någon tebjudning. Hade man inte ordning på grejorna så överlevde man inte.

De hade övat mot ett mål ute i öknen där de sex tornen var markerade på rätt avstånd och i rätt skala, så skulle det verkliga målet se ut. Redan första dagen var de nere i högst åtta sekunder från första till sista landningen. Ändå var översten klart missnöjd och skällde ut dem. Åtta sekunder var en evighet, påstod han, till och med för pakistanska vaktposter med låg beredskap, om de satt med automatvapen i händerna. Man måste ner till tidsdifferensen tre sekunder från förste till siste man.

Det verkade först inte möjligt, inget förband i hela världen skulle klara det. Ändå knaprade de in sekund för sekund när de genomförde sina tre dagliga övningar.

När Hamilton kom med den nya utrustningen gick man in i en helt ny fas. All daglig fritid försvann och ägnades i stället åt praktiska övningar med de ljuddämpade pistoler man skulle använda som förstavapen. Och från och med nu övade man med hela utrustningen fastspänd på kroppen, automatvapen, sprängsatser, kommunikationsradio, hjälm med mörkerseende goggles och dessutom ett knippe handbojor i metall och en bunt av den amerikanska arméns förvånansvärt effektiva plastfängsel. Hoppövningarna genomfördes från och med nu bara nattetid, dagarna gick åt till vapenträning och repetitiva genomgångar av anfallsplanen i barackens kortände. Till och med alkoholförbud trädde i kraft.

Det hade annars varit det mest överraskande inslaget i dessa tatuerade krigsbusars vanor, att de suttit och pimplat rödvin på kvällarna, för övrigt hette det just *pim* på deras interna slang, ett av de få ord han fort lärde sig. Men sedan de gick in i rött beredskapsläge var det slut på all alkohol. Enligt anfallsplanen skulle de starta mellan tolv på natten och två på morgonen för att nå målet mellan 0400 och 0600. Även om den senare tidpunkten var sämre, eftersom de då bara hade en timmes övertag med sitt mörkerseende. Men som både översten och Hamilton sade var det så enkelt som så, att om de inte tagit målet på en timme, var det sannolikt ändå kört. Striden skulle helst vara över på tio minuter.

Sedan Hamilton kom var Patrik Wärnstrand inte längre så utanför, han och Hamilton kunde sitta för sig själva och tala svenska och översten behövde inte längre agera simultantolk på kvällarna före övningen. Franska var ett hopplöst obegripligt språk, men under anfallet skulle alla order från översten komma tvåspråkigt.

Den kväll det hände satt han och Hamilton och talade om den givna förutsättningen, dels att prinsen måste landa i fällan innan det blev dags, dels om de elektroniska kommunikationerna. Hamilton hade med sig ett exemplar av samma typ av radio som översten hade. Det var på sätt och vis en föråldrad teknik, en kortvågssändare som sände en kodad motsvarighet till en mikropunkt ut i etern. Rätt mottagare tog emot signalen och avkodade den automatiskt. Att National Security Agency skulle snappa upp signalerna utgick Hamilton från. Men, förklarade han, därifrån var det ju flera besvärliga steg. Först att avkoda signalen. Det kanske de skulle klara inom rimlig tid. Men sen måste man förstå vem som sände och varför och dessutom tolka till synes meningslösa meddelanden som *tre getter är inte så farligt.* Vad betydde det?

Att Mouna och den inbäddade journalisten befann sig tretton kilometer från sin förhandsbestämda position tio kilometer från målet och i fortsättningen skulle iaktta radiotystnad. Sedan kunde NSA:s unga analytiker börja grubbla sig trötta på varför beduiner skulle sända ett getmeddelande med rysk teknik, förutsatt att de hunnit pejla sändaren. Och därefter var det ändå omöjligt att förstå till vem meddelandet om getter var riktat och var han fanns, nämligen i Djibouti. I superteknikens värld var primitiva koder de svåraste att forcera.

Som nu.

De satt i ett överraskande personligt samtal, det handlade om hans fru, om kärlek och lite annat som män vanligtvis inte talade om. Hamilton verkade nästan lite halvt frånvarande, berömde den där Mouna al Husseini alldeles våldsamt och funderade något om att om inte om hade varit så kanske han och hon ...

Då sade det pling i hans radio som han aldrig lämnade utom hörhåll. Han slet till sig den, såg på displayen och omedelbart på klockan. Patrik Wärnstrand gjorde detsamma, hon var 23:03 och det var en timmes tidsskillnad till målet, alltså 24:03.

Han sköt över radion utan ett ord och pekade på displayen där det avkodade meddelandet stod i digital klarskrift: THE VULTURE HAS LANDED.

"Moskva hälsar att prinsen är på plats, vi startar inom en timme. Gör dej klar, jag meddelar de andra", sa Hamilton, reste sig och gick bort mot fransmännen som satt i andra änden av baracken i sina undertröjor och svällande, svettglänsande tatuerade överarmar och snackade fotboll. Deras nonchalanta avspändhet övergick blixtsnabbt i full beredskap när Hamilton kom fram och viskade några ord i örat på översten och han i sin tur började ryta korta order som påminde om pistolskott. Hela baracken såg i nästa ögonblick ut som en brandstation när larmet kommer. Nu var varje ögonblick dyrbart, ju längre bort från gryningen man kunde nå målet, desto bättre. Det var en av tusen saker som alla hade inpräntat i sig vid det här laget och alla grabbarna hade också reflexmässigt sett efter vad klockan var när de förstod att nu var det dags.

Femton minuter senare var alla stridsutrustade och uppställda. Översten gick en snabb inspektion mer för formens skull än för att kolla om någon glömt något, en av legionens lastbilar körde upp utanför baracken för att ta dem till flygplatsen, och så var de iväg.

När de stod ute i den svala nattbrisen under rampen på det lilla franska transportplanet som höll på att värma upp motorerna skrek översten något på franska och en del av grabbarna tog upp sina mobiltelefoner och gick åt sidan, andra bara skakade på huvudet.

Hamilton kom fram till honom och förklarade att om han ville ringa hem, klockan närmade sig tio på kvällen hemma, så var det här sista chansen.

Patrik Wärnstrand vägde desperat för och emot. Om han ringde sin fru sent på kvällen för att säga hej älskling det är ingen fara och jag mår bra? Och hon hörde transportplanets motorer i bakgrunden, så skulle hon drabbas av panik?

"Nej, det är nog ingen bra idé", skrek han. "När får hon veta?"

"Om vi genomför det hela som planerat får hela världen veta ungefär klockan 0600 CET och då får hon en bra nyhet till morgonkaffet, jag utgår från att din fru kommer att lägga ihop ett och ett!" ropade Hamilton tillbaks och gav honom en uppmuntrande klapp på axeln. "Jag skulle inte heller ha ringt min fru i det här läget, men jag måste ringa en gammal fransk kollega!"

Hamilton tog upp sin mobiltelefon och gick åt sidan och höll för ena örat medan han knappade in ett nummer som han tydligen kunde utantill.

De var uppställda på led färdiga att embarkera. Hamilton och översten stod fortfarande en bit bort och skrek i sina mobiltelefoner. Rampen segade sig ner mot marken, motorerna varvade upp och det blev svårt att stå rakt i vinddraget där bak. Översten avslutade sitt samtal, stängde av sin telefon och röt en order som Patrik Wärnstrand inte förstod till språket men väl till innebörden. De marscherade rakt uppför rampen och intog sina vanliga platser, rampen segade sig gnisslande upp och slöts med ett hårt metalliskt ljud och planet började taxa ut mot startbanan. Där ute glimmade en del ljus från den avlägsna staden som han aldrig hade fått se. Motorerna ökade ytterligare i varv och snart övergick skumpandet i mjuk flykt. De var på väg.

* * *

Ewa hade nu en lång tid av sömnsvårigheter bakom sig. Gick hon och lade sig för tidigt, som nu vid tiotiden, blev det bara timmar av snoende fram och tillbaka i allt svettigare lakan som skulle ligga som rep omkring henne på morgonen. Det enda var att sitta uppe till framåt midnatt och dricka vin i lagom dos, inte för mycket för att kunna sova, inte för lite för att kunna somna. Hon hade börja utveckla någon sorts expertis på området.

Anna hängde solidariskt med, ibland glodde de på så meningslösa teveprogram som möjligt för att döva sig, ibland satt de ute i köket och talade om livet, minnen och korkade chefer de haft.

Just den här kvällen satt de i köket när samtalet kom. Ewa suckade och gick fram till väggtelefonen. Om det ringde så här dags låg det i riskzonen att vara från någon journalist som på outgrundliga vägar spårat upp henne.

Anna såg hur hon tog upp luren, svarade med sitt namn och sedan inte sade något alls utom på slutet när hon sade något på franska. Ewa tittade förvirrat på luren och lade på den, vände sig som en sömngångare, kom långsamt tillbaks till köksbordet, hällde upp mer vin till sig själv och stirrade med någon sorts bedövad blick mot Anna.

"Det var Pierre", sade hon. "Planet har lyft."

"Va?!" skrek Anna.

"Jo. Jag hörde knappt vad han sa, motorerna dånade i bakgrunden. Men nu är dom på väg, det är faktiskt på riktigt."

Anna satt först som lamslagen, sedan följde hon Ewas exempel och hällde upp mer vin åt sig själv.

"Vafan gör vi nu?" sade hon.

"Jag vet inte", sa Ewa. "Jag vet faktiskt inte, på något konstigt sätt har jag inte vågat föreställa mej det här, det har bara varit som en sorts fantasi, en dröm. Men nu är det på riktigt. Vi kan ju inte gå och sova, åtminstone inte jag, vi kan inte supa oss fulla. Så jag säger som du, vafan gör vi nu?"

"När får vi veta nåt?"

"Morgonnyheterna på fransk teve, tidigast klockan sex vår tid, nej förresten det är tvärtom. Morgonekot klockan sex är nog första chansen."

"Vet du det?"

"Ja, Pierre tjatade så mycket om det där att jag kommer ihåg det fast jag inte tog det på allvar. Dom anfaller om prick fyra timmar, hör av sig tidigast om fem timmar. Om dom vinner, vill säga."

De tittade båda på klockan. Hon var kvart i elva.

Ewa reste sig från köksbordet och gick iväg utan att säga något, Anna tvekade först men följde sedan efter. De strosade planlöst ned mot bryggan och satte sig och såg ut över den vitblanka fjärden. Det var vindstilla och hett, solen hade ännu inte gått ned. Långt borta hördes en försenad gök, tydligen en optimist, borta i ekskogen sångduellerade två näktergalar, men allt annat i naturen var fullkomligt stilla.

"Jag råkade zappa in en film i höstas", sade Ewa med ett tonfall som om hon var halvsovande, "förstod först inte vad den handlade om, en massa sammanpackade grabbar i ett mörkt avlångt rum med hjälmar på sig och ett sjuhelsikes dån. Skulle förstås zappa vidare, men Pierre hindrade mej och förklarade att precis så där var det när en fallskärmsjägarstyrka gick till anfall. Jag kan inte låta bli att tänka på det. Här sitter vi i tyst midsommarfrid, sommarnattens leende skulle man kunna säga. Och Pierre sitter ..."

"Just det tycker jag inte du ska oroa dej för", försökte Anna skämta. "Det hade ju varit värre om det varit tvärtom, att dom satt här och du och jag inne i planet. Rätt man på rätt plats, och kvinna med för den delen."

Ewa log lite blekt och nickade. Det var förstås sant.

"Minns du det där med Père Noël, när vi satt hemma hos dej med en massa pizza och rödtjut som Erik hade rekommenderat, något spanskt", sade Ewa efter ytterligare en stunds tystnad. "Det var länge sen, känns som en evighet. Men i alla fall, minns du?"

Noga räknat var det sex år sen, påstod Anna. Men visst, det hade varit ett annat liv och en annan tid. Hennes son misskötte sig i skolan, var anarkist och vegan och försökte slåss med poliser och lyckades till och med bli gripen av sin far ordningspolisen. Nu hade han tagit studenten och låg i lumpen på ett jägarförband uppe i Arvidsjaur i Norrlandshelvetet, vem hade kunnat tro det?

Och Ewa hade varit nyskild från sitt misstag vid ordningspolisen och livet i övrigt var heller inte särskilt lyckat då för sex år sen. Men hon hade just träffat Pierre, som ännu inte sagt ett ljud om att han var avdankad militär utan tvärtom presenterat sig som tjuv, som om det vore bättre än officer i legionen. Ewa och Anna satt där med sina nästan avsiktligt äckliga pizzor med ananas och fläskkött och hällde i sig vin som om det varit någon sorts sista natten med polisgänget. Och Ewa ville inte riktigt erkänna hur mycket det faktiskt bränt till när hon träffat Pierre men låtsades bekymra sig om det där med att han var tjuv i alla fall. Då hade Anna systematiskt och snabbt, som på vilket vittnesförhör som helst, gått igenom hans signalement och beteende och särskilda kännetecken och prompt kommit till slutsatsen att den mannen bara kunde vara en sak: officer. Och hon hade rått Ewa att genast göra slag i saken. För så var det väl? Ungefär i alla fall? Jo, medgav Ewa. Ungefär så och bara någon månad senare var de förlovade och hon hade blivit med barn när de träffades för sig själva för första gången nere på Korsika.

Sedan hade allt bara varit lycka och ett nytt liv och den otäcka delen av Pierres liv fanns knappt ens som en skugga där bakom dem, bara som sedan länge läkta vita ärr här och var på hans kropp och ansikte, de särskilda kännetecknen.

Hon såg på klockan, det hade bara gått fyrtio minuter, i fantasin föreställde hon sig Transallplanet på väg norrut i natten över Röda havet. Hon visste numera hur sådana plan såg ut från illustrationerna i Pierres bok. Förmodligen skulle de snart passera den saudiska hamnstaden Jeddah. Och ingenting, absolut ingenting kunde hon göra åt det.

"Undrar om han övervägde att inte ringa?" funderade Ewa.

"Hade det varit bättre menar du?" invände Anna skeptiskt. "Javisst ja, jag glömde ringa och berätta att vi skulle hämta hem Nathalie, annars har det inte hänt nåt särskilt. Det kan du väl ändå inte mena? Hade jag varit du hade jag blivit störtförbannad om jag fått beskedet från journalister i stället."

"Störtförbannad vet jag inte, men du har antagligen rätt", sade Ewa. "Om han ringde så skulle han hålla mej sömnlös en natt, såklart. Om han inte ringt så skulle jag ... ja? Känt mej utanför antagligen. Förresten hade han lovat."

Det drog mot natt, en vit natt med röd himmel i väster, men det var fortfarande inte det minsta kallt. Anna erbjöd sig att gå upp till huset och hämta filtar och kuddar, de kunde lika gärna sitta på bryggan i natt som uppe i huset menade hon. Ewa följde ändå med upp, för att hjälpa till med vin och glas som hon sade.

* * *

Erik Pontis sår hade nödtorftigt läkt ihop, ändan och insidan av låren var skrovliga av sårskorpor och ögongiporna, ett ord han kom ihåg från sina hallucinatoriska dagar ute på transporten, hade fixat sig med cerat som han fått låna av Mouna.

I stället hade det blivit olidlig väntan och till slut sysslolös leda. De hade slagit läger tre kilometer från borgen bakom en klippformation, i lä för den konstant envisa sydvästliga vinden och dessutom i skugga en bit in på eftermiddagen. Hade han vetat vad som väntade hade han tagit med sig några böcker precis som Mouna, som för övrigt verkade fullkomligt oberörd. Hennes böcker, libanesisk och palestinsk poesi för det mesta, var tyvärr på arabiska så han hade bara sina dagdrömmar som sysselsättning.

Radion kunde de inte använda, den hade bara varit till för att sända ett enda meddelande, när Mouna kunde bekräfta att de skulle nå sin överenskomna position. Och därefter skulle de bara ta emot ett enda meddelande, när planet lyfte nere i Djibouti. Resten av tiden måste de iaktta absolut radiotystnad. Saudiarabien var antagligen världens mest avlyssnade land, enligt Mouna.

Stjärnhimlen var fullkomligt enorm. Han låg i timmar på kvällarna med händerna under nacken och stirrade upp i den gnistrande oändligheten. Det som Jesus, Muhammed, Abraham och all världens medicinmän, magiker och bedragare gjort en miljon år före honom, eller hur gammal människan nu egentligen var. Hans egen art, Homo sapiens, påstods ibland vara bara 30 000 år om man räknade från den ungefärliga tidpunkt då hon utrotade sin närmsta konkurrent neanderthalaren. Där uppe bland stjärnorna hade de alla kunnat hitta den stora frågan, så långt lika. Men svaret kunde lika gärna bli wahabism, utrota varenda djävel, om man betraktade himlen från just det här saudiska perspektivet, som det kunde bli brittisk imperialism, det vill säga utrota varenda djävel, om man någon gång råkade skymta en stjärnklar himmel i London.

Och själv var han inte mycket värd där han låg. Av den ljusa idén att kasta journalistyrket överbord hade det blivit ingenting alls. Såvida inte det här jobbet som tillfälligt städslad propagandist skulle ses som en ironisk fortsättning på den tillvaro han försökt lämna. Det var självklart ett förbluffande självupptaget sätt att se saken och det var inte det att han inte önskade Operation Nathalie all framgång i världen, tvärtom. Men han själv blev så löjlig i sammanhanget, hans liv hade placerats i vänteläge just när han skulle börja om, därför att omvärlden krävde det. Vilket han måste finna sig i, Nathalie var just nu viktigare än allt annat. Till och med för hans personliga del, om man övervägde den kommande karriären som spökskrivande memoarförfattare.

Den där löjliga självömkan igen. Men sysslolösheten och öknen provocerade tydligen hans sämsta sidor.

Han hörde på Mounas steg, på själva energin hon kom med, att nu var det kanske ändå dags. Hon böjde sig ned och ruskade honom som om han hade sovit.

"Dom har lyft!" sade hon. "Här om fyra timmar."

Hon höll fram radion och pekade på det korta meddelandet på displayen: HÖKEN PÅ VÄG MOT SPARVEN, stod det på engelska med en exakt tidsangivelse efter.

"På franska heter det Operation Sparvhök III", förklarade hon.

De gjorde te, fyllde två termosar och klättrade uppför klippbranten för att ha utsikt ner mot borgen, vars ytterområde var illuminerat på natten. När man betraktade byggnaden i kikare såg den ut som en sagobild. Enligt Mouna var belysningen ur ren taktisk synvinkel ett ganska uselt arrangemang. Vaktposterna uppe i tornen såg naturligtvis varenda liten ökenmus som rörde sig inom hundra meter från murarna, men utanför belysningen var de helt blinda. Det hade varit säkrare ur deras egen synvinkel att ha ljuset släckt och operera med mörkerseende bildförstärkare eller åtminstone vanliga ljusstarka kikare. Antagligen tyckte prins Sultan att det här arrangemanget var snyggare. När han kom på natten brukade hans plan cirkla ett extra

356

varv över området så att han och hans gäster skulle kunna beundra borgen från luften, precis som de gjort nu i kväll.

För inkommande fallskärmsjägare var ljuset ingen fördel, deras mörkerseende skulle antagligen störas fram till landningen.

De hade förstås lika gärna kunnat stanna kvar nere i tältlägret som att genast springa upp på första parkett. Men kanske var det ett litet andningshål i deras tid som de nu båda ville använda till annat än att bara vänta. Mouna hade behandlat den skandinaviske journalisten med samma buttra och stränga disciplin som alla andra, förutom att hon hjälpt honom med de svidande såren runt ögonen.

Nu satt hon med sitt teglas i handen och knäna uppdragna mot hakan mitt emot honom och det var som om hon med den kropps-ställningen, liten flicka i stället för flaggofficer, spionchef och före detta hitman, markerade att det här var en stund för något annat.

"Hur väl känner du egentligen Carl?" frågade hon som om det inte var någon särskild fråga just när hon serverade dem te på nytt.

Egentligen kände han inte Carl särskilt väl, de hade genom åren, ända fram till sista tiden, bara träffats professionellt, när de ville dra nytta av varandra. Och den sista tiden hade dominerats så totalt av Nathalie att det privata i umgänget krossats under hennes tyngd.

Han svamlade antagligen när han försökte ge en bild av en man som tycktes vara både svårt sårad av livet, lite socialt hämmad kanske just av den anledningen, och fruktansvärt iskallt beslutsam om det blev allvar.

Mouna instämde med en långsam nick och sade någonting om att hon och han hade liknande erfarenheter och kanske liknande känslo-problem. Hennes man och barn hade mördats av israelerna, hennes syster hade sprängts i en bil av israelerna en dag när hon och inte Mouna råkade sitta i bilen. Med sådana erfarenheter kom inte bara sorg och melankoli utan också känslor av leda, besvikelse och av det egna livets meningslöshet. Särskilt om det inte fanns någon ny vänd-ning i livet att hoppas på. Var Carl sån?

Nu började han begripa vad hon var ute efter. Det var förstås lika logiskt som det var mänskligt förståeligt.

"Skulle du önska att Carl blev din nya vändning i livet, liksom du blev hans?" frågade han efter att ha tänkt efter länge hur han skulle formulera sig utan att bli för privat kladdig.

Hon såg ner, men svarade inte. Månen var i nedan och stjärnljuset var inte tillräckligt för att han skulle kunna tolka hennes ansiktsuttryck. Han tänkte ändå inte släppa frågan.

"Det är förstås en påträngande fråga", fortsatte han efter en stund eftersom hon fortfarande inte svarat. "Men här sitter vi ju i den saudiska öknen. Vi vet inte om vi lever om fem timmar. Då kan man ta sig vissa friheter, tänkte jag."

"Ja", sa hon.

Han kvävde reporterreflexen att genast be om ett klargörande, ställa följdfrågan om "ja" hade med Carl eller deras belägenhet att göra. Han avvaktade en stund men hon tog inte självmant upp tråden på nytt.

"Carl har varit änkling i mer än ett decennium", funderade Erik vidare efter en stund. "Jag tror, allt annat vore förresten ganska konstigt, att han har en enorm saknad efter mänsklig värme inom sig. Ibland gör han ett, ska vi säga fruset intryck på mej. Vad tror du?"

Hon instämde med en kort nick och svarade lågt att hon och Carl säkert var mycket lika också på det viset. De var dessutom lika genom att de alltid träffats i uniform, antingen bokstavligt eller bildligt. Den stora Saken hade alltid varit viktigast. Dessutom var Carl en västerländsk gentleman. Han skulle aldrig behandla kvinnliga underordnade som kvinnor, vare sig på det ena eller det andra sättet.

Fast det ibland kunde bli lite för mycket av detta goda, fortsatte hon och berättade sedan snabbt och i ett enda rasande ordflöde om hur stor hennes besvikelse blivit när han bett henne komma till Moskva i ett "angeläget" ärende och hon totalt missförstått budskapet. Om han åtminstone kallat ärendet "viktigt" eller "brådskande" eller något sådant. Och så var det än en gång bara den stora Saken.

Inte för att hon hade några invändningar av politiskt eller militärt slag. Om de följande timmarna gick bra så skulle det vara en betydande seger också för hennes sak, inget tvivel om det. Och så tillkom det rent mänskliga, fast det som vanligt var ett övervägande på de nedersta raderna i operationsanalysen, det där med att hämta hem en bortrövad liten flicka till sin mamma. Hon hade själv varit mamma, hennes barn hade mördats av terrorister.

"Jag ska tala lite allvar med Carl om det här", sa Erik efter en stund när han tänkt färdigt och var säker på att han förstått.

De lämnade ämnet och började tala Mellanösternpolitik som om det vore en ren lättnad. Mouna berättade om fantastiska interiörer från Damaskus som blivit hennes senaste förvisning i tjänsten. Tiden gick fort.

Så pep det plötsligt till i hennes radio, hon grep den, såg automatiskt på klockan och räckte över den med displayen mot Erik: TIO SMÅ NEGERPOJKAR, läste han.

"Vad betyder det?" frågade Erik brydd.

"Äh! Det är närmast en skämtkod, spelar ingen roll längre, det betyder att planet är här om tio minuter och att anfallet inleds om femton", sade hon och grävde fram ett headset under beduinmanteln som dolde hennes uniform och räckte över det till Erik. Med lite krångel fick han det på plats över huvudet och hon visade hur han skulle slå på en liten knapp om han själv ville svara på anrop.

"Från och med nu är vi online", skämtade hon. "Så fort de börjar kommunicera med varandra hör vi allting de säger, du måste översätta för mej om det går för fort på franska."

Eriks puls hade börjat bulta våldsamt och han nickade stumt. De såg automatiskt upp mot den stjärnklara himlen och började lyssna. Till en början var det fullkomligt tyst.

Först hördes ljudet som en inbillning, som någonting Erik bara önskade höra. Sedan blev han säker. Det var ett dovt ljud av ett propellerplan som närmade sig, inget litet sportplan med ettrigt surrande, utan något som snarare brummade.

Mouna log åt honom och pekade i ljudets riktning. Där syntes några svagt blinkande vinglanternor.

"Dom går runt oss, först upp i vind", förklarade Mouna och pekade när planet som befann sig i brant stigning vred sig runt dem när det passerade borgen från nordväst.

Motorljudet ströps plötsligt och planet föreföll att dyka nedåt.

"Dom har lämnat planet och är på väg", förklarade Mouna. "Piloterna försöker dyka ner under radarn på nytt, det var så dom kom in."

Erik stirrade upp mot stjärnhimlen utan att se något annat än stjärnor. Ljudet av flygplanet blev allt svagare. Plötsligt hörde han Pierres röst i hörlurarna, klart och tydligt som om de suttit bredvid varandra.

"Ettans rote! Ni ligger lågt, korrigera!"

Och så svaret.

"Uppfattat, överste! Korrigering verkställd!"

"Vad säger dom?" undrade Mouna.

"Inget särskilt, de korrigerar sin kurs", svarade Erik. "Jag översätter lite punktvis i fortsättningen."

"Ljusstyrkan för hög i omgivningen, korrigera mörkerseende samtliga!" hörde han på nytt Pierres förvånansvärt lugna befallning.

Han vinkade bara avvärjande åt Mouna att det inte var något särskilt.

"En minut till landning, samtliga enheter korrigera till nästliggande rote!" löd nästa kommando från Pierre.

"Översten meddelar att det är en minut kvar", förklarade Erik och lyfte sin kikare samtidigt som Mouna gjorde det.

Det var Eriks längsta minut i livet.

Därefter exploderade en kakofoni av franska i öronen på dem.

"Ettans torn säkrat!"

"Fyrans torn säkrat!"

"Femmans och sexans torn säkrade!"

"Tvåans och treans torn säkrade!"

"Skaderapport!"

"Inga, överste!"

"Utmärkt! Inled moment två!"

"Vad händer?" frågade Mouna.

"Dom har tagit alla tornen utan egna förluster", förklarade Erik och stirrade i sin kikare utan att se någon aktivitet, inte minsta rörelse där borta. Mouna andades ut i en lång teatralisk suck.

"Det värsta är över", sade hon. "Vi har slagit ut deras skalförsvar, nu får du vara snabb med översättningen, för snart kommer det att gå undan!"

* * *

Patrik Wärnstrands puls rusade när han handbojade den överlevande vaktposten och drog silvertejp över munnen på honom. Det hördes svaga ljud här och var från de andra tornen, men inget skjutande.

Han och Hamilton hade legat i perfekt linje hela vägen ner mot sitt mål. Under de sista sekunderna när de kunde se klart, ljuset från omgivningen hade varit rätt störande, tecknade Hamilton med ena handen mot den vänstra killen som satt och åt på någonting och allt- så hade händerna upptagna, det var Patrik Wärnstrands mål. Hamil- ton dödade den andre med tre skott, landade någon sekund före sin rotekamrat och överrumplade totalt den andre vaktposten som där- med blev lätt för Patrik Wärnstrand att bunta ihop. Gubben var tyd- ligen alldeles iskall när det gällde.

När de gjort vad de skulle avvaktade de ordern om moment två. För deras del betydde det att ta med sig den överlevande vakten ner genom trappan i tornet, på väg ner i det allra heligaste som man skämtat om. Överste Tanguy och en av legionärerna gjorde samma manöver från andra tornet i deras sektion.

De ledde den handbojade och munkavlade fången mellan sig.

"Vi vill inte döda dej, det här är över för din del, vi är fransmän och svenskar, här för att befria fångar, är det klart?" viskade Hamilton i örat på fången medan han tvingade honom nerför trappan.

"Kod!?" kommenderade han när de kommit ner genom spiraltrap- pan från tornet till en guldfärgad gallergrind med kodlås. På andra sidan grinden såg det ut som det skulle enligt bilderna från kändis-reportaget, ett marmorräcke som löpte runt en inbyggd innergård med tre fontäner där nere.

Fången skakade på huvudet och försökte säga något bakom sin munkavle. Hamilton slet av en av sprängsatserna som de alla hade hängande i en rad ned från vänster axel och klämde fast den mot gallergrindens låsanordning.

"Först dödar jag dej, sen öppnar jag dörren. Eller först öppnar du dörren och överlever, det är inte dej vi är ute efter!" väste Hamilton i fångens öron. Det var som de hoppats, att pakistanierna skulle förstå engelska.

Fången skakade förtvivlat på huvudet. Hamilton drog upp sin ryska pistol och tryckte upp ljuddämparens mynning mot nacken på fången, som gav upp och snabbt klattrade in en kod så att gallergrinden öppnade sig med ett svagt klick och utan att något larm utlöstes.

Det var någon form av belysning där ute, dunkelt för det mänskliga ögat men för starkt för dem, de fällde genast upp sina mörkergoggles till hjälmens ovansida.

Allt var lugnt, inget larm någonstans i huset, det enda ljudet i hörlurarna var de andras andhämtning och en del samtal av ungefär samma slag som de själva fört med sin fånge.

När de såg sig omkring var de ensamma i området. Balustraden med vitt tjockt marmorräcke och den breda gången runt övervåningen låg helt öde.

"Ettan borde ha varit nere", viskade Carl till Patrik Wärnstrand.

"Pierre, vi är inne, var är du?" frågade han i sin strupmikrofon.

"Vi har en jäkel här som påstår att han inte kan koden, vi är vid gallergrinden."

"Uppfattat, vi kommer över med vår dörröppnare, där om tjugo sekunder!" svarade Carl.

Hela marmorgången över till andra sidan där Pierre och hans man befann sig med sin fånge var täckt av en tjock persisk gallerimatta. Desto bättre eftersom de nu måste smyga förbi den enda dörren in till prinsens privata residens. När de kom fram stod mycket riktigt Pierre och hans man bakom samma typ av förgylld gallergrind som de själva forcerat. Deras fånge såg ilsken ut och skakade hela tiden på huvudet.

"Han vägrar, säger att han inte kan koden", förklarade Pierre med en axelryckning. "Om vi måste spränga oss in utlöser vi antagligen larm, då måste du ta prinsen först."

"Har en bättre idé", sade Carl och pressade ner sin fånge på knä framför gallergrinden och riktade pistolen mot hans bakhuvud.

"Vi har flera möjligheter faktiskt", viskade han till Pierres fånge. "Du öppnar och ni båda stuvas undan och överlever. Du öppnar inte, och jag skjuter först din vän. Du öppnar fortfarande inte, och jag skjuter dej också. Vad blir det?"

Fången mellan Pierre och *capitaine* Michel Paravoli blev tydligt spak, men visade inget tecken på att vilja öppna. Carl skakade på huvudet, suckade demonstrativt och spände hanen på sin pistol och riktade den nu nedåt mot nacken på sin fånge som började förtvivlade försök att säga något bakom sin munkavle.

Då gestikulerade plötsligt Pierres fånge och fumlade med darrande händer in en kod som tydligen var fel, eftersom den bemöttes med ett pip och en liten röd lampa.

"Ta det nu lugnt och tänk efter", uppmanade Carl vänligt.

Fången skärpte sig, försökte igen med långsammare rörelser och nu gick det bra. Alla fyra var därmed enligt plan inne i det allra heligaste. De undersökte fort det närmaste gästrummet i korridoren som ledde söderut från den torndörr där Pierre och Michel Paravoli hade kommit in. Infrainstrumentet visade att rummet var tomt, det fanns inga gäster där, dessutom var dörren olåst.

Det var ett fantastiskt gemak, en Tusen och en natt-fantasi med äkta sand och ett stort svart beduintält spänt över en gigantisk säng i fransk rokokostil med sängstolpar som var minst två och en halv meter höga och föreföll tillverkade i massivt guld. Varje sängstolpe måste väga över ett halvt ton, vilket förstås var alldeles utmärkt.

Medan fransmännen kedjade fast de två fångarna runt en av säng-stolparna förklarade Carl vänligt på engelska att han hoppades att man inte skulle behöva ha mer med varandra att göra och de båda tycktes nicka i något första litet samförstånd.

När de försiktigt stängde dörren efter sig var det fortfarande helt lugnt i deras del av borgen, inga höga röster och framför allt inget larm. Men i deras headset rådde vild dramatik, deras huvudstyrka hade tagit sig in i vaktgarnisonens nattkvarter och höll på att bunta ihop dem.

Pierre såg på klockan, inte helt missnöjd.

"Vi ligger två minuter efter", konstaterade han och pekade en order åt Carl och Patrik Wärnstrand som genast började smyga till-baks mot sitt eget ansvarsområde på andra sidan gången, förbi prin-sens privata gemak som bara hade en enda stålförstärkt och larmad ingång. Han fick sova sött så länge.

Det första gästrummet i deras korridor där de skulle ha börjat var tomt enligt instrumenten, också olåst. De kontrollerade för säkerhets skull att de mänskliga sinnena var överens med elektroniken, innan de fortsatte till nästa rum.

Instrumenten indikerade värmevågor från två kroppar som tycktes ligga i varsin säng, tio meter från dörren. Och den här gången var dörren låst.

"Det här har jag inte jobbat med sen jag var ung, så du får ursäkta om jag fumlar lite", viskade Carl, drog upp en dyrk och angrep låset. Det gav sig fort.

"Amerikanskt standardlås", viskade Carl medan han drog upp dörren så att hans rotekamrat kunde smyga in först. I hörlurarna framgick att Pierre och hans kollega hade träffat på en utomordent-ligt ilsken gäst i nästa rum de besökte, men bullret tystnade snabbt.

Det var helt mörkt när de steg in och de drog ner sina mörker-seende goggles, stängde dörren försiktigt efter sig och såg sig omkring.

Det såg först ut som om de befann sig i någon sorts kontrollrum i en tevestudio, monitorer och redigeringsbord, staplar med videokassetter längs ena långväggen. Längs den andra långsidan med fönster låg ett litet kök med matsalsmöblering och längre ner längs samma vägg fanns två stora sängar övertäckta av ett vitt flortunt tält och där under sov två personer.

De smög sig försiktigt runt i rummet, undersökte en toalett och ett badrum utan att hitta vare sig någon annan utgång eller någon annan människa.

"Vi tar dom samtidigt, silvertejp först, handbojor sen, uppfattat!" viskade Carl i sin strupmikrofon.

"Uppfattat, amiral!" viskade Patrik Wärnstrand tillbaks.

De smög runt varsin säng, vek undan det tunna vita tyget och gjorde sig beredda.

"På tre!" beordrade Carl. "Ett, två, tre!"

De blev båda lika förvånade när de kastade sig över de sovande och tystade och handbojade dem. De var kvinnor.

Nytt väsen hördes i deras hörlurar när man fortsatte passiviseringen av borgens vaktstyrka. Allt tycktes gå bra, fortfarande inget alarm utlöst.

De slet upp sina sprattlande fångar ur sängarna och placerade dem på varsin stol med händerna bakom stolsryggarna, fästa med några amerikanska plastfängsel.

Carl gick bort till dörren, tände ljuset och drog samtidigt undan sina goggles upp i hjälmen. Han betraktade de väldigt oväntade fångarna, två kvinnor i 30–35-årsåldern som såg europeiska ut, den ena var blond.

Han gick fram till en av dem och höll först upp ett varnande finger framför munnen till tecken på tystnad och slet med ett ryck av den tjocka tejpen som täckte hennes mun.

"Namn och adress om jag får be?" frågade han på engelska.

Han möttes av en förvirrad rotvälska på ömsom franska och engelska och placerade omedelbart tejpen på nytt över den hysteriska unga kvinnans mun.

"Nu tar vi det igen, lugnt och försiktigt", viskade han. "Vi är här för att hämta hem Nathalie, inte för att göra er illa. Andas först lugnt genom näsan. När jag tar bort den här, förlåt om det gör ont, så skärp dej. Är det klart?"

Kvinnan nickade desperat och försökte andas djupt några gånger genom näsan.

"Vi är också fångar här", sade hon när Carl, mer försiktigt den här gången, rev bort tejpen. "Vi är tvingade att filma henne och göra redigeringen, vi är franska medborgare, vi tog ett jobb i Dubai och sen flögs vi hit och vi kommer inte härifrån."

Hon andades häftigt, hennes nakna byst hävdes upp och ned under det tunna nattlinnet och hennes fortfarande munkavlade kollega nickade desperat instämmande. Carl pekade åt Patrik Wärnstrand som försiktigt tog bort tejpen från den andra kvinnans mun samtidigt som han med andra handen hyschade med pekfingret sträckt framför sig.

"Då tar vi det igen", fortsatte Carl demonstrativt lugnt. "Namn och adress?"

De förklarade i munnen på varandra att de var frilansjournalister från Paris, Mireille Detours och Christiane Laroche, och att de varit fångar i flera månader.

"I så fall", sa Carl. "Har jag bara en sak att säga till er först av allt. Sitt still, ta det lugnt. Vi är svenska och franska specialtrupper som har kommit för att ta er hem. Det är snart över."

De började gråta samtidigt och Carl tecknade vilt åt dem att inte göra för mycket oväsen.

"Ni kommer snart att få träffa en landsman, överste Tanguy nämligen", viskade han åt dem och fortsatte på svenska i sin strupmikrofon. "Okej Pierre, du hörde, vi är i andra gästrummet från gallergrinden, kom hit såfort allt är rensat på din sida."

"Well, mina damer", fortsatte han på engelska, "ni får ursäkta att min franska är närmast obefintlig och att vi behåller era handfängsel på tills vidare. Vem finns i nästa gästrum i den här korridoren?"

Det var nannyn, eller rättare sagt två stycken men bara en åt gången, alltså just nu bara Gertrude Fritch den andra, Amande Benami, var nere hos Nathalie eftersom hon aldrig sov ensam på nätterna, förklarade de virrigt och i munnen på varandra. Carl kunde inte låta bli att le och bad dem ta det hela en gång till punkt för punkt.

Alltså. Nathalie hade två unga kvinnor som tog hand om henne, båda hade blivit shanghajade på samma sätt som de själva, svarat på en annons om jobb i Dubai med fantastiska löften om hög lön. Och så hade de hamnat här som fångar, precis som journalisterna själva.

Jaha. Och just nu fanns bara en nanny i rummet intill, vem då?

Gertrude Fritch, ja alltså hon hette så för att hon var från Alsace, Amande Benami var av algeriskt ursprung och talade arabiska, det var hon som sov nere hos Nathalie just nu, alla älskade förresten Nathalie, om de inte varit fångar skulle man egentligen kunna säga att de hade det fint tillsammans.

"Vi tycks ha fem franska fångar om jag förstått dina något upphetsade och förvirrrade landsmaninnor rätt", sammanfattade Carl när Pierre och Michel Paravoli smög in i rummet. "Jag och löjtnant Wärnstrand hämtar mademoiselle Fritch i rummet här intill och du kollar igenom den här historien på ert eget vilda tungomål. Okej?"

I varje annat läge skulle Pierre ha lett åt skämtet, men hans ögon var svarta av koncentration när han nu började spruta ur sig frågor på franska medan Carl och Patrik Wärnstrand drog ner sina goggles från hjälmarna och gick ut ur rummet.

Den här gången fick Carl upp dörrlåset på några sekunder och de genomförde proceduren betydligt mildare nu när de var förberedda på att det var en kvinna de skulle ta hand om.

Också Gertrude Fritch började gråta när Carl förklarade att det snart skulle vara över och att överste Tanguy fanns i rummet intill. När hon bad att få klä på sig innan de gick in till de andra tvekade Carl. Tiden tickade. Han kastade åt henne en morgonrock som han hittade i badrummet. De ledde milt över henne till journalisternas rum. Kvinnorna föll varandra om halsen och grät tyst.

"Stämmer deras historia?" frågade Carl.

"Jag är ute på internet", mumlade Pierre och knappade vilt på sin mobiltelefon, prinsen har tydligen installerat en mast här i närheten ... jo, alla fyra är mystiskt försvunna i Dubai och Abu Dhabi ... släktingar oroliga ... spårlöst ... fruktan för vit slavhandel. Och så vidare. Tycks stämma. Vi går till moment tre!"

"Var exakt befinner sig Nathalie just nu?" frågade Pierre på franska, men upprepade för säkerhets skull frågan på svenska.

De fyra kvinnorna visste mycket väl, men de talade i munnen på varandra av iver. Pierre befallde att bara en av dem skulle berätta och pekade på Gertrude Fritch.

Nathalie fann man om man först gick nedför trappan intill prinsens port, ner till undervåningen med springbrunnarna, och sedan vidare en trappa till. Där fanns ytterligare en dörr med kodlås. Men också två beväpnade vakter.

Carl och Pierre såg varandra prövande i ögonen. Det var ett avgörande ögonblick. De visste mycket väl att det fanns starka skäl att låta Carl ta jobbet. De tänkte ju likadant, termen var förlustekonomi, vilket mer konkret betydde att Ewa inte skulle riskera två av sina närmaste samtidigt.

"Vi går!" sade Carl beslutsamt. "Wärnstrand, följ mej!"

Carl drog djupt efter andan när han med Patrik Wärnstrand efter sig gick ut genom dörren. Det var så här det var att gå på äggskal, att röra sig fort och långsamt samtidigt, släppa alla känslor och helt koncentrera sig på målet.

Beskrivningen stämde förstås, de befriade fransyskorna hade ingen anledning att ljuga. Pierre hade fått deras historia bekräftad, de hade varit fångar på riktigt.

På nedervåningen stannade de, lyssnade och kontrollerade läget. Av ljudet i deras öron att döma höll resten av borgen på att säkras, nu handlade det mer om kökspersonal och liknande mindre farliga fångar. Den pakistanska garnisonen var oskadliggjord och under full kontroll.

Den nedre inbyggda gården var ofattbart vacker, tre springbrunnar i rosa marmor i mitten av det kanske sjuhundra kvadratmeter stora rummet matchades av persiska mattor i rosa, rött, blått och beige. Innergården omgärdades av en pelargång med valv i vit marmor, dekorerade med arabisk kalligrafi i guldinläggningar blandat med lapis lazuli och ett svart stenmaterial som Carl inte kunde identifiera.

Det fanns ingen gallergrind framför nedgången till källarvåningen, kanske för att det skulle ha varit estetiskt störande, valvet över trappan var täckt i guldmosaik med skimrande inslag av röda och gröna ädelstenar. Också här tjocka, ljuddämpande mattor.

De smög utan svårighet ljudlöst nedför trappan och vek av om ett hörn och sedan ännu ett. De stod framför en dörr i guld med svart kalligrafi och ett modernt kodlås som bröt stilen. Där satt två halvsovande pakistanska soldater på varsin stol översållad med intarsia i ceder, rosenträ, pärlemor och på nytt det där blänkande svarta materialet. Vakternas AK 47:or var försilvrade och stod lutade mot väggarna på ömse sidor om dem, knappt inom räckhåll.

Carl gjorde tecken och Patrik Wärnstrand tog några snabba steg fram mot mannen till höger, tog ifrån honom vapnet och riktade sin pistol mot hans bröst samtidigt som Carl angrep den andre vakten på samma sätt. De tog sedan två steg bakåt, fortfarande med sina vapen riktade mot de två överrumplade men plötsligt klarvakna vakterna.

"Fördelen, kamrater, med att ni är pakistanier", sade Carl i normal samtalston, "är att ni talar engelska. Ni begriper förstås vad det här handlar om, vi har inget otalt med er. Vi har kommit för att hämta hem den lilla flickan. Förstår vi varandra?"

De båda tydligt skräckslagna soldaterna nickade med händerna halvt höjda.

"Bra", sade Carl. "Om ni hjälper oss behöver vi inte döda er. Vill du där till vänster vara så vänlig att försiktigt resa dej upp och öppna kodlåset?"

Mannen reste sig inte.

"Kan inte!" sade han. "Kan inte koden."

"Det var synd", sade Carl. "För då dör du. Utan att be några böner först för det har vi inte tid med. Vi har nämligen ett plan att passa. Nå?"

Mannen skakade på nytt på huvudet och gjorde inte en min av att resa sig. Carl sköt honom med tre snabba skott genom ansiktet och pannan. I det trånga utrymmet blev de alla nedstänkta med blod och hjärnsubstans. Patrik Wärnstrand flämtade till men skärpte sig genast.

"Då min vän", fortsatte Carl i sin lugna samtalston när han riktade sitt vapen mot den andre vakten, "måste det ju vara du som kan koden?"

"Skjut inte, skjut inte!" svarade mannen desperat och reste sig till hälften med händerna över huvudet och nickade mot kodlåset.

"Mycket bra", sade Carl. "Öppna låset och sträck sedan långsamt händerna rakt bakåt! Uppfattat!"

"Ja, sir, uppfattat!" svarade han, rörde sig försiktigt mot kodlåset, knappade in en kod tills det sade klick och sträckte sedan långsamt händerna rakt bakåt så att Patrik Wärnstrand kunde sno ett plastfängsel runt hans handleder.

* * *

Mouna hade lämnat Erik ensam en stund uppe vid utkiksposten, gått ned till lägret och gett order om att allting skulle packas ihop och lastas på kamelerna, för det skulle snart bli dags att ge sig av, även om det ännu så länge var oklart vilka instruktioner de skulle få från huvudstyrkan.

När hon kom tillbaks upp till Erik var det mest svenska som viskades i deras hörlurar, Carl och hans medhjälpare var på väg ner i Nathalies fängelse. Erik förklarade snabbt vad som höll på att ske. Samtalet med de två vakterna utanför dörren till Nathalies fängelse hade Mouna kunnat följa utan kommentarer från Erik, eftersom det fördes på engelska. Det torra ljudet från Carls ljuddämpade vapen, rasslet från pistolens mantel och de tre tomhylsorna som klingade ner i golvet, bullret när någon föll omkull och Carls följande replik till den överlevande vakten var ett förlopp som tolkades av sig självt och både Mouna och Erik kunde se det framför sig. De hörde ljudet när den mycket tunga dörren öppnades. Sedan tystnad.

Så talade Carl och hans medhjälpare viskande på svenska och så hördes en ljus sömnig barnröst som också sade något på svenska.

"Yes!" utbrast Erik och knöt näven med tårar i ögonen. "Dom har henne ... hon säger att hon mår bra men längtar efter mamma och pappa ... farbror Carl säger att pappa finns i samma hus ... vänta, det finns en fransyska också ... de är på väg uppför trapporna alla fyra ... de tar den överlevande vakten med sig, ja det hör du ju själv."

Samtidigt meddelade en annan grupp på franska att de hade tagit flygfältet och Pierre beordrade dem att stanna kvar och hålla sin position.

Ögonblicket efter anropade Carl Mouna och Erik och bad dem förflytta sig snabbast möjligt ner till flygfältet med kameler och allt och avvakta nya order. Sedan talade han svenska med Nathalie som han tycktes bära i famnen.

När Carl nådde fram till det rum där Pierre och de franska journalistfångarna och den andra barnflickan väntade blev det så många franska röster samtidigt i deras hörlurar att de leende drog ner ljudet till ett minimum och gjorde sig klara för sin förflyttning.

"Synd att man inte var där", log Mouna, "det där var en syn jag hade velat se."

"Och som jag skulle velat fotografera, inbäddad eller ej", muttrade Erik. "Tur att det inte blir längre än ett par kilometer på kameljäveln den här gången."

När de kom ner till lägret var allt klart för avfärd, kamelerna tvingades ner på knä och alla utom Erik hoppade med lätthet upp i sadlarna. Eriks kamel vrenskades och råmade misslynt mot honom, en av de inhyrda beduinerna steg ilsket av sitt djur och piskade Eriks kamel en stund under en skur av svordomar. Sedan kunde de ge sig av den korta biten ner till flygfältet.

De gjorde halt utanför baracken med det lilla flygledartornet, Mouna och Erik steg in för att få en snabb bild av läget. Två legionärer i spräckliga kamouflageuniformer, påtagliga kulmagar och kulsprutepistoler nonchalant dinglande från ena axeln hälsade dem artigt välkomna, lade till en honnör när de upptäckte Mounas gradbeteckning, och presenterade sina fångar, fyra pakistanska soldater som var sammanlänkade med handbojor och två glåmiga flygledare som satt på varsin stol med händerna bakbundna.

Mouna såg sig omkring, hon hade upptäckt något som oroade henne.

"Var är piloterna?" frågade hon. "Övernattar dom uppe i borgen?"

De två legionärerna ryckte på axlarna. Här nere fanns i alla fall inga andra människor när de intog positionen, förklarade de.

Mouna vände sig till de två flygledarna med samma fråga.

"Planet återvände till Riyadh", förklarade en av dem surt. "Ska komma tillbaks med gäster i morgon och till reservplanet där ute finns inga piloter just nu."

Mouna stelnade till, tog med sig Erik ut och slog på sin sändarknapp på headsetet.

"Mouna till Carl, Mouna till Carl", anropade hon.

"Carl här, är ni på flygplatsen?"

"Ja, med kameler, reporter och allt."

"Bra. Avvakta tills vidare, vi har ett jobb kvar här uppe innan allt är under fullständig kontroll."

"Vi avvaktar, men vi har ett problem", svarade Mouna vresigt. "Här finns ingen Boeing 727 i guld och svart, bara ett reservplan. Men inga piloter, dom har stuckit till Riyadh."

"Repetera!"

"Vi har inga piloter, är det uppfattat."

"Det är uppfattat. Då får Erik lösa våra problem. Återkommer när vi har tagit hand om gamen, för han är väl kvar även om planet stack?"

"Ett ögonblick, avvakta så återkommer jag strax."

Mouna gick tillbaks in i det lilla flygledartornet med Erik efter sig och frågade de två flygledarna om Hans Kunglig Höghet prins Sultan var kvar i borgen eller om han återvänt med sitt plan.

De stirrade surt på henne och verkade inte vilja svara. Då gick hon prompt fram till dem och slog dem en i sänder hårt med baksidan av handen, tog upp sin pistol och gjorde demonstrativt en mantelrörelse. Hon fick genast beskedet att Hans Kunglig Höghet fanns med en av sina gäster uppe i borgen.

"Jag tar det på svenska", sa Erik, anropade Carl och förklarade läget.

Helvete, tänkte han. Det kan bli kamel hela vägen tillbaks, då går jag hellre. Men vad menade Carl med att "då får Erik lösa våra problem"?

* * *

Inne i borgen hade Pierre bestämt sig för att tills vidare använda de två franska journalisternas rum som sitt högkvarter. De och Nathalie och de två barnflickorna hade det bra tillsammans, Nathalie verkade märkvärdigt pigg och glad, de måste ha tagit väl hand om henne. Hon sprang fram och tillbaka, ivrigt pratande mellan pappa och sina franska väninnor.

"Vi måste ta prinsen nu genast, utan honom blir läget snart kritiskt", påpekade Carl som inte längre hade tålamod med den känslomässigt oemotståndliga longören när Pierre gång på gång tog upp Nathalie i sin famn, smekte henne och tröstade henne fast behovet av tröst verkade förbluffande litet. Men utan resklart plan på flygplatsen hade klockan börjat ticka mot döden. Om prinsen vaknade, klockan var redan fem på morgonen, anade oråd och ringde sin farbror kung Abdullah ...

"Du har rätt, jag vet!" sa Pierre och överlämnade resolut Nathalie i famnen på en av barnflickorna och ropade in två mans förstärkning med anvisning om vilken väg de skulle ta över bröstvärnet för att hitta fram.

Förstärkningen kom snabbt och de två nya legionärerna kommenderades att skydda de befriade fångarna medan Pierre, Michel Paravoli, Carl och Patrik Wärnstrand gjorde sig färdiga, såg över sin utrustning ett extra varv och gick ut i korridoren.

Pierre repeterade först den information man lagt ihop från ett tidningsreportage och en tevesändning i Al Jazeera. Det fanns bara en dörr, förstärkt med larm och stålbalkar, till prinsens privata kvarter. Bakom dörren först en hall, sedan matsalar, sedan kontorsutrymmen och sist sängkammaravdelningen eller vad man skulle kalla det största utrymmet.

När dörren forcerats måste de springa femtio meter genom olika hallar för att nå fram till sängen, det fick inte ta mer än tio sekunder, redan det var lång tid, man fick hoppas att den jäveln sov gott om natten, åtminstone tungt. Fönstren på utsidan var av pansarglas, tur att man visste det för annars hade han garanterat valt den vägen in, med soldater som firades ned från bröstvärnet mellan tornen där uppe. Det var det hela.

De gick bort till dörren, eller porten rättare sagt och betraktade den sakkunnigt tankfullt innan de häktade av sina sprängsatser från uniformens vänstra sida och började placera ut dem. De tog till i överkant, de hade ändå ett perfekt skydd för egen del i trappan ner vid sidan av porten. Laddningarna var sladdlösa och utlöstes med en liten radiosignal, så utplaceringen och apteringen gick fort.

När de tog skydd nere i trappen tittade Pierre bekymrat på klockan.

”Vi är tjugo minuter efter det tänkta schemat och har inget plan hem”, konstaterade han först på franska, sedan på svenska. ”Men nu tar vi ett problem i sänder. Tror du på dom här ryska grejorna, Carl? För om vi inte tar honom fort och levande så närmar sig fiaskot.”

”Du kommer att bli förvånad”, sa Carl. ”Men se upp för lufttrycket, håll för öronen och säg åt din kollega att göra detsamma. Annars ryker trumhinnorna. Och se upp för allt glassplitter från taket och från andra sidan balustraden.”

Pierre upprepade instruktionen på franska och gjorde en min som

Carl uppfattade som oh la la, eller något annat lika främmande.

När Carl tryckte in sändarknappen exploderade inte bara dörren därborta utan hela världen och som Carl gissat regnade det splitter och murbruk över dem så att de förlorade dyrbara sekunder på att ligga kvar i skydd. Sedan sprintade de iväg genom dimman av murbruk och gasutveckling från sprängsatserna fram till den plats där den stora stålporten hade funnits. Där var ett ovalt stort hål i muren, mängder av bråte men ingen port. De snubblade fort vidare in och förbi alla hinder så att de nådde fram till slät golvyta och kunde öka farten förbi springbrunnarna, genom de enorma orientaliska matsalarna och kontorsutrymmena, och slet upp dubbeldörrarna till sängkammaravdelningen. Under språngmarschen hade de fällt ner sina mörkerglasögon från hjälmarna eftersom allt var helt mörkt, förmodligen hade de slagit ut elektriciteten, men ett ylande larm drog igång någonstans.

Masterbed var inte ordet. Det var en säng, om man nu skulle kalla anordningen det och inte snarare en lekplats, på minst femtio kvadratmeter. Två människor låg skrikande intill varandra mitt uppe i centrum, det såg ut som kvinnor, en naken gestalt höll på att krypa runt på golvet för att leta efter ett sätt att tända ljuset. De tog honom först, dunkade ner hans ansikte i golvet och handbojade honom innan det utbröt en komisk jakt uppe i jättesängen där Patrik Wärnstrand skumpade fram i sina militärkängor efter de två kvinnorna, fick bara den ena eftersom den andra lyckades finta honom. Men hon kravlade desperat rakt i famnen på Carl.

Ljuset kom plötsligt tillbaks, det måste ha varit ett reservaggregat som slog till. Det drömlika rummet var sparsamt belyst med indirekt ljus som kom från dolda lampor bakom valv och pelare i marmor och sandsten. Det var ännu en variation på Tusen och en natt, noterade de fyra männen medan de hämtade andan och såg sig omkring. Sedan ryckte de fort upp sig och kontrollerade alla utrymmen de inte sett på vägen in eller sådana skrymslen som kunde dölja sig i det jättelika kärleksnästet.

Sängstolparna i de fyra hörnen av den mjuka lekplatsen bestod av arrangemang av flätade elefantbetar som bar upp en gigantisk säng-himmel med olika lager av skimrande brokad och sidentyger.

De kedjade fast den nakne, svärande och hotande kerubliknande mannen med flintskalle och skägg tillsammans med de två kvinnorna runt ett av elfenbensarrangemangen och överblickade läget på nytt.

"Ser bra ut", konstaterade Pierre och skruvade upp volymen på sin strupmikrofon. "Lystring, lystring alla enheter, vi har honom ...", var det enda Carl och Patrik Wärnstrand förstod, men meddelandets innebörd framgick både av situationen de hade framför ögonen och av det jubel som dånade i öronen från legionärerna.

"Jag måste faktiskt ringa ett samtal till Paris", sade Carl och krång-lade fram en satellittelefon från en av uniformens lårfickor. "För säkerhets skull per satellit så att amerikanerna uppfattar läget."

Louis Trapet svarade på andra signalen och verkade inte det minsta yrvaken, han hade ställt väckarklockan för att vara beredd vid unge-fär den här tiden. De gick fort igenom läget och vad han skulle meddela president Sarkozy.

En fransk styrka förstärkt med två svenska specialister hade intagit borgen Qasr Salah al-Din, belägen 3122 nord och 3903 öst. Allt motstånd var nedkämpat och läget under kontroll. Inte bara Nathalie Tanguy utan ytterligare fyra franska medborgare hade varit fångar på stället ...

Här måste Carl räcka över luren till Pierre för att få de franska namnen korrekt uttalade och stavade.

Bland fångarna fanns, förutom hela den pakistanska vaktstyrkan, huvudmannen i kidnappardramat, prins Sultan etc etc, brorson till kung Abdullah.

Operationen hade misslyckats såtillvida att den Boeing 727 som prinsen själv anlänt med inte stod kvar på flygfältet. Läget var alltså kritiskt, eftersom man bara hade åtta kameler till förfogande. Och den saudiska regeringen skulle få fullständig information från ameri-kanerna, på grund av det här samtalet, inom en timme.

Över då till den assistans från Frankrike som behövdes. Flygfältet kunde ta ner vilket som helst flygplan, så långt inga problem. Om president Sarkozy bestämde sig för att i efterhand sanktionera den tekniskt sett olagliga operationen, så kunde hans fem fransyskor snart flygas hem i triumf. Var läget uppfattat?

Louis Trapet skrattade så han nästan skrek i andra änden av linjen. Jodå, det var uppfattat. Presidenten hade haft ett fenomenalt uselt första år vid makten och föraktades till och med av sina egna väljare, kallades president bling bling. Det skulle bli ett sant nöje att väcka honom med detta raffinerade erbjudande.

Carl hade bara ytterligare en sak att påminna presidenten om. Nyhetssändningarna i ämnet skulle börja omkring klockan 06:00 CET.

Han avslutade samtalet och berättade muntert vad han fått för besked. De såg på klockan.

"Nu är vi sjutton minuter efter vår ursprungliga tidsplan", sade Pierre. "Men samtidigt har vi ju hamnat i ett läge där tiden inte längre spelar så stor roll, vi kanske blir kvar här i flera dagar. Vad gör vi? Förslag?"

Han upprepade sin fråga på franska, men ingen av de andra männen sade något, de bara såg stint på Carl och avvaktade.

"Jag skulle vilja föreslå tre saker", sade Carl. "Vi aktiverar Erik Ponti, presenterar honom för dom franska journalister vi redan har på plats. Dom får börja jobba hårt, dom ska kunna börja sända material från prinsens kontor om tre timmar. För det andra. Vi kör ner dom amerikanska jeeparna och blockerar landningsbanan, så att vi inte får en saudisk armébataljon neddimpande i knät. Och för det tredje, vi går en inspektionsrond."

Pierre nickade, slog på sin sändarknapp och smattrade ut ett antal order.

"Vi går ronden", bekräftade han sen. "Och du Wärnstrand får nöjet att vakta dom tre fångarna här, tänk på att den lilla fjanten i mitten kanske är vår livförsäkring!"

"Uppfattat, överste!" sade Patrik Wärnstrand och markerade en honnör.

Pierre och Carl gick tillbaks till det stora rummet, som var både bostad för de franska journalisterna och teveredigering, där Nathalie och hennes fyra landsmaninnor och två stelt uppsträckta legionärer befann sig.

"Vicken stor smäll, pappa!" hälsade Nathalie när de kom in i rummet. "Sprängde ni elaka farbrorn?"

Hon såg så förtjust ut vid tanken att det inte var någon tvekan om vad hon i alla fall hoppades.

Helst hade Pierre velat ta upp Nathalie på armen och gå runt och presentera henne för alla de andra som riskerat livet, och kanske fortfarande gjorde det, för hennes skull. Men det fick bli tid för det senare, förhoppningsvis under mycket säkrare omständigheter. Det var en gigantisk anläggning de erövrat, det kunde finnas oupptäckta motståndsfickor kvar och de var bara fjorton man. Men att se till att träffa grabbarna var ändå väldigt viktigt, alla måste få ta del av såväl framgången som det oväntade problemet, den missade hemtransporten.

De steg upp på bröstvärnet samma väg de kommit ned och vandrade bort mot andra änden av borgen förbi de övergivna vakttornen där kulsprutorna plundrats på sina slutstycken och nedför en spiraltrappa till bottenvåningen där de togs emot av två väntande legionärer som visade in dem i den pakistanska garnisonens förläggning.

Det var en stor men påver sal med kala vita väggar och nästan ingen inredning utom raderna med skrangliga våningssängar staplade tre och tre. Så praktiskt att saudier inte betraktar pakistanier som fullvärdiga människor, kommenterade Carl. Den här förläggningen underlättade en hel del.

Det låg nämligen en pakistansk soldat i nästan varje säng, kedjad med ena handleden och den diagonalt motsvarande fotleden vid varsin sängstolpe. De var kring fyrtio man och den ende som inte låg fastkedjad var en handbojad kapten, enligt gradbeteckningen. Två legionärer ledde fram honom och Pierre gav order om att han skulle befrias från sitt handfängsel. När det var klart gjorde han honnör och presenterade sig.

"Godmorgon kapten, jag är överste Pierre Tanguy, chef för den franska insatsstyrkan som tagit den här borgen och far till den kidnappade flickan."

"Godmorgon överste!" svarade den andre med stram honnör i brittisk stil. "Jag är kapten Asif Sharif, chef för garnisonen på Qasr Salah al-Din. Vilken kidnappad flicka, om jag får fråga?"

Det uppstod en kort stund av förvirring, då den pakistanske kollegan vidhöll att han inte visste någonting om fångar inne i den förbjudna delen av borgen, även om man hade en viss vakttjänstgöring där inne.

Det fanns nu flera saker att klara ut. För det första befriades kaptenens två ställföreträdande löjtnanter som kom fram och presenterade sig. Pierre förklarade att de tre officerarna fick röra sig fritt inom den icke förbjudna delen av anläggningen, att de alla tre var att se som förbindelseofficerare och att man skulle försöka tillgodose deras önskemål så länge ockupationen varade, enligt de vanliga reglerna.

Det första önskemålet gällde frågan om eventuellt dödade eller sårade pakistanska kamrater. Pierre beklagade att det fanns åtta stupade soldater från garnisonen, men att de skulle överlämnas under värdiga former ute på borggården inom en timme. De enades om att det för närvarande inte fanns anledning till ytterligare fientligheter. Stilleståndet bekräftades med honnör och handslag.

* * *

Mouna och Erik hämtades med en av de stora amerikanska jeeparna som kom nedrullande i ett moln av ökendamm. De andra jeeparna körde ut på landningsbanan och parkerades i sicksack och därefter leddes kamelerna ut och förtöjdes intill de improviserade landningshindren. Qasr Salah al-Din skulle inte längre kunna intas med reguljära trupper som flugits in.

Carl mötte dem innanför den stora porten, mitt på en jättelik borggård som fyllts med långa rader av fångar som satt på huk med händerna fjättrade bakom ryggen.

379

Han tog med dem upp till journalisternas rum i den förbjudna delen av borgen, presenterade Erik för, nu hade han memorerat namnen, kollegerna Mireille Detours och Christiane Laroche, därifrån in till prinsens kvarter, förevisade den nakne kedjade prinsen och hans två älskarinnor, eller om det var slavinnor, och förde expeditionen tillbaks till kontorsdelen. Datorutrustningen där inne var i toppklass, försäkrade han. Bredbandskapacitet fanns. Härifrån skulle det första redigerade materialet börja sändas om senast två timmar. Han överlämnade åt journalisterna själva att bestämma arbetsordningen.

De tre journalistkollegerna såg häpet på varandra.

"Det är ni som har gjort videoinslagen på Nathalie?" frågade Erik något tagen.

Jo, medgav de generat.

"Väldigt bra jobb, väldigt bra faktiskt, när jag såg det där trodde jag att man använt mycket större resurser. Hur gör vi nu, vi har lämning om två timmar."

Förhandlingen blev först något tveksam, sedan plötsligt blixtsnabb. De bildade en journalistisk pool med en reporter, Erik, en filmare, Mireille, en redigerare, Christiane – och kom förvånansvärt fort fram till att de skulle dela inkomsterna i tre lika delar. Nu var det bara att börja jobba. Och förresten, snacka om världsscoop!

XII

DEN MIDSOMMARNATTEN hade varit den hetaste i Norden på fyrtiotvå år. Ewa och Anna hade till slut slumrat in hur obekvämt det än var med bara filtar och kuddar på de hårda bryggbänkarna. Inte ens gryningsluften när solen gått upp över trädtopparna kändes annat än behagligt sval eller ljum, den där temperaturen som är så sällsynt söderut i Europa.

De vaknade av att Ewas mobiltelefon spelade Marseljäsen, ett skämt inom familjen, men denna gång fullkomligt på sin plats, som det visade sig.

"Pierre!" skrek Ewa när hon tryckt in svarsknappen. Anna satte sig käpprätt upp och såg hastigt på klockan, hon var lite efter fyra på morgonen.

Anna såg som förhäxad på Ewa när hon började tala med den enda människa i världen som skulle kunna få henne att gråta på det viset.

"Men lilla gumman", hulkade hon, "har dom varit dumma mot dej ... Mamma längtar så mycket efter dej, vi ska göra så fint här tills du kommer hem med pappa ..."

Sedan tycktes Pierre ha återtagit luren för Ewa blev mer samlad, lyssnade koncentrerat, nickade och mumlade korta svar och såg också hon på klockan.

"Berätta allt!" befallde Anna när samtalet var slut, de var nu båda fullständigt klarvakna.

Den goda nyheten var förstås det överväldigande. Pierre satt med Nathalie i sitt knä när de ringde hem till mamma. Kidnapparborgen

381

var erövrad, "allt motstånd neutraliserat", kidnapparbossen, den där prinsen, tillfångatagen och de hade inte haft några egna förluster. Dessutom hade de befriat ytterligare fyra fransyskor.

Den dåliga nyheten var att de för närvarande inte kunde komma därifrån, att en miss i kommunikationerna gjort att det inte som beräknat stod ett startklart prinsplan nere på flygfältet. Det fanns en risk att Saudiarabiens flyg och armé skulle komma före en eventuell fransk undsättningsoperation. Som dessutom inte ens var beslutad. Nyhetssändningarna runt om i Europa skulle börja om två timmar. Det var det hela.

"Det är alltså inte över", sade Anna lågt. "Nathalie sitter i knät på pappa och vi borde gråta av lycka, men det är inte över. Då är vi där igen. Vafan gör vi nu?"

"Ja, vi lär inte somna om!" svarade Ewa tillkämpat skämtsamt och reste sig. "Frukost i väntan på morgonteve blir det väl?"

De samlade ihop sina filtar och kuddar och började gå upp mot huset för att sätta igång med deras livs längsta frukost, det insåg de. Solen stod högt, det fanns knappt någon dagg på grund av hettan och bara en av näktergalarna vrålade fortfarande ut sitt manliga budskap inne i ekskogen.

De var klarvakna, hungriga och inte det minsta bakfulla. De började de långa timmarna med omelett med ost och skinka och te, de promenerade sedan ner genom ekskogen, förbi bryggan och upp till huset och drack mera te. Då och då slog de på radion, men där fanns bara klassisk musik, som om allt vore som vanligt.

De tog ännu en promenad. De drack te igen. På något sätt passerade också livets två längsta timmar.

Morgonekot började med en smattrande röst som förkunnade att den svenska Säpodottern – det var så medierna kallade Nathalie – hade befriats av franska specialstyrkor i en borg i Saudiarabien och Ekots man på plats, Erik Ponti, kom in i sändningen med en rapport där han dramatiskt berättade om fallskärmsjägare i natten, eldstrider med pakistanska legosoldater, en tillfångatagen och handbojad saudisk prins, uppblandat med en intervju med en glad liten Nathalie som berättade att hon längtat mycket efter mamma och pappa, en intervju med pappan själv, händelsevis chef för den franska fallskärmsjägarstyrka som befriat inte bara hans dotter utan också fyra fransyskor som tillfångatagits för att tillverka de vidriga videoinslagen – mycket korta intervjuer med de två journalisterna – och två au pair-flickor som begått sitt stora misstag när de trodde att de kunde tjäna en mindre förmögenhet på barnvaktsjobb i Gulfstaterna men i stället hamnat på ett borgliknande fängelse i den saudiarabiska öknen.

Därefter kommenterade statsministern och utrikesministern nöjda och glada att alla deras ansträngningar med tyst diplomati och framför allt samarbetet med Frankrike såg ut att ha resulterat i åtminstone början till ett lyckligt slut på den förfärliga kidnapparhistorien. Utrikesministern avböjde tills vidare att svara på frågan vad det betydde att det nu visat sig ha varit en saudiarabisk prins och inte en pakistansk vapenhandlare som låg bakom bortrövandet av den svenska Säpodottern.

Ewa och Anna sprang in i teverummet, Ewa slet fram Carls lista över de olika kanalerna och tryckte igång någonting som var på franska.

De hörde genast Eriks röst på franska när han berättade ungefär samma saker de just hört på svenska, Ewa översatte åt Anna, men framför allt häpnade de över bilderna.

De såg en sagoborg mitt ute i öknen med höga murar och torn. Och solen gick upp och belyste tre flaggstänger med trikoloren, den svenska flaggan och en tredje som de inte kände igen med en drake på. De såg bilder på den ilskne handbojade prinsen, bilder på en skrattande Nathalie i knät på Pierre, bilder på fyra kvinnor mellan tjugo och trettiofem år som hade svårt att hålla gråten borta men tackade sin president och den franska nationen för den underbara räddningen.

Ewa zappade över till BBC. Där vajade trikoloren över borgen och där hördes Erik på engelska. Hon gick vidare till den amerikanska tevestationen CNN som just avslutade ungefär samma reportage men fortsatte med en del politiska kommentarer. Från det saudiska utrikesdepartementet hävdade en talesman med prinstitel att landet utsatts för ett kriminellt överfall, ett försök att kidnappa en medlem av kungahuset och att saudiska trupper var på väg för att eliminera terroristerna, att alla påståenden om att prins Sultan skulle ha kidnappat barn var löjeväckande i sin fullkomliga orimlighet och att Saudiarabien som suverän stat förbehöll sig rätten att hantera den egna rättvisan och att de utländska förbrytare som överfallit kungahuset skulle ställas inför just denna rättvisa.

Ewa slog över till den svenska morgontelevisionen, först den ena, sedan den andra, där rullade också ungefär samma reportage, men nu på svenska och med intervjuerna med de befriade fransyskorna kraftigt nedkortade, i stället fick Nathalie själv största utrymmet.

Ewa letade på nytt i Carls lista över olika kanaler, prövade en tysk kanal där man tycktes tala om ett skatteproblem, hittade Al Jazeera medan hon i mungipan förklarade att Erik inte var så slängd i tyska, och i Al Jazeera möttes de genast av trikoloren i soluppgången över en sagoborg.

Hon hittade den italienska kanalen RAI och där var samma sak, fast lite lustigt att höra Erik smattra på italienska.

Plötsligt stängde hon av teven, satte sig och slog tankfullt fjärrkontrollen i pannan gång på gång.

"Vi har sett det vi redan visste, fast på bild", sade hon. "Men i amerikansk teve sa dom något som vi *inte* visste, att saudiska trupper är på väg för att rädda sin prins."

Anna kom inte på något svar, hon var inte säker på om det där var så hotfullt nu när Nathalies befrielse fanns på teve i hela världen.

* * *

På den ockuperade borgen Qasr Salah al-Din hade det utbrutit febril verksamhet som paradoxalt nog berodde på att man inte kunnat ge sig iväg enligt den ursprungliga planen. För som det ursprungligen var tänkt skulle man sedan länge ha lämnat saudiskt luftrum.

Nu kunde det bli frågan om ytterligare timmar, dagar eller rentav veckor och då måste ockupationen organiseras och normaliseras.

Pierre, assisterad av Carl och två legionärer, överlämnade under strikta former kvarlevorna av åtta pakistanska soldater till befälet för den pakistanska garnisonen, kapten Asif Sharif och hans löjtnanter Nawaz Zardavi och Ali Bhatta. Ceremonin ägde rum mitt ute på den stora borggården. De stupade låg uppradade på ett perfekt led, svepta i svart tyg som man rekvirerat från prinsens privata budoarer, förmodligen en sensationellt dyrbar liksvepning.

Kapten Asif Sharif hade förhandlat till sig tillfällig befrielse för tio av sina män för att under värdiga former kunna bära bort de stupade kamraterna till begravningsfältet utanför borgen. Man hittade en imam bland de ännu osorterade fångarna på gården, befriade honom och kommenderade honom i pakistaniernas tjänst för att assistera vid begravningarna.

Pierre och hans män hade varit ockupanter många gånger i muslimska länder och de var väl medvetna om att döda skulle begravas omgående.

Men det var mycket annat som måste ombesörjas med samma noggrannhet. Kökspersonalen befriades också och fick instruktioner att återgå till jobbet och arbeta med ungefär samma frukost som skulle ha serverats i vanliga fall, fast nu med den skillnaden att de pakistanska fångarna måste få förtur. I övrigt fanns fjorton utländska gäster som var nytillkomna, minus Hans Kunglig Höghet och en kunglig gäst till honom som var indisponerade för tillfället. Som ett led i normaliseringen hade Pierre gett order om att alla hjälmar skulle ersättas med fallskärmsjägarbaskern.

Mouna fick hjälpa till med att inspektera en avdelning av borgens västra långsida som beboddes av kvinnlig personal. Legionärerna hade vid den upptäckten nöjt sig med att ställa en man på vakt utanför och regla huvudingången.

Det Mouna fann inne i det enkla logementet var i huvudsak kvinnlig städpersonal från Jemen och Filippinerna, saudiska städerskor existerade inte i sinnevärlden. Hon förklarade läget så lugnande som möjligt och bad också städpersonalen återgå till arbetet som om allt vore en vanlig arbetsdag.

Nästa speciellt kvinnliga uppdrag för Mouna var betydligt mer pikant. Hon ombads befria de två handbojade kvinnorna uppe hos prinsen och se till att de blev anständigt klädda.

Hon fann dem i sällskap med en sömnig svensk fallskärmsjägare, fortfarande iklädd hjälm, som satt på en stol ett tiotal meter från den sammankedjade gruppen av en rejält fet prins och två skönhetsdrottningar, hängande i varandras handleder från en sängstolpe som bestod av fyra elefantbetar med guldornament. De två kvinnorna förstod inte arabiska eftersom de var nyss influgna från Portugal.

Mouna gjorde loss kvinnorna, ignorerade den svärande och ursinniga prinsen, eskorterade dem till det särskilda lilla dressing room som fanns för gästande kvinnor där de åtminstone kunde klä sig provisoriskt. Den outfit de haft på sig när de kallats till prinsens nattläger skulle inte ha fått dem att se mindre nakna ut om de letts ut i solskenet på gården bland de andra fångarna. Mouna tog dem vidare till deras gästrum och passade på att förhöra sig om de ville stanna kvar i borgen ifall det kom en möjlighet att snart flyga hem till Europa, eller om de ville ha lift. Deras villrådighet gick över när Mouna lade till att Hans Kunglig Höghet själv skulle få följa med som ofrivillig gäst på utresan och att det kanske inte var en så bra idé att vara kvar när hans rasande släktingar infann sig. De kom snabbt fram till beslutet att klä sig för resa. Mouna låste in dem och gick tillbaks till den svenske vaktposten och prins Sultan.

”Sådär herr prins, då ska vi kanske se till att få också dej lite mer anständigt klädd, för så där kan du inte se ut när tevefotograferna kommer”, inledde hon med ett förtjust leende, hon var verkligen genuint skadeglad, synen var kostlig, den lille nakne krabaten spottade och svor, hotade med allt från halshuggning och offentlig piskning till Djävulens än värre straffdom.

”Om du inte dämpar ner dej min lille prins så kan jag inte ta av dej handbojorna", skrattade Mouna. "Och då får tevefotograferna som väntar där ute nöja sig med att ta bilder på dej som du ser ut nu och då blir väl pappa arg?"

Det hotet gjorde honom till synes foglig som ett lamm. Inte undra på, tänkte Mouna. En sån här liten skit behöver både en vit *galabeya* och en *keffieya* på huvudet för att se ut som den mångmiljardär han är.

Till hennes förvåning gav prinsen henne en örfil det första han gjorde när hon befriat honom, det hade hon verkligen inte kunnat föreställa sig. Hon slog ner honom och sparkade honom två gånger i skrevet, noga med att inte skada honom dödligt.

Medan prinsen kvidande och skrikande kravlade runt på golvet i någon sorts fosterställning gick hon bort till svensken och frågade om han förstod arabiska. Patrik Wärnstrand skakade på huvudet. Hon förklarade kort vad som hade sagts, att de två särskilt rekvirerade portugisiskorna inte hörde till hushållet och nu fanns inlåsta på sitt gästrum och om möjligt skulle evakueras med alla andra när det blev dags. Sedan tog hon med sig Patrik Wärnstrand bort till prinsen som fortfarande låg och åmade sig under en ström av hotelser och förbannelser.

"Han säger att han ska koka oss levande i olja", förklarade Mouna glatt och ryckte upp mannen i stående med ett omilt grepp runt hans nacke. "Men nu måste vi se till att få honom lite presentabel, vi är ju en humanitär och civiliserad ockupationsstyrka."

Erik och hans två kolleger Mireille Detours och Christiane Laroche förspillde inte en minut, de arbetade som i trance med fyra olika kassetter växelvis i kameran, en för varje språk de spelade in på, italienska, franska, engelska och svenska. Varje scen de filmade, liksom varje intervju de gjorde, togs om fyra gånger med kassettbyte och med jämna mellanrum sprang de upp till Christiane i redigeringen, hon grovklippte materialet, som de sedan fortsatte med till prinsens kontorsutrymmen för att mejla till alla radio- och teveredaktioner som redan mångdubblats i antal.

För de tre journalisternas del var den oplanerade förlängningen av vistelsen på Qasr Salah al-Din en högst oväntad men välkommen bonus, de höll på att bli miljonärer. Att det samtidigt innebar att de sedan någon tid svävade i livsfara föll dem inte in, de var helt koncentrerade på sitt arbete.

Inom några timmar hade legionärerna, nu med hjälp av sina pakistanska kolleger, fått ordning på tillvaron så att allting började fungera och allt färre människor satt fängslade på gården, bland dem Nathalies två religionslärare.

Pierre hade sett till så att de två äldre legionärerna som höll flygplatsen hade blivit avlösta och när de infann sig i borgen kommenderade han dem till vila, från och med nu kunde han börja fördela sovpass. Matserveringen hade kommit igång och läget var, i militära termer, normaliserat.

Tidig förstärkt frukost för halva legionärsstyrkan serverades i prinsens kontorslokaler där han hade ett tiotal teveskärmar, någon hade lyckats få in fransk statstelevision där bilderna på dem själva och trikoloren över Qasr Salah al-Din var morgonens enda tema.

Erik Ponti och hans fotograf Mireille kom upp för att äta frukost i första omgången, enligt noggranna order, och när husets tjänstefolk började smyga omkring som rädda andar och servera gick Patrik Wärnstrand fram till Erik och satte sig med en tallrik i handen.

"Hej", sade han på svenska, "jag känner förstås igen dej, du är Erik Ponti. Märkligt ställe att träffas på, Patrik heter jag."

"Jag vet", sade Erik. "Patrik Wärnstrand, jag visste däremot inte att du var här. Men det borde du uppskatta med tanke på ... ja."

"Jo, gissa en gång!"

"Kan man tänka sig en liten intervju för Sveriges Television sen, gärna med trikoloren, svenska flaggan och 2e REP:s regementsfana i bakgrunden?"

"Absolut! Min fru kommer visserligen att smälla av, men absolut!"

De avbröts av att lokalen fylldes av buller från stolar och höga röster, eftersom den franska tevesändningen påannonserade ett tal till nationen av republikens president. Snart blev det dödstyst i rummet när sändningen från Elyséepalatset började och en morgonpigg men bister Nicolas Sarkozy kom i bild.

När presidenten började tala satt alla legionärerna i rummet blick stilla och till en början visade ingen någon som helst reaktion. Patrik Wärnstrand förstod inte språket och kunde heller inte utläsa något av presidentens mimik.

Men plötsligt for alla legionärerna upp, gjorde high five och kramade om varandra, liksom Erik och hans kvinnliga fotograf, någon började sjunga den franska nationalsången men hyssjades ned av andra som ville höra fortsättningen.

"Vad sa han?" frågade Patrik Wärnstrand desperat. "Vad är det som är så inihelvete bra eller kul?"

Det korta talet var redan över och nu när tevesändningen tog upp nationalsången vrålade legionärerna med, sjunga kunde de tydligen.

"Jo så här!" skrek Erik i örat på Patrik Wärnstrand. "Franska styrkor har idag på morgonen befriat de fem franska medborgarna, och så uppräkning av tjejernas namn inklusive Nathalie, från ett terroristnäste i Saudiarabien. Franskt flyg har redan lyft och är på väg för att hämta hem oss, presidenten förutsätter att den saudiarabiska regeringen inte lägger hinder i vägen och så vidare, för då hotade han, ja han påpekade noga att det faktiskt är Armée de l'Air som kommer!"

"Vafan betyder det?"

"Franska flygvapnet, franska staten!"

Legionärerna sjöng som galningar, fotsatte långt efter att sången tonats ned i teveapparaten, de tycktes kunna alla verser utantill.

Pierre sjöng för full hals han också, med Nathalie på sina axlar och hon skrattade så att hon kiknade men försökte då och då sjunga med.

"Merde!" sa Mireille plötsligt och tog tag i armen på Erik. "Vi har bråttom, vi måste få intervjua prinsjäveln i miljö innan det här är över!"

Det var så sant. Erik kastade i sig några tuggor, reste sig och gick bort till Pierre och lyckades med stor svårighet få honom att avbryta sjungandet. Pierre lyssnade kort, såg på klockan och nickade.

Fem minuter senare riggade de upp kameran framför en prins som nu var klädd som, och såg ut som, en saudisk prins. Bortsett från att det satt två legionärer effektfullt arrangerade i bakgrunden, båda med automatvapen vilande i knät. Prinsen var handbojad och man hade placerat honom så att han inte kunde dölja det, i en stol rakt framför kameran.

Erik fäste artigt försiktigt en mikrofon i prinsens guldbräm längs den vita manteln, som om han vore vilken som helst intervjuperson, höll upp ett vitt papper framför ansiktet på honom för att kalibrera kameran, gick lugnt till sin stol, satte sig och ställde första frågan.

"Ers kunglig höghet är ju utbildad vid Harvard, så jag förutsätter att vi kan föra samtalet på engelska, jag ber om ursäkt för att jag inte kan arabiska", började han i avspänt neutralt tonläge.

"Jag har inte gett tillstånd till någon intervju", morrade prinsen.

"Nej, just det. Men för närvarande är det ju knappast ni som ger order här på er egen borg. Trikoloren vajar där uppe. Hur känns det?"

"Som en förorening, jag kommer att tvätta hela borgen med rosenvatten, som Salah al-Din gjorde med Al Aksamoskén när korsfararna var fördrivna. Jag kommer att fasta och rena mej själv med bön i en månad, en vecka och en dag efter att ha besudlats av kristna terroristers smutsiga händer."

"Jag förstår…", tvekade Erik. Det fanns olika vägar att gå vidare. "Men vad var det som gav er rätten att enlevera ett litet barn, Nathalie Tanguy, och beröva henne både mor och far?" fortsatte han.

"Hennes mor är smutsig, och sådana människor har inte rätt att leva, en kristen hora, inte mer värd än en råttskit. Men barnet var rent och jag kunde ge henne en underbar räddning."

"Men inser ni inte att det är mot lagen, ers kunglig höghet?"

"Jag är en Saud, vi är lagen."

"Men om ni ställs inför domstol i Europa, tänker ni då försvara er med det argumentet?"

"Ingen kristen domstol kan ställa en Saud inför rätta. Men jag kan ställa er alla inför rätta och det ser jag fram emot. Ni har plundrat mitt hem, det är ni som är brottslingarna och ni förtjänar alla den död som väntar er."

Det här är inte sant, tänkte Erik, det här är en dröm, det här är en historisk intervju.

"Hur menar ni att vi kommer att dö?" fortsatte han med troskyldig uppsyn. "Måste inte en domstol döma oss först?"

"Min far är högste domaren i konungariket Saudiarabien och ska ni söka nåd så får ni vända er till min farbror, kung Abdullah. Ni har förolämpat en medlem i huset Saud och då kan straffet bara bli döden."

"Ni menar offentlig halshuggning?" frågade Erik med uppspärrade ögon.

"Ja, även om det är för milt i ert fall. Fast med jublande rättrogna runt hela torget som tackar Gud, den Nådefulle och den Välvillige för den underbara rättvisan."

"Är det inte väl djärvt, ers kunglig höghet, att uttala sådana hotelser när ni är tillfångatagen, sitter med handbojor och den franska statens flyg är på väg för att hämta er till rättegång?"

Spelar ingen roll vad han säger längre, tänkte Erik. Den här intervjun är hemma så det skriker om det.

"Franska staten!" fnös prinsen. "Ett litet horhus på randen av konkurs. Vad är Frankrike mot konungariket Saudiarabien? Vad kostar en fransk domare?"

"Tror ni att jihad kan besegra alla västerlänningar och kristna, ers kunglig höghet?"

"Jihad är det största i livet, den största ansträngningen för varje rättroende, det största i mitt liv, det som kommer att förgöra er alla. Ingen jude eller kristen kommer att leva när vi är färdiga med er. 11 september var bara början."

"Tack så mycket för er tid, ers kunglig höghet", avslutade Erik och reste sig.

Han var alldeles vimmelkantig när han och Mireille lämnade rummet medan legionärerna tämligen omilt tog hand om prinsen och placerade om hans handbojor på ryggen.

De stängde dörren efter sig och såg på varandra, nästan forskande, för att kontrollera att de verkligen hört och sett samma saker. De hade gjort en intervju som skulle visas hundratusen gånger världen över i evighet, det gick inte ens att med lite optimistisk fantasi beräkna den ekonomiska ersättningen.

Radiokontakten med franska flygvapnet sköttes från flygledartornet vid start- och landningsbanan. På order från republiken Frankrikes president fördes alla radiosamtal i klarspråk för att undvika missförstånd. En C 130 Hercules hade just passerat den saudiska territorialvattengränsen och lagt kursen spikrakt mot Qasr Salah al-Din, beräknad ankomst om cirka en timme och fyrtio minuter.

Pierre hade ett sista formellt möte med den pakistanske kommendanten Asif Sharif. De enades om att det mest korrekta och gentlemannamässiga sättet att skiljas åt vore att majoriteten av det pakistanska manskapet, dessvärre, fick tillbringa ytterligare någon timme obekvämt fjättrade i sina sängar. Pierre tyckte att kapten Sharif och hans två ställföreträdare löjtnanterna Zardavi och Bhatta borde klara sig gott med de tio man som redan var befriade. När allt kom omkring så var det ju garnisonens uppdrag att skydda hans kunglig höghet, som för närvarande var tillfångatagen.

Å andra sidan måste den pakistanska sidan respektera den franska ståndpunkten, att det gällde att föra hem sina landsmaninnor levande och utan ytterligare plågsamma incidenter.

Kapten Sharif instämde. Men bad i gengäld om att ockupationsstyrkan kunde ha vänligheten att hala den franska flaggan när man gav sig av, ett krav som Pierre fann fullt rimligt.

Rent praktiskt kunde man organisera avslutet på så vis, fortsatte han, att kapten Sharif och de två löjtnanterna eskorterade den franska kontingenten ner till flygplatsen och fick alla nycklar till handbojorna när det var dags att skiljas åt.

De bugade mot varandra och markerade med honnör att de var fullkomligt överens och att förhandlingen därmed var avslutad.

Kapten Sharif och löjtnanterna Zardavi och Bhatta följde med hela evakueringen ner till flygplatsen, under glatt kollegialt samspråk, militärer emellan.

Det var en något underligt blandad resandegrupp som väntade i den stekande solen nere vid flygplatsen. Två portugisiska skönheter med oklart yrke i mörka glasögon, höga klackar och korta och mycket snäva kjolar, en vitklädd handbojad saudisk prins, också han i mörka glasögon, två franska barnflickor i långa kjolar och långa ärmar, tre journalister i jeans och kaki, fjorton soldater i spräckliga uniformer och gröna baskrar, fyra beduiner i traditionell klädsel, en kvinnlig officer med mörka glasögon och förvånansvärt hög gradbeteckning, åtta ilsket råmande och grymtande kameler och en gladlynt femåring som höll sin pappa i handen.

Planet kom på exakt utsatt tid och dunsade tungt ner på den bara minuterna dessförinnan evakuerade landningsbanan. Den intensiva radiokontakten fram och tillbaka när planet närmade sig hade klargjort att de var ensamma i det nära luftrummet.

Planet taxade in och fällde rampen där bak innan det ens var framme. Ilastningen försenades tio minuter på grund av de vrenskande kamelerna, men sedan var de iväg.

Erik Ponti föll nästan i gråt av lycka när han såg det oändliga steniga och sandiga landskapet rusa förbi där nere och insåg att han definitivt slapp kamelritt den här gången.

Legionärerna hade sett tillräckligt med öken från luften i sina dar och de kastade sig ner huller om buller för att sova.

De tre journalisterna drog sig undan och började planera vad de måste hinna distribuera så fort de landade i något civiliserat land.

Pierre tog med sig Nathalie i famnen och gick tillsammans med Carl in i den mycket rymliga cockpiten och hälsade på de franska flygvapenofficerarna. Carl blev snabbt lämnad utanför konversationen, som böljade fram och tillbaka på mycket snabb, korthuggen franska.

"Så här är läget", sade Pierre efter en stund när han satte sig ned bredvid Carl. "Deras order är att flyga på lägsta höjd, som du väl har märkt, för att neutralisera risken för luftvärn, saudierna tycks vara skitförbannade och uttalar alla möjliga hotelser. Därför också sicksackkursen som tyvärr förlänger resan på deras territorium. Saudiarabien har världens näst största samling F-15 Eagle, med normala piloter skulle dom kunna skjuta oss i småbitar, vårt hopp är att dom inte har några arbetsvilliga piloter just idag. Ungefär så är läget tills vidare."

"Det behövs bara en eller två arbetsvilliga piloter", muttrade Carl. En del av det han hunnit se på CNN verkade oroväckande, CNN fördömde det franska piratdådet och förde hela tiden fram saudiska ståndpunkter.

"Dom fattar väl att vi har prinsen ombord?" frågade han.

"Ja, det måste dom ha fattat", sa Pierre, "vi har ju talat klarspråk på radion hela tiden och till och med obekvämat oss med engelska för deras skull."

Carl tycktes inte se det beskedet som särskilt lugnande, ursäktade sig, reste sig för att söka upp Mouna för att dryfta vissa religiösa spörsmål. Särskilt om saudiska wahabiters föreställningar om Guds vilja när det gällde å ena sidan risken att en äkta rättroende son av huset Saud skulle ställas inför rätta under förnedrande former hos de otrogna, eller möjligheten att han å andra sidan skulle bli martyr och hamna direkt i paradiset. Carl trodde att han nog hade svaret på den frågan, men var inte helt säker.

Mouna sov tungt som de flesta andra i omgivningen när han hittade henne, hon hade inte ens hörselskydd. Han ville inte väcka henne, just nu låg ju ändå allt i Guds händer skulle man kunna säga. Han gick tillbaks till cockpit.

De flög i fyrtio minuter utan att något hände, planet nästan smekte öknen under dem, så lågt flög de. Minsta bergknalle och de måste korrigera höjden. Pierre hade som alla fallskärmsjägare varit med ofta om den inflygningstaktiken, eller flykttaktiken, och verkade fullkomligt obekymrad där han satt mitt i berg- och dalbanan med den tydligen outtröttliga Nathalie i knät, hoppade henne upp och ned och talade om saker som Carl inte förstod, även om han uppfattade namnet Babar och kom att tänka på sin egen barndom. Även om han alltid uttalat Babar med betoning på första stavelsen.

Plötsligt förändrades allt.

"Inkommande jaktflyg!" rapporterade radarofficeren.

Bara tio sekunder senare dök två F-15 ned mot dem, med fällda vingklaffar för att kunna anpassa sig till den låga farten, lade sig babord och började vingtippa, vek sedan av för att visa kursen för det nu enligt internationella regler tillfångatagna fientliga planet.

"Ignorera det där, håll kursen rakt från och med nu!" beordrade kaptenen ombord.

En minut senare var de två planen tillbaks intill vänster vinge, det var som två geparder som jagade en ko.

"Radioanrop kommer!" rapporterade radarofficeren.

"Koppla in!" befallde kaptenen.

"God morgon, gentlemen, det här är det kungliga saudiarabiska flygvapnet som anropar!" hördes en amerikanskklingande röst men med tydlig brytning i hela cockpiten.

"Godmorgon löjtnant, det här är kapten Legrange i republiken Frankrikes flygvapen som svarar!" sade kaptenen på engelska.

"Ni befinner er över saudiskt luftrum, kapten, följ oss till den landning vi anvisar, eller vi öppnar eld!" svarade jaktpiloten.

"Negativt, löjtnant!" svarade kaptenen med höjd röst. "Vi har prins Sultan ombord, vi kan inte riskera hans liv, vi har franska medborgare som har befriats ur fångenskap ombord, vi håller kursen, lämnar saudiskt territorium om åtta minuter!"

Det kom inget svar från de två saudiska superjaktplanen, de vek plötsligt av och tog höjd. Sedan var det tyst i en minut. Så kom en jaktrobot vinande förbi nosen på Herculesmaskinen och exploderade i en eldboll snett framför dem nere på marken.

"Det där var enda varningen, nästa gång skjuter vi verkningseld, följ oss nu!" beordrade den saudiska jaktpiloten.

"Kapten, förlåt att jag avbryter!" sade radaroperatören. "Fyra nya jaktplan närmar sig från nordost i överljudsfart!"

"Vi håller kursen!" sade kaptenen mellan sammanbitna tänder. "Vi är nu tio sekunder från krig mellan Frankrike och Saudiarabien!"

* * *

Ewas dag hade varit kaotisk, hon hade inte fått en enda sak uträttad och inte fört ett enda vettigt samtal med någon enda människa. Hon och Anna hade bestämt sig för att trots just den uppenbara risken åka in till polishuset för att åtminstone försöka jobba, vad hade de annars kunnat göra ute på Stenhamra?

Hennes chef Björn Dahlin hade inte heller fått något vettigt gjort. Framåt eftermiddagen kom det inte längre några nyheter, utan allt som redan var sagt och visat vevades om – om och om igen – och etermedierna spekulerade vilt om ett försvunnet franskt Hercules-plan över saudiskt territorium. Det fanns inget mer att säga och inget annat att göra än vänta, och det hade varit omänskligt att försöka vara polis i arbete.

Några av de andra kollegerna i ledningsgruppen hade också tytt sig till chefen och där satt de och väntade. Bara det, väntade. För något samtal var inte längre möjligt att föra, ingen ville tala om de allra senaste oroväckande nyheterna. Inget hade hörts om det försvunna franska transportplanet.

"Det är telefon till polisöverintendent Tanguy", meddelade en nervös sekreterare som kommit in i rummet utan att knacka.

"Det har jag faktiskt inte tid med just nu!" fräste Ewa.

"Men ... men det är från Frankrike", envisades sekreteraren.

"Vem då i Frankrike?" sa Ewa och reste sig genast.

"Jag kopplar in samtalet till skrivbordet", sade sekreteraren och slank ut.

Ewa gick fram till skrivbordet och såg på telefonluren medan pulsen steg och hon nervöst knöt händerna.

Det ringde och hon slet upp luren. Männen i rummet såg spänt på henne när de försökte förstå vad som hände.

"Oui, Monsieur, c'est moi …"

"Oui, certainement …"

Och så hände ingenting. De såg hur Ewa ändrade kroppshållning.

"Oui, Monsieur le Président, je parle français, mais pas très bien …"

"Merci Monsieur le Président …"

"Oui, pas de problème, Monsieur le Président …"

Det fortsatte på samma sätt några minuter. Ewas kolleger i chefsrummet utbytte frågande ögonkast. Kunde det vara Sarkozy?

När Ewa lade på luren började hon gråta, det verkade först som om hon hade fått besked om en katastrof, men så hade hon ju inte sett ut när hon talade i telefonen, men hade hon ändå fått ett dödsbud?

"Det var Frankrikes president", sade hon när hon torkade tårarna och sken upp i ett lyckligt leende. "Hans plan landar på Arlanda för att hämta mej om tre timmar, jag ska vara i Paris klockan sju. Det är då dom kommer hem. Anhåller om kort tjänstledighet!"

När hon lämnade polishuset var hon stark, koncentrerad och lycklig och tänkte klart. Det första hon gjort när hon kommit in på sitt rum för att hämta sin handväska var att ringa Luigis fru Maria Cecilia och förklara att det här var ett nödläge, *emergenzia*, eller vad det kunde heta på italienska. Hon skulle om några timmar stå bredvid presidentskan Carla Bruni, ja foralldel presidenten också, och hade ingenting att ta på sig.

Maria Cecilia gapskrattade när hon fick förklaringen, dels av sympati med det lyckliga slutet på en fruktansvärd historia, dels av mer affärsmässiga skäl. Hon hade blixtsnabbt insett något som Ewa inte ens reflekterat över. Ewas kläder skulle återges i all världens television.

"Kom hit genast!" fnittrade hon. "Vi på Gucci ska klä dej från topp till tå och du får vilken handväska du vill och allt, jag säger allt, är *on the house*!"

På Arlandas VIP-område fanns verkligen ett stort vitt plan med blå text över hela långsidan där det inte stod Air France utan République Française i skrivstil, och planets stjärt var målad i trikolorens färger. En röd matta hade rullats ut framför ingången och hela besättningen, åtta man, hälften kvinnor, väntade uppställda i givakt när hon kom jäktande i sina nydoftande kläder och sin fruktansvärt dyra handväska nonchalant över ena axeln.

Hon satt i planets främre avdelning, som var inredd som ett stort sällskapsrum, och serverades först champagne, sedan en förfinat utdragen lunch med rader av små läckerheter. För bara en dag eller ett par timmar sedan hade allt varit omöjligt att få ned, men nu smakade det som himmelrikets sista måltid på den yttersta dagen. Dessutom deltog hela personalen entusiastiskt i hennes lycka. Alla visste, eller trodde sig veta.

Hon drömde vaken, det var en underlig känsla. Hon visste att hon var vaken men det kändes som en dröm, för bra för att vara sant. De skulle komma klockan sju, hade presidenten lovat. Hennes egen ankomst till Orly var beräknad till 18:30.

Planet landade på Orly, en röd matta rullades ut och en svart Citroën körde fram, säkerhetsvakter skymtade.

Och drömmen fortsatte på samma sätt när de kom in i en avsides byggnad där presidenten kysste henne på hand och hon därefter med svala kindpussar hälsade på presidentens hustru medan de båda misstänksamt värderade varandras kläder och kom fram till att det nog var oavgjort. Ännu ett glas champagne serverades och presidenten skålade med henne och sade att hon nog måste betraktas som hans mest välkomna gäst under detta första år som varit så fattigt på glädjeämnen.

"Om då alla är på plats", sade han därefter retoriskt mot sin omgivning av mestadels kostymklädda män där hälften bar öronsnäckor med sladdar, "så kanske vi kan be planet komma in för landning?"

President Nicolas Sarkozy strålade av självförtroende när han steg ut framför tusen journalister bakom avspärrningar med rep, med de två vackra kvinnorna på vardera sidan och långsamt, leende åt alla håll, vandrade ut på en röd matta och stannade på en punkt där avspärrningarna mot journalisterna tog slut, men det ändå återstod ungefär trettio meter av den röda mattan rakt ut på landningsbanan.

Allas blickar riktades mot himlen i väster och det skarpa kvällsljuset. Snart hördes dånet av jaktplansmotorer och fyra Dassault Rafale, Frankrikes nya teknologiska stolthet, brakade in över den avstängda startbanan och släppte ut kondensationsrök i blått, vitt och rött innan de vek av uppåt, slog på efterbrännkamrarna och försvann i ett mäktigt dån upp mot himlen.

När publikens trumhinnor samlat sig från chocken såg man ett tungt Herculesplan närma sig i det skarpa motljuset, omgivet av ytterligare fyra jaktplan.

När Herculesen dunsade ner steg jakteskorten uppåt och försvann, men utan samma effekter som de fyra föregångarna. Spänningen stegrades ytterligare när den tunga maskinen vänt långt borta på landningsbanan och började taxa tillbaks mot den väntande välkomstkommittén (och de tusen journalisterna). Ewas känsla av overklighet accelererade nu ytterligare efter en lång dag av overklighet så att hon nästan tvivlade på sitt förstånd. Hon tänkte på nytt att det inte kunde vara en dröm, eftersom hon kände en så stark doft av flygbensin.

Planet kom allt långsammare närmare den röda mattan, sniglade sig nästan mot slutet, men stannade till slut precis så att den röda mattan bort mot presidenten och de två väntande kvinnorna hamnade mitt för planets främre dörr. Trappstege rullades fram. Ingenting hände.

Äntligen slogs dörren upp och nedför trappan marscherade tolv främlingslegionärer i paraduniform och bildade snabbt häck längs den röda mattan.

Sedan en ny paus.

Så steg Pierre fram i dörröppningen, också han klädd i paraduniform med den enligt Ewa löjliga kakburkshatten, men med Nathalie på sin vänsterarm och hälsade med honnör. En miljon fotoblixtar.

Han gick nedför trappan och nästan nere vid marken släppte han försiktigt ned Nathalie som höll på att snubbla när hon sprang mattan bort mot sin mammas väntande famn. Två miljoner fotoblixtar.

Upp flög hon i Ewas famn, vilt jublande på franska om att soldaterna sjöng så bra, att dom kunde hoppa ner från himlen, att det fanns en sång som hette Nathalie som bara handlade om henne fast det var i Ryssland.

"Mais il faut toujours parler suédois avec Maman, ma chère", sade Ewa med en språklig kortslutning i huvudet, rättade sig medan hon kramade dotterns tunna rygg till:

"Men lilla älskling, med mamma talar man ju alltid svenska!"

"Non Maman! Nous sommes en France, ici tout le monde parle français! Vem är förresten den där gubben?"

"Den där gubben ...", Ewa tvekade och fnissade till.

"C'est Monsieur le Président de la République Française, ma petite!"

"Bonjour Monsieur le Président!" kvittrade Nathalie och sträckte händerna mot honom och han tog genast chansen, lyfte över henne från mammans famn och kysste henne på båda kinderna och fick en kram tillbaks. Tre miljoner fotoblixtar.

Föreställningen gick över i nästa akt. De fyra befriade fransyskorna steg ut på flygplanstrappan med blommor i händerna. Två miljoner fotoblixtar.

Därefter steg, mer överraskande, den världsberömda Madame Terror och amiralen Hamilton fram i dörröppningen och började gå nedför trappan. Ånyo två miljoner fotoblixtar.

Medan kön tornade upp sig framför presidenten och Pierre, som hälsat stramt på presidenten och kysst hans fru på handen, nästan demonstrativt övertog sin dotter från presidenten var det dags för avslutningsuppvisningen.

Rampen sänktes bak i planet och nedför den leddes en saudiarabisk prins i traditionell klädsel, fast handbojad på ryggen, mellan två främlingslegionärer i paraduniform som med ställningssteg och honnör överlämnade fången till en grupp svartklädda säkerhetspoliser. De förde fort bort honom till en väntande piketbil med galler för fönstren. Till ackompanjemang av ungefär två miljoner fotoblixtar.

Epilog

F-15 EAGLE ÄR DET vassaste, snabbaste, dyraste och det mest överlägsna stridsplan som USA exporterat till ett fåtal allierade. Saudiarabien har köpt flest exemplar, eftersom landet lagt ner 400 miljarder dollar under den senaste tioårsperioden på vapenköp från USA.

Det var en av de viktigaste och mest bekymmersamma faktorerna som den franska flygvapenledningen hade att kalkylera med när de fick presidentens blixtorder att med alla till buds stående medel, inklusive verkningseld mot främmande makts stridsflyg, skydda transportplanets reträtt från Saudiarabien.

Den lösning på problemet man kom fram till var snabbt improviserad, men enkel. Nere i Djibouti fanns redan åtta plan av den nya typen Dassault Rafale, det ingick som ett led i det allmänna vapenskramlet i den av FN sanktionerade jakten på pirater i södra delen av Röda havet och Indiska oceanen utanför Somalias kust. Man hade också lufttankningskapacitet för att kunna täcka stora havsområden.

Planläggningen gav sig mer eller mindre av sig själv med de förutsättningarna. Den flyende franska Herculesmaskinen skulle gå långsamt på mycket låg höjd. Om saudiska jaktplan kom in med bromsarna fullt påslagna för att enligt internationell kutym börja vingtippa och hota så var de sittande fågel för attackerande franska plan som kom med hög fart ovanifrån.

Sedan kunde amerikanska och franska vapenexperter gräla hur mycket de ville om vilket av de två planen som i sig var överlägset. På låg höjd i låg fart ligger man illa till som pilot.

När de fyra fransmännen kom ovanifrån och låste jaktrobotarnas radarstyrning på de två saudiska F-15-planen skrek en varningssignal på saudiernas instrumentpanel, vilket innebar att de nu var en tumtryckning från döden.

För säkerhets skull fick de en kompletterande upplysning per radio, på engelska men med kraftig fransk brytning.

"Bonjour! Det här är Air Frances elaka lillebror som har låst våra robotar på er som ni märker. Vädret är utmärkt, landningsförhållandena på er hemmabas perfekta och vi ber er lämna området!"

De saudiska piloterna fattade då det beslut som alla deras kolleger i hela världen skulle ha fattat i det här läget, att rädda sina plan. De gav sig och flög bort från området.

De halshöggs inte offentligt, utan i en källare efter en veckas tortyr.

* * *

Den triumfatoriska ankomsten till Paris, på klockslag beordrat av Frankrikes president, var välregisserad. Den var rentav en succé, presidentens popularitetssiffror, som verkligen varit i bottenläge, steg mot skyn. Men arrangemanget hade föregåtts av en del hårda förhandlingar.

För om planet med de befriade franska medborgarna hade flugit direkt till Paris hade man anlänt vid den tevemässigt hopplösa tidpunkten omkring 17:00 när ingen var hemma eftersom alla fransmän då satt i bilkö och parisarna på tunnelbanan.

Maskinen kommenderades därför först till Calvi. Kameler, som bara skulle ha rört till sceneriet i Paris, kunde lastas av, liksom beduiner och ett par portugisiska skönheter. Legionärerna från 2e REP togs emot under tumultartade former på den egna kaserngården och Nathalie fick under en lång parad hälsa på 800 fallskärmsjägare som sjöng inte bara sina vanliga triumfmarscher utan också Gilbert Bécauds sång om just Nathalie för henne gång på gång.

Dessutom fick alla tid att duscha, raka sig och klä om till paraduniformer inför mötet med presidenten. Och journalisterna kunde hoppa av och ta sig in till franska televisionens lokalstation i Calvi och börja sända mer av det material som de var garanterat ensamma om. Vid landningen i Paris skulle den journalistiska ensamrätten drunkna i miljoner fotoblixtar, skämtade de.

Men en av presidentens rådgivare var hårdfjällad. Han ställde vissa krav när det gällde närvaron i Paris av Hamilton och Madame Terror. Presidentens rådgivare framförde synpunkten, artigt men bestämt, att de kanske borde försvinna lika diskret som de portugisiska hororna. Så att hela affären blev mer "rent" fransk.

Pierre skrattade bara bort förslaget, hans förhandlingsläge var inte precis svagt, men uttryckte ändå sin uppskattning över att hela operationen hade blivit officiellt sanktionerad. Något som han inte ämnade diskutera offentligt, alltså om hur det gick till, såvida inte ...

* * *

Mouna al Husseini blev den första palestinska kvinna, den första palestinier över huvud taget, som förlänades storkorset av Hederslegionen. President Sarkozy hade snabbt fått ge upp försöket att få hela operationen att bli "rent" fransk. Alltså ingick två svenskar och en palestinier, vars bidrag till framgången sakligt sett inte kunde ifrågasättas.

Vissa protokollära komplikationer uppstod. Två av de högsta officerarna i Operation Épervier III var redan dekorerade med Hederslegionen, viceamiral och greve Carl Hamilton var kommendör, överste Tanguy riddare. Enkelt föreföll det först att göra båda två till innehavare av storkorset. Men då visade det sig att den palestinska kvinnan faktiskt var högre i militär grad än överste Tanguy, hon var konteramiral. Tillkom till råga på allt en feministisk aspekt.

Presidenten föll till föga med en suck och löste hela problemet med några pennstreck. Storkorset till de tre högsta officerarna. Riddartecknet till varenda övrig legionär, till svensken också, men inte till beduinerna och kamelerna.

* * *

Hans Kunglig Höghet Prins Sultan häktades först av en fransk domstol. Men han var ingen önskvärd häktesfånge. Den stat som dömde en brorson till den saudiarabiske kungen Abdullah till livstids fängelse – något annat straff kunde inte ens diskuteras för mordförsök och grovt människorov med terroristiskt uppsåt – skulle inte bara kunna drabbas av energiförsörjningsproblem, utan också terrorism. Ingen statsledning i hela världen vill bli sittande med en medlem av den saudiska kungafamiljen i något av sina häkten.

Den brittiska rättvisan hade alltså ett hopplöst problem. Man hade åtalat ett antal britter för kidnappningen av ett svenskt barn. Men i Frankrike fanns anstiftaren och finansiären till brottet.

Med tungt hjärta måste därför den brittiske riksåklagaren rikta en formell begäran till Frankrike att få den misstänkte saudiarabiske medborgaren utlämnad till Storbritannien, på det att han måtte därstädes infogas i den redan pågående utredningen av den brottslighet för vilken han kunde misstänkas vara anstiftaren.

Märkligt nog anförde fransmännen, strikt mot sina rutiner, inte minsta anmärkning mot eventuell byråkratisk ofullständighet i den begäran de mottagit och inte ens några övriga formella hinder. Hans Kunglig Höghet prins Sultan utlämnades omedelbart och med varm hand till den brittiska rättvisan. Som suckande och knotande men oundvikligen dömde honom till livstids fängelse, liksom flertalet av de före detta lysande officerare bland *Her Majesty's finest* i Special Air Service som hade varit terroristledaren behjälpliga.

* * *

För Erik Pontis del blev livet betydligt ljusare efter Operation Épervier III. Hans möjligen något överdrivna bekymmer för försörjningen kvävdes snabbt av inkomsterna som han delade med Mireille och Christiane. Enligt en grov beräkning medan de fortfarande satt och skrev fakturor på löpande band hade deras monopol på reportagen från Qasr Salah al-Din inbringat drygt två miljoner euro, varav hälften på intervjun med prins Sultan, som till och med amerikansk teve hade börjat sända gång på gång.

Och efter en veckas tumult vid hemkomsten kunde vänkretsen börja umgås som vanligt men ändå inte som vanligt ute på Stenhamra, eftersom de drack och åt som om festen inte kunde ta slut.

Därefter skärpte man sig mangrant och försökte återgå till ett normalt liv. För Eriks del innebar det att han och Pierre återupptog arbetet med berättelsen om blodsdiamanterna i Sierra Leone. Erik var övertygad om att det skulle bli ännu en internationell bästsäljare. Så blev det också.

Men Carl hade funderat mycket på det där med berättelsen om sitt liv, fast han inte kunde skriva själv. När Erik och han vridit och vänt på frågan någon tid kom de fram till en möjligen något storslagen idé. Erik skulle skriva Carls berättelse i inte mindre än tio bokavsnitt. Det blev den mest lästa bokserien i landets historia. Erik Ponti började därefter jaga i Afrika och han bytte sin gamla Alfa Romeo mot en Maserati.

* * *

Carl höll sitt löfte till premiärminister Vladimir Putin. Och till hans förvåning hade Mouna inga som helst invändningar när han bad henne ställa upp på de utlovade tacksägelseriterna, betalningen för viss ovärderlig assistans i Operation Nathalie, den beteckning som de använde inbördes.

De infann sig lydigt som premiärministerns officiella gäster i Moskva. De prisade lojalt det fredsälskande ryska folkets stora bidrag till segern mot den saudiska terrorismen, de tog tacksamt emot sina nya ryska medaljer, de medverkade till och med i nattliga pratshower i televisionen, där Carl gjorde stor succé med sina historier från det kalla kriget och med sin perfekta och torrhumoristiska militära ryska.

Därmed hade de betalat för mörkerseende, högklassiga spräng-medel, radiokommunikation och framför allt satellitspaning. Putin lät för övrigt distribuera satellitbilderna till den fria ryska pressen, det vill säga den Putinvänliga pressen, för att ytterligare driva hem den politiska poängen.

Carl hade fortfarande inga invändningar. Inte Mouna heller. *A deal is a deal.* Nathalie lekte hemma på dagis igen. Saudiarabien var träffat med en politisk torped.

När allt var över, när Carl till och med haft sin privata och ryskt sentimentala kväll med vännen Aleksander Ovjetchin, sedan kort tid befordrad till konteramiral och en av tre biträdande chefer för razvedkan, åt han och Mouna avskedslunch av det enklare slaget i Metropols lobby. De var lite trötta, de hade talat om allt som hade med den senaste lyckade operationen att göra. Så mycket mer fanns inte att säga. Utom en sak.

"Jag har faktiskt fått ett nytt jobb", sade Mouna närmast som i förbigående. "Jag ska lämna det hemliga fältet, jag är för känd, för många bilder, för många medaljer, ja du vet. Så president Abbas har just utnämnt mej till PLO:s ambassadör i Sverige. Han tror jag gör mera nytta som politiker numera."

Carl var mållös, han såg länge på henne utan att ens komma sig för att gratulera till utnämningen, för många tankar genomkorsade samtidigt hans huvud.

"Välkommen", sade han till slut utan att ha kommit över sin för-virring.

"Tack", sade Mouna affärsmässigt. "Men det är så att jag behöver en säker bostad i Stockholmsområdet."

"Du kan bo hos mej!" svarade han blixtsnabbt.

Men hon svarade inte. Hon såg på honom med ett prövande leende.

"Jag menar ...", sade han, " ... en kvinnlig PLO-ambassadör kan inte bo hos en man hur som helst, det förstår jag. Alltså ... skulle du vilja gifta dej med mej?"

"Amiral Hamilton, är detta ett frieri!" frågade hon skarpt men med en glimt i ögonen som förrådde henne.

"Svar ja!" svarade han i samma militäriska tonfall som alltför ofta legat som ett hinder mellan dem.

"Nu!" sade hon. "Nu tror jag amiralen kan servera lite champagne."

Ett särskilt tack till:

Advokat Peter Althin, Stockholm
Professor Natalya Tolstoya, Sankt Petersburg